郭根日记

散木 编

山西出版传媒集团 三晋出版社

在北平求学时代的郭良才（郭根）

郭良才(郭根)父亲郭增昌

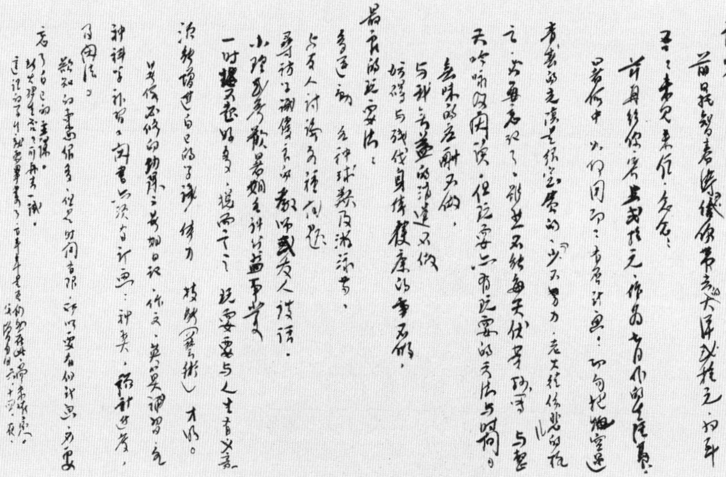

郭增昌给郭良才（郭根）信

郭良才(郭根)岳父邵飘萍

邵飘萍长女邵乃贤

郭良才(郭根)与邵乃贤及邵家弟妹合影

郭良才（郭根）与邵乃贤结婚时与家人合影（前右一为郭增昌）

郭良才（郭根）与妻子邵乃贤（邵飘萍长女）

郭良才（郭根）送给邵乃贤的第一张照片。

自题：这整个的我愿永远飘浮在你眼前——心底。根。十八年春尾。

自题：在我生命史上富有历史意义的一张照片——我送给乃贤的第一张照片。呵，人生呵！——根。六一年十月，卅二年之后

邵乃贤给郭良才（郭根）信

一九二七年，北师大附中缦云社第一期干事合影（右一郭良才）

一九三一年，北师大附中校友会干事合影（后左四郭良才）

一九三一年，北师大附中齿轮文艺社同仁合影（左后三郭良才）

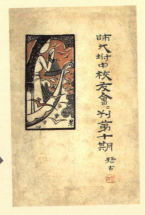

郭良才(郭根)保存的师大附中师友会会刊

日记第四集

一个人的生命到了老年，据说似的任东风，或西风也吧，飘落着罢，也就很了悲哀了！一天一天都也任的过去，至我在得完完得得闲太了苦了！尽的老是走样一套又一套尽怪的演味着，不也太平凡了吗？天又一样的睡下起来，起来睡下，把向日天又是一样的强迫着看，看好像也就是非要唯一的责任不得不做一下似的！所以自己的精神还有什么灵神，终竟宰运的任凭什么他人的作用来支配着，为了他人的像的自己陷入老哀沉闷的漠问泡，自己向人说出的话那就好像是非要来辞话，没人肯邦微的心的动摇！　笑！可了就这样过着！　　有呼自己很要自拔一下，想把自己全部的精神考察的泛入于什么工作的，忘了自我，一去不返的辞去，这样是信或也与以脱了这样老哀悲哀老的情状，把已一度的生命也濂地活来己的过世！但是这可能吗？　　这所谓读着的数学已再引不起我的兴味；就是让会科学或罗工作的更详吧，但这对我

郭良才(郭根)北师大附中日记

溫度	晴　氣候	要提

四月六日（丁卯三月初五日庚午）（清明）（植樹節）　水曜日（即星期三）

民國十六年　學校日記

遊春六月伯

學校今天放假了，因爲今天是祖輔節，從天起還是國勤兒童開墓掃，因此學校就連着放了三天假就算是春假了。

今天既是三天假日的開始，後天又河岸邊走河水清西清，岸柳柳帶深意，小草兒都滿山的滿了河岸，遠到西便門寄的石橋上生下，忽見紙及殘風吹來，却是理的燦門幾，午飯徳生，我廠買了兩模梨子吞，我生硬，却二說的空港子醫院裡又增了美戲戲不少。

溫度　晴　氣候　要提

閉停學社第三届後社。

上午爲蘆宮取四利淨泉，順便到政鄉家看看，吃過飯就回來，模怪十二點中央電影院看了劇罷心要宋，只好出來，李型公申鬧進逛，迴國行呶，到家吃了二氣果生。票了因果數睪。晚間忽臟舍，下午一氣象撥，有腾夏，師朱見暢。

返來，我們就閉停學社第三届後社，班選做爲爾夕社川之鄉社。

郭良才（郭根）北师大附中日记

郭良才(郭根)在青岛大学校舍

一九三五年六月，山东大学晋省同学会欢送郭良才(前排中)毕业纪念合影

青岛大学刁斗文艺社编《刁斗》

郭良才(郭根)听梁实秋课笔记

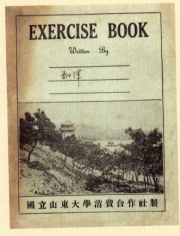

郭良才(郭根)在山东大学上学时翻译笔记

　　匆匆的半年來我住在北平，这古色的城，告别以來，在我的生命史上也可算是敢前一次的篇幅。我或也真如其妙的会跑来青岛，这真是匆匆的所為，開始我的出走了！　在暑假中並没有什麼计劃，只不过想念青岛很久籌着該去那裡玩住一年罢，因之就想多多投考青大，自己並没深思考慮过这力量是否会考取或是实现了怎么该怎樣，不過暑假做些终了，自己才觉知这便非去青岛不可了！於是无意之中就决定了投大学的念头了。

　　来了青岛住了个半月或受了好勝管迎譯北平住了三週，第二次来了青岛，自到之後还連人已七週过去了！自己来青岛为辛苦，真想好々前片读書，把光阴荒弛了，在科这终究是幸运吧了！来了青岛後，起先是乱於遊覧，昨来現在就活動在球場之中，以後断滞於相思的苦闷中，整日没劲打采加速度加混下去，每辦时打々球，要不然就壊现開始幻想或妄回憶念，整起也考北平生活的图案，比起現在孤苦零仃

出版说明

　　《郭根日记》是编者根据原文整理和抄录的。其中早年部分，由于作者当时正是少年时期，又是自己随便写的日记，其中不乏错字错句，有的则是作者当时习惯性的书写，此次出版时略作处理。此外，作者少年日记中多处出现"或然"、"回"等晋北定襄方言和口音，如"或然"为"忽然"之意；"回"有时为"一会儿"之意，为保留日记原貌，此次出版时没有进行标注。对于原文中明显错漏、笔误之处稍有订正，文字不清处则以□表示，脱字误字标以〔〕标注；须标注处也在〔〕中做了一些标注；作者当时的括注仍以（）予以保留。又，原日记中有英文的残册，限于时间和能力，此次出版没有加以翻译和收入。

目　　录

前　言

　　一个陌生人的陈旧日记，显然，对于一般的读者来讲，是需要一些"导读"式的回忆文字的，以下就是这样的一些说明的文字，它也是我对家族和先父的一些记忆和缅怀。其实，那也是历史的一个窗口。

一　祖父郭增昌

　　先父人生的定格，一定是最早由他的父亲的影响形成的（另外一个是他的堂兄郭挺一）。

　　已经是很遥远的事了。

　　祖父郭增昌，山西定襄镇安寨人。我对他最早的认识，是从他入保定军校时开始的。因为家庭贫困，于是"好男当兵"，他是第八期骑兵科的学员，学习期间加入了共产党，也就是说，他是山西早期的共产党员之一。

　　保定军校是中国近现代史上人才众出的场所，它先后为北洋以及各地培养了大批军事干部，即以晋军为例：杨爱源、孙楚、荣鸿胪、周玳、杜春沂、傅作义、鲁英麟、李生达、王靖国、李服膺、赵承绶等出自该校，而后来国民党的高级军官如陈诚、张治中、黄绍竑、刘文辉、刘峙、薛岳、白崇禧、顾祝同、何健、熊式辉等亦由该校涌出，第八期就有陈诚、周至柔、马法五等。在保定，郭增昌结识的最好的朋友是金佛庄、郤子举，这两个人后来都是黄埔军校的学生队长（还有郭俊）。保定军校地处京津一带，从"五四"开始就深受中国现代革命运动的影响，也开始为开设者之初衷相违。比如郭增昌他们曾成立有"壬戌社"。据金佛庄烈士的《自述》，它是以罗致各省革命军人同志以谋中国革命为宗旨，而入手处即是掌握军事势力以改造中国。

也是为了探寻改造中国的真理，郭增昌参加了由李大钊等发起的北大"马克思学说研究会"。据其成员之一罗章龙后来提供的名单，这个中国最早的共产主义研究团体的山西成员，还有高君宇、贺昌、王振翼、石评梅等，而这个团体的参加者不独局限在北大，后来它影响波及至平津等地。

一九二○年三月，北大师生李大钊、邓中夏与山西人高君宇等酝酿发起成立马克思主义研究团体，为建党进行思想和干部的准备工作，于是就秘密成立了"马克思学说研究会"。到了一九二一年十一月十七日，再由高君宇等十九人公开在《北京大学日刊》公布成立启事，遂将之作为公开团体，吸纳会员。《启示》称：已筹得百十元购书费，拟购备《马克思全集》英、德、法三种文学（字）各一套，以为收藏、阅览、开会、讨论之用，"我们的意思在凭着这个单纯的组织，渐次完成我们理想中应有的希望"，也就是以马克思主义在中国的胜利为悬鹄。

当时北大的校长蔡元培一向倡导"思想自由"，为这一团体提供了便利，在北大二院（马神庙理科）设立有办公室和图书室，并题名为"亢慕义斋"（英语"共产主义"之音译），门旁两边的对联分别就是中国共产主义之"南陈北李"（陈独秀、李大钊）的一句名言：

"出实验室入监狱；南方兼有北方强。"盖陈独秀曾云："世界文明发源地有二：一是科学研究室，一是监狱。我们青年要立志出了研究室就入监狱，出了监狱就入研究室，这才是人生最高尚优美的生活"；李大钊则曾感慨南方青年较北方青年的强悍更富于活力，若南北青年济济一堂，致力于革命学说的研究和运动，则中国当日趋强盛。这副对联反映的是革命乐观主义的精神、情操。

按"研究会"的章程，对会员的要求是"对于马克思派学说研究有兴味的和愿意研究马氏学说的人都可以做本会的会员"，可申请加入，也可由会员介绍，外地可通信加入。时在北大读书的人高君宇系发起人之一，由他介绍，便有"太原中学"（即太原省立一中）的王仲一（振翼）、贺其颖（昌）以及时在保定军校学习的郭增昌参加，这还有在北京高等师范学校读书的石评梅。那时高君宇正与石评梅相恋，感情之外更有思想的交流和提高，石评梅的加入无疑是高君宇的介绍了。以上五人即是"研究会"山西的早期会员（可见于罗章龙的《椿园载记》），后来该团体人数增多（达百人有余），如铁路系统中即有负责津浦路工人运动的王荷波（他是山西籍贯）、正太路的孙云鹏、京绥路的张太清、京汉路的史文彬等。这个团体与当时北大的"平民教育讲演团"（其中的丰台组书记也就是原太原一中的李毓棠），都是中共成立后北方区委的外围组织，其活动一直开展到一九二六年"三·一八"北方革命形势逆转之时。

"研究会"的"研究"方法，主要是学习（搜集书刊、讨论）、宣传（讲演、翻译并出版）马克思主义，尤其"特别研究"《共产党宣言》以及关于劳动运动和远东等问题，并拟"固定研究"马克思学说（唯物史观、阶级斗争、剩余价值、无产阶级专政等）、社会主义运动（各国的比较和批评等）以及俄国革命，也研究"世界资本主义掠夺弱小国家（如中国）等实况"。它是革命理论结合中国实际的一个研究团体,同时也是一个革命团体,如日本《昭和八年年鉴》就称之为"五四"运动的"指导者"。

在中共中央文献研究室编写的《毛泽东年谱:一八九三——一九四九》中,提到毛泽东在大革命的武汉从事农民运动,有主持武汉中央农民运动讲习所,并负责讲授"农民问题"和"农村教育"等,当时这四百余学员的"农讲所",是"聘请周以栗为教务主任,陈克文为训育主任,季刚为事务主任,郭增昌为总队长"(上卷,第一百八十六页)。郭增昌为"总队长",是因为他是保定军校出身而懂军事的人,又是中共早期从事军事运动工作的人员,可惜其中他的许多事迹已不可考了。如今可以确认的是,作为早期中共北方重要的干部,郭增昌是北方区委军运工作小组成员,后来这个小组升级为军事工作委员会,他也是成员之一。中共早期刊物《中国青年》(第十九期)有他的一篇工作报告《中国兵士状况及我们运动的方针》,由此可以看出:在大革命时期,他是较早提出应该重视武装斗争,"作军事运动",并"应当从下级军官及兵士着手"的,所以后来在延安整风运动中,为了吸取历史上"右"的或"左"的错误,毛泽东和中共中央决定编定《六大以前》等文件,其中就收有这篇文章,而很多人也是因为这篇文章知道了郭增昌的。如薄一波后来也提到过这篇文章,在他写的回忆录《七十年奋斗与思考》的上卷《战争岁月》里,他提及他在太原国民师范学校时走上革命的道路,其中说道:"贺凯和郭增昌从北京到太原来了,他们都是早期的共产党员,在北方区委李大钊同志直接领导下工作,也都是定襄人,与我邻村,原来就认识"(贺凯,当时在北京师范大学学习,后来是山西大学中文系主任)。

说到祖父,在我大学毕业后曾短暂从事过文物工作的几年中(山西博物馆、山西文物局),最值得纪念和自豪的,是我发现了祖父与徐向前元帅等山西第一期黄埔学生合影的照片，那是一九八四年的事了。那幅为我发现和考证过的照片，刊登在翌年北京《文物天地》的第二期上。当时徐向前元帅还特地为它撰写了说明。不久之后，照片中的一位健在者即西安的任宏毅先生与我取得了联系，进一步说明了照片当时的情况。徐向前元帅回忆说："一九二四年，黄埔军校招生，我和山西五台同乡赵荣忠、白龙亭、孔昭林、郭树械等去上海参加初试，又遇山西同乡王国相、朱耀武、李捷发、薛蔚英、任宏毅等，十位同乡到广州复试，全部录取，成为黄埔军校第一期的学生。"郭增昌和他们的合影，就是在他们毕业时拍下的。当时他的职责是，负责介绍学员投考黄埔军校和后来武汉军校。徐向前元帅的回忆录《历史的回顾》，徐向前回忆自己投考黄埔军校是放弃了小学教员而往上海投考点报名的，因为"我哥哥认识一位姓郭的军官，答应保举我去应试，我即下决心考军校"。这"姓郭的军官"，大概也就是郭增昌了。任宏毅回忆当时他的投考，也是郭增昌所介绍，是写给招生办的王柏龄的，任宏毅还说郭增昌与照片中的贺昌是密友。后来进入黄埔军校的山西人，还有程子华、王世英、常乾坤、郭炳等。

　　北伐战争开始后，军事工作加紧，郭增昌奉命进行策应工作。一九二七年初，他随军开入"红都"武汉，相继在国民革命军总司令部参谋处和武汉中央军事学校政治科任职，这些工作岗位聚集着当时的许多风云人物。是年一月，保定军校的同学、中共杰出军事干部、国民革命军总司令部警卫团团长金佛庄在杭州策反，被孙传芳捕获，壮烈牺牲，随后郭增昌作为其同仁、同学、袍泽，发起了追悼，这张启事刊登在当时的《汉口民国日报》，或许也是巧合，金佛庄烈士与郭增昌的儿子郭根的丈人邵飘萍烈士都是浙江东阳人。

　　郭增昌曾供职于武汉中央军事政治学校训练部，也就是黄埔六期的教官了。国共合作的广州国民政府和中央党部北迁，黄埔军校政治科也同时迁到武汉，后来就扩大筹办为武汉军校，由邓演达以及中共的恽代英等负责。当时郭增昌是邓演达、董必武、包惠僧等组成的招考委员会成员，学员（培养连排级干部）来源包括山西等地，分别由国民党省党部、中共各级组织介绍报考，山西学生有程子华、曹寿铭、曹海龙（他们是由省委派赴的，张文昂等向他们提供了路费）、郭炳、李逸三、段复生、王亦侠（女生队唯一的山西女生，后为张稼夫夫人）等，徐向前当时以厌恶军阀而再度南下，在"第二黄埔"的武汉军校任少校队长。后来他回忆说："这所军校，有不少老师和学生是共产党员、共青团员、国民党左派人士；军校又是在北伐战争的胜利高潮中成立的，直接担负着为革命战争培养军政干部的任务，因而革命性、战斗性、纪律性相当强，真正继承和发扬了黄埔军校的革命精神"；那里"常来常往的一些共产党员给了我很大启示和帮助，他们大多是黄埔同学或山西老乡，又是活跃分子，如樊炳星、杨德魁、吴展、李楚白、贺昌、程子华等，我们常在一起聚谈"；"我原来对共产主义和共产党的一些模糊认识逐步得到了澄清"。一九二七年三月，他由樊炳星、杨德魁介绍加入共产党。徐向前、程子华、李逸三、郭增昌后来还参加了讨伐夏斗寅以及惨烈的广州暴动，程子华也就是在突围战斗中伤残了的。

　　武汉军校是一所革命大熔炉，它还涌出过罗瑞卿、许光达、符浩、叶镛、赵一曼、黄杰（徐向前夫人）、张瑞华（聂荣臻夫人）等一大批革命儿女。郭增昌当时是军事教官，他是教马术的，此外他也是军校校务整理委员会的成员。一九二七年三月，原来计划筹备成立的湘鄂赣三省农民运动讲习所扩大为中央农民运动讲习所，毛泽东、邓演达、陈克文为常务委员，由毛泽东实际总负责，不久学员扩招到十七省合七百余人，自第二期起又特别注重北方，山西也有学员五十余人(第一期仅七人),而郭增昌又是这所大革命时期著名的"农讲所"的学生总队长。

由毛泽东开创的武汉"农讲所",宗旨在"养成深明党义之农民运动实际工作人员",由国民党(农民部长邓演达)与中共合办。在开设的二十九门学科中,军事训练是郭增昌承担的(日须操练两至四小时),而总队部共计四个队部及一个特训队,是由郭增昌总负责的,这是一个光荣又重要的职位。大革命中农民运动是非常重要和关键的一环,矛盾和问题也出在对农民运动的估价和态度上,郭增昌有幸亲历和目睹了这一事件。当时在武汉"农讲所"工作的还有山西文水人张稼夫,他是教务主任周以栗的妹妹周敦祜(杨开慧同学)介绍去讲授农业常识课的,后来也加入了共产党,是武汉政府警卫团党代表(后来牺牲)曹汝谦(即曹寿铭)介绍的。

不久,大革命失败,武汉军校师生组成第四军教导团南下参与发动了广州暴动。其时在武汉的山西革命前辈还有赵品山、赵尔陆、杜任之、高歌(高长虹之弟,负责国民革命军总政治部《革命军日报》的副刊《革命青年》)、王之铭(高君宇的妹夫)以及阎锡山参加"清共"后返入武汉的王瀛夫妇等。在汪精卫的武汉政府背叛革命之前,武汉和南京两家都在争取阎锡山,在武汉的山西革命前辈们也十分关注家乡的动态。四月,右派的梁永泰北返策应"清共",知悉此事的武汉"山西武装革命同志"二百余人致信山西当局要求予以查办,乃"梁永泰此次回晋携有英国牧师森浦儿津贴一万几千元,收买山西青年,做破坏工农运动之反革命宣传,此种事实为吾辈查觉,已呈中央党部请其严重查办,并永远开除党籍"(《汉口民国日报》)。"四·一二"蒋介石实行"清共"后,武汉山西学生又通电讨蒋,及至山西发动"清共",武汉山西革命同乡成立"旅鄂同志干事会暨审查委员会",以"应付山西反动派勾结一部反动军人压迫、殴打、拘捕、驱逐出境"我山西革命同志,这中间都有郭增昌活跃的影子。

再后来,郭增昌在严重的白色恐怖下辗转各地谋生,因而与党失去联系而脱党,从此离开了令人炫目的政治舞台。

二　北京师大附中

那是一个暮春的四月,在一个下弦月的夜晚,一群中学生围坐在学校的荷花池前,他们歌唱、轻语。坐在最高一层石阶上的一位女教员,突然被这夜的静谧和烂漫的歌声感染了,她回过头来,对来自家乡的学生李健吾说:"在这里求学真是幸福呵。"她就是石评梅。当石评梅不久遽死后,在追悼会上,李健吾带着哭声说:我们的感情不仅是乡谊,先生对于学生,朋友对于朋友,而是姐姐对于弟弟"。李健吾,他是先父入校前的校友了。

读读北师大附中的校友名单吧——赵世炎、刘仁、刘导生、于光远、张岱年、高元白、徐世荣、高景成、李健吾、杜任之、刘岱峰、李先桂、蹇先艾、朱大楠、林庚、张骏祥、张骙祥、郑天挺、杨伯箴、史树青、张承先、李琦、李德伦、余逊、周祖谟、黄仁宇、何兆武、于浩成、蓝英年、闻国新、颜一烟、陈遵妫、张钰哲、段学复、郝诒纯、闵嗣鹤、钱学森、马大猷、赫崇本、池际尚、姜泗长、李漪、汪德昭、张维、陆士嘉、刘恢先、熊全奄、高振衡、雷天觉、张炳熹、林家翘、陈阅增、吴树德、齐樾,他们都是先后在这所中学毕业的,你会在中国现代史的辞书或各种学科的工具书中找到他们的名字。

作为一所百年中学,它是辉煌了。

当中国开始进行它的近代化历程时, 走在最前面的恐怕就是教育,这道理很好理解,百废待兴而人才难求么,于是也就有了中国的名校如京师大学堂(北京大学)和北洋大学堂(天津大学)、"游美肄业馆"(清华大学)等,还有一批中国的"教育之父"们,如张百熙、张之洞、孙家鼐、严复、蔡元培等等。还有么,就是附中和他的老校长林砺儒。

师大附中是一九○一年正式成立的中国最早创办的三所公立中学之一(其前身是"五城中学堂"),又因为是中国最著名的师范大学的附属中学,它几乎总是在不断地进行"教改"。如林砺儒校长很早(一九二二年)就主持"三三新学制",试验自编教材、自订课程标准、自订学则等。汲领了世界教育先进潮流,参以实情而创新,这所学校从此也就人物辈出,让人得见中国现代教育的实绩。但是,"附中的确是一个青年们能安心读书的好场所,教员授课是那么努力,职员办事是那么认真,设备又是那样齐全,一切一切都使人有相当的满意。虽然,却仍有美中不足之点:附中总是显得那般死气沉沉暮色重重似的,没有一点带着生气的表现,没有一个健全的团体活动,先生自先生,学生自学生,或班与班之间,甚至各个同学间,每天总是漠不相关,散散漫漫的。因此,附中于是免不了要受'书呆子制造所'以及'一具失了灵魂、各器官分了家的活尸'之讥了"(穆勒《漫谈附中团体事业》)。这样的牢骚我在附中的刊物上见得很多,先父也是因为参加政治活动而得了一个"品行有亏"的处分,于是他毕业后愤而离开京城去投考名气尚不能与北大或师大相较的青岛大学了。但即使如此,附中的空间也开拓得很可以了,看先父保存下来的附中学生刊物就能感受到这一点。

现代教育,以社会交往活动的空前开阔而灌注了民主、自由、人权等世界普适基本理念的普及,从而成为一所崭新的意义场所。如人所言,"五四"是中国现代知识分子的出生证,知识分子的担当,其角色的安排和使命等由是而起,那时的附中亦为之一变:"五四运动在附中亦起了发聋振聩的作用，迫使同学们从一味读书的浓厚气氛中走到现实的社会，走向'外侮凭陵，国将不国'的当时政治环境"（金保赤回忆，《校庆八十周年纪念册》），后来的抵制日货、"三·一八"、"一二·九"诸运动莫不如此，而校友赵世炎烈士就是由无政府主义而共产主义的践行者。不过，当学校不再被"围墙"所范围时，它一定也会有"围城"的窘境和吊诡。如中国教育史上著名的梅氏兄弟之一、附中教员梅贻瑞先生就痛慨"五四以来大学的学生多半不肯安心用功，思出其位，什么都想干涉，对于学校用人行政苛责捣乱，无所不至"，且"自从社交公开，青年男女乍脱樊笼，什么恋爱神圣，直是扰乱意志的魔头"，痛斥学潮和恋爱自由等为"愚蠢的自杀之计"和"流行病"（《辛酉一班卒业纪念册》）。不能不承认，这也是时代的流弊，或者是"救亡压倒启蒙"这个主题下的话题之一，但毕竟那是时代的大潮，现代教育不能再是范围在一墙之内"君臣父子"的纲常教育了，它甚至可以是现代政治和思想运动的场所和温床了，赵世炎乃至编《中学文革报》的遇罗克不是都有此自觉的担当吗？

当年的师大附中是现代中国中学教育的试验飞地，其中最让我感念的是它的众多学生社团。

现代教育的学校也是试验人类应有权力（言论、结社、集会等）的场所，附中的许多社团也是在"五四"时才如火如荼出现的。批评政府，监督政治，正是"书生意气，挥斥方遒，粪土当年万户侯"。学校是污浊社会中的一方净土，学生是"思出其位"的社会良心，比如读一九三二年《附中新闻》上一篇《剿匪》的短评，你大概会惊讶于这些中学生的见解了：

　　　　江西剿匪听说是很顺利，把红军打得东零西碎，不亦乐乎。真是叫我们心服拜倒，蒋总司令的神通广大，马到成功。可是我们在这个当儿，细细一想，呵呵，又不免为那可怜虫儿捏了一把冷汗。恐怕要功亏一篑吧。农民要纳重重的租税，受了劣绅土豪地主的压迫，他们为了要求生存，于是不得不起来反抗。工人把即便是一滴血都出卖给资本家了，但是每日的工资绝对不够维持自己或家人的生活，他们为了要求生存，于是不得不起来反抗。大多数的中国人，受了近年来内外交厄的直接间接影响，吃饭都成了问题，他们已经急迫的生出"建设新的合理社会"的要求，全国骚动了！这伟大的骚动，不是枪炮所能消灭的！枪炮只能暂时杀害了民众最前线的先驱，可是那无数索衣要食的难民自后方来！喂！统治阶级！你们不要做这徒劳无益的傻事，快快收回残酷的枪炮，想法儿拿出衣饭来！要不然——！！！

　　把它和一年后发表于大刊物《自由言论》留美大教授彭文应先生写的《剿民乎？剿匪乎？》相较，你几乎找不出什么差距。你能说他们不过是些中学生？社会关怀之外，当然他们还须自律，于是就有"自治会"的普遍设立。

　　"自治"，是现代社会的象征，民主的试验。附中的学生自治会是赵世炎发起的，后来还有学生会、校友会等（先父曾任学生会主席、文书、监委等，又曾任《校友会会刊》编辑等。钱学森和熊大缜曾是校友会会计），虽说开初不免嫩稚，却起于心思的沉重："中国人无论作什么事，单独的干起来还行，若是两个人合作一定难免中途出岔。"这是外人评论中国人一种普遍的论调。此外更有人说："中国人不但团结力薄弱，就是自治的能力也十分缺乏，如果没有人监督,是不会作成什么事的"。以上两种评论实在是中国国民性的写真,这种脾气也确有改良的需要。本班和同校其他各班的自治会便是应这个需要而产生的一个组织,它创设的目的是想在无形中养成合作的能力和自治的习惯,以洗雪那些外来的诟辱",于是他们尝试着"自治","小小的心境里都放着一个神圣不可侵犯的自治会"(《初中戊辰级毕业纪念册》)。

这里的一些照片就是当年先父参加的附中学生会、校友会,《校友会会刊》编辑部的旧照,能够保存到今天,诚为不易。

这不易的另一层意思,是当我们不由回想起我们的中学时代,虽说我们不能高估我们先辈们"自治"的水平,仿佛应了"不是多少,而是没有"的谶语,我们那时还有这些"自组织"么?一旦"学生会"、"班委会"悉数被整合进全能主义架构中变成政治权力的玩偶,所谓自由交往、公共舆论、社会空间或市民社会皆被"黑洞"所吞噬,那也就离专制不远了。

据说欧美的同学会(校友会)是西方社会中民间组织的源头,则中土"自治会"等的消失也即现代教育乃至政治的一个逆转,连带作为现代学校传统之一的活动和形式——社团、演讲、辩论等,也相继消失殆尽或徒有空名了。这不光是中学,研究中国现代大学历史的谢泳不就在《大学旧踪》中写有《大学里的自由演讲》、《清华的校园民主》以及《过去的大学辩论》么?当年附中的文学社团甚至被写进文学史了。比如李健吾他们的文学创作、话剧表演就是那时开始的:"附中是培养我的文学兴趣最早的地方,我学习写作,就是从这个学校开始的。我和李健吾、朱大楠等两三同学成立了曦社,还办过两期《爝火》杂志"(蹇先艾《毕生难忘》);李健吾先生也回忆说:"我那时还在厂甸附属中学读书,班上有几位同学如蹇先艾、朱大楠等等,很早就都喜欢舞文弄墨,办了一个《爝火》周刊,附在景

爸(即景梅九先生,晋南人称父执和前辈也为"爸")的《国风日报》
出版,后来似乎还单独发刊了几期,那时候正是鲁迅如日向午,徐
志摩方从英伦回来。我们请鲁迅到学校演说过一次(即《未有天才
之前》),记得那次是在大礼堂,同学全来听了,我们几个人正忙着
做笔记。鲁迅因为在师范大学教书,所以我们拜托先生们(大都是
师范大学毕业生)去请,也还不太困难。因为我们各自童心很重,又
都始终走着正轨上学的路子,以后就再也没有和这位流浪四方(我
们当时不懂什么叫做政治的把戏)的大文豪发生实际因缘。"(《怀
王统照》)

　　虽说李健吾他们那时还不谙"政治的把戏",疏离了近在咫尺
的鲁迅,不过他们也真算有幸,除了请鲁迅、郁达夫等讲演,近水楼
台,附中还经常从师大请老师来讲演和指导,这有杨树达、黎锦熙
等等。就说文艺吧,如李健吾在附小能得王统照先生的提携,在附
中呢? 除了主编《文学旬刊》的王统照先生之外,"徐志摩和我们就
比较往还多了,他住在石虎胡同松坡图书馆,塞先艾的叔父是馆
长,所以不似塞先艾和他那样熟,朱大楠和我却也分了一些拜识的
光荣。徐志摩到我们教室讲演过,是他回国第一次讲演,事后他埋
怨塞先艾,连一杯水也不知道倒给这位诗人留学生喝。但是他很喜
欢我们这几个没有礼貌的冒失鬼,后来他在《晨报》办副刊和诗刊,
就常常约我们这几个不成熟的小朋友投稿子骗钱。"为什么说投稿
是"骗钱"? 他们穷呵,后来回忆这段历史,李健吾先生几乎哭着写
道:"塞先艾和我能够骗到一点文章钱,回到家里觉得分外体面,好
象这就是一种表白:'妈! 你看! 我会赚钱了!'"后来读大学,李健吾
又亲炙于朱自清先生。几度沐浴春风,也就成全了健吾先生了。

　　"曦社"还曾得到茅盾等的关注,茅盾编写《现代小说导论》,就
把它搁在首位,"对我们四个孩子来说,成了一种奖励和荣誉"(李

健吾《五四时期北京学生话剧运动一斑》）。如同李健吾等,从全国各地来求学的孩子们在附中发现了新大陆,"一进附中, 看着校园到处都是壁报和文艺园地,我狂喜了"(郭根《培育了我一生的师大附中》)。从山西来到附中的先父不久也办起了"缦云社",参加了"维纳丝剧社",并主持了《校友会会刊》。那时他们沐浴"五四"的余晖,而校园里也依稀可见当年"思想自由,兼容并蓄"的遗风,如《校友会会刊》发表有纪念马克思的文章,国民党市党部派人来捉人,"林砺儒先生大义凛然地站出来顶住,说不能由总编辑负责,是我们教师没有仔细审查稿,我们要做检查"云云。(同上)其实,教师么,从来就是社会最具活跃的组织者和舆论领袖,他们不是教诲学生"学成文武艺,售与帝王家"的乡愿,不是教导和灌输学生甘心去做"小草"抑或单一角色的"螺丝钉"的二道贩子,自然更不是局促于饭碗、做阿世之好的陋师、腐师,所以你看:附中的学生后来大概心底里都存有几位先生的影子——附中主任(即校长)林砺儒以及韩振华,国文老师钱玄同(《校友会会刊》上"疑古"的题签就是他的手笔),后参加福建事变、牺牲前自题墓碑为"社会主义者之墓"的徐名鸿,不甘亡国奴出走解放区的董鲁安(即于力。徐、董也都是《校友会会刊》的教师编辑),新文学女作家的石评梅和黄庐隐(有多少附中的同学曾感动于她们"娜拉出走后"的命运呵。在石老师的葬礼上,数百名她生前呵护和爱护过的学生们放声大哭,又从那以后, 他们又不约而同地经常到陶然亭去祭扫那一对感天动地的恋人——高君宇和石评梅),化学家和教育家(后为右派)的傅种孙等等。附中的学生也曾办有面向社会的"平民学校",塞先艾他们都当过这所学校的小教员呢。

　　如今呢,有名的中学都是名牌大学的预备班了;名牌大学呢,又是西方学府的预备班了。何以如此,值得深思。

　　当年师大附中校风优秀、基础扎实,大凡毕业生不约而同都放弃免试进入师大、南开、燕京的机会,而去投考水木清华,这倒不是说彼时已经是"看不见的手"成为绝对律令(其时附中已实施文理分科),附中的学风也是讲求全面发展的:"我们这班是理科,但大家对国文、外语都很喜欢,对其它功课也是很用功的,小说也看得不少,那是还开了一些社会科学的课程,历史地理不用说了,还有伦理学、心理学"(程侃声回忆)。附中的体育也是出色的,先父曾和写《城南旧事》的林海音的夫君夏承楹先生一同是附中"对球"(排球)校队的主力。那支球队甚至在全国都有些名气的。于是,我们才能看到从附中走出来的一队均匀发展、诸科悉称的"千里马"大军。问题是到了后来,学科判然而分,文理两歧,长此以往也就是我们经常面对的积重难返的素质教育问题了。

　　重新翻检师大附中的材料,在《师大附中初中戊辰级毕业纪念册》中看到许多后来的名人的少年照片,那是青涩年华的影子吧。其中就有熊大缜。由他,不由联想到先父的后半生。

　　那是一个花甲前的冤案了,是谓熊大缜的冤死。所谓"出师未捷身先死,长使英雄泪满襟",当年冀中根据地发生过两个冤案,其中之一是"汉奸"、"特务"的清华高才生熊大缜的被处决,那时他不过二十六岁!

　　在钱玄同先生题款的《京大附中初中戊辰级毕业纪念册》中,一九二八年初中毕业生的全体同学像片出现在我的面前,蓦地,这个名字立刻吸引了我——熊大缜。一副纯朴稚嫩的样子,这就是熊大缜呀。毕业册上,每个人都有同学们的评语,熊大缜乃"赣之世家子也,昆仲六人,君行五,天赋尚不恶,惟性顽皮。殆年十二,与兄大纪同考入附中,旋因事休学,继年复入校随此班。游嗜运动,然体力不足,多无成,惟精足球。学业平庸,于数学特饶兴趣,故成绩亦稍佳。君无所志，但愿终身儿童而已"。看出是很孩子气的，天真烂漫，以后如果不在社会上消磨掉，就有危险了，如同徐铸成先生为先父撰文，称其葆有天真，而"天真对于报人不啻癌症"（《旧闻杂忆续篇》），果不其然，熊大缜的冤死，亦未始没有"天真"的成分。

熊大缜喜数学，与同窗汪德熙相仿（对于汪的评语，有"性笃实恬静"，"功课尚佳，受兄益极多，长于数学"等），后来就考入清华，读物理，毕业后进研究院，师从叶企孙先生。中学时的熊大缜是"顽皮"，大学呢？韦君宜回忆其人，说："记得一位比我早三班的同学熊大缜，平时不大活动，很用功"，但"从抗战开始，他这个书呆子便抛弃了出国留学的机会，大学助教不当，跑到冀中参加革命"。这个变化是那时很普遍的，韦君宜自己就是。这是中国知识分子的天性，"天下兴亡，匹夫有责"的信念是深深埋在他们心底的，虽然程度不同，如叶企孙就有西方科学家的粹然问学、慎行冷静、超然党派政治之上的性格心态，其弟子的熊大缜师叶如子专业学问之外，这师生二人的政治党派见解就不会高深到什么地步，不过"书生上马能击贼"，民族有难，熊氏亲赴根据地，叶氏在平津以及香港等地策应，不料结局出奇地令人意外，如韦君宜之叹：这熊同学，"他是学工科的，在部队主持科研工作，制造了炸药、手榴弹，还跑到北平为部队采购药品和电台，谁想到这个人后来竟以特务罪被枪毙，而且正式通报，明正典刑。同学们见到都既惊讶又传以为戒，一提起他就是'隐藏的坏人'。"悠悠众口，他的同学以后谁还敢再提他呢？于是他是被遗忘者。

一九八六年，中共河北省委为熊大缜平反。我找来《吕正操回忆录》，书上是这样写的：一九三八年春夏，中共党组织动员了许多平、津、保的学生和知识分子来冀中，同时运进了大量药品和医疗器械以及收发报机的零件，北大、南开、协和、留学生、教授，进了根据地,清华就有熊大缜、汪德熙、李广信等,其中门本忠负责爆破队研究室,后来在反扫荡中英勇牺牲(被日本鬼子用铁丝穿进锁骨游街再遭杀害)、张芳试验雷管致残。熊大缜呢?脱下西服,研制炸药、地雷、雷管,终于用它切断了华北的许多铁路,又装修短波通讯工具,曾鬼斧神工设计用猪尿脬从平津向根据地运送真空管。这个本来将去德国留学的清华学子,在冀中发挥所长,先后担任军区的印刷所长、供给部长、研究所长,却不料一九三九年在转移途中,"被晋察冀军区除奸部突然秘密逮捕,同时株连从平津来冀中参加抗战的知识分子近百人"。熊氏被处死后,又宣布为"汉奸"、"特务",这不幸被受梅贻琦校长之命滞留天津设立临时办事处,支应南下师生并保管校产的叶企孙所测得。

　　叶企孙在后来的交代回忆中,说起熊大缜那个案子,"老实"交代,他是早就担心熊的无背景而荣膺要职的,"恐无好果",为什么呢?是有限的人世练历经验所提示?是对心爱的学生和助教熊大缜其性格等的深刻了解? 抑或一个清华学人对迷离模糊的中国政治的怅惘?而这种怅惘是否又落实到担心战争环境下政治党派对"上马击贼"的书生充分信任和宽容?终究老师比学生老成,不过叶先生的专业是物理(堪称中国物理学之泰斗),但要让他明白中国政治那是不灵的, 所以他那时对河北吕正操与鹿锺麟双双不能合作抗日很有看法,他哪里知道统一战线内部会有复杂激烈的斗争的奥妙,熊大缜也终失于"天真"(实际上他已经处于被监视的处境),也居然会不假思索接受了一个来自"天津党政军联办"的抗日统战组织的试图沟通双方的良好愿望,于是他的被杀即有根据地错综复杂的对顽斗争以及军人干部和知识分子干部隔阂猜忌的复杂背景, 也有始自苏区大肃反以迄其后不时发生(比如延安"抢救运动")的左的错误方针影响,于是中国少了一位物理学家,那位叶先生也被视为老牌国民党"CC系"了，数十年后因而被捕和审查，他的晚年是十分不幸的。

熊大缜同学，后来很少被人提及了。只是到了一九五七年，他生前的好友钱伟长在北平即将解放时的一句私下讲的话被人揭发了，那是他对党内一些错误做法的意见，他说："用得上你就用，用不上时就枪毙，像苏联对待托洛茨基，中国对待熊大缜那样。"（见《首都高等学校反右派斗争的巨大胜利》）当然，这是了不得的"黑话"了。可是当年叶企孙、熊大缜、钱伟长、汪德熙、葛庭燧、阎裕昌、胡大佛等，他们都是在冒着生命危险向根据地进发的呢。

完全没有想到，整理北师大附中的材料，自己的心情竟会如此沉痛。那么，再换一个角度看看吧。

三　花样年华

师大附中，那时这所学校亲闻石评梅謦欬的山西同乡学生，前有李健吾，后有郭良才（他的恋人是报人邵飘萍的长女，也是石评梅生前最喜爱的学生之一，后来石评梅去世，学校举行悼念会，她在大会上做了沉痛的讲话）。那么，说说他和她的故事吧。

三十年代，似乎还是讲究结婚门当户对的年代吧？然而差矣，彼时《京报》已经由民国著名女报人、邵烈士的遗孀汤修慧所"复活"，虽说尚不能与邵飘萍时代的《京报》相比，却也算得上是京城的一张大报（现在的《新京报》据说就是承邵烈士之余绪的），于是你想：邵公馆的女子，可曾好攀？然而却有一个从山西到北平读中学的乡下人，最终却以其艳艳的才华和翩翩的气度赢得了邵家长女的青睐，他们在师大附中读书时开始坠入热恋，也许这在现在，那就叫"早恋"吧。

其实,沐浴了"五四"的光辉,三十年代的高中学生们已经驾轻就熟地追求起恋爱自由,在同样的学校,这位乡下学生的师兄,如李健吾、夏承楹等,也早已坠入爱河,而且那似乎已经是社会上的风气了,比不上后来我们读书的中学乃至大学,可怜受"文革"无爱又无性的文化所薰陶所冶炼,二三十岁的人了,硬是一个没有情感可以倾吐的"愤青"。

高中毕业以后,邵家的小姐升入北师大读书,那位乡下人呢,却因中学读书期间过于活跃,在他所主持的《校友会会刊》竟"公然"发表有纪念马克思的文章,于是国民党市党部闻讯派人来捕捉他,好在校长林砺儒先生站出来顶住,只对他稍加训诫,但是在毕业的评语中却有一条"品行失检"的记录,于是这位乡下人受了刺激,放弃了在北平升大学的愿望,遥遥地前往青岛读大学去了。不久,邵家小姐为情所系,也放弃了在北平继续读大学的优越条件,迢迢地去青岛做"伴读"——也就成为青岛大学的一员"旁听生"了(当时青岛大学的女旁听生一共有三个人:邵乃贤、沈从文的妹妹沈岳萌,当时名叫"李云鹤"的江青)。

这也就又留下了一段让这个"乡下人喝杯甜酒吧"的佳话。当这位乡下人的大学生与邵飘萍长女恋爱且要结婚的时候,邵飘萍业已墓木已拱,当时的《京报》是由汤修慧女士打点的,而在民国历史上,汤女士是有名的女中豪杰,老报人包天笑在他的《钏影楼回忆录》中曾称之为"现代女界中是不可多得的"女性,于是,最终她也放手了爱女的自由,让一位乡下小子喝了"甜酒",成全了这一对情侣的挚爱。在这一对新人实行结婚时,她还在婚礼的请柬和报纸上刊出了这样一条独具匠心的广告——在标名"黄金时代"的邵家后人的照片上,汤女士题写了如下的文字:

"我家二十年来所积下的二万三千金,另一万金是利息。"

　　这说的就是邵飘萍的三位"千金"、二位"弄璋"的公子以及这带来"利息"的毛脚女婿（据我所知，邵家的另一个女儿后来嫁给了音乐指挥家陈传熙先生）。那时的时尚还有刊登订婚或结婚的启事，或者向亲友赠送缔结这种良缘的通告，这是一九三二年二月十四日郭良才和邵乃贤两人实行订婚的"通告"：

　　　　我们为了这种必要、即在我们两人的关系上须有一种表示，因此，我们决定从现在起宣布订婚，谨将这个消息报告于关心我们的相知们！

　　在文字下方，是他们的相片，那是用心状制成的，隐约可见的还有一行英文"Hence we two are one"，意思是"从此我们两个人结为一体"。

　　汤修慧女士不仅成全了一对新人，后来她还培养那位乡下人的毛脚女婿承传了邵烈士的事业。在中国新闻界泰斗徐铸成的《回忆录》中，有这样的记载：一九四〇年，"我在香港又与（邵）飘萍夫人汤修慧先生见面。她以民族大义为重，毅然抛开《京报》馆及所有产业，只身到港——她有一长婿郭根，青岛大学毕业，中、英文均极有根底，但为人讷讷谨厚。汤先生向我介绍，我即延入《大公报》，顶蒋荫恩兄缺，编辑要闻。"一九四一年，徐铸成兼任《中国评论》总编，又交"由郭根负责编稿工作"。至太平洋战争爆发，香港沦陷，徐、郭逃出香港，在桂林开馆（《大公报》桂林版），复又因豫湘桂战役国军溃败而迁往重庆，遂主编《大公晚报》，并由"先期到渝之郭根任要闻编辑"，后来郭根被《大公报》中的右翼势力排斥出报馆，即"某日，忽以主标题未按〔曹〕谷冰意制作，立以'不服从上级命令'之罪，宣布开除"。再到战后的一九四六年，徐铸成也退出《大公报》复归《文汇报》，跟随其到《文汇报》的就有原《大公报》的郭根等，《文汇报》复刊和改版后且由郭根任总编辑，当时编辑部中还有黄裳、柯灵、刘火子、李龙牧、梁纯夫、金慎夫等。"到了是年底，郭根辞去总编辑职，自愿赴平当特派记者"；"去北平后，他写了不少有关学生运动出色的报道"。

邵飘萍的《京报》，其报格后来在《大公报》、《文汇报》等报纸上都有所体现，他的未曾谋面过的女婿也成为中国新闻史上一位资深的报人，然而他的爱女却在抗日战争爆发后滞居上海，在生产了三个子女之后，因贫病，终沉疴难起，撒手人间。可叹的是，当时她的爱人正在前方的生死线上从事着抗敌的新闻事业，一对夫妇竟不能有一个生死离别的机会了。

四　先父的一些师友

在先父的日记和照片中，有一些我能够知道的人和事。

这里，就来说说几位自己印象比较深刻的前辈吧。

先说梁园东，他是历史学家。早年读书北大历史系，曾经在《京报副刊》等发表文章，不过用的是笔名，也许至今还没人收集过他的这些遗文。后来他在上海大夏大学教授历史，由于参加了名噪一时的"中国社会性质问题"大讨论，声名鹊起。曾响应在商务印书馆编刊的胡愈之关于"梦想"的话题征文。他说："必须什么样的政府才不怕人推翻，因此什么话他也不怕你讲，或者他还要你讲，以至于他虽要你讲，你也无话可讲。"那意思是说政府是"民享、民有、民治"的，它不义人民可以推翻他，当然它应该更不忌讳人家讲话，甚至于你不讲话它还要请你讲呢，这似乎就是孔子说的"天下有道，则庶人不议"的境界。然而后来这位历史学家的命运，竟是格外的坷坎。曾与金克木等在国民党搞的武汉大学的"六一惨案"中被捕，后又成了山西著名的"大右派"，乃至在"文革"中屈死。

再说智良俊。他也是先父的同乡和挚友。不过，他似乎与梁园东有所不同。

我在《老照片》发表过一篇他和父亲的文章，那是由他赠给父亲的一张照片说起的。

——"送给我的知友良才。南京'一二·一七'惨案被难留影。俊，一九三二年一月三日"。一九三一年"九·一八"后，他去南京参加请愿运动，结果竟被国民党军警所殴伤，为了纪念这民族的耻辱，智良俊把他受伤的照片复制送人，留作历史的见证了。那个时节，有多少像他一样的青年对死抱着"攘外必先安内"的国策不放的国民党政府失去了信念，转而把国家和民族的前途寄托在那神秘又新鲜的西北，智良俊后来就辗转去了抗日根据地了。

他曾是北平大学法学院的学生，也是北方左联的成员，经历了北平学生南下示威团赴南京请愿被殴驱散的一幕，他携笔参加革命，后在中共北方局、晋察冀边区工作，曾是中共河北平山地委书记。及至红旗漫卷，大军开入北平，他与父亲都随军开进古都接收敌报，从此又都从事了新中国的新闻和出版工作。此前智良俊服务于《晋察冀日报》，从总社国内新闻组、资料编辑室到新华书店分店和总店经理，他与邓拓、胡开明、马健民、胡锡奎等一齐度过了战争中的艰难岁月，而《晋察冀日报》的山西同仁还有郑季翘、杜导正等前辈，它还集合了后来新中国新闻和宣传战线上不少的干部，如王子野、王惠德、马寒冰、范瑾、周游、吴砚农、娄凝先等，当然也有张春桥这样的人物。此外智良俊也是新华书店的元老，在晋察冀时代，这家书店在邓拓领导下，曾出版过极具历史价值的首版《毛泽东选集》（一九四四年五卷本和一九四七年的六卷本），不过智良俊是极内敛的人，对这些他很少落笔，更绝不宣传个人，记得先父曾要为他写传，他是不由回拒了的。

智良俊是共产党人，他不居功，不邀官（没有当过什么大官，在我记忆中，幼年或少年时，我曾随父母到他任职的河北正定、江苏徐州做客，彼时他是县委书记、市政协副秘书长，以及徐州医学院图书馆馆长，而在他离休前，则是全国政协文史办公室主任），是非常本色的一个人。这样的共产党人，老实说，在我有限的接触中，是并不多见的。如今他早已去世了，或许没有子女，我至今还没看到有关纪念或宣扬他的文字，不像同乡的薄一波、胡仁奎等，或多或少，都有纪念碑式的文字在世，于是我在这里写一点对他的怀念文字。

山西定襄同乡，以及早年的共产党人，还可以提到贺凯（他与先父晚年都在山西大学从教）。

关于贺凯，薄一波的回忆录《七十年奋斗与思考——战争岁月》中，提及"贺凯和郭增昌从北京到太原来了，他们都是早期的共产党员，在北方区委李大钊同志直接领导下工作，也都是定襄人，与我邻村，原来就认识"。薄一波是定襄蒋村人，郭增昌是定襄安寨人，贺凯呢，则是定襄南兰台村人，都相距不远，山西辛亥革命的元老之一，就是贺凯的先人贺炳煌。

贺凯早年在太原省立一中读书，期间与同窗王振翼、李毓棠等发刊《平民周刊》，迎接"五四"新思潮，恰好校友高君宇由北京返省，即在母校等处召开座谈，探讨如何在山西开创局面进行民主革命运动。那时节正是青春中国的青年们发誓彻底改造国家的火热时代，当时中国社会主义青年团在上海成立，高君宇也在北大参加了"马克思主义研究会"并参与组建了北京共产主义小组，不久又筹建了太原的社会主义青年小组，到了一九二一年五月，太原的团组织宣告成立,贺凯就是其中成员之一。就在他一九二二年毕业入京、读书北师大的前后,由太原"一中"涌出的他的同学纷纷担纲了革命重任:王振翼(中共劳动组合书记部分部、"铁总"的负责人)、贺昌(后为团"三大"中央委员兼劳动部长等)、汪铭(在校发起"见闻观摩会"等)、李毓棠(北大"平民教育讲演团"丰台组书记)。同年中国"社青团""一大"正式在广州举行,王振翼代表出席,选出高君宇等五人为中央委员,各地也相继成立区委,如毛泽东在长沙、高君宇在北京、恽代英在武汉等,不久团中央批准了太原地方团执行委员会细则(此前团中央取消了太原团自定的章程,以为:"本团为集中的组织,全国规章应归一律,不当有地方章程之发生。"),后来高君宇代替生病的施存统出任团中央书记,这个阶段,贺凯是在高君宇直接领导下(高又在李大钊领导下)开展团的工作,又由之介绍加入了党组织的。

　　贺凯后来担任了团北京地方书记一职,这是一个非常重要的岗位。在高君宇奉命南下任驻粤特派员后,大革命高潮前的酝酿已经进行,率先就有北京的民权运动大同盟运动,其时高君宇又因党务活动辞去团内的任职(后以中共代表身份参与团的领导工作),由贺昌补入团中央委员兼经济部主任,并负责团刊《先驱》的编辑及发行主任等。贺凯则由先前的团地方书记辞职,与何孟雄、范鸿喆等组成改组后的北京地方执行委员会,另外,贺凯还是中共北师大的支部书记。国共合作后,还任该校国民党俱乐部(国共合作的党部)组织委员。后来大革命中北京的各种政治运动他都是弄潮儿:"三·一八"、"五卅"、工人运动(全总)、学生运动(组织读书会等),几无役不与。

　　一九二四年,大革命渐趋步入高潮,高君宇在太原筹建了山西的党组织(那中间又有"一中"的傅懋恭即彭真、张叔平等的身影了），北京则是"山雨欲来风满楼"。我曾有幸读到此时贺凯给邓中夏的一封信，信中报告了北京团的状况："此间近来增加会员甚多，然缺少教育，大多数均连本会组织小册仍未看到，刊物只有《中国青年》每期能收到"，他根据团组织活动呈现内部涣散而建议："本会的教育甚为紧要，近二年来内部涣散实由于此，盖大多同志均不明本会意义，故无兴趣，所以他的做事行动，好像与本会漠不相关，所有活动作事者，作来作去，仍然不过是几个少数人，所以我们今后应注意实行以下两点：一、拣热心的未作过事的与他一种事，使他与本会发生密切关系，总一句话说：就要注重新分子。二、地委每星期须派人去各支，一方面训练会员，一方面要调查书记尽责与否，这样书记不至于敷衍了事，必定要负责。"邓中夏与高君宇都是北方党的负责人，其时高是地委宣传部长，又兼北大校长办公室秘书，加上身体一直不好，于是党刊的《政治生活》就由贺凯等参与编辑发行。

　　贺凯早年投身革命，其消息却很少被人所知，我曾因写作邵飘萍的传记检阅"五四""四大副刊"之一的《京报副刊》，才读到他写的《苏联革命纪念中的列宁》，以及在《觉悟》（《民国日报》副刊）刊登的《赤色的路》，甚至他从事新文学创作的小说《祭灶节之后》、《沙漠里的旅行者》（刊于《晨副》）等。很难想像，在山西大学与我为邻的贺凯先生，曾经还有这些虽说有些粗糙但却热力四射的文字，那依然可以感到一个理想主义者的企盼和追求："世界好像一个周身发疮的病人，躺在地上正呻吟着，活泼泼的青年人——我们一条路上的同伴们，都拿定坚强的志愿，用明晃晃的刀子实行外科手术，想要救出这个整个儿的世界，找到人类底幸福！在顶天立地的一张大黄纸上，公布出一切吃人肉的恶鬼的最后判决书，在一个不可思想的大断头台上，把他们杀了个干净，救出许多的不见日光的囚奴！"或许那个时代的许多青年都是相信要走"赤色的路"的，"我们相信从此路走去，一定能救出这将死的整个儿世界，找到人类的幸福。"贺凯原先也是坚信着："人类是上进的，不是退后的，爱自由的，恶束缚的"，于是他执着地走着。一九二六年"三·一八"惨案发生，贺凯的同窗好友范士融（北师大国文系学生，由高君宇介绍，与贺凯一同加入国共合作的国民党，是北京第七区党部书记）不幸牺牲，北师大为之举行悼念，贺凯致词曰《站在我们死者之前》。他说："我们在阴沉冷寂的操棚中，站在我们的死者——范君柩前，给他行过最后的诀别礼。他从此把革命的负担交给我们，我们是如何的惊惧恐惕，怎样才能不负我们的死者？"继之他呼喊："血钟撞开了，踵着先烈的血迹，曙光在前，奋斗奋斗！打倒一切帝国资本主义！打倒媚外军阀卖国政府！为中国复仇！为范烈士复仇！"

　　贺凯在京读书期间参加革命，期间往来家乡，多有革命任务，这在薄一波的回忆中可见一斑。如一九二七年一月，贺凯返乡，与薄一波、郭巨才（即郭挺一）、师祥甫、史雨生等召集中共定襄支部开会，筹组中共定襄县临时委员会等。后来大革命失败，贺凯失去党组织联系，并辗转各地求生，期间还曾被拘捕过，于是与郭增昌一样，也不得已而退出了令人炫目的政治舞台。

　　早年的贺凯，以后遂以学者面目而出现，这样的例子似乎很多，只是可惜为人们有意无意地忽视或者淡漠了，于是他们早年的光彩，竟消遁了。

　　彼时先父的师友，当然还有很多，这里我只述说了三人，其余的，多多少少在日记注释中都有所介绍，限于篇幅，也就不一一陈述了。其实，他们中的许多人，我会用相当的文字来研究和介绍的（比如郭挺一、胡仁奎、霍世休），且待将来吧。

五　青岛大学

现在的山东大学，其前身之一便是上世纪三十年代初成立的国立青岛大学，而它又是由一九二六年夏从省立农、矿、法、商、工、医六所专门学校合并成的省立山东大学改称而来的，这仿佛就是鸡生蛋、蛋生鸡似的关系。不过在这一迁变的过程中，历史的严酷和冷峻就凝结在这中间，给现在的这所百年学府平添了几许辛酸和深沉。

一九二八年，南京政府实施第二期"北伐"，欲北上幽燕，一举消灭北洋残余的张作霖奉系军阀势力，在途经济南时，竟遭日军出兵干涉，并发生了震惊天下的"济南惨案"。省立"山大"因而停顿，后来南京政府大学院令改为国立"山大"，等到济案解决，又奉教育部之令再改称为国立青岛大学，由何思源、赵畸（即赵太侔）、蔡元培、杨振声、傅斯年等成立筹备委员会筹措之，至一九三〇年九月，乃正式成立，由杨振声先生任校长，赵太侔先生任副校长。此前学校曾在北平、济南、青岛招考新生，先父就是从北平师大附中考入青岛大学的。

"青大"是接收了原省立"山大"以及私立的青岛大学成立的，校址从前就是德国的"万年兵营"。它依山而立，气象万千，加上青岛本来就风景秀丽，汇泉、崂山、海滩、阳光、准山城、各式国际风格的建筑——很是吸引人，不仅教授们云集青岛（如先父的老师梁实秋和校长杨振声以及赵畸、闻一多、方令孺等就被称为此间善饮的"八仙"），先父后来也就把青岛视为他的第二故乡，念兹在兹了。

先父原在北平读书，原本可以在那里读大学的，但因为他是学生会以及各种文学小社团的骨干，在三十年代初时代风潮的裹挟下崭露头角、追求革命，参加进步活动，主持刊物发表进步文章，被校方给予了"特别惩戒"，一怒之下，他离开北平考取了"青大"外文系，而系主任就是鲁迅的对头梁实秋先生。后来父亲的同窗臧克家回忆：彼时梁先生，"面白而丰，夏天绸衫飘飘，风度翩翩"。学生都知道他和鲁迅是论敌，于是好奇地问他，梁"笑而不答，用粉笔在黑板上写上四个大字：'鲁迅与牛'。"

　　"青大"成立时可说是名师众多：校长杨振声此前服务于"北大"、"中山"、"燕京"、"武大"、"清华"各校，以清华文学院院长履新"青大"校长，自是颇获人望。教务长赵畸（后为张道藩）是戏剧改良运动的人物，此前服务北平"艺专"和北大，也是因为他和夫人的关系（其夫人俞珊出自世代书香门第俞氏家族，俞夫人的祖母即曾国藩之孙女，祖父也即鲁迅在南京上学时的校长俞明震。叔叔呢，就是大名鼎鼎的国府要员、当过国防和交通部长的俞大维，姑姑则是傅斯年夫人的俞大彩。俞珊毕业于南京金陵女大，后投身戏剧运动，曾是"南国剧社"的扛鼎人物，主演过《卡门》和《莎乐美》等，红极一时），"青大"不久进来一对新人（见后），当时是极普通的事，后来却是要"惊天地泣牛鬼"的。

　　草创时，"青大"三个学院——文学院（中文系、外文系）、理学院（数、理、化、生四系）、教育学院（除教育行政系外，还有"山东特色"的乡村教育系），分由闻一多、黄际遇、黄敬恩任院长，此三人皆是留洋学人。而文学院中，闻一多先生此前是中央大学外文系主任和"武大"文学院长，此外古典与新文学以及西洋文学诸大家之梁启勋、黄淬伯、游国恩、丁山、张煦、沈从文、方令孺、孙大雨、洪深、老舍、王统照、田汉、赵少侯、郭斌龢等，理学院则有傅鹰、曾省之等。就是办事人员之中，也是藏龙卧虎，如吴伯箫先生彼时就是教务处的职员。学生中呢？物理系有俞启威（即黄敬。他一定是受了家族中俞大维先生的影响才热爱上物理学的。俞大维先生曾是中国著名的弹道学专家，留学美、德，后走上从政的道路)，中文系有臧克家，似乎先父提起过他们当年在"左联"的影响下从事进步活动，另有王林(作家)、崔嵬(表演艺术家)等。

三十年代的大学，学业和政治注定是发生冲突的，也正是在"九·一八"后，偌大一个中国，找一处安放书桌的地方已是不易，何况汹汹人流的大学。我看过"青大"的学程表，以我读大学的经历，只能叫一声惭愧：人家中文系开的课——国文(A、B、C)、名著选读、文字学、文学史、小说史、音韵学、唐诗、宋诗、近代散文、词学、骈体文、目录学、文学批评史、戏曲概论、中国学术史概要、毛诗学、楚辞学、文选学、乐府诗研究、高级作文、古代神话、诗家词家专集、经史子部专书研究；外国文学系呢：各种外语不论，小说入门、戏剧入门、英诗入门、莎翁、浪漫诗人、英日俄法德文学概论、圣经、古典神话、西洋文学批评史、传记文学研究、希腊悲剧、英文演说、维多利亚时期散文与诗、英国戏剧研究等，此外还有十数种共修(必修、选修)的课程，在父亲的遗物中，我也看到过他当年的课本、笔记、作业等。但是他们真的是"酱"在这学问的海洋中了？以及只是教室、寝室和球场(先父曾多次作为青大排球队的主力参加华北运动会等)的三点一线？

也是"九·一八"后，风传日军将在青岛登陆，杨校长急令遣散学生，等到时局平和后继返校读书，学生却再也不能弦歌不辍了，到南京去请愿！后来梁实秋先生记载了学潮，在教育家和学人看来，那算是伤心事了：

一九三一年"九·一八"变起，举国惶惶。平津学生罢课南下请愿，要求对日宣战，青岛大学的学生也受了影响，集队强占火车，威胁行车安全。学校当局主张维持纪律，在校务会议中闻一多有"挥泪斩马谡"的表示，决议开除肇事首要分子。开除学生的布告刚贴出去，就被学生撕毁了，紧接着是包围校长公馆，贴标语，呼口号，全套的示威把戏。学生由一些左派分子把持，他们的集合地点便是校内的所谓"区党部"，在学生宿舍楼下一间房里。——后来召请保安警察驱逐捣乱分子，警察不敢进入党部捉人。这时节激怒了〔张〕道藩先生，他面色苍白，两手抖颤，率领警察走到操场中心，面对着学生宿舍厉声宣告："我是国民党中央委员，我要你们走出来，一切责任我负担。"由于他的挺身而出，学生气馁了，警察胆壮了，问题解决了。事后他告诉我："我从来不怕事，我两只手可以同时放枪。"(《悼念道藩先生》)

学生请愿返校，见着的却是一纸开除三十余"首要分子"的布告，学潮乃起。彼时这也不独"青大"一家，梁先生写信给徐志摩报讯，徐回信说："好，你们闹风潮，我们(光华大学)也闹风潮。你们的校长脸气白，我们的成天的哭，真的哭，如丧考妣的哭。"那时，校长也真不好当。"青大"杨校长辞职，赵畸继任之，但"青大"元气已伤，杨振声、闻一多、沈从文、方令孺等相率离去，再过几年，日本人呼啸着打进济南(我藏有几张彼时日本人拍的所谓"胜利欢呼"的照片)，山东大半已沦陷，"青大"也就渺无声息矣。

说起"青大"，免不了的话题颇多，用一本山东的刊物《老照片》集锦的题目"另一种目光的回望"，或者"尘埃拂尽识名人"，即便是说"老大学"的"青大"，也能说出新的况味。这比如说梁实秋。

梁实秋在"青大"还兼任了图书馆主任的职务。不知怎的，远在上海的鲁迅听说了这样的传闻：他说到中国自古皆然与大一统匹配的文化专制、禁书和文网时，忽然说道："梁实秋教授充当什么图书馆主任时，听说也曾将我的许多译作驱逐出境。"（《"题未定"草》）不过，这似乎从来也没有人证实过。先父是读外国文学系，又师从梁教授作毕业论文的，但我没有听他说起过这事（他后来从事鲁迅教学和研究）。臧克家先生后来回忆，却是："我想不会的，也是不可能的。"（《致梁实秋先生》）这应该算是一个人证。梁先生自己也有过一个说明，他说："我首先声明，我个人并不赞成把他的作品列为禁书。我生平最服膺伏尔泰的一句话：'我不赞成你说的话，但我拼死命拥护你说你的话的自由'。我对鲁迅亦复如是。"的确，台湾封锁鲁迅的书，梁先生是反对的。至于"青大"时的传闻，他解释说："我曾经在一个大学里兼任过一个时期的图书馆长，书架上列有若干从前遗留下的低级的黄色书刊，我觉得这是有损大学的尊严，于是令人取去注销，大约有数十册的样子，鲁迅的若干册作品并不在内；但是这件事立刻有人传报到上海，以讹传讹，硬说是我把鲁迅及其他"左倾"作品一律焚毁了，鲁迅自己也很高兴的利用这一虚伪情报，派做为我的罪状之一。其实完全没有这样的一回事。"（《关于鲁迅》）这也应该是不错的。

　　先父在"青大"时，还参加过一个"刁斗文艺社"的文学团体，并在《刁斗》发表过作品（小说《血的买卖》和《夏天最后的一朵花》、《斗争》以及译作《美国同路人问题》、论文《论短篇小说故事之演进》等）。其中的《斗争》就是描写学校生活的，说的就是学潮中的学生和既得利益的教授之间的冲突。所谓教授呢？"不学无术，徒鼓如簧之舌，运用其江湖伎俩，上课时废话滔滔不绝，对于课本则从头至尾一气念完，从不作字句之解释"，又"别出心裁，暗施麻醉伎俩，因谓彼能介绍同学往某某大杂志投稿，同学等年幼好名，遂为所惑"云云。这可能就出自彼时"青大"的真实素材。不过,这一成立于一九三四年一月的组织和刊物,自然是受到梁实秋先生、沈从文先生、赵少侯先生们影响的,它的艺术观点也就是"忠实于人生,忠实于艺术","不以成见来看东西,也不以偏见来诠释那掇拾了来的人生现象,这是因为'人生'是异常庞杂的东西,它有阴影,它却也有光明面,只要不是有意地戴起有色眼镜来的人,是大不必粉饰现实或扭曲现实罢"(《发刊辞》)。这样的态度庶几也就是多元的趣味,所以它可以刊登列宁《作为俄国革命的镜子的托尔斯泰》(周学普译),也可以刊登研究莎翁那样"超时代超阶级"的悲剧作品,"它虽不是普罗列塔里亚的作品,而共产党的始祖马克思和其实行者列宁也都酷爱它,苏俄的狄克推多史大林最近在政务丛脞中尚读莎士比亚的《李嘉德第二》,这就证明我的话不错。"(《编后》)这分明有梁先生的影子么(梁在这个刊物上刊有《阿迪生论幽默》,此外老舍刊有《谈巴金的〈电〉》)。

也是在梁主任的"青大"图书馆里,有一个如毛泽东当年在北大图书馆做职员一样的"小人物",并且还是一名旁听生(其同窗还有邵飘萍的长女邵乃贤,她是后来因与先父会面而来"青大"的,还有就是沈从文的妹妹沈岳萌。梁实秋先生的妹妹梁绣琴则是外文系高年级的正式学生了)。我从先父留下的同学名册中,可以看到她的大名(李云鹤,诸城人,通讯地址是济南按察司街七十五号),那时她刚刚挣脱了不如意的初婚的樊笼,从济南逃到青岛,来找她当年的恩师、原来山东省立实验剧院院长的赵太侔夫妇。就在青岛,在这个中国表演艺术家的摇篮(这里诞生过许多电影、戏剧演员)里,这位初尝人生甘苦的活泼女子是那么憧憬着未来,又那么热爱着戏剧和新兴文化运动,她在那里也开始成为大学生、也是学运领袖俞启威的女友,并且双双参加了"左翼剧联"下的戏剧活动：组织"海滨剧社"、上演抗日街头剧《放下你的鞭子》，等等。最终，这一对可人的恋人在他们的花样年华（俞二十一岁，李十八岁），追慕新潮，宣布他们实行同居了。又不久，在爱人的薰陶和激励下，一九三三年初，李云鹤在青岛一个码头仓库里秘密地宣誓入党了，而她的任务就是掩护爱人的工作。但不久，她的爱人被捕了，她也被"请"入济南的监狱接受审讯了。当她走出监狱，是在恩师赵、俞夫妇的帮助下去了上海——那个让她最终成名、也让她更加领会了生活含义的大上海。许多年后，也就是当她发迹以后，她对人谈起这段往事，便不无夸张地说那时她已经绽露了她鲜明的个性和思想了；并且说她那时对文学、戏剧有着强烈的兴致，以致在杨校长的课上她就写出了她的处女作，而杨教授甚至是视之为与冰心作品不相上下的。此外，她创作的剧本《谁之罪》是怎样描写了革命，闻一多教授如何教她欣赏唐诗，沈从文教授教她如何写小说等等。可惜梁实秋先生却忘了她，不曾在回忆文章中提起她。先父后来与人聊起过这位彼时的"同窗"，不想被人揭发，成为他的诸多罪状之一，而且他似乎在最痛苦的时候还"铤而走险"，上书给这位"同窗"，以反映"文化大革命"的问题以及他个人的遭际，也许是深宫，或者是不屑的原因吧，总之，这封信并没有结果。后来知情人开玩笑地说：幸好她没有答复你，否则。这真让人惊出一身冷汗。

提起先父在"青大"，不由还想说说青岛的排球运动。在一次无意中，我在《青岛市志》的"体育志"中发现了先父的名字，所谓雪泥鸿爪，这真是很有意思的了。其云：上世纪二十年代，排球运动传入青岛，时称"队球"。最初是京沪来青旅游者娱乐游戏，三五相聚托球。而后，一些洋行和海关、银行、铁路的职工开始在浙江路青年会球场和信义会医院悬网打球。一九二七年，青岛市第一支排球队——"锡安"排球队成立，至一九二九年又有了青岛市第一支中学排球队。同时，青岛大学教工部郭良才、阎效政、任树棣、许振儒、徐连朋、牛星垣等成立了"青大"（"山大"）队。这是排球（九人制）初兴时最早的几支队伍。他们经常相约对练，举行比赛。其中，以"山大"、"礼贤"最强，争冠居多。一九三三年七月，华北第十七届运动会在青举行，青岛高级和中级两支男排、一支女排参赛。高级队是选自"锡安"、"山大"、"胶济"三队的徐连朋、任树棣、牛星垣、魏权、龚清浩、麦希曾、郭良才、许振儒、谭锡珊、沈恩森、郝永兴、崔绍白；中级队是赵贤亮、俞家沃、焦云龙、鞠鸿仪、田济昌、谭正锋、严广骏、于宝连、迟家盛、潘清甫、李永年、王汝舟；女队是女校选拔的张慕霞、刘德民、卜庆葵、王桂荣、沈瑛、王佩德、郭美珍、丁素原、王美丽、徐慧敏、纪淑云、高邺、徐植婉、郑本钗。他们是青岛排坛创始时期的首批选手。

也曾是"青大"学生的徐中玉先生（一九三四年考入中文系，曾任"文学社"社长）后来回忆母校生活，曾有一篇《两次在山大的回忆》的文章，内称"山大"素有体育之风，如"任先生常和傅先生打网球，我们在房内观看闲谈，无不钦羡，引为山大之荣"，这"任先生"、"傅先生"，就是当时在学校教书的物理系任之恭教授和化学系傅鹰教授。《青岛市志》所提及的"山大"排球队的名单，我大多无从知晓，有的只能瞎猜。其实，说到"山大"素有体育之风，完全可以信手拈来。当年中国体育界名流如郝更生（中国首次申请参加奥运会的发起人之一），刘长春的教练宋君复（体育部主任）都在"山大"执教过。可能现在许多人不敢相信，就是当年"山大"的一些文科师生，他们的体育成绩也会让你吓一跳：比如中文系"四大台柱"之一的萧涤非先生（杜甫研究专家），此前他在清华读书时曾创十一秒一的百米纪录（一直保持到新中国成立后），还是清华足球队队长（曾获华北足球赛冠军），他在"山大"中文系任讲师时是校足球队的一员猛将(其时萧涤非正当年,年近"不惑"之期,当年先父的同窗臧克家虽是他的学生,而年龄已比萧涤非还大了几岁)。值得一说的,还有一九三五年学校的体育馆落成(当年高校所仅见)等,这些都是个中的"典故"了。

其实,先父热衷于体育运动,那还要从他到北京读书时说起。一个乡下的小孩,在北京读书,一般都会非常刻苦的。渐渐的,他在日记中写道:"不知我的身体怎么样就害了病,身上非常柔弱,简直是'弱不胜衣'的样儿",后来在学校的"体格检查室"核查体格,"我的身体很不强健,校医说我心老是这样的跳,他说这是你平日不运动的功劳,你以后可要运动才好呢。"于是他在日记中发誓:"听着:'你以后可要受点苦,强迫你的身体运动才好呢!'"这以后,他的日记经常就有了体育锻炼的信息:

上午于课毕后即在操场打篮球,快乐得很,几欲不再下场上课矣!

今天在操场打了好几次球,觉得打完了球,身体实在舒服, 脑神清爽, 不似以前下完课后脑神就昏昏闷闷的了!

下午打了一气对球,直至筋疲力衰,一点儿支持力量没了,才停止了回家,这要算是开学以来运动尽兴的第一天。

四天的假期如水似的过去了, 今天又是上课的日子了,洗漱后即骑车到校,上午仅上两堂,邀了五六位同学在雪花纷纷的操场里玩足球之戏,下了满头的雪,登时满头雪水淋淋,然而仍是用力的攻守,好不快哉! 快哉!

今天在雪地里打了几阵对球,好不痛快!

这一学期,我们几个人一到下课,总得要打两三个钟头的队球,所以每每无意间和高三的同学在一块打,学到了好些的技艺,进步的很快——就因为我们进步很快,所以我们的兴头越大, 大有一日不打, 一日就要闷坏的势头。今日下午我们当然是不能不打的,于是就召集了好多的同学,赛起来,在一年级时号称善打队球者,今日竟输了好多,这真是我们意想不到的事。

燕大排球队约附中校队赴海甸作比赛,我方队员初则闻讯雀跳,以为以燕大华北高级第一久霸平城,所约之队也,继则莫不担心,以为将不知有怎样丢人的成绩呢!却不料,乘洋车直抵海甸开赛后,我方战斗力与燕大竟不相上下,第一局以廿一比十九败于燕京,第二局却亦以廿一比十九胜了燕京,第二局之终已夜色沉沉,故未与赛第三局。这样的战绩,真使我们快乐到极点了!来时以为将得两场廿一比〇,却料不到这样勇悍的得到了燕京、观点者的赞语,所谓:"毕竟是附中",而荣幸归来,这一伙凯旋的小将军们当他们乘汽车暗夜经野外归来时, 真有说不出的快乐呢!

一九三一年,先父考入国立青岛大学外国语言文学系。甫到青岛,他在日记的第一页就写道:"呵!青岛是太美丽了!青岛是建筑在一座山上,马路四处高低蜿蜒,完全是油漆的,一点土味也没有,在青岛找不到一所中国房子,各式各样美丽的洋楼布置在街旁,隐没在青草及树林里,幽雅琴声时时从窗户里里传来,市上刻刻拂荡着些温凉的海风,路经几个街头,街头便是碧绿的大海,海边便是仿效伦敦泰晤士河岸而建筑起来的 walking road, 路上时有花园及椅子供游人休憩。去海滩游玩。呵！海，我今生才第一次看见你了！海是太好了！从海湾出来后即去繁盛的街市瞎（逛）一阵。中山路最繁盛，在日本铺子里，很无可奈何的买了一件游泳衣，归来休息片刻，即又去海湾，预备游泳，但结果没有勇气下去，顺着walking road 或高或低的乱走一阵，晚间从幽雅的街市上缓缓归来，这来青的第一天便这样过去了！第二天下午就去海滨，跑到大海里去，第一次尝着海中的滋味，在海里固然很有趣了，但从海里出来跑上沙滩，躺着曝阳光时，那滋味更是难以形容得出了！"

显然，他很快就被青岛的美丽所征服，随即就是海滨体育项目的游泳，以及学校的各项体育活动，这在他的日记中是不时可以看到的：

早上打了半天篮球，下午又去海滨，举行第二次的海水浴，并看游泳比赛。在沙滩上作长距离的跑步，并与（贾）性甫作三级跳。晚间睡下，觉得腿很痛，连日运动过度了！

来了青岛的第二天即组织起一个"二名排球队"，预备加入青市排球比赛，于是有功夫时便去打球，体格倒发达了，只是功课越落越多了！来了这里后，前后已经洗过五次海水浴，海里的生活真痛快呵！只是有点冷得不好受罢了！

下午要去电报局球场，与青市霸队锡安队作锦标之比赛，我们的队员都早摩拳擦掌，预备把大银盾搬回来，且看我们的运气吧！

大考了一礼拜，考完就参加青岛市排球代表队，向开封远征了。我还没有参加过华北运动会，这是第一次，坐了两日两夜的火车才到了汴梁故都。开封可怜的很，大概是华北都会中最不繁荣的一个了，虽也有些古迹，但是很难引人入胜，只有潘杨湖尚足供人徘徊垂吊乎。大会开了四天，各省市的选手云集汴梁城，的确给这寂寞的故都加了一番新的刺激，我整天没事，便看看运动或涉猎名胜,排球头一场与山东赛,以八人上场竟能以三比零败之,真出人意外,也颇足以自豪了!第二天与北平赛,北平很狡猾,他们不承认我们八人作赛,因之我们只好弃权了,但还与他们作了平个 Friend Game,竟以十四比八败之,青岛真光荣呵!只可惜那些教育局的体委们太糟,弄得人数不足,以至于千里而来弃权了之!

此后,在他的一生中,都和游泳分离不开了,为此他多次回到青岛,重温旧时生活。

六　日记后面的故事之二

——关于绥远和抗战的遥远的私人记忆

以前的绥远,今天是叫内蒙古了;以前的归绥,今天也是改称"呼市"(即呼和浩特)了;而以先前曾风靡的"走西口"的小调来推断,山西、绥远两地实在堪属姻亲吧。早些时,阎锡山反清起义也就连带了兵进绥远,其军队后来就叫做晋绥军。商震、孔庚、徐永昌、李培基、李生达、赵守钰、傅作义、王靖国、赵承绶、李服膺等常川驻绥,后来分治,阎在山西,傅作义便一统绥远(先是由建设厅长的冯曦代阎监视),及至再后来的"第三种方式"(区别于天津的攻克和北平的和平改编),即听任绥远的内部生变而和平解放(董其武将军主其事),则是人们已经熟知的故事了。

山、绥往事,说来话长,晋商之开发等等,早已在"晋商热"中被人说尽矣。值得一说的,是其地的文事。所谓往昔昭君埋骨的地方,委实文化荒芜良久,开辟草莱,应该是它的第一家文艺刊物《火炕》(《西北民报》副刊),以及后来"绥远文艺界抗敌后援会"创办的大型刊物《燕然》。两个刊物的编辑,就有先父郭良才(大学毕业后来绥远服务)参与其中。

一九三六年四月五日，霍世休（佩心）、杨令德、郭良才（郭根）、章叶频、武佩莹（武达平）等，"为打破沉闷，开拓塞外荒芜的文艺园地"，在归绥创办《燕然》半月刊，这是一个纯文艺的刊物，后来成为"绥远文艺界抗敌协会"的会刊。至一九三七年归绥沦陷前夕，被迫停刊。

此前的一九三五年，先父在青岛毕业后，远赴归绥绥远一中担任英文教师，当时该校校长为霍世休（清华大学国学研究院毕业生），他是先父在北平时最要好的同伴。

可惜不及两年，烽烟烧到了绥远，先父在学校停办后撤回故乡，再辗转南下，沿途的所见所闻，使他抵达上海后就创作了他的处女作，是谓《烽烟万里——由塞北到孤岛》。

《烽烟万里——由塞北到孤岛》一炮打响，它是当年上海滩上有着影响的一部来自前线见闻的作品，先是在报纸上连载，后又出版了单行本（大中出版社出版，美商好华图书公司发行）。奇怪的是，这本书居然曾被国民党政府所查禁过，也许里面有些批评政府的文字吧。

先父此书的落笔，是从战前微妙状态下的北平城开始的，即那个发生了白坚武之乱、冀东"独立"、"地方长官腼腆要求为和平之城"的古都。当时平汉、北宁二线中断交通，先父遂由平绥线开始了他的"第一步的流亡"，当时他来到了百灵庙大捷后的"浓郁抗战芬味"的塞上。

彼时绥远为众所瞩目的一方抗日热土，"远方嗅觉敏锐的青年纷纷闻香而来"，其中有"新安小学旅行团"，有艺术家吕骥，等等。而塞外抗日歌声四起，大家"默默地深入民间做着无报酬的工作"，这一情形使先父不由想到："不要忘了，那时华北各地方当局认为这种歌声是犯罪的，一声'打回老家去'就有带上红帽子的危险"，如"新安小学"的孩子,也"有人批评他们是(共产党)派来的"。

就在先父在"绥远民众抗战救亡会"开展工作之时,日本侵略军开始进犯华北了。七月二十八日,二十九军退出北平,先父随人群聚集在"民众教育馆"前收听战况,"当传来'佟、赵——以慰忠魂而励来兹'的讯息时,报告员沉重的语调、悲痛的音色,在收音机旁黑压压的听众那个不是在睫毛边滚出圆滴滴的泪珠,我怎么也忘不了当广播完毕,大家走上黑沉沉、静寂寂的归途时,一个青年学生突然哑声地喊道:妈的!早不准备,把军队集中在营盘里叫人家痛炸!"在悲怆的氛围下,平绥路总指挥傅作义将军领兵抗击了,三十六军和门炳岳部进攻商都,刘汝明部驰向张北,汤恩伯部开向南口,归绥城里则"大街小巷救亡壁报的跟前挤满了一张张欢笑的容颜,救亡会的演讲队把火样的字句烙在听众的心里,女生队在穷家寒舍从颤动的枯干的手里接受着几个辛苦的钱,'拿去给伤兵用吧,可惜我们没多的钱'!"不久,抗战局面有了不和谐的声音,"救亡会"被官方成立的"救国会"所取代,傅作义在前方率军作战,归绥城内省府秘书长曾厚载则以"绍兴师爷的本色"把几位"救亡会"的领袖安排进"救国会"做空头委员,此后前方一些部队拱手让出城池,"青年人的悲愤、老年人的忧虑,随着从远方沙漠中吹来的塞外秋风笼罩了整个张垣,景色是那样凄凉。"终于,人们在失望和恐怖中涌出城外,绥远一中也宣布停办了,先父向故乡走去。

车过丰镇、小孤山,在大同城外,先父看到一幅令人窒息的画面:"远望大同头上像是粉蝶一般的飞机来往穿飞着,轰轰的爆炸声震撼着每个人的毛孔。"在车抵岱岳时,又传来大同失守的消息。

战争骤发,把晋绥军推上了最前线,然而这支积弊丛生的队伍很快让人生厌,先父就曾在路途中亲睹伤兵洗劫差徭局的一幕,而大同失守的内情也有所耳闻:李服膺由阳高退守大同,已经抱定

"避免牺牲的精神"，当局的战略是放弃雁北退守雁门，结果"一天工兵正在城外炸毁铁路桥梁，这轰轰的爆炸声便骇得城内防军认为敌人已来，一阵鹤唳风声大同就变成一座空城"。行至广武，有了一番意外的比较："想不到竟遇到红军的先头部队，他们全是步行，一身灰色的军服，没有领章符号，认不出谁是长官谁是士卒，只间或胸前佩红星的，也许是指挥员，他们差不多全是二十岁上下的汉子，还有十三四岁的小兵，真不知怎样能走了这样长的路途。"红军的出现，一扫先父沿途所见的懊丧，他在雁门关李牧庙前馨香祷祝："但使龙城飞将在，不教胡马渡阴山。我心里祈祷着，祈祷我们今日会有第二个李牧威镇雁门关头。"在代县，他又看到"八路军的宣传人员正在沿途工作着，每入一乡便可看见墙壁上竟是他们所写的标语：'国共合作万岁'，'联合英美法苏'，这两个标语顶多，因为这两句正可充分表示他们最近对内和对外的主张。"在崞县，他"遇到一师八路军向民众散发中共救亡八项主张，我们也是第一次看到这个重要的宣言。"

　　那是国共第二次的合作了，这一局面的形成使得封闭已久的山西也形成一种"山西特色的抗战政治"，先父用敏锐的目光捕捉并分析了这种颇具戏剧性的"山西抗战"。他看到了一种"对立统一"：阎锡山"机会主义产物"的"牺盟会"与"公道团"，后者是一九三五年以反共为目的、以地方豪绅为骨干而建立的，红军东征时，它以"消灭共祸"为由，滥杀无辜，"就以定襄而论，被杀者即不下数十人之多，里面却没有一个是共产党，只是些由公路上抓来的过路人而已，他们'通赤有证'的物证是些铜钱或是红纸、小镜等，然而县长竟以铲共有功由三等县升为一等县"，而先父返乡时仍能看到："可笑的是每一乡村街壁上既有八路军新涂的标语，却也有旧日山西当局的布告，什么'凡活捉一共匪者赏洋一百元'等等，两相对照令人啼笑皆非"。后来他去太原,还可以听到这样的笑话:八路军初入太原,司令部即设在半年前"剿匪司令部"的所在,甚至门口牌子还没来得及撤去,院子里也满是"打倒共匪"一类的标语,有记者指着问彭德怀副总司令,"彭摇了摇头,连说'要不得,要不得'。"

不久,敌骑逼近,传来朔县、应县大屠杀的惊闻:"敌人挑动蒙人仇恨汉人的心情,他们把八月十五杀鞑子的传说深深刺进蒙人的脑里",结果"蒙人攻入朔县后便把所有的老百姓用绳子穿起来,一排排立着任凭他们刀砍或者枪杀"。敌人的凶残,又雪上加霜有晋军伤兵和散兵的劣迹,先父听从繁峙逃出来的人说:逃难的路上都是散兵,他们"空手走着,手指上总有二三个发光的戒指,在他们每个人前面都是一头骡,驮着一个少妇或少女,牵骡走着的是一个十三四岁的乡下孩子,肩上还得捎着老总的步枪——这一切都是老总爷有胜利品"。先父止不住愤懑的心情控诉:"我不客气地说在山西抗战的初期,老百姓对于晋军的恐怖实在倍胜于敌人,只要他们从前线上一'散'下来,便是无法无天为所欲为,而晋军却又是最善于'散'的。"

在忻县目击了散兵洗劫村庄后,先父到了太原,它是彼时华北抗战的中心。先父说:太原"每日遭着有定时的轰炸,半个月来每天清晨七时起便要准备受炸",满城上空撕裂般鸣叫着的"警报声比任何地方要响亮要凄惨,像是被宰杀着的牛的惨叫"。当时太原也在战争边缘上发生着变化:省币狂跌,"平日多财善贾的山西军人把所有积存的省币不惜以任何价格拼命地换取法币",旧军队"现在还保卫不了山西","忻口前线、雁门关外的敌人后方已都是卫立煌将军和朱德将军所统率的健儿为国效命",阎锡山为整肃军纪,挥泪斩了李服膺,令晋军所有高级将领如杨爱源等两旁观看,取杀一儆百之效。先父敏感到"山西的旧势力是销声匿迹了",而太原无疑是回黄转绿的聚集点，它升腾着鼎沸的抗日热潮："满眼是八路军和中央军的标语，周恩来、萧克、彭德怀等人常常发现在人丛中作着公开的演讲，以'保卫马德里的精神保卫太原'的口号由他们吼起来，得到万千太原市民狂热的拥护。"此后忻口郝、刘两将军的死耗传来，"更把太原市民抗敌的气氛白热化到极点，各处是游击战术的演讲，八路军中的参谋人材如彭雪枫等都是各处的主讲，'牺盟会'也加倍的努力工作，目的是武装群众，小北门外的'国师'内成了青年的大本营"，"许多热血青年都由动员委员会派入战区，号称游击县长"，如先父的小学老师胡仁奎有一个一天作过三个县的县长的"纪录"，"因为战区都满布着敌人，敌人发现了他的踪迹便赶着他一天走了三个县。"

战争把山西的日历掀到了一个"伟大的时代"，先父热情礼赞这个伟大的时代，因为这"新时代是青年的"。

在太原失守前，先父与梁园东（时上海大夏大学教授）父子沿同蒲线随逃难的人群南下，而太原已由曾誓言与城共存亡的阎锡山交由傅作义、曾延毅来防守。离开太原时，先父说："我的一个逆友打算着必要时投效贺龙，把一张像片交给我，说'假如死了，写一篇传记纪念纪念。"这真是一个悲壮的话别。

车至潼关，梁园东父子转往上海，先父经郑州转平汉线南下。在郑州车站前，他立在告示牌前，慨叹"这是北方民族大迁移的表征，也是血写就的伟大时代的文献"。在长沙，他又看到从何键到张治中不同时期的"三种姿态"，他也看到这个城市也在经历着时代的蜕变。在战时中心武汉，他再次领略了国共合作和全民抗战的热潮：盛大的"五一"集会，周恩来、黄琪翔、郭沫若率领游行队伍，"当几千万的工人把强壮的臂膀高高伸起，同声宣誓效忠祖国时，那景象是太感人了，旁观的人们兴奋地由眼眶溅出泪来"，他也"摆脱了阴郁,停止了退缩,怀着一颗热辣辣的心重来武汉,把渺小的个人溶入抗战的洪流"。当时他参加了行政院"非常时期服务团"第三队,开赴战区开展难民救济工作。

北上途中,车抵郑州,因敌机轰炸所阻,转往信阳,在这座被称为前线保卫武汉第一重镇的地方,先父"跑进民间的时候,才发觉了中原人民是出乎意外的镇静,而且顽强的坚决"。

"花园口事件"后,先父请假护送家眷往香港。在滞留香港的日子里,他苦恼于不能迅速北上投身抗战,后来,"不得不挣扎着病躯逃出天堂而远走孤岛"。在上海法租界,全家蛰居着。终于,一声汽笛,先父完成了他的"烽烟万里"的行踪——他从风雨飘摇的北平为起点,结穴在"触目皆是标着'丸'字号的轮船和军舰"的"孤岛"上的码头,"上面摇摆着一些矮胖的人形,拿起了望远镜对着我们的船窥视着,人们回转头相互示意,全船死一般的沉寂,只觉得有感慨、愤怒、悲哀、恐惧,这些字眼都不够形容的情绪在每个人的眼里流泛着。"他真正尝到了亡国奴的苦涩和辛酸。不久,他不甘于"蚁附"在租界内偷生,终于又举起手中的武器,以笔为战,写下他在"孤岛"上的第一篇檄文。

这样,一个新的报人和作家即将出场了。

七　日记后面的故事之二
——桂林《大公报》和一个报人的诞生

《大公报》是中国晚近历史上一家有报格的民间报纸。从它一九〇二年诞生、再到一九二六年"新记大公报"如火中凤凰再生,以迄民间报业历史的"终结",它走过一段近乎辉煌的历史。比如说,发展到一家六地的"六条金花"(津、沪、汉、渝、港、桂各版)、被社会所公认的独立自主的办报风格、它正言谠论的"四不主义"的报格、中国知识分子"文人论政"传统的承传代表。遍布全国乃至国外的通讯网，独具特色的新闻报道，星河灿烂人才涌出的著名报馆，等等，都是它的写照。

《大公报》有几位"大牌"的"大公"人物，比如被称为"王大公"的王芸生以及《大公报》的"灵魂"张季鸾、胡政之等，还有一批著名的记者如范长江等。先父呢，算是"大公"人物之一了，当然只是一个"小人物"，在"大公"旧人周雨先生的《大公报史》书末，有一个报馆职员的名单，从中可以寻找到先父的名字。

多年以前，在先父的追悼会上，众多挽联中，有也曾是报人的姚青苗先生撰写的一首"五绝"："不会青白眼，但学牛唱歌。尾焦琴不烂，且看西方红。"这"不会青白眼"，既是先父的精神，也是《大公报》先前的作派，它的办报方针是不是给提鸟笼的老爷们看的，因而它标榜"四不"（"不党、不卖、不私、不盲"）为"主义"，许多"大公"人物的骨子里都有这样标高绝响的精神，他们是不屑看权贵们脸色的，所以它才能传达出民间的呼声，并在中国狭窄的政治舞台上开辟出一块舆论空间。当然，这也不独一家《大公报》，昔日民间的几家报纸，如《文汇报》、《新民报》等都有这样类似的报格，所以后来先父离开《大公报》转到《文汇报》，其实也并没有什么大的变化。然而曾几何时，不说你根本不可能再去从事报业，你不会或不擅"青白眼"也倒了大霉，住"牛棚"，唱"牛歌"而已。"但学牛唱歌"，我本能地想起当年"老九"们在"牛棚"内被他们的学生扇耳光、当沙袋，女教师还要接受坏小子们从小说《红岩》看来的"白公馆"、"渣滓洞"针扎乳头等的酷刑，而当"老牛"们胸上戴着"牛鬼蛇神"的牌子"招摇过市"，手上敲打着碗具（真是"杯具"），步履踉跄排队去食堂吃饭（仿佛老牛去吃草料）时，他们须先鹄立墙前，背诵《南京政府向何处去》。"尾焦琴不烂",是说先父曾经的一个笔名是"焦尾琴",最后呢,"尾"已"焦"而"琴"不烂,不是说知识分子容易翘尾巴么,好,烧焦了它就是了。至于"琴"不烂,那是他的倔强,或者说是天真。至于所谓"西方红",则是一个"今典":一次系里开会,仿佛还是一个晚会,不知怎的,"不会青白眼"的先父几乎不会唱什么歌曲,后来总算会哼《东方红》了,也是在这次晚会上,大概是有人邀请他"表演"节目,他居然用了《东方红》的韵律去哼唱什么"西方红"——去调侃一位学生,自然那效果是可以想到的,而没有料到的只是那唱歌的人!甚至,那个学生当时也坚决不接受他的道歉!接下来的事也是可以想见的。

很多往事,我都不想说。现在提到"忏悔"这个词,据《南方周末》,也终于有人向当年"被侮辱和损害"的人"忏悔"了,当然,这是出于自觉。而我所想的,只是一个当年出类拔萃的"大公"人物,何以沦落到连一个学生都不顾师道、不能容忍他的并没有恶意的小"恶作剧"?为什么他大半个生涯都是在检讨中度过的?在"武斗"风波中,他因为出于记者的习惯,居然去现场观察,结果被人用铁铲劈了脑袋,幸而不死而已,行凶的人呢,何曾有过"忏悔";而他自己,又何以在临终前尚耿耿于最终没有被接纳进共产党的党组织?什么"尾焦琴不烂",早就"烂"了,不仅是"大炼钢铁"的日子里,也不仅是山西高校第一个被揪出来的"牛鬼蛇神"(所谓"披着羊皮的狼"云云),此前此后,原来的那个报人,和此时及此后的他,早已对不上号了。

且回到历史场景之中。早在战时的《大公报》分出了"左派"和"右派"之时,如《徐铸成回忆录》提及桂馆人员逃难抵渝馆,先父在徐老主持的《大公晚报》任要闻编辑。此前在《大公报》桂林版时,"焦尾琴"已是先父常用的笔名(还有"焦桐"),语意是取自擅长文章又擅长弹琴的东汉大文士蔡邕(其闻炊间木裂声,知为梧桐木,是上佳琴料,遂急从火中抽出,将之制为琴,果然音色绝伦,又因其有火烧痕迹,故名"焦尾琴"),那时他的另一笔名是"木耳",这个笔名用的时间比较久,后来的《文汇报》等都可以见到它(王元化先生生前有一回忆,却将之讹记为宦乡的笔名了)。接替先父《大公晚报》一职的,是徐盈先生(他和彭子冈一对夫妻是《大公报》的"名笔",然而他们也逃不掉"烂"了的时候,他们都是"老右"。如今他们的传人是徐城北先生,而"城北"即"城北徐公"的典故,就是当年徐盈的笔名),副刊编辑则是后来在香港办报的罗承勋先生,当年先父铩羽离开陪都,罗先生以诗相赠:"桂林一木耳,渝州成焦尾。珍重七弦琴,高山复流水。"一晃,这都是前尘往事了。

先父曾长期追随过徐铸成,对此徐老在他的《旧闻杂忆补篇——悼郭根》(四川人民出版社,一九八四年)一文中集中讲述了他和先父的过从,兹抄录如下:

　　——郭根是一九四○年在香港参加《大公报》的,是汤先生(即汤修慧,邵飘萍夫人。笔者注)介绍给我的,中英文都有根蒂,当时助编要闻。太平洋大战爆发后,我化装逃出魔窟,他是同行者之一。

　　在桂林《大公报》期间,他仍编要闻,不时以"木耳"的笔名,在《大公报晚刊》写些杂文,很有文采和战斗力;我也偶以"银丝"的笔名助阵。木耳、银丝——是可以炒一盘素杂锦的。

　　一九四四年桂林沦陷,职工分路逃往重庆。仿佛破家了的兄弟,去投靠兄长,滋味是不大好受的。重庆馆特地创刊了《大公晚报》,安插我们。初创刊时,我还未到渝,暂由渝馆的经理兼任主编,郭根编要闻版。有一天,他写的一条题目被改了,他细细看看,有些文不对题,又"擅"自改了回来,这就被认为大逆不道。

以后,他去湘西某报主持编务,直到抗战胜利。

一九四六年,我重回《文汇报》,把他邀来任总编辑,做了不久,忽向我要求,愿调往北平当特派记者,我问他为什么,他只讷讷说不出理由。去北平后,他写了不少有关学生运动出色的报道。上海《文汇报》被封后,他去山西师范学院任教授。

熟识他的人都知道,他写文章相当流畅,而说话却艾艾难以达意;对人对事都诚恳负责,问他什么,回答总是干巴巴几个字,有时还近于粗率。那时他已近四十岁,却天真得象一个任性的小孩儿一样。

靠了木讷,他徼幸逃过一场灾祸。一九五六年《文汇报》复刊,我又"招降纳叛",把他邀回当了副总编。翌年,号召大鸣大放,曾一再动员他提意见,并邀他参加市的宣传工作会议,他始终没有说过一句话,真像没嘴的葫芦一样,拿他没有办法,只能任他逃出了罗网。

但他毕竟太天真,到史无前例的"文化大革命"中,再也在劫难逃了。

这几年,郭根仍在山西师院教育工作,他曾给我好几封信,说他对新闻工作还有深厚兴趣,要求代他介绍,最后还向我表示,懊恨没有始终追随我坚守新闻岗位。他天真得连我的处境,连我已无能为力的情况都不清楚。大概,他在闭眼前,还以为我对他的屡屡离去,耿耿于怀吧。愿他在九泉原谅我。

天真,是报人的癌症,郭根也是个例子。

八　日记后面的故事之三

　　——西安《益世报》和上海、北平的《文汇报》
　　　以及《知识与生活》刊物

　　据说民国影响最大的报纸有四家:上海的《申报》、《民国日报》和天津的《大公报》、《益世报》。

　　《益世报》是法国天主教会在华主办的日报,创办人是雷鸣远(比利时籍天主教传教士)。《益世报》的发展几经波折,它虽为教会所办,但宗教色彩并不浓厚,而且曾由罗隆基、钱端升等主持笔政,倡言抗战,反对内战,因而多次被迫停刊。抗战期间,《益世报》先后在昆明、重庆出版,一九四五年抗战胜利后,《益世报》的老总马任天夫妇聘任先父为西安版的总编辑。

　　不久,先父“归队”,赴上海加入《文汇报》,并且担任要职,以及再赴北平组建《文汇报》北平办事处,期间的办报经过和他的记者(特派员)生涯,在徐铸成的回忆以及几本《文汇报》的史料文集中(如《〈文汇报〉大事记》、《〈文汇报〉史略》、《从风雨中走来——〈文汇报〉回忆录》)都可以方便地寻找到他的踪迹,在此从简。

　　另外一个《知识与生活》却可以多说一些,因为那是几乎无人提及的了。

　　当时抗战后的第二战区(山西)在北平有一办事处,先父利用山西人的关系,与之合作,就在那里创立了《文汇报》驻华北暨北平办事处。作为交换的条件,他兼任了山西“正中通讯社”(社长杜彦兴,后为最后一批释放的国民党“战犯”之一),并主编《知识与生活》杂志(同时任北平版《益世报》总编)。

　　关于《知识与生活》，记得从前读《朱自清日记》，看到朱先生临终前的书榻上就有一份名叫《知识与生活》的刊物，这正是这一刊物，它是当时山西在外埠创办的刊物，也是"正中通讯社"附设的一个刊物。

　　"正中通讯社"于抗战胜利前后成立，社长是阎锡山的下属、山西驻北平办事处处长杜彦兴，由于业务开展得不顺利，杜找到同乡报人的先父帮助，恰好当时先父领命北上为《文汇报》开办驻华北办事处，而《文汇报》是国统区著名的进步报纸，一直受到国民党当局的迫害和排挤，它要在北方立足，可谓困难重重，现在《文汇报》办事处设在"正中社"，可以利用有利条件，在北平站住脚，又可以使用"正中社"的通讯设备，可谓得宜。当时除了以上两家新闻机构，先父还受任《益世报》北平版总编及《真理晚报》总编，这两家报纸都暗中受到中共地下党的领导，当时中共北平地下党的"学委"就是以《益世报》的中共工作人员为主的，如张青季、刘时平等，而《文汇报》此时也是在宦乡等中共人员影响下的。

　　一九四七年四月，《知识与生活》创刊，先父任主编，不久，这一刊物就成为北方民主人士的一个舆论平台，与费青（费孝通之兄）所办的《新建设》齐名，人称是华北民主刊物之姊妹刊，并与南方储安平的《观察》等相呼应。依该刊主编即先父的想法，《知识与生活》半月刊是鉴于内战导致了文化的"贫乏"而问世的，它要在"知识与生活的脱节"中、在"人们丧失了清明的理智，更丧失了是非的判断力"的情况下有所作为的，因此，《知识与生活》邀请了北平许多素负盛名的教授和学者合作，"针对目前这个可怕的病态，尽我们应尽的微力"，也就是"要跳出当前一般公式化的言论漩涡之外，说我们衷心自愿说的话"。

　　《知识与生活》于内战正烈之际问世，撰文的北平学人有杨人梗、楼邦彦、沈从文、陈振汉、樊弘、费青、朱自清、向达、丁易、吴晗、吴恩裕、王铁崖、雷洁琼、王冶秋、费孝通、俞平伯、李广田、胡寄窗等，可谓集一时之选。其所作的政论文章也基于公共知识分子的立场，针对国民党实施的暴政，呼吁民主与自由，表示"政治的服从须是有理性的与有条件的，否则，人民可以实行'理性的不服从'"；同时表示支持和同情已是热火朝天的学生运动，认为"人心，或是人民意识，制定了是非，学生只是最先把这个是非说出来，这个是非最后更决定了实际政治"。这些学人，此前大多是主张"中间道路"的，到了这个时节，有人便怀疑："自由主义近年来已成了相当时髦的东西，至少是一件美观而可活用的装饰品，一方面可能有人因它而遭受迫害，一方面也将有人利用它来做猎官的工具"，等等。今天如要考察当年天地翻覆之际北平学人的思想动态以及他们如何利用舆论平台以批判的姿态介入实际政治，或者说这些公共知识分子是如何在公共领域言说的，《知识与生活》就是一份很好的参照。

《知识与生活》是一份综合性的刊物，时评外尚有文艺、历史等，吴晗《朱元璋传》、丁易《明代特务政治》、徐盈《旧史新谭》、王冶秋《五四时代的鲁迅先生》以及沈从文的小说等，都是在该刊刊出的。在先父的相册中，有几张当年《知识与生活》与其所联系的北平学人的聚会照片，可惜我只认出朱自清、樊弘、丁易等。到了一九四八年十一月，"秩序"和"正义"再也不能相容，当时《益世报》的副主编陆复初（中共地下党员）通知先父，他的名字已经被排列在国民党的秘密通缉令上，不久，中共北平地下党紧急安排他转移出城，由专人护送至当时中共华北局的所在地——河北平山，于是，《知识与生活》遂在一九四八年十一月出至第三十五期时宣告夭折。

《知识与生活》曾经围绕知识分子等问题展开过热烈的讨论，如今读来不禁让人感慨万千。如果再具体对应于那些讨论中的人物,这感慨或许会来得更浓烈。

　　比如朱自清的最后岁月,其日记中就有参加《建设》半月刊讨论"知识分子今天应该做些什么"的记载。"做些什么",当然是"向青年学习",因为青年是时代的标志,是未来的希望,而且可以说,大凡是与青年为敌的,必然要被时代抛弃的,这是历历不爽的。后来朱先生在日记中写道:"在拒绝美援和美国面粉的宣言上签名。这意味着每月的生活费要减少六百万法币。"因为一个有良心的知识分子是"不应该逃避个人的责任"的,循此,他"在抗议枪杀东北学生的声明上签名"、参加闻一多遇害两周年纪念会和整理闻一多的手稿等等,又以极度衰弱和体重只有七十多斤的情况下迭次拒绝领取美国面粉,乃至不起,"义不食美粟",他感动着很多人,所谓"顽夫廉,懦夫有立志焉",只是,这已是他人生最后的时刻了。

　　经济学家樊弘先生当年也是学人中的左派,一九四八年所写的《孙中山和马克思》、《空想的社会主义和科学的社会主义》等,以及批评"第三条道路"而写的《两条路》和《只有两条路》等,在当时都产生了很大的政治影响。其实,当时学人们的心态,是可以理解的,比如樊弘在为《两条路》一书所写的代序《苦闷与得救》,其中现身说法,认为自己"在精神生活的旅途中"碰到了无数次的"冲突与矛盾",如信奉墨翟的利他主义而终于觉悟其不足以治世,信奉佛陀但终觉其空无所依,信仰孔孟,亦终无所得,最终还是接受了马克思主义,那也就是说:学人的心理历程,如果以救世的功效而论,所谓千劫百难,最后只合"给马克思添上一个简单明了的脚注"。民族主义、民粹主义、早已逾淮变枳的所谓自由主义等等,这些传统的精神袭传和大众民主胜利的喧哗已经使得他们不由自惭形秽,比如已经是共产党人的樊弘(据说当时杨献珍曾致信中共中央组织部部长安子文,问道:"像樊弘这样的资产阶级知识分子,怎么能加入共产党？"），刚刚解放不久就写文章代表知识分子们自责："过去我们所谈的那一套，都不是代表人民的呼声，而是代表少数剥削者的呼声。"他还说："知识分子有工农化和接受无产阶级领导的必要。"从此，再经过改造运动，中国知识分子整体上被收编，他们无论在职业上或是在志业上，都与先前不同了，渐渐地，他们成了附在"皮"上的"毛"。

九　日记后面的故事之四
——早春时节的《文汇报》

一晃，一九四九年大江大海，沧桑鼎革。

《文汇报》复活了——这张报纸创刊于一九三八年一月的"孤岛"上海，后被日军逼迫，停刊于翌年五月；继又复刊于抗战"光复"后的一九四五年八月，一九四七年五月复又被国民党勒令停刊；一九四九年六月，它再次在上海复刊，至"全盘苏化"时的一九五五年十月改出周双刊，效仿苏联的《教师报》，又至一九五六年四月"自动宣布停刊"，并正式改为面向全国中小学教师的《教师报》，且由上海迁往北京，复又于这一年的十月恢复。

先父一生的巅峰时期，应该是在《文汇报》时期。他对这张报纸有着很深的情感。因为它在历史上曾标榜"不偏不倚，无党派色彩"，"以言论自由为最高原则，发表社论，力求大公无私，一方为民喉舌，以民间疾苦向当局呼吁，一方发挥舆论力量，启迪民智，以促进宪政之实施"。无疑，这是自觉地担当社会公共领域舆论平台的作用，以淑世的关怀和权威体制异己者的姿态来介入历史的创造和社会的演进，而历史事实也一再说明：在没有被权威体制整体上收编之前，中国近代报业史上曾经有过一段辉煌的众声喧哗的花样年华,曾经底气十足的《文汇报》甚至还曾表示:它所具有的报格,是"过去如此,今后亦然,同人矢志保持'富贵不能淫,威武不能屈'的高尚报格"(一九四五年九月六日《复刊辞》)。在暮色苍茫中,它饱经了风雨的摧残和侵蚀,而在战后的中国,《文汇报》不啻是一面旗帜,这面旗帜当然是标榜自己"民间"的属性的。也就是说它是捍守自己作为市民社会和公共领域中言说的职守的,在它的大纛上,分明是保持异议、揭露谎言、批判和讨伐无道等。正如该报的灵魂人物徐铸成所说:"一张真正的民间报纸,立场应该是独立的,有一定的主张,勇于发表,明是非,辨黑白,决不是站在党派中间,看风色,探行情,随时伸缩说话的尺度,以乡愿的姿态,多方讨好,侥幸图存",这种理念不仅是报社的上层人员所具有的,也传达和深入到了它的"中坚干部"中间,正是因为他们"都有这种共同的认识",因此,"这就是促成《文汇报》起来的最重要的因素"(郭根《记徐铸成——我所知道的一个报人》)。

这样的报纸,其后来的命运是可以想见的了。徐铸成的一纸《"阳谋"亲历记》,堪称是难得的史料,提及当年的早春时节:

中宣部将《文汇报》复刊的消息通知我和浦熙修同志,原《文汇报》副总编辑有刘火子、唐海两同志,柯灵同志在一九三八年即参加《文汇报》。郭根同志原在一九四六——一九四七年间任《文汇报》总编辑,那时他在山西任教,特函熙修同志表示希望"归队",因此我上报的副总编辑有下列几位:钦本立、柯灵(负责副刊)、浦熙修(兼北京办事处主任)、刘火子、郭根、唐海。显然把钦本立列为"第一副总编"的地位。

而此后种种，诚为匪夷所思。

　　还是早春气象的时候，中共上海市委宣传部长夏衍、副部长姚溱尚能"体谅老知识分子心态，遇事推心置腹、披沥交谈"，《文汇报》的老报人也都"心情舒畅"，所以，反映在这本集子中的照片上，可以看到他们都是朗朗的笑容。当然，照片上可以透露出的信息是有限的，也是《文汇报》女记者的姚芳藻后来为《文汇报》元老之一的柯灵写传（《柯灵传》，上海教育出版社，二○○一年），书中就有一节《老经验碰到新问题》，她说：其时"徐铸成和柯灵办报经验丰富，曾经创出了一番事业，可以称得上是办报能手了吧，现在本应是他们大显身手的时候，但是他们万万没有想到，在自己追求的理想的新社会里，办报却是如此的棘手，新闻轨道真是难于上青天。他们对自己的本行变得一筹莫展了。"为什么会"一筹莫展"呢？原因就是"《文汇报》一向以自己是一张高举爱国民主大旗的民间报纸而自傲，可是这项'民间报'的桂冠，一复刊，就被打落在地"。原来的"官方"和"民间"，在新社会里就只有"公营"和"私营"的区别了（原来的名记者、时上海文管会副主任范长江对徐铸成的说法），然而，"在公有制的社会里，私营不就意味着改造和消亡吗！"所以，"老经验碰到新问题"，如《文汇报》的灵魂、老总徐铸成，他的"社论素以尖锐、泼辣、构思深刻著称，而现在坐在办公室里，面对舒展的稿纸，因为对政策法令并不理解，也就一个字也写不出来。他万般无奈，态度十分消极。"柯灵呢？毕竟已是报馆里没有公开的中共党员了，"碰到新问题"，会自觉地转型，他当时身兼副总主笔和总编辑，"天天上夜班，仔细审阅大样，惟恐发生一点政治性错误。"而"有一次，几乎使《文汇报》遭到灭顶之灾。"姚芳藻笔下的这场所谓幸好消除在萌芽状态的"灭顶之灾"，是"副总编郭某，秉性耿直，还停留在旧轨道上。某夜，报纸版面已拼，大样已看过，正准备付印，郭某也已呼呼大睡。忽然上面传来命令,某稿不得利用,柯灵得到这个指示,立即派人去叫郭某速来换稿。但郭某睡意正浓,听了以后,认为该稿根本不成问题,不用不合情理,断然回答三个字:'开天窗!'柯灵听了十分吃惊,这个开天窗在旧社会是新闻界常用来反抗反动政府新闻检查的手段,现在怎么可以用这种手段对付自己的政府呢?郭某既然不肯前来改换稿件,柯灵只得自己动手,在已丢弃的稿件里寻找合适的补上,解决了问题,才使《文汇报》避免了一场祸事。"这个"郭某",正是曾经写下《记徐铸成——我所知道的一个报人》的先父,他居然在新社会还要延用先前报人的"杀手锏"——"开天窗",这真是头脑仍然"停留在旧轨道上"的痴人。

到了一九五三年,《文汇报》改为公私合营的报纸,失去"产权",说话也就没有分量了,此后它仿佛全无了先前的光彩,在党报的《解放日报》、经济类的《新闻日报》和市民读物的《新民晚报》之间,它似乎找不到了自己的位置。又到了一九五六年春天,它竟一度被迫停刊,变成了一张面目全非的《教师报》。又不久,在又一次的"早春天气"中,《文汇报》再次复刊,当时徐铸成还与邓拓协商好了《文汇报》复刊后的人员安排,即拟让已调至《人民日报》的钦本立、上海电影局剧本创作处的柯灵、山西师院的郭根等悉数"归队",而在徐铸成拟定的《文汇报》人员的名单中,徐自兼总编辑,副总编则是钦本立、柯灵、刘火子、郭根(负责要闻、国际)、浦熙修(主持"北办")、唐海等,"还决定黄裳等为编委。"其实,一九五六年《文汇报》的复刊是"鸣放"的产物,用邓拓的话说:"你们《文汇报》历来就取得知识分子的信任,你们首先要说服知识分子,抛开顾虑,想到什么说什么",这就是"《文汇报》复刊后主要的编辑方针"。这在当时徐铸成耳朵里"真有'听君一席言,胜读十年书'之感",而且中央还"照准"了全部编辑方针和复刊计划,并且强调:"要让徐铸成

同志有职有权"，随之，"招降纳叛"的人员调动也如期完成。此后，
"新复刊的《文汇报》，力求革新，企图打破苏联式老框框，内容主要
以贯彻双百方针为主，多姿多彩"，这就是后来徐铸成念兹在兹的
《文汇报》的两个"黄金时期"——抗日战争后复活的《文汇报》和
"早春天气"中的《文汇报》，而后者于恢复不久就有了大动作，比如
由范长江建议而翻译刊登的安娜·路易斯·斯特朗撰著的《斯大林
时代》，围绕苏共"二十大"提出"斯大林问题"以及一九五五年"肃
反"遗留问题的反思，还有"奇文共欣赏"的《电影的锣鼓》等，以致
于一九五七年三月的全国宣传工作会议上，毛泽东还表扬了《文汇
报》，他说：他平常是看了《文汇报》才去看《人民日报》等等的报纸
的。徐铸成后来回忆说：曾经在两个时期"复活"后的《文汇报》，"不
论内容的充实、生气勃勃，也不论是编辑部阵容的整齐，都是空前
的，可惜都没有好结果，留下令人难忘的回忆。"（《徐铸成回忆录》）
柯灵也在他的晚年回忆其办报生涯，不无感慨地说："新闻工作是
一种危险的工作。新闻新闻，必须广见多闻，求锐求新，天天化新闻
为旧闻，不断推动社会前进。这种工作本身，就和历史的惰性相矛
盾。报纸依读者为养命之源，读者的爱恶，决定报纸的荣枯；但报纸
另有一位万能的上帝，操生杀予夺之权。一边要你有千里眼、顺风
耳、广长舌，有喜报喜，有忧报忧，不平则鸣；一边却要你当传声器，
舌粲莲花，鹦鹉能言。公要馄饨婆要面，两大之间难为小，一张有个
性有风格的报纸，就命定要在夹缝中求生存。报纸重客观报导，但
客观事实，自有其客观的是非标准，面对千万读者，众目睽睽，既不
便指鹿为马，又不能非驴非马，哼哼哈哈了事，睁着眼睛说谎话，就
难免失信于读者，早晚为读者所弃。难，就难在这里。"（《沧桑忆
语》）
　　由这一话题，不由又想到《文汇报》的"浦二姐"——浦熙修。

　　记得先父晚年在医院弥留之际，收到了北京浦熙修追悼会的邀请函，但是他已经不可能去参加了，那应该是无限惆怅的。此前还有一段往事，也让我铭记不忘："文革"末期的一九七二年或一九七三年，先父不顾自己的处境，竟自费带着我上京，到大名鼎鼎的北大（彼时"梁效"何等威风）等高校去求索教学改革的经验，见到了王瑶、林庚等先生，此外还拜访了不少"旧雨"，当然，这其实是一番"访旧半为鬼"的经历，着实是"惊呼热中肠"的。让我最难忘的，就是在全国政协所在地不远的地方——先父在《文汇报》的同人、挚友浦熙修的宅子前（原《文汇报》驻京办事处也在不远之处）探问，探询的结果却是邻人的一句："她已经死了！"就在那一刹间，先父的眼睛忽然失神了，他连声叹气，可以看得出来，他是十分沮丧和悲哀的。

　　浦熙修死于一九七〇年四月，她的追悼会是在一九八一年八月补开的。一九八一年十月，先父也去世了。大概在地下，他们是可以相见了。

　　先父和浦熙修相识于《文汇报》，他们对《文汇报》也有着共同的感情。浦熙修原先在南京《新民报》当记者（一九三六年加入）。她之所以成为有名的女记者，是她认定"一个记者的条件，除了基本的知识外，需要有热情、良心、正义感，并且要有吃苦耐劳为社会服务的精神"，后来在战后的政协会议期间声名鹊起，那时她写了许多漂亮的人物访谈记，并被称为是后方新闻界的"四大名旦"之一。所谓"四大名旦"，就是四位"女记"——合该是女中的"无冕之王"了，她们是彭子冈、浦熙修、杨刚、戈扬（前三人还曾被称为"三剑客"）。说记者是"无冕之王"，不是没来由的自炫和夸大，当年浦熙修一纸揭发国民党高层腐败的报道，如党国要人的眷属带着洋狗从香港飞渝的报道，让标榜"三民主义"的国民党大跌颜面，丢脸后的国民党索性用拳头去对付那些所谓的"无冕之王",就在"下关事件"中,浦熙修被饱以老拳。当事人雷洁琼回忆说:当时"为了想保护我,她全身趴在我的身上",结果她"受到打击更大,几乎晕过去了"。继之,《新民报》也被查封了。但浦熙修却有了一番新的认识:"这次挨打,提高了我的政治认识,我认识了共产党不能放下武器的道理,我也认识了武装革命的意义。"此后,徐铸成在香港创办《文汇报》,浦熙修开始作为南京特约记者为之撰稿,不想又被国民党当局所逮捕,锒铛入狱。坐了整整七十天班房的浦熙修正如她被捕前所写的文章的标题《南京政府的最后挣扎》,她的光荣入狱正是"最后挣扎"的一个节目。于是,当"挣扎"告尽,浦熙修在周恩来关怀下和罗隆基的全力营救下光荣出狱,随后,她出现在新中国的开国大典上,在周恩来介绍之后,毛泽东亲切地对她说:"你是坐过班房的记者",那无疑是最高的称赞了,与她相识的人们则亲切地称她为"浦二姐"。

　　先父的"报龄"比浦熙修稍晚几年。《文汇报》复刊后,浦熙修由钦本立推荐,担任了《文汇报》驻北京办事处的记者,后来则是"北办"的主任,此外,她还曾是全国政协委员、民盟中央委员、全国妇联委员等。一九五六年春天,《文汇报》一度停刊,变成《教师报》,浦熙修丧气地给先父写信说:"文汇改教师报已确定,从地方报纸来到中央,注定是三日刊的命运","我现在不求什么了,只想把文章能够写好。"不久,在"早春天气"中,《文汇报》再次复刊,那是中宣部的张际春副部长首先宣布给浦熙修听的,此后浦熙修担任《文汇报》副总编辑兼驻京办事处主任,如徐铸成所回忆:"郭根也写信给熙修,表示愿回《文汇报》。"那时先父早已不安心在山西工作了,在不停歇的政治运动中,他"茫然不知所措",他急切地期待着回到他原先所熟悉的报馆去工作,他甚至把《文汇报》称作是"娘家",他似乎还以为办报是他的长处。浦熙修说:"关于你的归队问题,我已向徐老提出,徐、严(即严宝礼)等都表示欢迎。问题是在'百家争鸣'之下,报纸要办得生动活泼,徐老大有招回文汇老人之意。"不过,尽管浦熙修乐观地劝慰家父:"一切在发展,一切在变得更美好。"其实她知道一切都不是从前了, 甚至她还奇怪先父为何放着教授不当,"教授有研究的时间,有寒暑假,这不是比什么都好吗?"她还现身说法:"我要是你,我早就安心了。我实际上,也是自由主义者,解放初期,曾经那也不干,这也不干,但既然干了文汇,我也就安下心来了。"不想留在高校,一根筋却要去熬夜做报馆的编辑,更何况,现在想去报馆,还能那样随便吗? 她还不解先亲何以会在不断开展的政治运动中"茫然不知所措",她劝道:"运动中对于我们这些政治警惕性不高的人,常常大吃一惊是有的,但'茫然不知所措'总还不至于吧? "她甚至乐观地以为:"在这大发展的形势之下,只有一切落后于实际的感觉,迎头赶上是每一个人的最主要的问题。"

一九五五年年末, 浦熙修来信说:"知识分子改造问题最近在京也提上了日程",且周恩来在报告中提出了"六不"的问题,即对知识分子"估计不足,安排不当,信任不够,使用不当,帮助不够,待遇不足"等,她问先父:"你们那里有些什么意见?"浦熙修为"早春"的温暖气候所激动和动容,她还为先父设想了种种可能,劝他安心,切不可再犯屡次调动而"无组织"的毛病,当然,如有机会,还是欢迎他"归队"的。终于,中央"照准"了《文汇报》的全部编辑方针和复刊计划,并且强调"要让徐铸成同志有职有权",随之,"招降纳叛"的人员调动也如期完成,而此前浦熙修已经告知先父:"在百家争鸣的方针下,中央已决定要文汇恢复",而"恢复文汇,必须召回旧人。我们已把你计算在内";至于复刊后的《文汇报》,"主要的对

象还是知识分子,要继承老文汇(新中国成立前)的传统,配合今日
百家争鸣的方针,可以对国际上发言。"徐铸成也在给浦熙修的一
封信中提到先父:"至于他的政治上、能力上的问题,你和我都可以
负责的。"于是,先父又一次回到"娘家"上任,并且是副总编之一。
那就是新复刊的《文汇报》,它"力求革新,企图打破苏联式老框框,
内容主要以贯彻双百方针为主,多姿多彩"。

　　忽如一夜"阳谋"的罡风,吹散了"早春"的气候,自徐铸成以降
的《文汇报》是满坑满谷的"老右","其中'北办'原有记者十余人,
除了三人幸免牵及外,几乎一网打尽",这当然就有身为主任的浦
熙修。至于先父呢? 尽管任副总编时他曾写信给浦熙修抱怨"传统
势力和包办代替的作风在编辑部是相当严重的",于是,他的才能
被大打了折扣,但是事后他并没有被打成"右派"(后来他被称为是
"漏网右派"了)。

　　时间到了一九五九年,浦熙修被摘去了"右派"的帽子,并由周
总理安排参加了新成立的全国政协文史资料研究委员会的工作,
参与《文史资料选辑》的编辑。对这种安排,她似乎自我解嘲地说:
"新闻记者当不成,当了旧闻记者。"此后的浦熙修,她的女儿袁冬
林回忆说:"开始她不愿多见人,活动的圈子也小,甚至在政协开
会,见到周总理也是躲着走。当时大多数朋友遭难,还常来往的朋
友是费孝通伯伯(因同在中央社会主义学院学习过)、邓季惺嬢嬢
(四川人的叫法)、郭根(反右前任《文汇报》副总编辑)等。(《纵横》
二○○○年第十一期)她和先父还有通信。她在给家父的信中说:
"借此能够初步学习一下也是好的",她还不无调侃地对运动后的
父亲说"大概从此你会安定下来了"。

　　在身历了前所未有的劫难后,浦熙修暂时抚平了内心的创伤,
埋头于学习之中,同时还有了想写作的念头,在给先亲的信中,她

经常说起要"写些什么",开始时"也只能从学校生活来着手了"。不时地,她请已经回到教授位置、且打算"隐姓埋名"下去的先亲给予"指正",甚至因为自己没有成绩,她在给友人写信时竟"时常感觉有些惭愧"了。她"通读了《毛泽东选集》四卷,并反复阅读《实践论》、《矛盾论》、《在延安文艺座谈会上的讲话》等文章",还"为写文化史打基础而读《史记》、《拿破仑第三政变记》及范文澜的《中国通史简编》;为了了解收集材料的办法即调查研究的方法而读《达尔文的生平及其书信集》"等,此外,原来浦熙修认为"当新闻记者就得学司马迁,就得更好的学习鲁迅",此时"学司马迁"是不行了,倒是鲁迅的一些东西还可以学,她认为鲁迅"那些闪烁着思想火花的杂文对自己的业务是必需的,因而经常阅读《鲁迅全集》"。最后,她终于悟出:"当时自己是一个新闻记者,东跑西跑,混在政治漩涡中,却不懂得政治。"(袁冬林)不懂政治,或者不懂政治的游戏规则,那就是天真,而天真正是许多老报人的天性,诚如徐铸成所说:"天真,是报人的癌症,郭根也是个例子。"

徐铸成还曾回忆说:性格开朗的浦熙修是在"破帽遮颜"的孤寂中染上绝症的,而所谓"忧郁是癌症之父"。当时她自知将不久于人世,曾写信给周总理告别,并恳请党审查她的一生。至于浦熙修给先父的信,保留下来的最后一封就是她患癌症且恶化之后写来的。那时她已住在北京医院,沉疴难起,对老友,她无法再伸援手了。当时先亲拟往北京调查和搜集邵飘萍的材料,浦熙修无力再相助,只能委托子冈和介绍王芸生了。

有本影集名叫《此生苍茫无限》,说的就是浦熙修"无限苍茫"的一生,真是如烟往事,往事并不如烟!

十　日记后面的故事之五
——灰暗的晚年

　　徐铸成所称的先父的"天真",部分反映在他根本不懂得吸取经验和教训的重要性,他的自由主义作风是根深蒂固的,于是在他的晚年,在我印象中,山西大学几乎每一场政治运动都是首先拿他来开刀问祭的。比如我保存的一张《山西师院院刊》第一版的大字标题《中文系教学大辩论初获战果,斗争矛头即将转向教学上的修正主义》,内称:"目前论战的主要方向是清算资产阶级的教学思想,彻底批判个人主义,郭根先生在这方面比较严重,他除了宣传资产阶级的'一本书主义'以外,还不分青红皂白地讲些右派的东西,如讲到鲁迅时引用冯雪峰的论点,介绍胡也频时引用丁玲的言论,提到抗战时期的戏剧时说吴祖光写作很有天才,更严重的是说彭子冈成为右派只是由于写了一些留恋故都风味的文章,说我们对右派的斗争太过火了,不够实事求是等。"而他自己也在《我决心克服害己害人的个人主义》的检讨书中承认:由于"立场模糊","在反右斗争后,对那些在文学史上曾享过盛名的作家,虽然他们已堕落成右派了,但思想意识里总不免对他们怀着惋惜的心情",并"有意无意地以资产阶级的人道主义对待一些右派,特别是对过去与自己所接近的一些所谓'老朋友'",这当然是包括了浦熙修等等的。

　　当然,与他投契的人也不乏其人,比如广西人朱荫龙先生。先父于上世纪五十年代返回家乡并执教于"山大"之时,常客就有桂林朱荫龙先生。原来先父抗战从事新闻时在桂林与之结识,此时又共于一处,算是天意,讵料后来"老九"霉运连连,朱先生蒙冤成为

"右派"，先父幸"漏网"却有时不在检讨中讨生活，于是两人愁肠百结，时不时以"杜康"解忧解愁，不幸一次过量，终酿成大祸，朱先生痛饮后骑鹤而去。先父命大，昏醉数日，方捡回一命。

先父在"山大"中文系教授中国现代文学，一切乏善可陈。

犹记得，一九六九年十二月，"山西省革命委员会"下达"战备"疏散令，山西大学分四批起程，全体师生除老弱病残乘车外，一律徒步行军，经一周时间，两千一百余人抵达昔阳县，分驻于九个大队，以迄翌年九月撤回太原。这大半年就是那些教授们继"牛棚"后的"干校"生活，我有一帧《教授挖渠图》，内有丁裕超、郭根、姚奠中、姚青苗，别看他们笑容满面，仪态可掬，其实这大半年在"学大寨"的腹里，有多少悲剧发生？中文系的支书跳了茅坑；先父糖尿病加剧，以致两腿无力行走，往往步履踉跄于田间，经常"挂彩"而归，如这一帧他在大寨前的留影，削瘦的面容、发颤的双腿、一根"司的克"，对照先前裸肩持锨、灿然一笑的开渠者，那还是同一个人吗？

先父在世时，有一本《赠言册》，除了他的友人，那上面还有许多他教过的学生毕业时所写的"赠言"，从中可以得见不同时代的"师道"，以及时代的留痕。在他辞去《文汇报》的职务而北返时的六十年代初，如一九六〇年九月，有"感谢先生耐心的教导——中文系研究班首届毕业生韩秉有"等等，此后这样的词句很多，其中不乏后来是他领导（包括进了省委的）的学生，显然，那时还有崇尚知识、尊重教师的气氛的，当然也都带了时代的痕迹——以"又红又专"、"红专全能"等互勉的。如果说还带了性情、仿佛旧时程门立雪，甚而进了一步"吾与点也"的，即似乎还能让人看到旧时"师道"的星花旧影的，是一九六三年忻县中学马银生写的一大段话：

　　　　我是你的最早的学生。我尊敬你，敬佩你。从灵魂的深处,我敢担保,你有一颗赤子之心。王国维说:阅世愈浅则性情愈真,你却是阅世愈深则性情愈真。先生喜游,山光水色,铸成此性。此性为人者所短,为文者所长也。我是你最早的学生,我尊敬你,钦佩你。你敢说敢怒敢言。在重庆,蒋介石抓你(这我没听说过。笔者注);在今天的新中国,你的桃李满天下。你受到党的重视,得到同学们的爱戴,当然也有人诽谤你,但是他们的下场不是证明你的对吗? 我是你的学生,我跟你在晋祠游过泳,我也打算过跟你去云冈、五台山;我跟你在后沟炼过钢,也和你在北京通过信。分开时常想念,团聚一块时彼此倾吐,你把我看成你的学生,也把我看成你的朋友,你没有一点虚伪,没有一丝架子,懂得就是懂得,不懂就老老实实告诉人,积极寻求解答。我说:郭先生,你真配得上:是群众的学生,也是群众的先生。我是你的学生,也跟你同事五年半,而今天离开了。生活本来如此,我又何必洒情抹泪呢? 在离开的今天,我才真正感到"你不简单"。家乡的人把你说的神乎其神,说你怎样有功于党,怎样文笔如何遒劲;你的学生说起你来,滔滔不绝,使没有见过你的人想见你,只见过一面的人想深交。郭先生,我怎么能不钦佩你,敬爱你呢?

逾十年,如何? 再照抄一段:

郭根(开始直呼其名了——笔者注):

必须更加抓紧对于自己的改造。作资产阶级思想的叛逆者,否则就是俘虏。因为思想改造是长期的,而有意无意地放松了对自己的改造,那是危险的。应当说,正是因为思想改造是长期的,所以必须无休止地、不间断地、粗暴地向你冲锋!要打主动仗,打硬仗,打白刃仗,用毛泽东思想去彻底摧毁旧社会遗留给你的那个"独立王国"。愈是打得落花流水愈好。比如盖房子,在原先的残墙断壁上绝然盖不出好房子。残墙,毁悼(掉)它,把疲(废)墟也扫除干净,统统去他妈的!然后,重打根基,重新垒墙。——那将是一幢暂(崭)新的房子。那时候,只在那时候,你的一技之长才是有用的。半年时间,天天"训"你,此时又在"训"你,想对你是有些好处的。往后还要"训"你的,只要我认为有必要。当然如果你发现我什么地方"生疮"了,甚至"化脓"了,也一样可以"训"一下,医治医治的。我,对你说这些!

一九七〇年六月十三日于学习班结业时,霍顺旺于昔阳县安坪公社安坪大队

显然,十年后,不独词汇发生了变化,就是学生的文化水平也有违"进化论"而倒退了,至于"师道"等等,更是谈不上了。当然,透过那一番"革命"的话语,我仍能在多少年之后从中读出许多泯灭了师生界线的肺腑之言(故意调侃的戏谑),那反而是先前人们刻意寻求而寻求不到的了。

先父的晚年,渐渐已有老年痴呆症的症状,可惜对这种陌生的疾病,家人和我都没有现在人们才有的常识,也就没有很好的照顾他。在他不起之前,或许他是意识到什么,给我们留下了这样的一些条幅(见收入此书中的先父遗字照片),我真的不知道现在的人们看了它,会有怎样的感想?或者,依然是那两个"天真"的字?

　　评论自己的先人，不是一件好干的事。古语："子为父隐"，以及
"子为父扬"（自编的），皆不适宜。于是，就此打住。

　　　　　　　　　　　　　　　　　散木
　　　　　　　　　　　　　　记于二〇一〇年岁杪
　　　　　　　　　　　　再记于二〇一二年岁初、岁杪

北师大附中日记

一九二六～一九二七

一九三○～一九三一

一九二六年

十五年四月一日　礼拜四

——微微睁开眼一瞧，"哈！不早啦！"赶快披衣起来，跟羡之闲谈几句，"呵，您好吧。""故德猫儿凝！"跟着就一气跑到校里，恰遇今天放假，我问放什么假，人家说：因时局不靖。唉！没天良的军阀，因为你个人争权夺利，却误人家子弟的求学。唉！国之……我突然怒形于色，却心里很觉高兴，因为放假后不受旁人之拘索〔束〕，随便玩一玩，倒很高兴，比上课好的多啦。

午后，去单牌楼。乘电车往那个单牌楼，一路上坐在窗口，凉风拂面而过，精神倍加，觉得这春风真是和畅。在电车门口立着几个丘八（宪兵营），我吓了一跳，可见沿路上的兵不住的东瞧西望。我以为是北京城真被人打进来了。其实曾没有，空惊一场。去父亲寓略谈片时，即乘人力车如飞似跑的赶到琉璃厂，同右丞买下几本日记（就是本书），乘太阳未落，即徒步回家来。同千子、直亭、羡之拉拉胡琴，唱唱曲子，倒也还算的高兴快乐！

晚间寝时，他们都睡了，独我不然（因为我明儿不上课），我因为晚上不瞧书，实在觉得干燥无味，空负了良宵恩情。所以我就问千子借本小说看看。千子说："你回去取灯来，推开门，自己进来吧！"我连说："是是……"，我遂又返身回我家里，取上蜡灯，进他家，取出一本侦探小说来，给他关上门，端上蜡灯出来。千子笑的说道："你倒是秉烛夜游。"我也笑答道："良有以也。"

睡下看了一回故事,觉得要想入睡乡了。遂灭灯抛书而寝。

四月二日　礼拜五

天气:今日天气晴朗,微有清风。

要事:时局不靖,学校停课。

联军飞机在西直门扔炸弹,居民大起恐惶。

　　早晨在床上,和羡之谈笑自若,因他有功课在身,所以在我起床以先,就上课去了。我整天很觉无聊,孤单可怜!不得已,去街上走走,连我自己也不知往那儿走,却幸走到代郡馆门口,两条腿不由得走进去,一个嘴不由得喊几声:"赵瑛!赵瑛!"连喊几声,无人答应。只得走出来,在馆门口,痴呆似得想想:往那儿走好,师大吧,不。附中吧,不。最后的结果,才说回家顶好。遂迈步走开,绕道河沿,只见翠柳飘摇,春水照人,河边还有几个小孩和大人,玩的打鱼。我也似乎不注意的,望着他们走回家去。

　　回来的时候,屋子里还是照样的凉气袭人,哑然无声。在庭前跟向之植种麦子,筹划院子里栽树样式。下午睡睡觉,看看书,他们也都回来了,才兴味倍增,在直亭屋里,他给我讲故事:其中最有趣味有好几个,姑记之,以响〔飨〕后日闻者。

　　"有个小老汉儿,张的一个小鞭久(长发),把他小鞭久点着,小老汉儿就没有了。打一物。"

　　又一个是:"有一个东西有肚皮没有腿,有嘴没有牙,满嘴多着是肉。打一物。"

　　又一个是:"毛边毛缘,巴掌似的一片。打一动物五官之一。"

　　晚间抄了几篇古文,读一会儿赞赏一会儿。十时即入梦。

四月三日　礼拜六

天气:是日也,天晴气朗,惠风和畅。

要事:没有什么要事吧。

新鲜的微风吹来——朝晨已经开始了。饭后,步至河沿。那树木都已复苏了,望见顶上都微微盖了许多叶影,那些叶芽却都长的繁密了。更有那些纤嫩的垂柳,仿佛得春独早,树叶都转青了。现在被初春暖气一烘,好像都出了狱了,更经这晨光照着,都很快的放出一鲜绿的香气来,几个黄鹂儿在树枝上跳来跳去,婉转的歌唱,表示春光明媚的景致。

那地土生命也都复苏了,由于一种暖气,在那河沿上的杂草,茂盛光荣的滋生起来,在我的足下吱吱的响。

我在这河傍,对于这清洁自由的大气,本是一种绝好的呼吸,如同喝酒一样,深深的喝了一气,肚子里的闷气浸润着,觉得一股鲜风穿入肺里,直透进心里面,身上顿时觉得爽快无比,如登仙境,快哉!!!

午后,张德思君跟杨定安君来访羡之,因羡之他往,二君即稍事等候,我见他们都乘自行车而来,乘他们休息,遂骑车上街中跑跑,游戏一回。

二时余,右丞来约往梅亭师家,因梅亭未在,遂至希庵寓,略谈片时。右丞尚要去刘向之家,遂分道而行,我回家去。

晚间,同千子、直亭下一回军棋,聊解忧闷,又谈谈国家大事。十时余,各人都回家就寝,我亦得应酬故事,拉开被子就寝。

天气:上午晴朗,空中时有白云。下午有风。

要事:李景林军飞机在北京城四处放炸弹,计有十一处。

李景林、张宗昌军大举进攻迫京畿。

国民军有与吴军议和合作攻奉说,但不知得确否。

四月四日　礼拜日

连日放假,无所事事,除吃饭睡觉以外,嬉嬉终日,很觉无聊,空负春光明媚。每想出城踏青,因京畿一带连日炮火连天,无机可乘,闷坐斗室,埋头终日,闷甚! 闷甚!

　　下午,一奇事窃案发生于吾室:赵君与杨、张诸君在吾家休息,赵君痴甚,故吾与千子、兴之嬉戏,乘其睡甜,以笔画彼脸上,成一大花脸,赵君亦不之觉,待赵君醒,众人皆狎笑之,彼犹不觉,复拉彼至门前,街人亦复大笑,后赵君觉,亦不我怪,复睡之。至晚昏时,杨君忽然问彼借钱,彼即开皮包数之,或少十元钞票一张,一元零洋,赵君非常着急! 四处找寻无迹,观其颜及言,待疑为吾二人乎?直亭及千子复兴之说抱歉语,复潮〔嘲〕之。吾以良心说话:吾二人绝非十元价值之人,吾二人似其为人痴呆无状,亦复原谅之,并未与彼相争! 移时,观赵君意:"彼钱差非吾等(但未指明)所拿,则钱又何往也。"杨、张因恐其出言无拘,招染是非,遂即出走。饭后,吾与千子、直亭、羡之猜想:某君知赵君痴呆,或取之亦未可知也,观其种种疑迹,某君偷之必无疑矣。但其种种疑迹吾等未敢明言也。以此事已成过去,说之亦无益。只是以后,吾得一前车之鉴,不敢再与此等不相知之人再嬉戏也。

　　天气:尚属晴明,只是多风。

　　要事:李军飞机又在北京乱扔炸弹,计有五处。

四月五日　礼拜一

春风连日不止,今天又是植树节,唉! 原来的计划都失败了。

　　我被这温和的阳光照着,春风拂拂的吹衣,思想起野外的风景,何等的自然,何等的幽美——春天的清草〔早〕,四围烘托着薄灰的浅雾,足下的绿茸茸的青草,挂着浓露。沿路的桃花杏花香得怎样芬芳,粉扑扑的柳絮飞满了春城,和沿路的青山,远远的隔岸的森林的葱茏景色。从那蓊蔚的柳树里,吹出钧辀格磔的鸟声,一会黄鹂咕咕作响,忽地又听金丝雀发出那嚯嚯的清音。浅绿明净的河水,在石上流过,柔深的水波,游鱼往来,几个牧童牵着牛,俯岸饮水,清水一泓,游鱼忽地拍拍的逃走了。——我坐在家里,梦想这春天野外景致。今天又是植树的日子,应当一游郊野,身受拘束,也不能出城一步,真是令人恼闷伤心。

午后,余正整理清洁房舍,殊不料华亭、子栋,早晨出人意外,即从家里来了。这一喜,真是千子所说:"喜出望外。"

晚间与诸人谈问家乡故事及一路的历史,口里不住的吃些从家乡带来的梨、瓜子、月饼。吃吃谈谈,很有趣味,直至晚十二点才睡。

天气:温和而且明灿,早霞,晚风。

要事:李军又在京放炸弹,人民痛恨之极。

四月六日　礼拜二

在床上从梦中惊醒,翻身一瞧,见子栋已穿好衣服,盘膝而坐,手里拿的德文,嘴里微微的诵念。我□了之下:真是惭愧之至,想我在寒假中,天天起来,整天玩儿,把宝贵的光阴都付之于流水,不但损失光阴,而且浪费金钱,耗费身力。我今天看了子栋用功情形,细想:伊昨天晚上刚才从路上回京,一路上受尽苦楚,精神衰弱可知矣!又昨晚十二点才睡下,今天早七点就如此用功,我拿我比之于子栋,愧何如也。以后,深望能力改往过,专心于学,犹可追也。

上午跟刘同学打了一会儿网球,闲谈几句,渐渐的就惯熟了。我在这一人屋里,很它闲的,自在的,很想拿书来看,苦无可观,打算明儿去图书馆借书。

晚间,右丞未回,就在子栋床上息下了。我早睡熟了,全然不知。可笑。

天气:晴明,微有风声,午间太阳甚热,有如夏季。

要事:联军猛攻黄村。保定晋军撤退。

四月七日　礼拜三

上午抄了几篇《新文库》里的好文章，跟着就读了一会，我抄下的这几篇文章，多数是描写文，因为我的性情喜欢这描写文，不甚喜欢议论文。

又看了《蔡孑民先生言行录》好几节，里边如《果敢与鲁莽》、《文明与奢侈》，都很讲解的很明白，文〔字〕也不多，我看了非常容易懂的。蔡先生真能体贴我的心了。

晚间，因我每天闷坐斗屋，身体很疲倦，精神不足，觉得头昏脑闷，所以我就不想吃饭去了，在家里只喝一碗挂面，就完事了。

去直亭家里闲坐，偶然看见了一本《最新英华会试大全》，看见里边生字很多，却容易懂的，我看了非常高兴欢喜，就问直亭借过来，细细的看它了。

在睡觉以前，我在羡之家，跟直亭躲在床上，胡谈一气，所谈的话，很是没有记的价值，所以我就不记他了。

天气：非常暖热，和昨天的气候差不多。在傍晚时很觉舒服。

要事：广东政局行将分裂，共党与反共党激力相抗。

四月八日　礼拜四

早晨大风呼呼，飞沙走石，目几为之失明，在家里看看英文，对了十四页生字，时听风吹在窗上沙沙作响，屋里非常昏暗，怪可怕的。

午后，因六生来访，遂相偕往彼寓一谈。时风稍停，但走在路上，时而飞沙走石，扑面打来，我就赶快藏在六生背后，推之前行。我们俩先至艺专看看校舍，又至宏达中学，也看看校舍，然后才到他家，躲在床上细细的谈起来，谈的无非是朝野稗史、乡下轶事。

晚间，与赵君又至鸿文公寓赵瑛君处一谈。至时，彼屋先有几个刚认识的一个朋友，与他们寒暄已毕，倒茶相让。后俊卿又叫一个话匣子唱起戏来，以助茶兴。余今晚兴味更高，待伊的朋友走后，只留余等三人,坐在话匣子边,闭目而听(很有趣味),兴味油然而生,此时觉得性情很是温和,身处幽境似的。晚间因听说街上国军已经戒严,遂在六生处就寝。

天气:黄土带沙的暖风,整吹了一天一夜,刮的街上很是萧条。

四月九日　礼拜五

我在晋庵处睡得很舒服,半夜间就谈笑起来,早晨在未起以前,看了看《石达开日记》,但是没有多看。我们六点多钟就起来了,今天天空高爽,空气清凉,比昨天好得多啦。我们遂把臂往俊卿处,赵君尚未起床,晋安就往校里去了,我就在俊卿屋里和他谈天。到十一点吃饭后,我同羡之就往崇文门,看我父亲,与父亲略谈几句,就告辞回家。

回到家来,见了诸人,很觉惭愧,面有赧色——但是我想诸人未必见怪,因我从未他出,昨晚在朋友处住了一宿,也是有很多原因在内:一,因路上戒严;二,因晋庵和俊卿强留;三,因听了话匣子后天色已不早——其实诸人并不我怪,是我自己觉得罢了。

晚间看了看 spring 一小本,对了好些生字,好容易才弄好两课,暗读一回。

天气:非常晴朗,天高气爽,春色宜人,我觉得真是心旷神怡。

要事:国直和议,都是段、贾希望,未必能成功。黄村奉国大战。

四月十日　礼拜六

在床头看了好几回《爱罗先珂童话集》,里面写——《我的学校生活的一断片》,我看了顶有意思,真能写出盲者之形情。

午后,和羡之吃罢饭(因时局,他们校里也放假了),闲谈几句,他坐了坐不住,一会儿就走了,过他的快乐消遣的事业的了。我一人坐着,无聊之至,拿起太戈耳著的《飞鸟集》,看了觉得很好,短诗妙语,我很喜欢的把它抄写在《诗文选录》上边。如:

夏天的飞鸟,飞到我窗前唱歌又飞去了。

秋天的黄叶,他们没有什么所唱,只叹息一声,飞落在那里。

看了他这几首诗,看他写的多么正确,并不挑选字句,活泼泼的耀〔跃〕于纸上,真能使人读着起一种感想。这诗人真是"人类的儿童"。因为他们都是天真的和善的。

黄昏间又看了看《隔膜》(小说),里面的话句意思很容易懂的,看他写《一生》一节,描摹毕肖,看了如同真的一样,活现于眼前。

晚饭后,和千子、子栋、直亭玩一会儿军棋、象棋,都是瞎下的,倒很有趣味,很能解饭后的闷心。

——又和子栋看了一顿《胡适文存二集》中的一段《一个最低限度的国学书目》,我们看了研究国学至少也得那许多书,真是羡慕胡适之、梁任公诸人,研究国学做一个有名的大文学家,真是不容易的。想他们年幼时候,又不知怎样的卧薪尝胆、悬梁刺股的苦心用功呢。想我们这样……又怎能……从今后……

在夜间十二点时,听子栋说大炮一轰轰的响来,听得很近确,千子吓得来叫子栋起来,但子栋不之起。我却一夜一些也不曾听见,幸亏没受这些虚惊。

天气:晴朗,时有黄风。

要事:段祺瑞,府卫队已被国民军解除武装,现段本人已被国军监视,一说段已逃东交民巷某使馆。曹锟现已恢复自由,称"曹公"、"曹总统",不视往前称"曹贼"了。

四月十一日　礼拜日

今日是礼拜日,大家都在家里,我同向之等在院中亲手种花挖砖,垒池,倒也可算的田园乐事,幸附陶渊骥尾了。我们又买三株丁香、六棵柏树,每院分种。

　　上午我在羡之屋,还有直亭,他们俩正吸鸦片,我在他们后边,见他们拿着我的画图笔,通洋烟杆儿,用尖儿挑鸦片。我就不悦的说:"你们怎么拿我的画图笔做这样的事?"羡之听了大怒:"交朋友还在〔乎〕这个!"我答道:"什么交朋友,交朋友就这样么?"羡之这下可就大发雷霆,在直亭跟前用他的大威,以表〔示〕他是有力气好打架,他人不敢不奉承的似的,把好好的一枝画图笔,刚买下用了一次,拿来全无惜物的性情,在他的膝盖上,巴叉的一下打断,扔在地下。还在直亭跟前意气洋洋的,如乡里说"乘〔逞〕能"似的。不想直亭却说:"这下你可就高兴! 高兴! "我盛怒之下,也无可如何,知道他是下流之人,乘血气之勇。韩信尚受胯下辱,我想了也就不与此种人争,无言的走出他门去,坐在家里细想:"不幸我眼坏了,以为伊是正直鲁莽鲁智深、李逵一等人,故我十分另眼相待,亲爱之至——伊不幸吸〔烟〕,抑我不幸呢? 唉! 天下人种种秘密,阴谋,偷人,害人的事,凡人过后,谁能知道。如那天四号之事,我以为谁取了,也无人知晓。谁料此事却于无意中,使我得了真明证,我万想不到是此人做这样没名誉的事,使人以后再怎样另眼相待呢?我以这事倘若让别人知道,那么此人一生名誉从此扫地矣,故我〔决〕不对别人说,使我自己知道罢了。那天我们疑惑的那人,真是怨了人家,我特在此写了,使我心上给他洗清这事,不是伊做的罢了。望此人原谅我!!! "

　　唉! 谁想那人却是做这样丑事的人,天使之败露,故我于无意中——整理家室,搬床运桌,得到了真的明证。这岂非天使之败露么?

　　天气:晴朗。

要事:联军飞机又在京放炸弹。黄村国奉大战,从昨晚十点起大炮声和机关枪声,听得十分响亮,一时人心惶惶,以为真入城门了。

四月十二日　礼拜一

在庭前看看新种柏树、丁香,或然感觉到野外景致……我想野外既不能出,去公园也好。跟着就去六生寓,偕同瑛哥一游中央公园焉。

门前车马纷纷,游人如蜂如蚁,男的女的,牵手、联袂的,络绎不绝。我们一进门,便看这威严"公理战胜碑",心中便感觉到一种生畏的观念,两旁游廊上满站游人,东瞧西望,碧绿的柳树,临风摇曳,麻雀儿站在上边,从这枝飞到那枝,侧着头,望一回野景,便清清脆脆地叫几声,唱它们赞美春景的歌。

我们走到这丰密的林子里,看看湖水,湖面承〔呈〕着天空的青翠和太阳的光亮,差不多是一片白银的广场,镶嵌着许多碧玉——因为绉着又细又软的波纹。沿着湖上去,便是绿草平铺,丰密的大树林,里面多是男女情话的福地,香风在林子里流转,爱情在林子里凝结,不断的透出笑声,报告他们的幸福。有几家婴孩和太太们息养,路旁布满小孩的玩具,布满了慈爱的空气,那样许多的小孩不能听见他们的哭泣声,是何等幸福呵!

我们又走过藕香榭,到鹦鹉所在,叫它言语,它却羞却却的,不敢动转。我们又到来今雨轩,一阵阵的东南风,缓和的送过来,野花翠草都微微的颠倒,我们见此地正动工作,遂又往别处。瑛哥因走的疲了,遂先别我们而去。我同六生又在园绕了一周,苍松翠柳,假石奇山,饱了几目,心中虽有兴味,但是力已疲倦了,只得舍了他,坐车回家。

天气:清明只是多风。

要事:联军飞机又在京放炸弹,死六人,伤三十余人,国直和议已大告成功,田维勤率师北上,若奉军在〔再〕攻不退,定助战云。闻曹锟已派人去国务院,取大总统印,有复位之说。

四月十三日　礼拜二

早起来,很费力的挖土池,砌池边。到午前九〔点〕钟,偕同千子往彼校,暂避飞机扔炸弹之祸。到了医大,看了一回儿兔子、绵羊。停一回,见飞机隆隆然飞翔在天空,我们看了大骇,遂相率往楼下暂避。我们在这听差家里,看了顿小说、戏剧,出来的时候已是十一点钟了。我们也不管别的,只赶快的跑到饭馆,一瞬间,吃罢饭,又到他校里了。坐在阅报室看了一回儿报,又遇见了直亭。三人携手下楼,到各处,折了许多灿烂鲜艳的桃花、梨花、榆梅花。回来忙得什么似的——召〔找〕瓶子,洗瓶子。诸事完毕后,又同千子把花整整齐齐的插在瓶里,非常的好看!

午后,六生来召,谈不移时,我们忽然想起戏玩瑛哥的事,跟着我就写下一封信——是根据伊的情人知贞给他手书的——我们俩快笑的粘上邮票,锁了门,往六生寓,把信送到信箱后,却遇赵瑛哥坐车对面而来,我们笑的不敢与他言语,低着头一气走到六生家,看小说,睡觉,吃饭。到黄昏的时候,瑛哥笑嘻嘻的走来,说:"也不知谁假冒名字给我写信,"说着就说一定是我俩做的事。我笑急了,饭都喷出来啦,瑛哥已经晓的了,又和我俩耍戏一回。我于七点后即乘车回到家里。一看窗上没有灯影,就知道子栋走了两天还未回来,我一人不愿意在家坐,去华亭室拉拉胡琴,谈谈国事,又回来,和千子下阵军棋。看了一回《隔膜》(小说),十点息灯,枕上犹隐隐听的炮声,"轰隆! 轰隆!"的乱响不已,我怕的蒙着头,怪出水〔?〕的,呼呼的走入梦乡。

天气:花香鸟语,春风拂拂,太阳照着大地,和和气气的,并无大风。

要事：早上飞机，非为李军之机，乃国军之飞机，令人虚惊一场！田维勤师已至南苑，明日即可入京。唐之道报告，已击退联军，向姚辛庄迤东溃败。奉军俘虏今日游街。

四月十四日　礼拜三

今天午前，同向之、千子在大院当中，又掘一圆池，费时很大，两手磨了好多泡珠，虽然受了些小痛，却喜院里很是修的整齐：四角为四池，上二池种柏树，下二池，一种丁香，一种榆梅，中间为一大圆池，种的是杂花异草，周围是草皮。又每屋阶前挖成一小长池，成四围，包围院庭，里面打算种牵牛，但我不甚喜欢，以为种上牵牛的时候，就能遮住射入窗前的阳光，屋里很受重要的黑暗。

午后，饭罢，千子说：今天土地庙会，因此我们就携手出馆门，一游土地庙会焉。在一道长街上，都挤满男男女女，叫喊之声高入云际。毒日当头，我们挤在家人中间，热气满头，周身出汗，闻得些北京乡下人的臭味，怪不好受的。快快的采了一株月季花，就用力的猛攻出臭味的战界，才得了新鲜爽凉的空气，用力的呼了几回，又复苏了我们的新生命。

天气："赤日江天灼皮肉"，天气非常暖热，却没一点儿风息。

要事：国民军允停战后即退出北京，如有食言，调人愿负全责。

四月十五日　礼拜四

《英华会话大全》，是从直亭处借来的，我今天晨起，看了几篇生字，念了一课会话，还有千子教我读音，我是很感谢的。

上午因庭院犹未竣工，我一人很出力的修理，出了满头的大汗，还未修好，只好再待明儿修理也。

直亭弄好一钓鱼竿，我和他就步到河沿，坐在柳荫河边石上，慢慢的把鱼竿扔下去，等鱼儿一来，就把它拉上来。我细细的看水里,碧绿清清的流过去,河下还有许多杂藻,河边的柳树,回清倒影,照在水上,显得明明白白,比岸上更好看许多,水底白云,慢慢的走,鱼儿有时过来,水面就起一个小泡。

我们因为不会钓鱼,所以一个都没钓着,直亭尚要流连河岸,作他的妄想,我却离间他,吁吁吁的走回来。

天气:甚佳! 晚间有沥沥滴滴的小雨声,从我枕上听来。

要事:有国民军通州战事失利说。

四月十六日　礼拜五

今天整日春雨淅淅沥沥,我坐上窗头,拿上一本书,窗前听雨,很有意思,很有诗意。我们畦子的土尚未铺平,我恐雨后成泥,所以和老刘冒雨弄好,弄成一背的水,很费辛苦。我又把月季花放在雨地,任它逍遥自在,随风摇摆,又被春雨洒落,看它很是快乐,碧深的叶子,含苞将放的花,如美人儿一般羞却。

千子和我很费力把桃树,不是,是榆梅栽上,又弄下两足的泥,真是背水足泥,如农夫儿一样手脚,但是很觉自然快乐! 并无一怨言。

千子的日记,他交〔叫〕我看看,我见他作法,和我迥然不同,他不叙什么景物色彩(描写),全是议论文,一片的堂皇言语,和我这小气待羞的不同,我看了之下,深羞也后,也把那描写稍去,增加议论。但是我也以为日记没有描写,也不算完全,我以为在议论文里夹几句描写顶好!

天气:春雨绵连,天空密云交错,天阴地暗。

要事:国民军失守,全军退出北京,往张垣。奉军将入京。

四月十七日　礼拜六

雨霁天晴,天空蔚蓝高爽,柏树上露水珠珠儿,地下的雨水有是〔似〕没有。早晨的天气很是爽淳,新鲜,春色宜人,感受这雨后天晴的天气,我真觉得快活高兴!

饭后和赵瑛君、六生子去游艺园一观。见天桥人马挤满,大约是奉军又要枪毙国军俘虏,我心中一时很觉酸痛,不忍在此地久站,赶快就到游园。他们两个要在新剧场看戏,我不然其说,就独至河边桥上,看见绿草被春雨一洗,很茂盛的长起来,河中两个鸳鸯紧紧的挨着,游来游去,远看几个男女携着手,喁喁情话,有如河中鸳鸯的快乐。

新剧演的是《空谷兰》,前段叙说军人为国殉难,后段叙说表妹苛刻嫂嫂,演的有情有理,演至情深处,真是令人下泪,摇头不已!你看他表演,他儿子为国捐躯,司令官先说军人怎么应当死国,后说军人死国后怎么荣耀的安慰他,后来才对他说他儿子打仗死了,他虽心痛,但是一想军人应当死国的话,不得不忍住泪和司令官谈话。司令官也是心痛死的,也是忍住泪的安慰他,但是说到情痛处,两人身不由己的又抱头痛哭不已。他说不要伤心,他又说他不要伤心,两人相互安慰,真是令人描写不来! 不是笔墨所能及!

后演司令官与死者的妹妹自由结婚,原来他的表妹就想嫁他。今日见表兄娶了外边的女子,心上大愤,种种的说他嫂嫂不好,讥笑他,洒笑他,但是外人都评论表妹怎样的不好,同样讥骂他,洒落他,表妹又大愤,以为嫂嫂挑上外人与他为敌,遂用种种巧计,迷住司令官,司令官就真个上了他的圈套,骂他嫂嫂,气他嫂嫂,这死者妹妹是有新知识的, 当初司令官怎样的恩爱,不想今日受了这大气,遂哭别幼子,留下一封信,和一个丫头逃走(这剧还没演完,明儿还演第二本)。我看了之下,身上觉得身临其境似的,心中一酸一痛,几乎哭了,唉!可怜!这枝笔真是神妙,能演出剧中真情,实是难得!

天气:晴朗。

要事:段祺瑞复职,免鹿钟麟令已下。

四月十八日　礼拜日

昨晚在六生处安寝,一夜把一本《玉君》就看完了。饭后同玉如去中华书局买下一本《English Weekly》,又去前门单牌楼绕了一匝,买下一尺五市布,要缝一个领巾。因为这一点东西,与玉如大约跑了二十里路,回家后脚腿痛酸难忍,又去附中看一下,取了两封信,一封是伯父的,一封信是巨才哥的。见明儿还不上课,也不知是什么缘故? 我真在不悦了! 暗骂教员懒堕!

晚上,疲倦极了!再也不想看书了,到九点钟就睡了。他们还要笑我,但是我一声不响的走入甜蜜的睡乡,抛却他们的嬉笑。

天气:晴朗。

要事:奉军在京使用军用票,大洋数忽然低落至两吊四。任命李寿金为警察总监。张作霖命令不许军队入京。政治问题,此大张有复颜容,召集国会之说。此大张决定追击冯军。

四月日十九日　礼拜一

上午把《英文周报》看看,见生字非常之多,好容易才对出来,又有看不懂的地方,只得把它拦过一边。下午千子回来,才大领其教,顿开茅塞了。

风整整的刮了一天,把好好的天气一变为寒冷凄惨的世界,真是令人不悦之至。我一人在这风天之中, 独坐窗前,正好看我的——《东海之滨》,解解愁闷与寂寞,但是苍天无情,一本《东海之滨》也不能再看了(看完了),只得和至如看看新闻,谈谈故事。午后正睡在床上,或然子栋开门进来,一阵嘿留隆冬——把我惊醒了。

下午写了两封信,一封是给希庵的,一封是给作砺的,里边还有良俊、能放的。给希庵的信,我不知道他的住址,家人就交〔叫〕我写了个“东高房十几号”,哈! 真是笑话!

　　晚间向之和子栋谈论哲学,又是什么教育哲学,性心理学,我含含糊糊不能大懂,真是"门外汉"了。

　　天气:整天大风呼呼,天昏地暗,睹景伤情,真能令人起感!

　　要事:吴佩孚命捕安福系。吴佩孚有昨日由汉北上说。并任王怀庆为警备司令。

四月廿日　礼拜二

　　早晨一起来就诵读了一回英文(spring),并看看《英文周报》,觉得很有意思。饭后,往父亲寓一走,跟父亲闲谈一气,在院子里又学了一阵车子,到晚饭后才告别回来。坐电车到西单,顺便去瑛哥寓,取上了前晚包好的书——《英文拾级》、《史记精华录》、《李燕青》、《英文周报》——等。没有坐在椅子上五分钟,就跑了回来。见诸人均他出,我一人就在灯下看《英文拾级》,移时,千子回来,把《英文拾级》很出力的教了我一晚,我所难懂的,就是文法,所以我就交〔叫〕千子详详细细的给我道来,我很在意的听,差不多第一课总算是知其大意了吧!

　　晚上,因灯里煤油跑了,致使我不能在〔再〕看《英文拾级》,只得舍了它,忍痛睡了。

　　天气:晴朗朗的,但是时有微微的煦风拂耳吹过。

　　国事:段祺瑞已又逃入交民巷,王翰鸣就警备总司令职(直鲁联军委任者)。

四月廿一日　礼拜二

　　子栋去后,一人独步窗前,春风煦煦,顺面吹来——一股香风直穿鼻中,知道是丁香开花了。余爱甚,复取水浇之,欣欣然乐甚!《英文拾级》我又把第二课详加细看,略解其意。饭后,因家坐无事,去附中一观,唉!谁知开课已两天了,我又想怎么礼拜日我来看,问说不上课,而今天却已开两天了,又校里曾说开课时给学生去信,别的同学都去信了,因为什么不给我来信呢? 真怪! 真怪!

我赶快的回来,预备了功课,以待明儿上课。又去裁缝铺取了领巾,整理整理童子军制服(因为是明天要换制服),诸人都下课回来了,和千子等又谈谈高兴有趣的话,大笑几阵,很觉得身上舒服,晚间又看了一回书,十点就寝。

天气:晴朗,时有沙风。

要事:吴子玉缓北上,唐生智被迫离长沙,北京治安会实行取消。

四月廿二日　礼拜四

早早的起来,因为半年不穿童子军制服,连领巾都不会弄了,费了好些时候才弄好,没停一息,就起身出门。其实今天第一堂老师都告假了,我乘此时才看看英文,做好了练习。去图书馆看看报,又看了看《文史通义》,里面的文章真是奥妙难解,我看了也有懂的,也有不知的,因上课钟鸣,只得交还去教室上英文课,今天却好是讲pronoun,我因为昨天已预备好了,所以没有什么难处。下午童子军操,教师发补充科徽章,每人问其所长,给一徽章,我是报了骑车的。

课毕归家,晚间适羡之问子栋借钱。子栋劝以忠言,苦口相告,引古论今说了一番,劝他要把正道上走,不要在〔再〕玩的,自己要立定方向走才好。谁想羡之全当耳旁风,观其形,似乎不欲听子栋言似的,却未言于口。羡之去后,我十点钟就睡。

天气:阴。

国事:王怀庆入京,齐燮元亦来京。

四月廿三日　礼拜五

今日在校里借的同学的一本书《人世地狱》,在课毕把着看看,其中描写社会上买卖女子的黑幕,备极悲惨。文巧笔妙,处处令人扼腕叹息。

课毕在校里稍事游戏，就回家来。移时，父亲来看，我顺便就骑骑车，在街上跑了几个圈，出了一身的水。

今天因为时局关系，海顺轩〔饭铺〕也关门了。我们无处吃饭，只得买了些烧饼，回家弄好米饭粥，倒也与诸人痛痛快快的大吃一气，一点不觉得难受！

晚上，千子又交〔教〕我回儿《英文拾级》，不觉已是十一点了，只得把子栋喊起来，止灯而眠。

天气：暖和。

国事：

四月廿四日　礼拜六

课后忽想起今日是民国大学游艺会，遂于回家后，稍停一息，就去了瑛哥寓，同瑛哥一同赴民大。见里面校舍宏大，杂花异草，高坡小亭，一带的绿茵茵的树林子，很是别致。还有几处大坛大殿，会场就是设在此处大坛高处，满处都有童子军维持秩序。在操场的左近大殿上是授学士位典礼的地方，我去时已快完了，所以也没有看见。我和瑛哥在四处走了一阵，走的腿酸背痛，又因游艺时间尚早，所以我们就返回鸿文公寓，休息几点钟，吃罢晚饭，又和瑛哥、六生去民大再看。我们首先去旧剧场，因人太多，挤来挤去，非常难看，因此我就不悦再看，蹑足偷走出殿，坐车回家来。

子栋、千子他们云浮游园去了，我一人在灯下看了看《人世地狱》《史记精华录》，坐的太烦倦了，就灭灯而息。

天气：算晴。

国时：奉军张学良、张宗昌、李景林三将入京。

四月廿五日　礼拜日

今天是礼拜，所以我起的稍迟，在枕几乎把一本《李燕青》看完,向之催我几次,才起来,细想李燕青自比莲英,甚是可笑!尤其是吴子玉给他难看,很有趣味。

上午,千子又教我回儿《英文拾级》,我切了本练习本,作翻译,练习,正误等,我写下,让千子给我改正,每天讲解一课,我很是感激千子的。

《英文拾级》,编得非常合适,很周到,所以我一看就差不多了然的,纵然有不会的,也是文法生字等,我横竖有不知者,就请问千子,千子很热心的如同教师一样的教我!

晚间,海顺轩开馆,所以我们再就不虞吃食的困难了,就跟千子、子栋、直亭、羡之开一个小聚会,很是高兴。

天气:晴明。

国事:吴主张护宪,张、王护法,现正在商议中,但从实际看来决不能合作。

四月廿六日　礼拜一

今天第一堂就是算术,我却是没有演完算题。在未上课以前,就很出力的抄了同学的几道题,但是误的太多了,就是抄人家的也抄不完,时间是很快的,不久就摇铃上课了,我只得低着头,装个算好题的样儿。后来,我想这是怎么一回事,你明明的没有算完,还假装弄好的,虽然侥幸没被老师看出,但是到底哄了谁呢?——我的良心不住的这样想,但是我却仍然是从前的样儿,到下课后,才慢慢的算好,连出去小便的空儿也没有。在家里有空儿尽是玩儿,到这时才这样的赶,真是后悔也不及了,我只得让以后下课回去把明儿功课弄好后,才能出去玩儿,要是功课尚未完工,决不许出外玩儿!?——这是今天誓言下的新规律,望以后实行才好呢。

午后,再把《英文拾级》看看,千子教我,居然把"分析各句"也能略懂了。

天气:晴明。

国事:南口西北军与奉军有大冲突。

四月廿七日　礼拜二

今天我包书包,把礼拜三的功课拿上了,及至上公民科,才觉得真倒霉! 真倒霉! 幸亏今天跟明天的功课还差不多,只有一堂公民不一样,不然,那可就了不得了。

午后上手工,我们做了一个文具匣,做得快要成功,却下课了,我仍然还在课堂里,直到三点余才出来,回家来。

回家后,先看看算术,然后才再看看《东方文库》、《英美小说集》,里边很有意思,寓意很多,又且描写真确,所以我一时呆看,直看到六点钟,屋里黑了,看不见字了,才觉得时候不早了,才把书扔下,在院内散步散步,与诸人嬉笑一回。千子门上贴着"欢迎张雨帅入门"是我写的,取笑千子,后千子又写一个"欢迎讨赤贼总司令张雨帅入门,(下面写)小民之瑛谨具",唉! 笑话极了! 笑话极了!

天气:阴风森森,晚间风稍停,气候甚是和暖。

国事:齐燮元招待新闻记者。京报馆主笔邵振青〔邵飘萍〕于昨早被联军枪决。

四月廿八日　礼拜三

今天是礼拜三,下午没课,我回家后,就到父亲那里,谈笑不时,我问他取了钱,顺便去打磨厂永增祥,买了童子军必用的家伙,才愠愠的回到家里,跟家人耍笑嬉戏。后又听向之说:"家里若有关于革命的书籍,要拿出或焚或藏,不然被人查出来,那可了不得! "我在我的书里看了一回子,见有些革命的书籍,就拿出来,把它藏起来(贵重些的),千子召〔找〕出几本关于宣传的报章来,就在院里付之一焚,满院纸灰乱舞,好像蝴蝶穿花一般。移时,被狂风吹着,就远走高飞了,再也不肯留意于故乡风土中,回过头来瞧一瞧,唉!

秦皇焚书也是这样情景么？想来一定的是同样的原由,时虽不同,
而事却是一样的出处。呀！世——

天气:晴明又暖和,说不尽几多"良辰美景"。

国事:无非是你打我攻,争地盘,夺兵权。无有记载的价值!

四月廿九日　礼拜四

今天我早早到了学校,下午上童子军,学了好些技术,最后还
搭帐房,真是高兴之至!

下午回家后,千子又教我一课《英文拾级》,至于其中"正误"、
"翻译",我也都能懂得! 愈学愈有兴头。

晚上预备了明天的功课,并学算术,倒也还好算,因为是比例
题,但是我向来对于"算术"不十分喜欢干它,所以,就有好些题时
常算不来。

但我对于国文却实在有兴味,尤其是"小说",我时常还作些
"小说",觉得很有兴趣! 所以我平素好看些小说类的书籍,至于旧
小说、新小说,虽不能说都看过,但是近代有名的小说,或以前的社
会上常看的旧小说,却也多看过点!所以我近来对于无论何人关于
未看的书籍(小说类),都要搜集着看看,才称快!

天气:就算一个"好"字吧!

国事:无可言!

四月卅日　礼拜五

今天是四月最后的一日, 我于此日不知有多少感慨于其中的
话,但是笔锋无情,终于不能把我肚里的幽情稍露于纸上,"感何如
也"!

向之和子栋时常谈"人生观",我听得也有赞成的,也有反对
的,但是却不能说出来,今天却巧镇乡来了,就和子栋又大谈"人生
观",镇乡是抱悲观的,他说:人生总免不了一死,我们所办的事,还

没有牵动目的,就死了,岂不可惜! 那么,由此来看,我们又何必苦苦的在这世上劳碌一生呢? 倒还不如早死也倒干净。所以,镇乡对于世事很是消极! 终日面现愁颜。

我以为人生,也无须悲,无须乐,我们有一口气存着,就努力做我们的事业来,到死时,也不要说我们事业还未成功就死了岂不可惜等话,就是曾子所说:"任重而道远,死而后已!"人生是免不了死的,我们不要计较他,只管有一口气,就办我们的事,到死时,那也就完了,又何必愁苦呢?

天气:暖热。

五月一日　礼拜六

今天是礼拜六,所以下午没有功课,乐得早早回来,让千子又教我《英文拾级》,做了一课,"分析本课各句",我很是高兴的了不得,因为是略懂大意了。

午后,和诸人下棋消遣,你争我夺,很是热闹。我于同学处借来《末了缘》一本,我看里面极其不好,本来作者文墨不精,却尽引套《红楼梦》上的语句和人家的描写表情,几乎全本尽是照人家作的。他照人家作也罢了,但是笔墨又很劣笨,事实很不合人情,描写出来,无论喜怒哀乐,都不能动人,没有一点感情,较之《红楼梦》相去千里! 又何能相比也。此不过随意之作,观其序,却大夸特夸,几乎超于《红楼梦》矣。吾观其书不过小小作品,只可给乡下老头作为无聊之观,又何能一过文人目中乎! 余虽非文人,但亦不愿再观此等卑下之作,徒空费宝贵光阴也!

天气:阴。

时事:王怀庆就卫戍总司令职,闻南口战事奉军大败云。

五月二日　礼拜日

今天又是礼拜日了,早晨在庭院偶尔散步,见我前日所种之花籽,有好几处发了芽,又有好几处已绿茸茸的长出地面来了,我看了之下很是幸愉,很是高兴!幸愉的是,庭前凉爽的清气之下,却又点缀了些风景,所以我更是觉得幸愉! 高兴的是,我的亲手种植的花木,现在居然成功了。

饭后,去父亲寓,好容易才问父亲取回车子来。在路上,一路的骑,顺便去胡梅亭师寓一造,却又他适,所以我很是扫兴,懒洋洋的骑车回来。

停时又去右丞处一谈,适希仁亦在,所以更是高兴,聊解上午之闷气。晚间回来,一人在庭前花栏砖上坐下,悠悠荡荡的拉起胡琴来,又不多时,子栋、千子等被我的胡琴所召,匆匆的回来,才止了我的拉胡琴的生活,再变谈笑的风味。晚上,作明儿的功课,好容易,算会了几道算术题,已人困马乏的,只得上床休息了。

天气:阴风森森,易使人起悲郁之感!

五月三日　礼拜一

今天第三堂是国文,却等新教员到了,我真是惊喜的了不得!因为将半年了,国文虽然有代课者,但是他并不上课,只是了草而已!我们大好光阴尽付之东流了,所以我日夜盼望新教员——卢自然先生——赶快到了,哈!天公遂人愿,而尽使之也。这一堂因为他是初到,所以没有讲课,和我们开了个谈话会,说他来北京沿路的困难,兵匪之强横霸道,奸淫妇女,杀人如切瓜;他说的里边最是令人恨的是:"他们上了火车的时候,因为人太多,所以挤不成样儿,待火车开了的时候,那些丘八们就大发威起来,用皮带狠心用力的乱抽,打的车客都头破血流,叫痛不止,丘八又大说道:你们不下车去! 非打死不可!"丘八们说〔完〕,就又大打起来。车客因为是火车走得很快,怎能下去,只得忍痛站在一堆儿哀求,谁知丘八都是故意的,他在上车的时候,并不拦堵车客上车,待火车开了的时候,才大打起来,车客们下又下不得,只好给他大打,丘八们才发其痒,把车客供他游戏,你说可恨不可恨! 唉! 世道——

五月四日　礼拜二

今天卢自然先生给我们上了两堂国文,讲的是《夜渡两关记》,讲解的很明晰,更是使人兴味倍增,不似往日上了课时不是偷看小说就是作报。现在得了这位良师,我应当专心向学,努力!努力!

这两点钟国文都有女师大学生参观,所以我们更是比往常要振刷精神,不敢多说一句闲话,显得我们是好学生,好学校。

下午上手工课,做了未成的文具匣,很费力气的推它,但是结果把一个指头拧成大泡,破皮血出,隐隐作痛,你说可恨不可恨! 课后骑车回来,千子又教了我一课《英文拾级》,这一回是讲"过时两用式",听的很是有兴,所以我一礼拜至少准备三课,我至此以后,将略懂文法了。深可为喜!

天气:与昨天天气都是青天白日,和气宜人。

国事:阎锡山出兵攻张垣、大同、丰镇间,风云骤紧,南口国军陆续移往云。

五月五日　礼拜三

下午在图书馆里还了一本《近代英美小说集》和《中国文学选读书目》(这两书我在家都看过了),并且又借出一本《近代法国小说集》和《东方创作集(二)》,我对于这些书十分喜欢,我打算要将东方文库一类的书,都要看完了,才称快!

当! 当! 铃声入耳,遂出门到课堂作文,题目是《故乡见闻录》,看这题目是很容易作的,但是要作起来却是很难。我是叙述了一篇乡下结婚后闹洞房的一节,我自信描写毕肖,但是究竟能否入人之耳,但可是自信不能了。我末了,略写了一句:"唉! 没解放的女子,就这样受痛苦么?"我后来想了,以为是不如:"唉! 未解放的女子,就这样么?"顺口,并且深能隐瞒己意,比那句略强半分。晚饭后,在院里徘徊散步,看见了月亮,不由的我思起故乡,嗟呀不已!恨不能生飞两翼,立刻到家里,叙叙家庭幸福,享受人间至乐!

天气:好的很,下午多风。

国事:唐生智军大败,党政府决定北伐,援救唐生智。

五月六日　礼拜四

上英文的一堂,是讲 subject 和 predicate,里面讲的几句话,却说了一大片,较之《英文拾级》,我很是不赞成的!我以为《英文拾级》简而明,真是不可多得的书,所以,我近来每二日必读两课,千子教授。

《东海之滨》,是我从华亭处借来的,今天午后无事,拿起来几小时就看完了。本书很是有趣,作的也很真确,很令人表同情!

晚间,我独自在家里,看了看明天的功课,然而一想,明天是放假日(五七纪念),遂把多时未看的《国文教科书》从头至尾细细研究,其中有好几篇很能使我忘食——到看的津津有味的时候。今天看了《李龙眼画罗汉记》〔明·黄淳耀著〕,更是觉得笔画如神,描写毕肖。连灯也不点,看看书,模模糊糊了还是不觉得,只管睁眼的细看,但是后来听见千子一声叫,才打破了迷津,点灯记记日记。晚寝时,和子栋约下九时就睡。

天气:黄莺只管在树枝上啼叫,太阳却温和和遮护它,供它玩赏春景。

五月七日　礼拜五

早上起来,念了一篇英文,就写起日记,因肚子响起来了,遂早早的就吃了饭,到师大召〔找〕右丞,细细的谈论谈论,还教了我几个德文生字,午后就在他那儿吃过,就去医院看看病——昨天觉着背上起了一堆红红的小颗儿,又痒又痛,他们说你必须早看去,不然就恐难治了,所以我今天就来这儿,专为治它——据医生说,此病还不要紧,若再迟几日,就恐怕难治了。我听他的话,就得了一个很好的谨〔警〕戒,就是望以后何等小病,总宜及早疗治为妙!

午后回来,顺便买了一瓶墨水、墨水钢笔尖等。回来的时候,路上天气很是爆热,觉得头晕脑闷,甚不舒服,只得躺下静养着吧!

天气:好。

国事:政局无若何变化,连日讨论护宪护法问题,目下无大结果,有传说大同被国军占领,阎锡山向□、张乞援云云。

五月八日　礼拜六

早晨起来把英文练习做好,又看看今天所讲的功课,才算完了事,到了校里又不敢逃〔淘〕气一下子,还是用劲的查生字。到第一堂地理下课后,接着就上英文,我很〔恨〕极的这位老师讲解的不好,他到如今快放假了,只讲了四课,因为什么呢?他上了课特懒惰的连生字都不想写出来,文法更是不用说,照这样看来,应当是多讲课才是,谁知他用了一个巧法——每天上课时,叫起一两个赖学生,让他念,这几位同学却不争气,差不多念一课。总得一点钟,还不能念完。如此他就得以苟安,每天这样的了〔潦〕草完事,把许多学生都气的气破肚子,他还是这样的不尽责任,模模糊糊的得过且过,一课,总得讲一礼拜还不能讲完。照这样看来,我们应当是把一课就〔熟〕透了才是,谁想个个都是不能彻底清楚,文法一点都不懂!也不知他是使什么教育方法,这样教学生,还亏他说人家"白话诗简直是放屁,和说话一样儿",唉!他那又能知白话诗的深奥的用意,□家不同呢?讲如此人,我是一点都不能赞成的,深望他及早抛开,给我赶出门外!

天气:春意融融,春风宜人,我何所幸,享受此大好春光,几疑天下布满乐园。

五月九日　礼拜日

今天虽是星期日,却为遵守公约起见,早早就起来了。晨光熹微,凉风拂拂,我在院里走了一个圈儿,呼吸了些新鲜的空气,回家就是读英文,做《英文拾级》之练习,又看看《国文读本》,也就是时候了,就赶快洗完脸,才又和家人做临时的茶话会。

下午,他们都出去了,我一人很觉苦寂,只得拿起本小说(东方文库)看看,正看的当儿,却好向之进来,就又糊七麻烦的告诉了几句。

晚间下雨了,我在家里,忽地想起要作一篇小说,开开趣儿,试验试验,遂不管三七二十一,就趴在桌上胡写起来,书名叫做"回顾",今试把那篇"自序"录出来,以备遗忘:

自序

我这部小册,是出于游戏之作,有时偶然思想起当年幼稚时代的生活,是何等浪漫而天真,忽不住一时兴发,就想把这长篇的历史写出来看看,但是一方面又想起"草芥小儿,焉敢污〔舞〕文弄墨"的话,就打断兴头了。但是又转想到:胡适之先生尝把放公〔注:陆放翁,即陆游〕的诗改成"自古成功在尝试",那么,我也何不尝试一下子,谁又管他成功不成功呢?我只是把这篇文字当作补写十余年前的日记,又有何不可呢?

我写完这序, 就又写目录, 书名——"回顾"——又作了第一回,我从新回头再看一下,不觉就大笑起来,适老卢端饭至,就顾不的再笑,拿起筷子一口两口地吃起来了。

十五,五,九,序于北京

天气:阴,下午细雨洒洒,直至晚上。

国事:没有记之必要。

五月十日　礼拜一

课毕后,在师大勾留了三四钟头,为的是要治疗小疮,后来又理发,直到五点钟才回家里,看看《经国美谈》——这书是爱国小说,从向之处借来——聊解烦闷,这书作者的文墨是不精通的,随处所说的都是不近情理,无论什么事,他说的都凑巧,说的真是从这头,就能飞到那边,至于言语间也没什么精通的,只不过是一点意思,所以我不甚赞成这书。

饭后,傍晚的光景,凉爽清幽的微风在院里乱舞,我们于此饭后暇时就纠合几个人,在二院大操特操,或唱或歌,十分踊跃高兴,又和右丞、华亭等绕院观星,我是初次看见过"北斗七星"的和"紫薇星"的,所以我把头抬起,就放不下来,直僵僵的,好不难过!不得已,不能再享受这清福,只得回家温习功课了。

天气:好。

国事:余不与闻。

五月十一日　礼拜二

今晨醒来,或得一异梦,余甚奇之,遂录之于左,以备日后纪念:

——不知我的身体怎么样就害了病,身上非常柔弱,简直是"弱不胜衣"的样儿,头昏脑梦,后来不知怎样,就遇着一个异人,他说:"你这病想好,非得这么样这么样才成,不然……"我就依了他的话,说是明个清早让我去一个大屋里,地上掘了一个大圆圈,大概总有五十来丈,一个圆洞,他们就把我放下洞去,让我好好的坐在洞底,跟和尚静坐一样,他们又把一个钢琴放在口子上,说是:"你好好的坐下听这歌声,就能除去你的私欲,有十来天就好了。"

后来,耳朵里什么也听不见,心上还甚觉安静。一会儿从静悄悄的空气里,微微的传来一种幽幽清脆的乐声——我知道是琴声——我听了,觉得什么都是空空的,心上刹时很是畅快,尤觉得心里一点念头都没有,只觉得悠悠世界平心静气,五脏六腑也觉得登时光明,如登仙境。我这时连嬉笑怒骂都不知道,只觉得脸上心里都是和和平平的,就连一点思虑也没有,神神气气的,正坐着,垂着手,听这乐声——后来不知怎样就醒了,就很觉得他这方法甚是对,尤其是他说的那句话,更是奇怪。他说:"你坐在这下边,平心静气的听这乐声,听的时候长了你心上的私欲,就都能除去,病一下就好了。"我左想右想,觉得他这话实在是对得很,所以我起来就把它录下。

今天上国文,讲《愚公移山》的一段,他的意思不过就是本着"有志者事竟成"的譬语,所以这篇文章,我是很羡慕的。

天气:晴朗。

国事:吾未有所闻,报纸上的话,总听不得的。

五月十二日　礼拜三

今天国文,卢老师对我们说:明天有人实习,教我回家预备《习惯说》。

下午上作文,又兼发卷子(上回作的)。我在未上课时,偶听得同学说,我作的顶好,是第一,我不相信,一是以为我〔他〕们一定是和我玩,二是我自从作了那篇文以后,心上就时常怨自己,说:你们怎么这样了〔潦〕草完事,全不费心的作,所以我就知道这回的文,一定是不好的了,我心上猜着这两个主义〔意〕,就惦记着。上课了,我很希望我得了第一的心,收也收不住,不住的乱跳——

哈!老师第一就是叫我,这我才真以为是,才放下这心来,看了卷子以后,很觉得意,低着头作我这次的文——游公园记——细细的思想。

下午体操后即赶回来,洗脸乘凉,躺下看《经国美谈》,又看一阵《英文拾级》,才算完了事。后来,又预备了明儿的功课,已经是晚饭时候,饭罢,又依旧例去二院,耍闹唱歌,到七时余始收住〔心猿〕意马,在灯下用用心意,十时就寝。

天气:好极了。

国事:风传大同军事甚吃紧云。

五月十三日　礼拜四

上国文的实习生,也不知他没预备啦? 还就是讲不来? 简直讲的糟透啦,哪像个师大毕业生,真是丢师大的名誉不少!

今个下午又是童子军,练习运车、跳河等事,不费丝毫功夫,就完了事。赶快的从河沿上跑回来,又和两个同学——杨君春和,刘君廷街——在我家下一阵军棋,才送他们走了。自己一个无非是看小说,预备功课,乱闹一阵。

天气:甚好。

国事:颜惠庆组阁,现已成功,今日下午三时举行复职礼。

上算术的一堂,我有几道题没有演好,所以十分耽〔担〕惊不少。其实却没有问我,虚惊一场! 我后来想我每一回遇了功课没弄好时,就很怨自己不早弄好,到这时受难! 就立刻如发誓似的,"若以后这样,可不饶你!"每回是这样,其实在当时很是立志,到回了家把什么都忘了,有功夫就看小说,何尝把誓言实行! 所以我今天情景,也同以前,又要发誓的时候,我忽然想得以前的事,不由的就扑痴〔哧〕的一声笑了,笑说你立的好誓!

晚间,依旧例又到二院,耍拳、赛跑,扮戏,瞎闹一场,七时灯下受苦。

天气:晴朗。

国事:我这几天很不注意于此,所以就是看了报也要忘了,请恕我不写。

（此处撕去一页。）

五月廿日　礼拜四

课毕后，回家稍憩片时，信手拿起《古文观止》来，念了两篇：《前赤壁赋》跟《后赤壁赋》——看此篇起首一段，就风月上写游赤壁情景，原自含共适之意，入后从渺——予怀引出客箫，复从客箫借吊古意，发出物我皆无尽的大道理。说到这个地位自然可能共适，而平日一肚皮不合时宜都消归乌有，哪复有人世兴衰在其意中，尤妙在江上数语，回应起首始终是一个意思，游览是一小事，而能发出这等大道理，谁曰不惊！谁曰不羡！

傍晚时，应玉如之召，一块儿就去河沿钓鱼，慢说钓一只小鱼，连鱼影都看不见，回首看看人家的钓鱼——一钓一个，活生生的钻进鱼囊，就恨不得跳下河去，捞它几个，争一口气儿！但是最后好容易捞起几个小鱼来，才算完了事，笑嘻嘻的走回家来。晚间读书三时就寝。

天气：怪热的。

五月廿一日　礼拜五

今天见枕头〔旁〕没了小说看，就闷闷的想方设法，好容易想了半天，才和玉如去小市小说租阅社，想租一本《红楼梦续篇》看看。谁想去了，伙计也没有查书，就说租出去啦，后来我又租《后红楼梦》，那一个伙计又说"没有"。我就说"怎么你们什么书都没有在？"另一个伙计就赶忙弯了腰，看了一下，就说"租出去了"。我看他们很有可疑之点，没不是假说是一个租阅社，想招顾主？唉！人情奸滑如此！可悲也矣！

我回家后，一场希望冰消瓦解，没奈何，拿了本《老残游记》看看,聊解一时闷气,倒也可安慰我的心,不至于一天的叹气!

午后,与某君谈起某人的事来,实在令人可笑之至! 自己是老年人,做出事来应当让人家五肺佩服才是! 不想做出些下流小气的事,简直不如七岁童大量! 还亏他在人家面前时吹牛屁自大呢! 此种人,说来直是令人卑视之至! 彼亦在〔再〕有何面目,敢再自大瞧不起人家呢!

天气:晴。

五月廿二日 礼拜六

今天第二点钟上英文,是师大实习生,这位还算讲不错,略较他生清楚! 所以我们是实在高兴的。

午后,童子军合操,来人甚少,赤日当头,满身是汗,我简直一点都再不能演下去了,幸亏还早点下堂,所以还不致累死呢。

晚前我因身上有疮,所以月余了,还未敢洗澡,今个我热极了,不管它好不好,一气就跑到单牌楼,更不顾乏不乏,就洗了一个好澡! 爽快清洁,比来真有天渊之别了!

晚间,因日中所做过劳,身上疲乏已极,因而九点就睡。

天气:晴。

国事:

五月廿三日 礼拜日

今个礼拜,早上阴雨绵连,令人失意不少! 不过下午还算雨止,移时红日也出来,呼吸新鲜空气,登时变成雨后天霁的景象,天高地爽,空气宜人,实在启人游兴不少!

我和千子、子栋、直亭,因感良辰之美意,不敢辜负春光感情,所以下午就相偕往城南公园一游。在这雨后的公园里,树木都被刷洗一新,绿的槐,苍的松,翠的柏,,——都受过这雨水的恩情,像是报答似的,都加倍精神,高枝展叶,绿茵茵的站在人面前,表示它无限的快乐，又像是骄傲的夸示它的幸福。我们从这儿走到那儿，观山玩水，远望平原，一片绿色无际，红男绿女，游来游去，在绿草中显出半身，是何等的一幅美丽天然的图画，活现在我们眼前。我们乏意大怒了，只得到大坛上，坐下息息，顺便就看一会儿书（《老残游记》），后来大家提议就作乡下儿时的玩耍，作"下三"的玩儿，到还别致。后来，我们到园的一角，游戏场里玩耍，这时一个游人也没有，只有两个耕地的农夫和两个骡子，我们一点拘缩〔束〕也没有，先是骑在木马上，乱唱乱叫，后来又作运动，"百码跑"，是子栋最精，我却是最末，又要"跳远"，这回我却胜了，算是我第一了。千子还又提倡"跳高"，我们却谁也不胜过他，怪不得他要跳高了。骑在木马上稍憩一会子，又作"弹乖乖"的戏法，"□跑""跳木马"——许多游戏，最后身体疲倦了，坐在木马上，就又慢慢的谈起"毕业后的希望"来。直亭、千子想于毕业后，在省垣开设一个医院，一人一月也能得个二百块，再在医专当个教员，一中充个校医——一月也得三十来块，算是个洋车钱，在设立"卫生会"、"医学传习所"等等，还要创设一个报馆，扩张新文化，给山西人充灌新思潮——在山西省垣里，定襄人也可算"一县之雄"了。又谈在省垣成立医院后，就又把家眷搬来。直亭正说高兴快乐的时候，猛听着归鸦一声叫，看看钟表已是七点多了，遂打断话头，一蹦一蹦的回家来了。

　　天气：上午阴雨，午后雨止天晴。

　　国事：《中美晚报》说，大同已被国军打下，进迫雁门关。不知可确否？

　　五月廿四日　礼拜一

　　在睡梦中，忽然想起又是星期一了，就起了一种恐惧的感触，心上大跳一下，感光阴迅速，一礼拜一礼拜的过去，曾几时已又是暑期了。这些感情是我每到星期一早晨惊醒的时候发的，到了成了个习惯了。

上课的时候,肚子里大响特响,怪难过的,好容易才挨过第一堂——算术,去厕所里,大解而特解,亦莫有十来分钟才爬出来,肚子就缩小许多,算是不难过了。细想这病源一定是礼拜早上吃的太多了,又兼晚上受了冷,怎不让你跑肚呢?记着:以后千万不要作过度的饮食,根,你听见么?

下午没有功课,看了看《晨报副刊》,借了一本胡适的《尝试集》,回来一看之下,很有几篇入眼的,遂后就念了几篇古文,又歪在床上拿一本《老残游记》,一直看到七点多钟。

天气:时而晴,时而阴,谓之晴,阴,皆无可无不可。

国事:

五月廿五日 礼拜二

在早上同爱兄往学校走的时候,就预算说今天一定下雨,不想果应其言。刚走到校里,就淋淋漓漓的下起雨来,教室里黑暗的很,无精打采的上罢两堂算术,就拿了《老残游记》,往图书馆去看——因为下两堂国文告假——我看到老残仗义替魏老儿申冤,还有白大人判案的明白,不由得我拍案叫快!

雨还不止,我就想回家去,把下午两点钟课也牺牲了,冒着雨,坐车回家来,就赶快吃了饭。因为校里没有给钱,不能吃饭,这也是早回家的一大原故——打开被子,连衣睡下,顿感满身生暖,温温柔柔的,随便又看了一阵《老残游记》,听着千子、直亭回来了,就坐起来,找他们谈笑,下棋。这凄雨中无聊的生活,也算润湿点,稍快!稍快!

天气:雨天。

国事:吴子玉明儿决定北上,张作霖亦行入关,与吴晤面。

五月廿六日 礼拜三

今天却幸雨霁天晴,阳光普照。上午在学校里除上课外,又去图书馆,看看《晨报副刊》里的《理想中的一个学校》,这个题不甚难,我却作了两点钟之久,自信我的工〔功〕夫差的很远,将来还望多看一点儿参考书,现在我很想买几本大套书看看,但是不知家父能否允所请,还是问题。我想买的书是:《二十四史》、《史记》、《前后汉》、《辞源》、姚鼐《古文辞类纂》、《楚辞》、《战国策》、《文选》、《文心雕龙》、胡适著的《中国哲学史大纲》、《中国名人大辞典》、《续水浒集》——等,还有许多小书不便写出。深望以后能遂此志,那时不知怎样快活呢! 现在还是算妄想吧!

天气:上午晴朗,午后稍阴。

五月廿七日　礼拜四

今天又从同学处借来《十五小豪杰》看——因为是《老残游记》已经看完——其中事迹颇类《鲁滨孙漂流记》,极言海外漂流之困苦,妙龄之童子而能独立生活,其精神盖可想见,其能受困苦,不畏艰难之心,亦当中窥见一斑矣!

午后,去父亲寓,问父亲要了饭钱,晚饭后即乘电车回来,正碰着二院诸人掘院除草,整修庭院,我也参加工作,弄了两手的黑不计外,还得多吃一个馒头,真是不便宜呀!

又和藻沈等谈起欢送毕业的事,约定下礼拜六在师大集合,每人两元,先照像〔相〕,然后吃饭——弄个尽欢而后散。我打算也参加,但是自己还没主权,只得问父亲去,取上了钱,才能参加盛会。唉! 人们受经济的压迫,又是如何痛苦呀!

天气如常。

五月廿八日　礼拜五

今天下午写信两封:一是给家里的,言许多时不通信的原因,和谢过的话——。二是给春涛写的,给他报告过新年的历史和不通信的抱歉诸语。四时余,又跟玉如去东安市场,买了一顶草帽,和一件单袍,共费钱三元余。天将晚,遂相率归家,路遇单牌楼小市,又勾当一会子,才回来。

晚间,用了几点钟的功,已是十点钟了,只得解衣睡下,但是天气太热,睡在床上,周身出汗,不得好睡,好容易挨过十一点方得合眼。

天气:好!

国事:没有要紧之事。

五月廿九日　礼拜六

又到礼拜六了,英文只讲了一课,总共算来这一期自从开学到今才讲了八课。就是讲的少些,也不要紧,只要讲解明白。谁知这位老师也不知他是什么教授法,弄得学生含含糊糊,对于英文一点兴味都没有,连生字还记不住,那文法更是差得远了,真是我们全班不幸,生不逢辰! 遭遇了这位学问宏博、教授得法的老师!

下午和六生子——他来我家——去河沿游玩一会,看看打鱼,捉虾蟆,男的女的站在河边,乱处挤着,你抢我争,叫喊不绝,令我们看了捧腹大笑!

又跟六生子到他家坐坐谈谈,问他借了一本《一叶》,到六时返家。

天气:炎热。

国事:

五月卅日　礼拜日

今天在床上猛然想起今天要开"童子军宣誓礼大会",遂赶快起来, 跟右丞一块儿走去——因为他昨晚在我们家睡觉——就到了校里,人家大半都结〔集〕合了,我也就赶快武装起来,跑到门前排起队,迎接北师附小童子军,跟着就去操场开会。操场北面扎立一个用木头搭成的房子，两边插着国旗，随风飘扬，中间又挂的王琦的奖旗，"尚武精神"四个大白字，佩在红底子上，更显得威武漂亮！中间房子又设有好几个桌子，周边又放得大椅子，大约是让来宾坐的。靠房子右边竖着一个高长的大竿子，上面挑着五色国旗，飘飘扬扬。左边是汇文童子军搭着的帐房。操场南面搭着本校童子军的六个帐房，上顶又插着队旗，几个童子军把守的。我们既到了操场，由夏司令喊口号，演操一阵，遂后就又围在正房子前面，成马蹄形，先由林主任报告开会词，继又几个来宾讲演，无非是些勉励的话，其中最使我注意的，就是主任讲演的"我们要认真"童子军"三字，就无论何处总要心上时常记得我是童子军，那么，你经过若干日后，你的品行、学问一定要好，因为你时常记得童子军三字，就记得遵守童子军规律，你心上一做坏事，就想起规律，自然就不敢逾规做事，慢慢的趋恶向善的了——"讲演完了，我们就又归队，站在乐队根底，各队分任做事。我这队是运车的，一时又听的喇叭的声音，汇文童子军在前引导，迎接京师宪兵司令王琦回来。他带着五六个护兵，威威武武的走来，我们都向他敬礼，他走到来宾席上，就坐下看我们操演。这时北师附小童子军演习打仗，扮作有一队贼兵从后面袭来，官兵敌他不住，就用跑队阵击，还是没有击退，双方就用手掷弹，乱打一气，最后有一队官军持着大枪抄袭贼军后方，贼军腹背受敌，死尸遍野，官军大胜，凯旋而归，沿路吹着凯旋歌，耀武扬威的回去。我们这一队就扮作救护队，舁着布床去阵地救护死伤者，一队队舁着死尸，绕了一个大圈子，送医院。我们演完了，王司令就又阅兵，看我们的运车队、消防队、露宿队、自行车队、旗语队——种种，看完了，就又围着大房成马蹄形，汇文左边，北师附小右边，我们在中间，王司令站在讲演台上发奖，奖的是个"银牌"，又奖一个奖旗，说了许多勉励的话。再后就是林主任发奖，奖各大队部队长,举行初级毕业宣誓礼,发给了初级徽章。完了,又奖汇文和北师附小几个奖章。夏司令又奖汇文一个红色奖旗。北师附小就站起道谢,汇文也道谢,并唱了一个欢送初级毕业歌,就宣告散会,去大门前整队,送王司令。我也就跟着出了校门,坐车归去。

天气:大风。

国事:

五月卅(一)日　礼拜一

昨晚早早的睡下,今晨也早早的起来,看了一回儿书,就赶快去学校里。上午上完功课,就去图书馆借了一本《白话文和白话诗谈》与《托尔斯泰传》。那本《白话文——》我想的很有意思,就抄了几篇念念,那本《托尔斯泰传》,还没有顾着看,就打钟上课。上完了体操,我就赶快回来,演完了算术,就又睡下,看见我的《托尔斯泰传》来了。

天气:还算晴朗,不过间忽有风。

国事:吴佩孚北上,至保定与诸将议论,免靳云鹏职,靳某已服从,并向吴道歉。

六月十三日　礼拜日

今天却好是礼拜日,是我们"忻定同乡联欢大会"的会期,我和子栋早早的起来,要想赶早就到北海,谁想千子早先我们而去了,我们就一直跑到单牌楼,坐了电车往北海而来。我们绕着下边走了一会,觉得倦了,又上白塔上息息,谁想却好正遇着华亭画画,我们也不敢扰乱他,赶紧就离开这儿。往五龙亭走来,正走到半路,又遇着了千子,坐下瞎谈了一气,我又和子栋起身到同生照相,不想看里无人照相,又只得失望回到濠濮园左近,在山上绕了一阵,又去树下闭目静坐。后来又走到海岸上,顺便坐在碑石上,正好看书,却又听见有人呼声,回头一看,却又是镇乡叫我们开会的。我们又不敢违意，只得跟他到了濠濮园。见向之、王亮臣、向武——，他们家人也来了一半了，我们跟着他们，吃吃瓜子，喝喝茶，坐着一顿饭工夫，人都到齐了，就先照了像，后来又要吃茶点，我就和我父亲一块儿坐了。诸同乡议论了一会关于会馆买卖事情，到二时始散会，我又和父亲去各处游玩了一会，才坐车回来。

六月十四日　礼拜一

哈！昨天是大开宴会，今天又遇着"端午节"，把我真个是要快活死呢。今天我在被子里面看了一会子《侠凤奇缘》，到了七点，我就赶快起来，洗脸后在院中花傍，坐着玩味这"良辰美景"、"花朝月夕"的意味。凉风吹来，花香扑鼻——早晨花前的光景是如何幽美呀！

我停会儿又买了好多的粽子，与子栋大吃一气，觉得肚子也饱了，却好粽子也空了，这才把端午节的应酬完了。又要去父亲处吃午饭去，至则父亲熏熏大醉，躺在床上，动也不动，只管在醉乡跑到睡乡的乱逛。

好容易等到父亲醒来，才谈了些话。在院子里学学车子，回家来又吃了午饭，是烩鱼、猪羊肉、菜花、包子、米饭，我们三人大吃特吃，狼吞虎咽似的，一会儿把一顿好好的饭吃得四零八落，才算了事。我又谈了几句话，就告辞出来回家。至家又吃了些粽子，在院里与诸人乘凉谈笑，好不快活死了个人！

六月十五日　礼拜二

两天快乐的光阴，毫不留情，早又飞去了，今天又到上课日，心里烦闷之至，但是也没有法儿，只得懒洋洋往校里走。上了两堂算术，早又把我的脑子弄得稀里糊涂，一点精神也没有了，幸亏有《侠凤奇缘》救难，才还算能支持一下去。三堂国文讲《说自由》，没有大意思，我也就无心听他，低着头作我的小说——《悔恨》——（这是勉行求我替他作的)。四堂要考国文,我考得还算不错,但是我并不喜欢他,还是低着头继续作我的小说——《悔恨》。

——课完了,一步懒一步的走回家,重新买了几本笔记本,要打算作三本大工作:一《了孑孑文集》,二《了孑孑小说集》,三《了孑孑新诗集》,此外还打弄一本《图书馆的记载》,现已成功了。

傍晚看了些《唐诗三百首》、《史记精华录》。晚上看了回儿功课,十时就寝。

六月十六日　礼拜三

午后闷坐,看了看《了孑孑小说集》,但是又想,我这一个号还没有给他剖解一下子,给的过不去,所以特地就给他剖解一下子:"了孑孑"是取名了解了一点些微的道理,"了"字本作了解、了然讲。"孑"字作单也,余也,又小也,既名"了孑"则可知其意为"晓的了一点"无疑矣。又,这三字看来很是好看,了(只是一湾)、孑(就有添了一半拘儿)、孑(则又比孑多了一半,恰成一直线),又很齐楚,所以我就以此取名,也不过为得是受了一点刺激,晓得了一点大道理吧了!

晚间,同子栋等在院子里乘凉闲谈,到月儿上来了,才回家看看功课。

十一点余入梦。

六月十七日　礼拜四

今早写信一封,是给希庵的,是要叫他替我向父亲说情,好让我回去,唉!谁又想下午父亲来了,说他要走,去上海,你也不回家了,一是因为经济困难,二是路上危险,哎哟!我听了他这话,好像一盆冷水浇在头上似的,从前头的归家妄想,早要冰消雪化了。我初听了,很是难过,但是又想:回家又怎么样?不回家又怎么样?若要回家在路上纵然侥幸没遇变故,不能遭兵灾之害,但是也定要饱受虚惊，受受痛苦，况且千子他们回家坐的是露天装煤车栅，一路站得腿也酸了，晚上怎能吃得这辛苦，而且天气时常又下雨，那更就遭〔糟〕了！这些路上的苦楚，是很多的，不能尽说，就是回到家里吧，值此打仗之际，那可就更是不值的了；就是西北军打不进雁门关，倘或在石家庄打起来，那就又不能出来啦。学校是上不成，家里是不想住，那可更是遭〔糟〕了！我想了这些回家困难，倒也能自慰了我这片心，倒反而成了快乐的（因为是父亲给了我车子）。

六月十八日　礼拜五

早上高高兴兴的骑了车子跑到学校，用心的考了算术，却也算考好了，四题对了三题，也将就能及格了，心上很是慰快的！

下午回来，又骑了回子车子，看了阵《后红楼梦》、《时间经济法》，天色也久不早了，吃了饭就在院里乘凉畅谈，十时余入梦。

六月十九日　礼拜六

礼拜六了，一个礼拜又过去了，好快的时光！下午骑车去希庵寓，却值他们夫妻俩都在，我们就谈了些回家的法子，他说：我七月一号左右回家，要回家时与你去信。并且让我去李小山处取上了大洋，以便一块回去。我听了，倒很是高兴，但是心里总觉得回家不能成事实，疑惑是空谈，这也不知是何道理！

出了希庵家，顺便去锁哥家看看，谁知门房说：没姓陈的。这可把我气坏了。又想或者他不在此处住也未可知，想想，只得转车回来。一路上提心吊胆，不敢斜视一下。到了家又和子栋谈谈，下了一阵子棋，因连日乏了，吃了饭躺在床上，一觉睡到十点，亏了子栋叫起我来，这才脱衣而寝。

六月廿日　礼拜日

在床上就听见潇潇洒洒，及自起来，出门一看：哈！雨水积了满庭，把我的花畦子里边聚了满满的水，连花也看不见了。我一头高兴了,就用脸盆汲取,全洒在丁香花池里,又修理了一阵花边砌石,才洗了脸,看看算术,温习了阵英文,到了十点多钟,和子栋吃了饭,回家息息。午后雨稍停,我就同玉如去河边练习骑车子,也算好,我会跑开上车了,真是乐的了不得。玩了会看看天气也不早了,我就从泥水里好容易回来,看了会儿书,吃罢晚饭,子栋说他礼拜四同右丞回家,我心里不免又难过起来,我就顺便在《了子子诗集》上写了一篇《希望》,借着安慰我自己。

六月廿一日　礼拜一

早晨起来连忙的画地图、演算术,不觉得时光去了,到了校里,已经是上了课了,后悔何及!

今天又是阴霾四布,整日的下雨,真令人愁闷之至! 我也无心上课,只管打算回家的法子。回了家里,也是无精打采的躺下睡了一回子,已是上灯时候,只得起来看看功课,移时就又睡下,做回家的好梦!

六月廿四日　礼拜四

今天下午考了童子军课程,即乘兴归来,见学校布告说:"明天后天——廿五、廿六暂停课,预备开成绩展览会。礼拜日(廿七)开会,下礼拜一(廿八)再停课一天,以备休息一日,礼拜二开始上课云云。"我看了简直欢喜极了! 又因子栋今晚回家,于是我就赶快回来,谁想又要下雨,所以子栋就不走了,明早再走。我乘暇就去陆军大学寄宿会,召〔找〕小山先生(为得是想明早跟他们一块儿回去,所以才作第二次的冒雨取钱),唉! 天公不仁! 而小山犹未归也! 其如奈何! 其如奈何! 我气坏了,就想去罗儿胡同召〔找〕镇乡、向武,谁想我忘了他们住的门牌几号了,连门儿都召〔找〕不着,半夜深更又去问谁也耶? ——我等了半天,只得败兴归来。今天连办二事未成功,能不令人晦气也耶?

六月廿五日　礼拜五

晨起，赶子栋、华亭、伯唐、右丞未去车站之前，我就别了他们，再去陆大，幸而小山在家，我和他略谈片时，就取了拾元大洋，骑车再去镇乡家，又幸他们也都在家，真是与昨天迥然不同，把我真是快乐死了！在他们家，谈了些闲话，吃过饭，我就同他们约定，明天搬家，搬来三忠祠，与我同住。下午四时同镇乡回来，打扫了一阵房舍，因连日走路辛苦，吃过饭早早的就睡了。

六月廿六日　礼拜六

饭后，就在窗前屋檐下，搬了两个椅子并起来，深深的睡了一阵，看了一回子《恨海》——这书是我从向武处借来的——我从《胡适文存》里已经介绍过这本书，知道不是坊间卖得无价值的小说，所以我就细细看他的笔法何如，但是还未看完，不敢定一个批评。

下午他们搬来了，又忙了一阵，好容易安置好，吃过饭，我们三人就去城南公园游玩。镇乡骑的车，我和向武坐的车，一直到了公园门口，慢慢的往里走。谁又想镇乡不知何故，以为要回去，我们也就没法，只得让他这不会享清福的人先回去。我们两人就去运动场，玩了会车子，已是黄昏时候，遂慢步回来。

六月廿七日　礼拜日

早晨八时同向武、□行去本校，参观成绩展览会，里面的成绩很有好的，我计有我自家的国文成绩八、九篇，英文默写成绩一篇，植物记载好几篇，手工一个，地理图一个，还有各种考试卷子，算术抄本——等，我这一回的成绩，很是不少，所以我心里很是高兴，又存着个下半年努力的心，等到明年今日，成绩更比这多才称心呢！

午后，希庵来说：后天早晨一定归家，让我同他们一块儿回去，并要交〔叫〕我赶早去车站占空儿为要。

饭后，同镇乡去东安市场买了点吃的玩的应用的东西归来。

六月十二八日　礼拜一　书于正太车中未开前

明早是我们回家日期,所以我于饭后,即去前外华记糖公司,买点糖,又去业盛昌取上了折子,骑车回来,又乱忙了一阵,才得休息一会儿,又要吃晚饭,打好了衣包,才同镇乡去忻定试馆郜子□处,意思是想要在他这儿寄放车子,谁知镇乡同他好一会讲情,他却一点不理,他〔我〕们没法了,只得回来,暗骂他狼心狗肺,不讲情面。

回来已是十一点钟了,不敢在〔再〕忙了,才睡下,预备明儿走路,不要太乏了。

六月廿九日　礼拜二　正太车未开前写

五点半就早早的起来,因为东西昨天已经收拾好了,所以也不甚忙,洗过脸后,就同向武往车站而来,至则车犹未至,交〔叫〕我们二人好等。停会儿,希庵来了,我们又等了一大阵(十点),才有车来,我们赶快跑上去占坐,唉!谁知只有一辆三等客车,早已人坐满了。我们没法,只得到栅子车上,占下坐。又等了好一会儿,希庵同他太太才来了,忙得又放好了座位,向武才走了。这里人太多,挤得不成样儿,你枕我,我坐你的乱挤的坐,客人上下车都是从窗口上下的跳,谁知这一会,希庵竟同两个人吵起来了。原来有一个人要从我们坐的挨铁栏边,从上要把下跳,这车又没有座位,只是一个大空车,上头有一层房板,两旁上半是露空的,下半用铁栏围着,车板上人挤的满满的,假使你去从门儿是不能的,因为又没有路可走,你莫非从人家头上过去么?所以只得从铁栏上跳出去。这个人要往下跳,又没空地,他却要从我们竹篮上着跑,我们怕他压坏,希庵就出口不让他下来。谁知这人还没回话,车里旁边却有一个人募〔蓦〕地里怒行行的站起来,开口大骂:"浑蛋!浑蛋!"希庵无言无故被别人大骂,如何能忍住,就同他说理。谁知他是不讲理的,看他样儿几欲用武,希庵遇了这人,他又不能打架的,我是更不用说,并且还有家眷,也就没法同他吵闹,仗着人家劝和,也就吞声忍气的坐下。行路遇了强人,也是没有法子的。

十二点车开了,到西便门,就停了一点多钟,好容易晚上八点到了保定府,一直就停下来了,我们买了些晚食,熏鸡,大吃起来了。

六月卅日　礼拜三　正太车中

在车中一觉醒来,已快明了,车还没开,问希庵,答道:"因为前边铁路坏了,车头出轨,已派人修去了。今晚将不能走了。"我听了,大惊一跳,闷闷心头,更不知何日始能归里,行路是如何苦呀!睡不能,坐不能,身子不由自己,半抑半卧,是如何难受呀!

唉!旅客的生活,我真是永远不想再受得了,任你天涯游子,也只好让你起了思家病吧!你明年愿意么?

又在车上整候到上午十一点半,车才开行,一路行景不提,单写下了火车后的事情吧!车晚五点到石家庄,我们下了,就往晋通栈,谁知他本栈已被联军做了三个月司令部了,他在靠近召〔找〕了一所客栈,做了他的晋通栈留客,我们也就只好住了一夜的晚景。(车开了,我也就再不说了),我还要到窗口看看正太路开行的风景吧!

七月一日　礼拜四　迎宾馆书

乘希庵未醒,我就早起来上大桥街各商店换北京票子,谁知他们都不换,我只得败兴归来。洗脸后,在旅馆院中,坐椅上默默看书——《一叶》,到后来我又想起在火车上看的那本《恨海》实是有趣,笔墨婉转,写情最好,可惜我已在车上看完了,再不能从头看了,也就只得拿起《一叶》来看,哈——我得罪《一叶》了,我小观《一叶》!《一叶》是好,尤其是笔墨非凡,大有文艺之价值,我真是前生不知修到什么福,在这枯槁烦恼的路中能得这两本书做侣伴,真是幸福之至! 一路的辛苦都付之不闻不问了。

九点二十几分,坐正太车,就坐在车中写我前三天的日记,完了就同希庵谈话。不觉车开了,经过大郭村的时候,我偶然在车外看见几个外国妇女,也是乘火车,一个男孩,一个女孩,还有两个妇人,一个男人,在窗口和希庵谈话,说得好一口中国话,还说他久在中国居住着,那两个孩子都像是中国人,就是眼睛微深一点吧。车开了,他们也就都〔不〕在了,我们仍然过我们的寂寞生活,到太原已是下午六点了,住迎宾旅馆。我曾到旧地,有多少慷〔感〕慨系之!回想幼时的景况,真是做梦一般!

老进和老彭、老薄都还没回去,我晚间就和他们细谈一气,道别后的景况,万不想右丞、子栋——他们却都走了。不能和他们早叙别后的离情,真是闷闷之至! 晚十一点半睡下。

七月二日　礼拜五　书于迎宾馆

这天我可起迟了,其实并不是我醒来的迟,因为是醒来了还觉得腿困,罢! 再睡一会儿吧,其实天明了,任你怎样也睡不着,我就信手拿起《余之妻》来看看,不想越看越想看,完了这章,又要想看那章,闹的到了十点了,才用力的忍心把它扔过,才得脱了羁绊,恢复了我的自由。

饭后,同希庵去澡堂,理发洗脸一齐上,完了就赶快出来去美丽兴,他看他的表兄,我也就顺便和他一块儿去。告诉了不多的时候,就出来坐车去国民师范,召〔找〕周新民先生。告诉了一会,后来交〔叫〕听差问巨才哥哥回去没有?谁想他问了回来说已经回去啦,我真是"行人不至",运气极坏了。他给我去信,说他不回去,怎么他又回去啦,莫非他有预知之明,躲我么? 恐怕不——

跟希庵回家吃饭后,又去杨旭初家拜访,谈了些闲话,临走又约我们明日来他家赴宴,我们也就应许了。

七月三日　礼拜六

起来吃了饭,同早花谈了会儿话,却好杨如圭来访,让我们时刻去他家谈谈。他走后,我们停不了多的时候,就一同往他家走,到他家,人家就让打牌,希庵也不坐下打起来,我在旁做一个参谋,闹的时候不早了,就要吃饭,你谦我让的,实在不舒服。吃饭后我们没有多坐,就出来,如圭还让汽车送我们回来,一路呜呜的,很是高兴。车抵迎宾馆,我们就到家,稍憩,我后来又把椅子搬在院里,看起《余之妻》来。又买了一斤杏子大吃特吃,把肚子涨大许多,就回家睡觉,却好邢伯涵先生就来召〔找〕,问我的是考附中的功课及一切设备,一直谈到十一点才走了。我也睡下了。

七月四日　礼拜日

逆旅主人今天给我们雇下轿车子,所以我们早早起来,到吃了饭的时候,希庵又出去买办去了,乘坐车走的时候,已是十一点多了。我们沿路隆隆隆隆的,车过省垣街道,到牛市街协□元下去,又谈了一话,喝了顿茶,才坐上车一直走了。

晌午在青龙镇打尖,又一路的走到北纪才住宿,我是在车上睡的。

七月五日　礼拜一

从北纪早晨起身,一直又到关池子里才打尖,在床上息了一晌午,醒了已是三点多钟,又喝了一气,才坐车在〔再〕走,到忻州才五点钟余,我们下了车,就在城外一个小店住下,洗脸后又去庆佳园吃饭。我们向闻此馆饭食丰美,味道顶好,果然是名不虚传,大吃它一气才吃下五角钱,较之京城,错之远矣!

晚间在小院里喝喝茶,同店主人闲谈一回儿,还有店家的家眷也跟他们告诉,真是一年余,初听乡下人口气矣!

晚,又在车上睡觉。

七月六日　礼拜二

从轿车上听见车夫语声,知道时候不早了,我就连忙起来。希庵还没见起来,我就同车夫把一切安置好了,他和她也都起来了,我们就洗脸、刷牙,好容易办完了,又听车夫催走声,只得上车起身即去。

从忻州城出来,下午一点多钟到本县城里恒和涌住下,吃饭后,我就去万森魁召〔找〕隆昌伯伯闲谈,坐着喝了几碗茶,就走出来,在恒和涌和希庵谈了回回京坐什么车的话,就走到寝室里睡下,睡了一大觉醒来,已是晚天景色,店主人给我们雇下大车一辆,我们就坐上走起来。到王进村伯唐家顺便坐坐,又出来走,到蒋村已是密黑天气,把希庵的行李搬下来,和作砺哥谈谈别后情景,就赶快起身,差不多半夜里才到家里,到家床上睡的。母亲、祖母、兄弟欢欢喜喜的谈谈别后离情,我几疑是梦中,想不到回到家里,但是同时又想倒不如在北京畅快,回家实在没意思,白花几块钱,想来想去,快明了,才睡着。

七月七日　礼拜三

起来见了见叔叔、婶婶、伯母,羞却却的没意思似的,和他们瞎谈一气,吃了饭我就穿好衣服,去神山走走。

到了二高小校里,气象与去年迥然不同,墙刷的黄黄的,很是庄严。到张先生家里,却好千子、永垣伯伯、奇人在家坐的闲谈,我真是欢喜极了,坐了会儿,他们要吃饭,我也就又吃些粽子、粥饭。又到山头上游玩游玩,下来去校长家,顺便谈谈,看看照下的像,又睡了一觉,已到晌午,千子叫我去他家吃饭,我也就不辞不推,就到他家看了看《四史》、《西厢》,吃了饭,又回到校里,下了会儿棋,同万银谈谈。能肇在千子家已经见过,他没有来校里坐,为得是家里事务纷忙,也就只得回家去了。晚间,我就在校长室睡下,因为校长回去了,就留下吴先生一人,所以我才住下。

七月八日　礼拜四

在被窝里看了几页《直奉大战况》,正看到的高兴的时候,却好万银进来,把我打起来,洗了脸,就同吴去万银家吃早饭(吃得是饺子)。饭后,略坐片刻,就出来,三人再到高小上喝了会儿茶,我就同万银去草泉村想打黄杏儿。跑了好几处,遇着了肃哥和良俊——原来他们也是才打下杏儿,憩着哩。我们没和他们多说,就去赶快打下杏儿,再来到原处,坐在草地上同良俊、肃哥谈谈京中时事与省垣新闻——我吃得杏儿太多了,把肚子吃得多大,一会儿疼起来了,只得四人一同往家回,走到半路,拉了好些屎,才觉得爽快。赶到了校里,喝了好些茶,才觉得肚里松宽,完全好了。千子今天没来校里,我就同良俊在校长家谈了阵别后情事,天气不早了,我就辞别,暗暗的跑出来要回家,不想他们知道了,就赶我出来,在半路拉住又谈了阵话,约定(和良俊)日后去白佛堂消夏,他来叫我。

到半路碰着贵才(是母亲差来叫我的),我忽然起了一种感触,想为母亲者,疼爱子孙,以至如此,我回来在家还没住一天,就出来住了二天,于心何忍! 我真是后悔不已。

七月九日　礼拜五

上午奉母命,去玉常外祖母家闲坐,谈会儿在京的情形,以及家父的状况,顺便出来就去能亮叔家谈谈,谈的无非是些北京状况,以及乡亲的情形。在他家也没多坐就出来,同贵才去瓜地看看,拿回几个小瓜来,至家就和斌才分食之,睡了一大觉,到大房整理了阵书,挑了几本应用书放在外边,取得书是:《通鉴》四大套,《西厢》、《诗经》,诗词文章之类。下午又看了会儿高语罕著的《国文作法》。睡了一大阵,已是黄昏天气,就吃了晚饭,早早的睡下了。

七月十日 礼拜六

近来住在家中,实在觉得无聊寂寞的很,每天吃上些,没有一点做的,觉得太白费光阴了,就在西厦一旁,搭一个床,四面挂以灰毯,如蚊帐般的,又在床上铺以褥子,靠墙置一小桌,放书籍笔砚等类,我上午就在这儿睡下,看了一阵《一叶》。下午母亲又煮粽子给我吃,我吃了又睡,睡了又看书,整天就是这样儿,实在烦闷之至!心想上二高小住几天,但是又惧母亲不许,就只得这样长驱〔期〕下去,不知如何愁闷呢?

七月十一日 礼拜日

上午写信一封是给北京刘向武的,告他赶快给我捎来大洋,以备家母需用。今天把《一叶》看完了,其中是研究哲学的——定命论。我看了也有懂的——是他的事实。至于作者用意也略懂的,就是其中道理玄妙,非余所能洞悉。

这一天,上了好几次房顶,同斌才坐绿枣影下,斌才秉天真烂漫之质,一喜一笑,皆能使我娱目而骋怀,惟其残害枣花,非余所赞同者也。

午后我一人,又上大房上,仰面朝天,直条条的睡下,一朵白云从余头掠过,随后黄雀噪声,不绝于耳,我急了,起来把他赶散,就在房边远望。南山悠悠,云峰耸拔,四郊黄绿相间,麦陇翻云。更有蛙声咽咽,晚景渐近了,回首一看,见夕阳入山,余光炎炎;彩霞散紫,岭冠成绮。正凝目细看间,忽听阿母唤声,遂即下房而去。

七月十二日 礼拜一

觉得在家闷得很!遂想上神山看看同学,饭后遂拿《余之妻》、《恨海》二册,往神山而来。先至学校里,见里边无一人在,静悄悄的,哑然无声,我问厨房,才知他们都搬回家去了,我失望极了,只得去李海容家召〔找〕他。我在他街口站了一大阵,也不见一人,最后却见一少妇,往他家去,但是我却没有问她,幸亏此妇好心,竟对海容说我在这里。移时,果见海容出来,真是令人感激此妇不少,后来问海容,才知此少妇是举止大凡〔方〕。

在他家没多坐,就一同出来,叫上良俊到学校,坐下谈天喝茶,我就把那两本书借给良俊看去。后来我决定要和海容去师家湾看周连城去,所以我们就出来,往师家湾而来。到连城家,谈了些考学校的事情。吃过午饭,就在村外游玩一回,回来已是晚上天气,又下一阵棋,和师乐千、梁尚明、梁绍级——等嘻笑耍戏一回,今晚就在连城家住宿。

七月十三日　礼拜二

早上饭后,又一同出来,到四郊游玩,顺便就去王进村巨才哥家看看。谁想巨才哥、二祖母都走了,往我村去了。我和她们谈了一气,就赶快出来,到村边会同连城、海容、乐千——等回师家湾来,我们没再进去,就同海容一块儿回来。到神山学校上吃了午饭,就又同海容、奇人,到他村边。正遇着良俊,就一同到瓜地吃了一会儿瓜。我本打算就要回去,但是因为他们要拉着,只得要回来,到能肇家看看,没多坐,就一同出来到海容家。到晚饭时候,他们都走了,我就同海容吃了,我连看了会儿《三国》,就睡下了。

七月十四日　礼拜三

今早大雨侵〔倾〕盆,满院如河,莫奈何,只得同海容下棋为戏。饭罢,适值之祯亦来,我们就用硬纸剪下一盘车棋,我做公证人。因为他俩从未下过,他俩盖不识门径,只是瞎打而已,我就教了他们阵阵势,耍法,下了好几盘,之祯走了,我就同海容吃了饭,又坐了会儿,看看些《三国》。天不早了,我们就出来,叫上之祯,在村外游戏了回,海容就同我往寨上而来。我们先到能亮叔家,等了会儿,能亮和几个人也都回来了,我们就吃了一气瓜。海容和他们吹笙弄笛的大奏音乐，我却一人歪坐一旁，拿起本《明史》来细玩。天不早了，大家就都送我们俩人出来，我就邀海容上我家，拿了一套《说唐演义》走了，我直送他到小道上才回来，也和二祖母谈了一气，吃了饭，我看了会儿《作文》，就睡了。

七月十五日　礼拜四

今早起来，饭后，同母亲、贵才、斌才骑驴去崔家庄，看我姨母去。一路母亲骑上驴，贵才背上斌才，我牵着驴，一路的往前走。到姨母家，见过姨父，谈了些我在京的情形，与家父的行止。午饭的时候，我同姨父、表兄在南房另吃，我吃饱了就睡下。谈了会儿，我就看起《三国演义》来，看看时候不早了，就起身回家，情形如来时。至家，我就洗过脚，吃了晚饭，早早的就睡下了。

七月十六日　礼拜五

今天祖母邀我去田地去，我就同贵才、斌才、婶娘在后边跟着去。田地离家甚远，好容易到了，我就引着斌才在树下，游戏了一回儿，就回来了。

下午睡了一会儿，顺便拿《饮冰室自由书》来看看，其中一篇《论成败》者好多令我赞赏，兹录其言词痛爽精笔者于下：

——办事者，立于不败之地者也；不办事者，立于全败之地者也。苟通乎此二理，知无所谓成，则无希冀心；知无所谓败，则无恐怖心。无希冀心，无恐怖心，然后尽吾职分之所当为，行吾良知所不能自己，奋其身以入于世界中，磊磊落落，独往独来，大丈夫之志也，大丈夫之行也——败于今而成于后，败于己而成于人——大丈夫以身任天下事，为天下耳，〔非为身也〕，但有益于天下，成之何必自我，必求自我成之，则是为身也，非为天下也。

七月十七日　礼拜六

睡着又看了一篇《饮冰室文集》，其中论《俾士麦与格兰斯顿》，录二：

——俾士麦之治德也,专持一主义,始终以之。其主义云何?则统一德意志列邦是也。初以此主义要维廉大帝而见信用,继以此主义断行专制,扩充军备,终以此主义挫奥蹶法。排万难以行之,毕生之政略。未尝少变。格兰斯顿则反是,不专执一主义,不固守一政见,故初时持守旧主义,后乃转而为自由主义;壮年极力保护国教,老年乃解散爱尔兰教会;初时以强力镇压爱尔兰,终乃倡爱尔兰之当自治。凡此诸端,皆前后大相矛盾。然其所以屡变者,非为一身之功名也,非行一时之诡遇也,实其发自至诚,见有不得不变者存焉——

——凡任天下大事者,不可无自信力。每处一事,既见得透,自信得过,则以一往无前之勇气以赴之,以百折不挠之耐力以持之。虽千山万岳,一时崩圮而不为意,虽怒涛惊浪〔澜〕蓦然无鸣于脚下而不改其容;猛虎舞牙爪而不动,霹雳旋顶上而不惊;一世之俗论,嚣嚣集矢,而吾之主见如故;平生之政党纷纷离合,而吾之主见如故。若此者,格翁与俾翁正其人也——

我刚看完,巨才哥就来到我家里,下午我就同巨才哥去王进村。打算在那儿住几天,温习温习功课,并且朝夕得以研究,所以我是很愿意的。

七月十八日　礼拜日

起来我就拿起本《洪秀全演义》来看,后来刚吃饭时又看了看《新剧本》。饭罢,同巨才哥去野地割草——这算是我回来以后第一次上野地的工作,屡割屡谈,说了些关于"国家主义"、"共产党"的〔闲〕话,我才知道巨才哥已经入了国民党,这次归里打算在县里办一个县党部。他的热心,我是很钦佩的,但是我以为青年必努力改造国家,殊不必入一个任何党派,我只是努力做我的,又何必以党名为招牌?况且国民党现在是否是纯粹的,努力国民革命的——孙文我们是当然佩服的,但是伊死后,其余的有名望的党员能否遵伊遗嘱,继任努力国民革命,这是我们能看透的。所以我以为我们青年正当努力读书时代,殊不必这样的——

下午拉了会儿胡琴,看了一下午《洪秀全演义》。

七月十九日　礼拜一

早晨早早的起来,就同巨才哥去砖瓦窑挑砖。我在未挑以前上了高处,呼上些新鲜空气,"呵! 早晨的生活真爽快高兴呵!""远看平原一色绿","炊烟起处燕儿飞","那得展翅飞还京","还我旧时真生活"——以上是我在高处心里盘桓的,回来就把它记下。

我整天打竹帘,运砖,割草,倒也惯了,不以为苦,转而尝尝"田家乐"的真味!

七月廿日　礼拜二

早起来,写了会儿日记,就同巨才哥去田地里,割了一担草,回来就歇下,看了《洪秀全演义》来。午饭罢,又看了看关于革命的书籍——《国民党的真解》(胡汉民)——及国民党总章。

下午又去地里割草。正割的时候,忽然风雷大作,大风呜呜,雷声隆隆,树摇草摆,瞬时大雨如点而下。我们冒着雨,赶快跑到庙里避了一会儿雨,我就骑着驴,打开鞭子,风驰电逝〔掣〕似的跑回来,还幸没有多湿衣裳。晚间因巨才哥的同学(崔家庄的)来召〔找〕他,我们吃了饭,就奏起乐来,好不快人!

七月廿一日　礼拜三

饭后,看了《七言诗》,想古人作诗,寓意之妙,令人触目警心,如:阊阖千门万户开,三郎况〔沉〕醉打球回。九龄已老韩休死,无复明朝谏书来。

观此诗,作者悲国,几叹□之心,全在其中矣,以唐朝之事,比之以宋,盖叹其时良臣皆亡,无贤臣再直谏其君矣,故作此诗,以警当朝者。

到半晌午,我不愿意在这里住了,所以就辞别巨才哥回家,约定十五日他去崔家庄叫我,十六日去芳兰,参观运动会。

下午我正打竹帘的时候,却好连城来召〔找〕,他坐没多时,就走了,并说十六日赴省投考。

七月廿二日　礼拜四

今天上午好容易把竹帘打好,并于竹帘上绣三字曰:"迎日室。"盖取其——因为此室在西一隅,太阳一升,在吾院之中,此室即首先照见太阳,早晨窗上阳光辉一室明亮,故以此三字题之,不亦"应时即景"乎?

午后到瓜地吃了一气瓜回来,就躺到〔倒〕,看了回《诗韵》,抄了几篇。

七月廿三日　礼拜五

这几日在家住的很是不奈烦,急想立刻飞到北京。

上午吃了些饭,就躺下看了一会儿《诗韵》,并作一《归家来》白话诗。午后,因身上不奈〔耐〕烦,就去瓜地里,吃了一气瓜,爽爽快快的走回来,又和叔叔谈论了会儿家务事,真是令人愁烦之至,在这经济困难的家里,真是令我永远不想看看。

七月廿四日　礼拜六

今天早晨乘天气凉快的时候, 就起身往崔家庄——因为姨姨家今天谢〔?〕土故,所以我就奉母命,去他那里。至则他们正贴对,祭神,大放鞭炮,你言我语,欢声满院。他们见我来了,真个是大作"欢迎",并且我大表姐姐也来了,更加欢喜。她们赶快给我油花花吃,并问讯我"母亲为何不来"?我答:有事故。——吃了饭以后,我就同小妹妹在院里耍戏,或然有人叫我,到门一看,原来是巨才哥

差人给我送来东西,并一封信,说他今天不能去芳兰了,他已于早
晨去县里同村长起讼去了——因为他村的村长要村民给车费六
元,并人口牲畜税,所以村民大起反抗,我巨才哥上是二百户村民
中之领袖,所以他就和村长去县里起讼去了。我看了这书,知道巨
才哥不能来了,所以我就连忙辞别姨母回来。到家见有海容信,言
廷壁明日赴省,要叫我同他一块送别去,就赶快跑到神山他家里,
谁想他已经去了又回来了,我因为天晚了,没有法子,只得就住在
他家里。

七月廿五日　礼拜日

在海容家吃了午饭以后,就一同出来,叫上良俊,我们本想
〔去〕芳兰,但是因为路远,所以我们就去蒋村看作砺去。到了国民
学校上,到纪元屋里闲谈,探问了作砺一声,谁想他说:"作砺不在,
已经同本校学生去芳兰了。"唉!这是多么失望,我只得睡在床上,
看了一会儿《红楼梦辨》,才知道了秦可卿是因为与贾珍通奸被二
婢(宝珠、瑞珠)撞见,羞愤自缢而死的。后来良俊、海容、纪元叫上
我出来,要去砂村,看莲花去。我们谈谈笑笑,不多时早到圣阜山
前,莲花开的不甚多,有几朵在边的,我们都想拿个,奈探不见,只
得〔到〕蒲草那边,我们一人折了两个蒲棒槌,就慢慢的走回来。到
蒋村与纪元别开,我们三人就回到神山,良俊要叫我在他家吃饭,
我也就只得坐下,吃了饭以后,谈了些关于省垣学校的新闻,后来
海容也来了,我们就一同出来回寨上。我引上他们二人到能亮家,
谁知他不在,我们就出来到瓜地里,见过能亮,他二人因为天晚了,
所以就回神山去了,我顺便到家里,再过我的无聊生活。

七月廿六日　礼拜一

这日在家闲玩了一天,上房看人家打架,原来是弟兄二人,打
架是因为他母亲留下的一个烂棉袄子,二人分不均,就在街上打起

来，他妯娌二人也在大街上互相辱骂，也几乎动武。唉！拿亲亲的兄弟，因为不值一文的东西，失了和气，竟打起来，这是如何可笑呵！如何可怜呵！（他们没有受过教育）

七月廿七日　礼拜二

这日整天在家闲坐，实在无聊之至！有时候到瓜地游玩一回儿，有时候到房顶看看，这就是我在家的生活，无庸多记。

七月廿八日　礼拜三

这日又在家闲玩了一天，与弟妹等谈笑游戏，和祖母、母亲说说家务，别无他事，不庸多记。

七月廿九日　礼拜四

今天我于饭后就去神山村，叫上良俊，要他同我去蒋村，看作砺去，谁想良俊同我走到（汽车）路上，坐下，以为不走，我没奈何，只得别他而去。到蒋村国民学校上，让纪元差了个学生叫作砺去，既而作砺至，我真是欢喜极了，握手谈笑，并约下廿三去白佛堂，后来一同又到校长室，却遇巨才哥也在，这真是"不期而遇"了。午饭，我就同巨才哥在作砺家吃，又同希庵谈谈。午饭后，我们又到学校上，我就别了他们，起身回家了。路过神山村又给良俊写下一细条儿，也是说定廿三去白佛堂，因他不在，所以我就回了本村了。

七月卅日　礼拜五

上午去玉常老外祖母家吃饭，饭后回来，正闲坐间，忽地海容来召〔找〕，贵生也到，我就同海容去卫村召〔找〕刘象州，谁想他不在，我们白跑了一个来回。到家，我们又同贵生去能亮家，不料能亮也不在，我们就又返身去瓜地，正遇能亮也在。我们坐下吃了一气西瓜，不想西方黑云大作，电光闪闪，我们赶快跑到杜余庆家，避了一回儿雨，就出来回到我家，却遇巨才哥也来了，谈了一会儿闲话，就出来去小学校，上去游玩玩，看了阵报纸，又谈了些新闻，天也晚了,所以我们就都回到家里。吃了饭以后,巨才哥又要作"教育促进会成立宣言",作完后,下了一阵象棋,就寝了。

七月卅一日　礼拜六

吃了早饭,又吃了一气西瓜,才同巨才哥、海容起身去神山村。到海容家,吃过了午饭,我就同巨才起身去蒋村,同洙亭谈了些话,天不早了,我们就驱道去王进村。到家已是晚天,喝了些饭,就睡了。

八月三日

这天从巨才哥家出发,同巨才哥、祥甫去张村看戏,不想到了县里,人都说不唱了,因此我和祥甫就回来到他家吃过午饭,我一人就回到家里,和家人吃过饭,就睡了。

八月四日

一号、二号、三号,这三天就在王进村住下,四号那天我同巨才哥去县里,不想回来晚了,以致遇雨,归家即以诗题之:

遇雨(黄昏后)

杀!杀!杀!的声浪,

从背后一卷而来。

密黑虎威的云彩,

在空中摆成临敌的凶阵。

电先也亮闪闪的在阵角助威。

呀!快跑!

大雨来了!大雨来了!

澎!澎!澎!无情雨在伞头发威!

前途太泥泞了,

任你有天大本领，

也只好滑倒！跌倒！

哥来！哥来！

咱俩努力相助，

过此泥泞的前途。

呀！前途！

大雨又来了！大雨又来了！

拍！拍！拍！咱俩挞水过去！

黑了，前途更黑了！

不！不！你看那边不是一盏小灯，

快到家了，快到家了！

前途还有一片曙光，

咱俩擘开两旁黑暗，

大挞步，往前走去！

呀！到了！

大雨又来了！大雨又来了！

（八月二日作）

八月五日

廿七日下午，我同改梅去蒋村——因老祖母明儿过百儿——我把改梅送到家里，就去蒋村学校上，同洙亭闲谈，晚上就睡他这儿。

八月六日

我正回到家里时候，却遇巨才哥也来了，我们就去草地里放牛，顺便叫上昌祺哥，牵了牛回到家，就又去学校上玩一会儿。到晌午同王家去坟里烧过纸，吃过了午饭，我们就又去学校里住下。

八月七日

上午同巨才哥、昌祺哥回到寨上本村，吃了气瓜，耍一回子。饭后，昌祺哥即回蒋村。我和巨才哥谈些去京的事情，苦无路费，实在令人愁闷之至！

八月八日

今天已是七月初一了，光阴这般的快，如此长趋下去，青春亦有几何年？

午后，巨才哥回家，我不知怎地，实在不忍相离，看着他走了，我就实在难过，无精打采地坐了一下午。

八月九日

冒着雨同贵才骑上驴，他把在我背后，支着伞。我坐在前边，牵着驴，打开一气跑至崔家庄，到姨姨家，送下了瓜。吃了饭，拿上了小兔儿，仍就骑着驴回来。

八月十日

今天雨初霁，我吃罢饭，就穿上雨鞋，到蒋村，先上学校，次又同昌祺回到他家吃了饭，推上车子到学校上去。路过希庵家，我就进去，问他近来打仗情形。他说："近来战事没甚进展。"次又谈及我去京盘缠，他就给我写下一信，让我去了省垣问薄成三取兑。我们谈得不早了，我就出来，到学校上，骑了会儿车子，今晚又住在学校上。

八月十一日

早早起来，就又同众人大大骑了一气车子，直到饭时才止。上午因天阴没走，下午就同继元回家来。接到向武来信，言客利饭店倒闭，存款危险，我跟着就写两信，一向武，一父亲。

八月十二日

早上，因继元饭迟，所以我一人就往蒋村（因为曲羡之续弦故），希庵同我叫了梅亭，我又去昌祺哥家，骑了车子，才同梅亭从汽车道出发。我跑开了车子，如风驰电掣似的，一回儿就到了河边村，等上梅亭，就一同去羡之家，谁想娶家早走了，我们就到梅亭丈母家，休息了一会儿，又叫戚人安席。席罢，梅亭和友人谈笑去了，我就一人在他丈母家睡了一下午，觉来已至黄昏时候，梅亭也回来了，我们就一同到羡之家。知送女戚也来了，喇叭声音渐次近来，我们就站至门两旁，等新娘新郎下轿。不一时，人声鼎沸，音乐吵杂，草把火已立在门前了，花花的轿已到门前，只见羡之披红挂绿，黄黄的护心镜，金亮亮的帽花，旁有伴戚，招护着拉弓射箭。后边新妇带着满头金花银花，左红右绿，红明明的遮脸红布遮在头前，黑丝丝的大花鞭〔辫〕儿，把在背后，身上穿的光彩耀目，极其华丽，脚上穿的粉红洋袜，品红大花鞋，旁有架新人家的招护的拿着双喜壶，慢慢的从红毯上立来。新郎进门了，我也不知他看见我没有。只见他笑嘻嘻的走去，新妇随后也走来，到天地前，新郎新妇双双并立，交〔叫〕拜天地。拜别，但见羡之走到新房里，放下弓箭，在炕上略坐一回儿，就出来，随后新妇也就进来，坐在炕上了。羡之出来，我见他没看见我们，我就高叫"羡之"！他才反转脸，走到我们跟前，笑嘻嘻的问好，我开头就问："你欢喜吧！"他羞的说："怎不欢喜。"梅亭听了就哈哈大笑起来，随后我们就出来，到他丈母家息息，羡之也跟来了，谈了些闲话，一同又出来到他家，坐席席吧！我们就到新房，送女客也走了，我们几个人就坐在炕上，团团围住新妇，交〔叫〕新妇倒茶，伴戚又问姓名，她答："薄秀英。"到末了，梅亭又要露丑态了，只见他和新妇并坐起，把他的脚放在她的膝上，耳对着她的耳，告诉俏俏话，几乎他的嘴挨着她的脸，但我想：新妇定能闻到他的鼻气，也不知她作何感想。后来梅亭又要和她比脚，看是谁的尖，也几乎把他的脚放在她腿上，诸如此多端，不能详述了。我们一直坐到四点钟，才都起身出来门外，我和梅亭又慢慢走回来，到窗前窃看,不想又被新妇看见了,她又笑起来,这回我们得到了"美人一笑",才"心满意足",回到他丈母家睡了。但我从睡梦中,想羡之此时作何光景,"洞房花烛",不知羡之尝到此四字滋味没有?

今天这回事情,我还作了一首诗,在《了子子诗集》里。

八月十三日

早上和胡先生到羡之家喝了通茶,看着羡之喝过"和气面",我们才走到院里,停会儿,鼓乐大作,只见羡之家家人出来都过神祖前拜神祖。随后,新郎、新妇双双而来,到红毯上,也对着神祖交拜起来,新妇还要偷笑,羡之却守本分,没有大笑。拜完了,就坐席,席完了,我就回到胡之丈母家,修理了一气车子。听得车声,知是新郎、新妇要回娘家了,我出了门,就同羡之订下十九日他过去叫我,一同去北京。后来,他们要走了,新妇尤对着我们嫣然一笑——好像是送别的意思。他们走了,随后,我们也就要走。辞别过东家,我同阎志德(伴戚)去川至学校参观,梅亭就往青石村去了。到川至,喝了一顿茶,又去院里四周看看:校舍规模宏大,设备完善,真是名不虚传,奈何金玉其外也!!!吾为之三叹!在川至息了一阵,就骑上车从汽车路出发,一直到密黑了,才得到了蒋村学校,今晚就睡在学校上。

八月十四日

早上又骑了阵车子,到上午我同云卿作足球之戏,又和一斋打会儿篮球。午饭后,就同珠亭到神山,看七月七会。先上学校上,叫了人,一同下山来,到四处看过一会,也没甚意思,我就同焦宗孔回家了。

八月十五日

上午正在家里睡觉,忽地宗孔走来,谈了些"画谱评判",他又使我教他拉柳琴的法子,又约下午去神山看"映〔秧〕歌"。饭罢,就跟着宗孔到他家,他去吃饭,我就在他小房看《今古奇观》中之《乔太守乱点鸳鸯谱》,正看至高兴的时候,宗孔过来,就把我拉起来,一同出发到神山。在高小上息过一阵,我们就又往师家湾师履谦家,不料他不在,我们就取上柳琴。回到神山,正开戏时候,唱的是《走雪山》,看完了我就在万粮家吃过饭,又到高小上睡下。

八月十六日

在家整天闷睡,无聊得很!到晚上,家人团坐院中纳凉,月光晶明四射,满地枣影,我就拉柳琴,叔父吹玉箫,翠音缭绕,亮声婉转。在这清辉月下,拉拉胡琴,吹吹玉箫,也可算消暑中畅快的一事,尤其是我在这整日寂寞中,得到这清福,才真正快乐呢!

八月十七日

这天我可真快乐!饭后,我炒了些鸡蛋,打了些酒,就在耳房里独酌,唱唱二黄,拉拉胡琴,尝尝鸡蛋,喝喝烧酒。呵!快乐!快乐!喝完酒,我又剖开一颗上上西瓜,用瓜解酒,其快如何?我此时是何等光景?

醉睡了。醒来,又吃午饭,吃得是包肉饺子。呵!你看我今天嘴头福不福!

八月十八日

下午接父亲来信,言给我捎至北京业盛昌大洋四十余元,他信中言未接我去信,我疑是山西扣留,所以我就写了两信(一父亲,一向武),都统在向武信中,交〔叫〕他给我从北京寄起给我父亲这信,并嘱他打个电报给我父亲,报告客利饭店倒闭情形,好交〔叫〕我父亲设法交涉!

八月十九日

上午在《了子子诗集》上作了一个《观羡之娶亲》,作完,看了几回,好不高兴!好不痛快!

午后,用胡琴来消磨时光,好容易等到黄昏时,我就在枣树上吊了两根绳子,离地一二尺,在绳子上又拴了一块大木板(长方形,能睡一人),我坐在上边,荡来荡去,非常有趣!

晚间,因院里蚊子太多,不能纳凉,只得早早睡下。

八月廿日

上午在家闲静无事,忽然想起要给改梅(吾二妹)起字,遂想了一回儿,名之曰"适林",吾意以为林和靖以梅为妻,余既羡林之为人,故欲改梅能得如林之人为婿,此吾所以名"适林"之意也。

吾兴起,遂又给姊姊起个字,我姊姊叫个改梨,我以为梨的姿色白洁无比,故名之曰"羞雪",其意言雪虽白而比之梨花,犹羞不如梨也。

我又给我起了一个号列下:

"涵碧圃眠花主人了子子",好笑!哈!哈!哈!

上午偶然想起快到七月十五了,我想到那天必一胜〔盛〕举,始不负此令节,所以我就想到那天晚上,到大房顶上,放一大圆桌,上置果品烧酒,与家人痛饮一番,成一庆团圆大会,有何不可?我就立刻和祖母商量,祖母很是赞成,我遂作一通启,贴于楼上,交〔叫〕家人们观看,现在把那通启抄在下面,以为纪念:

七月元夜家人聚欢大会通启

当清辉月下,设果品清酒,聚家人而谈笑雅酌,诚雅人快事也,独不闻李太白夜宴桃李园乎!

了子子素尚雅举,今值此令节,能不碎〔醉〕心?是故张罗诸多果品,费尽心血,而成此大会,吾故知家人必赞助我也,始成此聚欢大会,于七月十五夜深。望家人至时欢来，了子子当恭诚以待也。

　　（会址——大房顶上）

七月元夜聚欢大会会长启

　　下午正休息间，忽有羡之差人来对我说："老六子十九不走了，大约初几才走，你看什么时候走，能否和他一块走，若不能，请你先走。"我听了，发了一阵呆，只得说："既如此，我一人就得先走了。"唉！我的时运怎么这样赖、坏？更有何说？天哪！苍天哪！

　　八月廿一日

　　因羡之不在，所以我只得去蒋村，再对熙庵说。饭后我就起身，到蒋村，却有我一信，是连城来的，问我何时去省？

　　到熙庵家谈了阵我起身的问题，我俩解决不了，只得到梅亭纸房，同梅亭商量。梅哥说子栋十六走，让我召〔找〕他去，所以我跟着就出来，骑上我昌祺哥的车子，就从蒋村出发，经过县城，又走十五里，才到南王村，召〔找〕到子栋家，谁想子栋说："我原初本打算十六走，后因家中摊派甚大，已摊出三百元，现在弄的家中拿不出钱，家父教〔叫〕我靠几天再走，你说倒霉不！"唉！我的遭〔糟〕运怎么竟如此！真个连伴儿也没有了！唉！

　　我们出来在小学上喝了几碗茶，听斋芝德说："斋希仁在京病故。"啊，这可怕的消息，传到我耳里，真是叫我惊疑不定，还望他不死，但是口里已经连声说："唉！可惜！可惜！"

　　在小学出来，我就骑上车，别了子栋，趋路归来，直到天黑时才到蒋村。我又同熙庵谈去京的问题，他又召〔找〕梅亭说话，说明天我来再说，就办委了！今晚就住在国民小学。

　　八月廿二日

　　从国民小学早早起来，就往本村而来，到家还未吃饭，才烧纸敬香,既而吃饭。饭后我一人在家闲坐,无事即拉胡琴,看小说,消遣时光。午饭后,我和家人闲谈,时听吵骂之声,实在令人讨厌!

到晚上,月姊光临,我就和贵才于大房顶上,铺红毯上置果品美酒以迎之。后来我叫家人开"七月元夜家人聚欢大会",到者,只有伯母、姊姊、妹妹、贵才四人,只我一人对着清虚之明月,对影成三人而独酌。月姊清光四射,笑容可掬,我不禁把酒问之曰:"月姊!月姊!汝能移玉步而临下界,与我对酌乎?"月姊只笑不答,我不觉情狂兴发,痛饮刘伶,月姊忽地乌云仇我,竟把我亲爱之月姊遮住。眼前顿成黑暗,四面飒飒,威风大起。"月姊!月姊!我何与卿无缘如是也,卿既遭乌云所迫,又遭恶风相欺,何如是命薄也,莫非我命薄以累卿也,卿乎!卿乎!时光蹉跎,机会难逢,与卿重会,当在何日也!"我在房上,不觉黯然销魂,心里愁闷,遂与家人一同下房而睡。

八月廿三日

早晨应胡先生之命,遂起身去蒋村。先到祖坟里烧过纸,就到纸房,正遇胡先生在,和他讨论路费。伊说已与薇仙伯父说好,约定我于十八日去县时取。在这里没多坐,我就出来到神山万粮家取上了我的草帽出来,顺便到千子家,问他何时起身。谁想他因家事,现在不能起身,大约在廿十大几才能走。我俩谈了些闲话,又看了阵《科学与人生观》,吃过饭,我就赶早回来。晚上又同一斋去崇喜家看新妇,因无人能说笑,所以我们就无兴而归。晚间在院里闲谈一阵就睡。

八月廿四日

我定下明日(七月十八)起身去京,所以早晨饭后我就到神山了,辞别薇仙伯父。天尚未午,就同贵才一同回来,吃了一气西瓜,睡了一阵,看了会儿小说——《北宋杨家将》——就吃了午饭,安顿我明天走的行程。

八月廿五日

在天色黎明时,就起来赶快吃了饭,辞别过家人,同叔父去城里去,到城里雇好了洋车(五元),叔父送我到汽车路上,我遂坐上洋车,别了叔父,洋车如飞而走,我那望我的叔父早不看见了。在车上坐的无聊,就拿出日记来细看,我顺便就想记今天事,谁想在洋车上太摇动了,不能下笔,只在头起写了三字"在天色"就不得已把它日记——放下,观看道路风光,看两旁庄稼长的黑暗暗的——我就想起子栋吩咐我的话,他说:"洋车良莠不齐,警防强人,这'图财害命'案常常就弄出来了,你一个小孩家可防备点儿!"我今天看了这光景,心里也不觉胆寒,但是洋车夫还算和气,并无此等举动。午饭是绕道忻州城里吃的,下午出城,在路上只走了十多里地,就休息了。

八月廿六日

天气刚亮,我就起来,与同行的人一同坐车出发,刚午时到了一个小店,吃了些儿小东西,就又起身,一直走到晚天,才得到省垣,就在迎宾旅馆住下。饭后,我去南肖墙定襄会馆召〔找〕到周连城、师乐千,同他们谈了气别后闲话,就一同去枪械工务处召〔找〕齐钟美先生,到时他已经睡下了,我们把他惊动起来。这一年未见的老同学,见了分外亲热,我们说了些闲话,见时间不早了,我们就约下明天齐君出来相访,遂出了这儿,重复去到定襄馆,又见过梁绍级,今晚就睡在这儿。

八月廿七日

我本想打算今天就上火车,奈因齐君——等不让我走,要我多住一天,好畅谈离情,我应诺了,所以今天就不走了。

起来去迎宾馆吃过饭,就同连城、乐千去平民中学召〔找〕胡作砺君,同作砺谈了些话,又到良俊家里,看了看小说。临走,他们又

给我两本小说——《蜜蜂》《空星》，我拿上就同连城、乐千辞别过
他们，出来就回到定襄会馆，却好齐君子敏在家，我们就吃饭。吃
罢，就同子敏、连城云浮去海子边，顺便就去迎宾馆。我想今日难得
大家相遇，我们必须照一个像，以纪此情，大家皆赞成，就连晚到
"美丽兴"电照，照完了，我们就曾复回到迎宾馆。吃了饭，我们三人
就睡了。（他们因为我明日走，明早要送我，所以住下）

　　八月卅一日

　　吃了些点心，就去车站，因为逆旅主人已经给我买下票了，所
以，我就没等时间就进去了，到上略坐片刻，忽听铃声，我急推子
敏、连城下车去，好让他们回去——唉！谁想铃声欺人，并不是时候
到了，让火车开走的。我从窗间望去，不料子敏、连城早就走了，我
在这孤独寂聊的车上，叫我如何地难过！车开了，我从客人手中借
到《益世报》一份，看了看时局现状，不觉早又到了一站了。火车走
的很快，到下午五时就到石家庄了，我下榻晋通栈，吃过饭，就出
来，等得京汉车来了，我就乘坐上〔闷子车〕，环顾诸人，皆生人面
皮，不禁叫我灰心不少！车不跟定时走，到一站也不定就停五六点
才开走，一晚上好容易走了四站，才得到明月店，火车就从此休息
了。一直等到第二天（廿二日）上午十一点才开走，经过定州、清风
店就又停下来了，等得实在令人难过，如坐针毡，好容易得火车开
走了，众人口里都叫："摩米陀佛！"火车这会儿可生气了，竟有五六
个站没停，一直就赶黄昏到了保定，不幸我们坐的这辆车又要换
下，换了一辆煤车，下边放的煤，上边就交〔叫〕我们坐，我们没法，
只好坐上，时时怕掉下去，不敢一时忽略——唉！不料一件不幸的
事又轮到我头上了，查票生见我的车票是从太原打的通票，没有加
捐，他就要问我要九角钱，我摸摸皮囊，只有一元存在，也只好给人
家九角，自己身上留下一毛，唉！你何如此惨忍！火车又走了一晚，

天公发亮了,才到北京,我真是欢喜非常!忙得叫了一辆洋车,他还要两角,没法只得坐上,到三忠祠,诸人还没起来,我只好问老刘借了一毛,连自己身上一毛合起来,才得给了车钱。

见过了向武、镇乡,都很欢喜,都却怪我一个小孩就从家里能来到北京,赞美得很!我自己却以为这事情博不的什么赞美!转反增加了我的羞耻!

午后,把家打扫好了,坐在院里,同众人谈笑。我自想,这当时情景,在火车上时早已幻想到了。

七月廿一,廿二,廿三,这三天是我从太原来到北京的旅期,故合在一起,以便记录。

今天也没有出门去,就在家里和众人谈笑,到下午觉得无聊就同镇乡、向武去大栅栏,买了些东西回来,吃过晚饭,早早的就睡了。

九月一日

今天学校开学,但是我没去——因为我听下镜如从南洋归国了。——饭后,同镇乡去槐庐,见过相隔万里半年未见的镜如、森泉师,教我心上如何的快乐呢!谈了些闲话以后,就同镜如、镇乡出来,一直又回到三忠祠,这才大谈大笑起来。晚间,森泉师亦来,更加热闹,可惜坐不多时,他们二人就走了,我们也就跟着睡下了。

九月二日

早上饭后,同向武骑车去琉璃厂,买了四元钱的教科书,顺便就返归槐庐,适值镜如在家。我们就谈笑了一气。临走,我们欲邀镜如去三忠祠,但他没应许,说晚上来三忠祠,所以我们二人就回来。看了看功课,准备明天去校里上课。

九月三日

早晨去校里上课,见同学多(未)来了,就有也不过几个。上国文,老师讲《新青年》,我听了才知道为一个《新青年》,应该体格顽壮,在生理上完成真青年之资格,勿以年龄上之伪青年自满也。再从心理上说:旧青年脑中无论如何总有"升官发财"四字,我们欲为新青年,倘若留此龌龊思想些微于脑中,则新青年之资格丧失无余。——我听了,真是触耳惊心,以后对于诸凡均应往正途而走,再而速速锻炼体格,以期成一新青年。

九月四日　礼拜六

这天我以〔依〕旧上课去。到图书馆看了看报纸,见南军急急胜利,武汉三镇已被打下,吴子玉逃兵孝感,我心中真是左右荡还,正不知如何是好呢? 下午下课回来,跟镇乡下了一阵棋,连着都输与他,我心中正打量我自己本领不行,还差功夫,哪知镇乡又大吹特吹,夸耀他的本领,唉! 这笑什么? 先生你也太不忍气了! 小器! 小器!

九月五日　礼拜日

今天礼拜没上课去,因与向武去操场练习骑车子,饭后在家闲坐一天,看了看《梦茵湖》,又看了一气《不如归》,就温习了一阵子功课,早早的就睡了。

九月六日　礼拜一

今天又到礼拜一,去学校里上课。诸教员大半都比去年的程度好,上历史的陆光宇先生,程度倒很好,多著下史书,在附中各班的历史都是他上,但是先生张〔长〕的一个滑稽像〔相〕貌,举凡一切动作无一不是很笑人的。讲书时简直像一个疯子说话,说一句就使同学哄堂大笑,真是枯闷的功课生活中得到一个陆先生,真能使我们变成快乐且甜美的功课生活。

九月七日　礼拜二

今天见学校布告:礼拜六(十一号)为补试期,凡不及格诸生务须到期补试。我因为暑期中不在北京,没有接到成绩报告书,我去问教务课,我有没有不及格科目者?谁想他说地理不及格。我问因何缘故?他说:"上季没待放假你要回去,后来考地理你不在,所以你少考一次,以致不能及格。"我听了真是无可奈何,就去问同学们,考那一节?谁知他们说:"凡一年讲过的本国地理,都要考。"我听了真是闷极了,暗想如许之多的功课教我如何温习呢?

九月八日　礼拜三

上午在校里上课。午饭后,下午功课适值国文选科,我正喜悦,不知如何上课,谁想教员告假,只得失望回来。至家,同众人谈笑了一回。晚间去镜如家,闲坐一会儿,同向武一并回来。

九月九日　礼拜四

今天我下午回家来,有凌鹏志君信,言礼拜日要我去他家召〔找〕他,我答应了(跟着写了一封信)。晚间在家看功课,直到深夜才息。

九月十日　礼拜五

下午回来,我刚脱了衣服,忽听履声,既而呼我,已进门,一看,却是秃头周子栋。我真是万不想到他这时能来到北京,真教我喜出望外。到镇乡家,镇乡说春涛回来了,现已往槐庐,呵!今天是什么好日子,既来了子栋,又来了一年未见渴想已久的春涛,天呵!天呵!可教我如何谢你!只有日夜默祝吧了!

我跟着就骑上了车,加快到槐庐。一进门,把车子掷过一旁,赶快走到家里,春涛早已过来,和我紧紧的握手。在握手的时候,我不知有多少感慨,一时思潮一涌而上,我真是再也不忍丢开手。但是嘴里却无一句话,在未见时想到千万的话,此时却无一句能说出来。唉!春涛!春涛!这时才得看见你了。我孤独生活里,再逢着你,我生活又将如何快活!如何的愉美!

在槐庐没多坐，就出来回到三忠祠。刚吃完饭，镜如也来了，这真是大团圆大聚会！快乐！

九月十一日 礼拜六

早上因春涛故，心坎儿就觉得恋恋不忍上课去，但是时钟无情，七点了——七点半了——！迫得我好苦，也只得牺牲了自由，忍着痛骑上了劳什子车儿，但是腿儿好像是捆住似的，懒洋洋的蹬一下，走一下——呵！幸运！几乎误了上课。到校，跟着就上课，但是教师所说的，都是不入耳之言，我的那颗心却早就幻想到春涛了，唉！前天老师不是说过："心不在焉"么？我可应着了。

盼望的下儿课，我就拿上书包，骑上了车子，两条腿也不知怎样，就大发其力，蹬开车子，走得如风驰电掣，我的眼也花的不成样儿了，幸亏还没撞着人。到家后，却遇镜如、春涛、向武……都在家，大家和〔伙〕儿围着谈话，我一进门，擘〔劈〕头就说："呵！你们还在，好！"

晚间，钝哥来召〔找〕，八时去。跟着我就和春涛、向武去澡堂洗澡，回来又买了几张书皮纸，到家闲谈二时，就寝。

九月十二日 礼拜日

六点起来，赶紧去陆大取钱，谁想还没有给他捎来钱，我只得失望而归。到家，春涛还没起来，我进去就他打起来。吃过饭，向武、春涛和我就去槐庐召〔找〕镜如，我们四人一同出来，到大北照了一个像，以表欢迎春涛。

回来，和春涛谈谈闲话，听他说他的苦处，真是叫人替他伤心！

晚间，我预备了明天的功课，十时就寝。

九月十三日 礼拜一

今天接到子敏来信，并带像片一张——是我和连城、子敏合照的——像片洗我不好，因为是电照的关系。

又接作砺来信，问我要像片看，还有凌鹏志君来信，要我去他那儿谈谈，约定是礼拜日。

我晚上看了看《欧美名家短篇小说集》——《古室鬼影》，真是使人毛发悚然。

九月十四日　礼拜二

晚上合〔和〕向武、春涛在大院里闲坐。据听春涛和我说："我因迫于家兄之命，不日就要离开这儿。""哈！什么话？你要走么？"我听了他的话，真是如一个霹雳一般，吓我一大跳，所以我急得问他。"良才！不要慌，是的！我的确要走，我本来不愿意，但是家兄命不能不遵，家兄要我回家去，但是我不愿意回家去，因为回了家，就像坐狱一般，好不难受！我不回家也没法，只好听天由命，只要能离开这儿，我也说不定飘流何地？——唉！"我听了他这话，不由唏嘘悲痛，一来因为我最好的伙伴不日就见不上面了，二来听他的苦处，怎能不令我替他悲哀呢？我停了半响，没有说话，只有心里悲伤，也没有拿一句话来解劝春涛，却坐在一旁，携着他的手，助他悲哀呢！我听了春涛话以后，一夜不能安眠，想起来真叫人痛心！

九月十五日　礼拜三

下午下课回家后，因春涛不日就要归里，所以我就邀向武、春涛去游北海，以作钱别。

到北海，绕了一周儿，就到濠濮园喝茶。坐到六时，又去五龙亭游了一回，就跟着出了园门（注意：此次游北海的情景，我早写在《了子子文存》里《北海纪游》上，所以日记上就不写了），从向武之意，就到煤市街山西饭馆里，吃了些本乡茶饭，好不快活！回家已是晚天，遂即入梦。

九月十六日　礼拜四

下课回家，到镇乡家。春涛就向我说："几乎见不上面。"我问何故？向武就说："春涛上午去车站来，因为今天没车，才回来的。"我听了，小鹿子不住乱跳，叫我长出了一口气，伸出舌头。

镜如来了，同在二院吃过晚饭。饭后，我同春涛去街上买了些瓜子回来，却遇镜如出门要去车站问车去。我以为一定没车，所以就不在意中。到家在庭前，坐在月下，和春涛畅谈，谈到深处，我一想倘若春涛果真于今晚走了，可叫我如何思念，以后怎能再在这月下庭前和一个知己谈心呢？但是我心里遂〔虽〕这样想，面上却没现出，为得是怕春涛伤心。

唉！谁想镜如回来，却说："今晚有车，赶快预备行李！"哎哟！这是什么话？——春涛立刻从凳子上站起来，去厕所小便了，出来向我挥手，表示说："你不要伤心！"但是却没说出口来。——春涛出来了，背后跟着几个送行的人，拿的行李，到门口，镜如和春涛坐上了车，向我们说："你们回去吧！以后再见吧！"唉！这情景可叫我如何顾看！我无精打采的走回家里，一反身躺到床上，脑海模模糊糊，也不知感觉，从此我也不知以后如何，大概是昏沉沉的，似睡不睡的样儿。

九月十七日　礼拜五

今天下午上"图画"，教员是一个代教者，人性柔弱，无一点威严，以致使同学们都跟他厮混，闹得不成样儿，我看了也不免替他愁闷。但是我也稍有玩意，同时也随身附和，同他大开玩笑。伊却鼻子红红的不言一语，只摆着手说："别闹，这成什么样儿呢？"呵！当教员是如何不容易呀！

九月十八日　礼拜六

今天考英文(练习成句)，我的成绩还不错，只没答完全，是所抱憾之至！惟望后日多念几课，以备进步如飞！

下午童子军操，是考旗语。谁想答完全者由小队长中升为团

长,再由副小队长中挑选一小队长,以补其缺。我本是副队长,考旗
语我都忘了,所以仍然是副队长。其实呢,众同学都也不愿意当差
事,因为没什么意思,无心于童子军一问故。

九月十九日　礼拜日

礼拜日上午只在家看了看功课。到下午一时同向武一人骑一
车,从三忠祠起身到东馆办事毕,返身又到史家胡同,召〔找〕凌君
耀青,不想他外出,我们只得失望而出。沿灯市口到东安市场,买了
一条毯子和袜子。出来又到平民大学,向武做完了事,又一同起身
往家里路上走,我们不走大街,却从西什库走,呵!这条街,非常好,
两旁林木避天,道路齐整,又少行人,我们骑上车走起来,倒好像逛
公园,所以我们很是高兴,走得很快,不一时就到家了。——这次
走路绝有三十多里,算是我空前一次。

晚间,凌耀青君来,谈了些闲话,并约定中秋日看戏。

九月廿日　礼拜一

礼拜一上午糊七麻烦的上了些功课, 心里只想念中秋日的盛
况。等到下午下课后,一屁股就跑回家来,跟子栋等商量过节。初与
向武拟到北海过节, 后来大家又想太费事, 还不如是当院中置桌
子,痛饮赏月哩,所以就决定在家里过节。

黄昏时,无聊得很,遂与向武、子栋去河沿上骑车子。正骑到高
兴的时候,忽听火车到来,我们就赶快站住,看车里有无同乡来者。
我们因为车行如飞,瞬目而过,所以不能细看,就竟还不知与未来,
但是等到晚上,还莫有半个影儿,这回我们才死了心,确定他们在
中秋节前一定是不来的了。

九月廿一日(中秋节)　礼拜二

赶早起来,与子栋各骑一车,去城南一带乱走。经城南公园至
天坛,又从天坛出走西南城根,这地方无一人烟,但见两旁乔木丛

错,树影缭绕,路上平坦无沟。我们在这清静无微的早晨,能在这树林呼吸了好的空气,又能尝到了骑车旅行的乐趣,真是快乐的很。但是我们走的路太多了,致使两腿酸辛无力,好容易才从大街上跑回家来,到家又赶快吃了饭,深深的息了一阵,才复过元气,却又着镜如来访,言定晚上来这儿过节。

下午同向武、子栋去街上买了四元钱的果品、月饼、美酒嘉〔佳〕肴,到黄昏时,镜如也来,我们就在二院当中,设三个方桌,上铺以油布,中间置一菊花瓶,成一开会模样,我们众人(向武、镜如、镇乡、夷行、子栋、我)坐椅上,先吃瓜子,谈谈趣话,镜如尤其说话巧妙,学一乡人言,致使全桌皆哈哈大笑,乐何如之!

月亮上升了,满院素影。院中桌上设果品、月饼、美酒嘉〔佳〕肴,六人围坐四周,开始饮酒。众人都放量痛饮,为得是要尝中秋节之乐趣。我喝酒尤其是多。这一席终了,结果饮酒多者当推镇乡,我次之,向武又次之。但是镇乡醉的不成模样,早早的就回房睡去了,跟着镜如也回去了,向武、夷行都也杳如黄鹤。我跟子栋猜他俩一定是去河沿散步去了,我们就拿上茶壶、车子,去到河滨。但是并不见向武人影。我就坐在树影下,端起盏来,慢慢的喝茶,子栋却是一旁骑车玩儿。我渐次觉得酒上来了,赶快大便了一阵,东倒西歪的走回了家,也没叫子栋。到家向武等已在院里喝茶,我也再没和他们谈话,就在房里蒙着头,过我的睡乡中之醉乡去了。

九月廿二日 礼拜三

中秋节飞也似的过去了, 今天就得到学校上课,下午上选课——国文——用得课本是《初级中学应用文》,这书里叙述详明,关于社会上一切酬世文章,无所不备,真是一部有用的书籍,所以我特别喜欢,打算下礼拜去买这书。

下午课毕,回来把余下的月饼跟向武、子栋吃了一个光尽,晚间又开了一个大谈话会——辩论人生问题,我说的说的,就闭着眼睡着了,后来还亏向武把我打醒,才得起来预备了些功课,赶十点就又睡了。

九月廿三日　礼拜四

下午作文发卷儿,第一个就是我的卷子,分数是○○○(三圈者为最好者也),我真快乐不尽,所以越发用心作文——题为《我们应如何利用课后的光阴》——赶二时半作完,缴〔交〕了卷儿,骑了车,马上就跑回来。到家却遇镜如也来,谈了些闲话,晚间留着镜如吃了饭,才别我们而去。

九月廿四日　礼拜五

镇乡于今日搬到师大住去,我因为上课,所以没有送他,至所抱歉!回来同向武告别,见向武正在家,东西狼藉,很凄凉的现象,我心上不由得起了凄惨的心灵,闷闷之至!

晚间念了几篇国文并抄写了许多诗歌,畅读一阵。

九月廿五日　礼拜六

课毕后,感光阴迅速,动起无聊感想。自家心里暗想光阴一天一天的过去,自家学业却不见增加,不能与日并进,将如此下去,一生事业如何有成功之日。想起这些琐碎事来,我也不禁暗暗吃紧,但是回了家以后,把这些念头都付之九霄云外,只顾贪逃〔淘〕气,看是如何就高兴了——唉!小孩子的事业,到现在还要勾留,如此何时才能抛手,做一生事业呢?唉!快醒吧!快醒吧!不要再把‘我还是小孩子呢’的口头禅摆地口边!

九月廿六日　礼拜日

早上凄风大作,对面不能见人,飞沙走石,街上好像成了战场一样,但是我们却还要上街走路——给向武搬家,因为平大开课,所以他就往学校附近住去——到了大街上,好生了得,大沙窝旋地而来,几乎把我的身子吹倒,我们的眼都是半睁半开,好容易瞎走到单牌楼,我和镇乡坐上了电车,向武骑车而去。到了新街口,下了电车,走到大草坑里边的一个庙里——向武就在这儿住——把行李搬进去,吃了饭以后,我又坐了一会儿,到长松公寓,叫上了镇乡,我一人就骑车回来(镇乡坐电车)。到三忠祠,只有子栋一人在家,家里寂寞极了,令我回想起向武、镇乡在时是如何的热闹,如何的快乐!今日却只有我一人独自在屋里囚坐着,叫我如何的伤心呢!

九月廿七日　礼拜一

今天上国文堂,卢老师讲《石壕吏》一课,末尾两句:"天明登前途,独与老翁别,"他讲解说是"老妪应征,天明要上路,和老翁相别",但是以前徐名鸿先生讲过说是"杜甫天明上路,老妪应征走了,自己单与老翁相别",他俩个讲解不同,颇使我疑惑。但是我还是以为徐先生讲的很对,因为上节末尾说:——老妪力虽衰,请从吏夜归。急应河阳役,犹得备晨炊。夜久语声绝,如闻泣幽咽。观此句可知老妪与吏在夜间即出走,因为后来夜久听不见声音,是表明老妪已经走了,自己暗暗伤心,但是也不敢高声哭泣,所以才听见"泣幽咽"。观此,则"天明登前途"一定是杜甫起身走了,感叹征兵痛苦,把老妪都征去了,自家天明起身,却见老翁又偷回来,少了老妪,所以才说"独与老翁别"之句。若以与先生所讲,则老妪如何能与老翁相别? 老翁因为怕被人捉去,才偷〔着〕走了,天明怎么能回来与老妪相别? 难道他不怕"石壕吏"捉去么(老翁回来,必打听石壕吏走了,才敢回来呀)?因以上如此澄明,所以我就不敢以卢先生所讲为对,但是我也不敢一定,还是写下以备日后质之高明者。

九月廿八日　礼拜二

下课回来,谁知千子、华亭、直亭竟出我意外而来了,我真是高兴之至！以后再不用站在门前望他们了。

　　晚间和他们谈谈乡下的新闻，又吃了些从家里带来的月饼。华亭剃了长发，成了一个秃头小和尚，实在令人可笑！

九月廿九日　礼拜三

　　不见太阳四天了（从礼拜日起），今天却又细雨淋淋，阴气沉沉，使我感觉了不快之想，一天愁眉双锁，动也不待动，好像带了病容一样，莫奈何长出了一口气，默祷太阳快快出来，以愉我望！

　　午后上选课，应用文，我买了一本又花了九毛钱，摸摸皮囊所余寥寥，父亲又不能给他写信，这天寒衣冷，我将如何？唉！

九月卅日　礼拜四

　　下午下课回来，用了一会儿功，又与华亭安置了一阵桌子床铺，华亭爱地中间置两桌子，以便书画，所以我就和他帮忙，好容易收拾好了，我们就吃饭。从海顺轩吃完饭回来，路上我和华亭说："胡梅亭今晚一定来，或者咱们一进门就听见他的语声，这也说不定呵！"华亭笑而说："哪有这样巧的事？——哈，谁想我一进门就见梅亭站门前叫唤，我疑是我心想，唉，谁想真个就是。我真是惊喜之至！不料我的话竟应验了，华亭也怪的了不的。和梅亭来的还有孟兰，今晚一同住在三忠祠。

十月一日　礼拜五

　　上午太阳出来，使我心神旷达，高兴之至！午后，下课后回来，和孟兰谈了一会常话，镇乡、向武也来，我们大家围坐一气，一直谈到五点，才去海顺轩吃了饭。镇乡回去了，到晚上十点，向武也起身走了，我一个看了阵儿功课，也就睡了。

十月二日　礼拜六

　　今天是礼拜六，我们学校贴出布告，大意谓礼拜日为"孔圣诞节"，上午九时在大礼堂开"欢迎新同学会"，明日（礼拜一）补假一日。我看了不觉喜形于色,上英文课,又听戴先生说孔庙里边的情形,交〔叫〕我们今天下午去那儿看看。所以我于课毕后,回到家里,叫了子栋一同出发,到国子监。门外建筑威严,有似皇宫,到内院走到"辟雍"宫——古为皇帝讲学之所——里面向南坐北一个大座,如三殿之宝座然,下面为诸臣听讲之位,房椽四面挂有康熙、乾隆、光绪——等的御笔金牌。出"辟雍",对面有一带房舍,中间有古碑,从北小门出而至大成门,古碑林立,殿门华丽无比,真是金碧辉煌。到门跟,两旁有古鼓十个,上刻录字,旁有一座石碑,上纪古鼓事,言石鼓为周宣王中兴时所造。下坡来从偏门走进大成殿,宫室威大,几与太和殿同,殿门紧闭,不可视其中孔圣之像,余憾甚!下殿又至两旁碑阁边,看了看,但是石碑距离太远,不能细视。因而与子栋返身出来。子栋坐电车回去,我骑了自行车,到向武家吃晚饭,孟兰、镇乡也来,坐得谈了一气,赶九点就一同出来,坐电车回三忠祠。

十月三号　礼拜日

　　早晨胡老师与孟兰要搬家,又适值向武也来,所以我们五人(还有镇乡)就一同离了三忠祠,拉上了行李,一路走的到了西老胡同十九号。安顿毕,闲坐一回儿,又到六生子家谈谈,已是晚天,我们就一同出来吃了饭,到东安市场买了些东西,我们三人(镇乡、向武、我)和他俩分开。向武骑车,我俩就坐上电车,到单牌楼,又与镇乡分手。到家,向武早回来啦。停了一阵子,我们就睡觉,向武和我睡在一个床上,向武睡在床里面,我在外边,初,向武谈了些他的家务,言他家贫穷的很,家里生活费全靠包头他父亲遗留下的股份,现在交通断绝,家里才给他寄来一信,说家中贫困难过,问他可有余钱?但是向武也是单凭包头寄钱,现在既如此难堪,所以向武日夜焦心!愁闷之至!又言他家的历史。(伊母是很和平的人,常受伊婶母之欺凌。伊父生前是不治产业的,不能如乃叔之吝惜治产,所以伊父身后家里萧条的很!)细细的讲给我听。我听了也替他悲哀,但是也把我的心感引起来,所以我也把我家之凄惨的历史讲给他听,后来又谈到性欲一层,他用诚恳的语气问我说老实话:"你现在究竟性欲发达没有?"言次并说我要以极诚实不欺的话来答他,所以我就用诚实的话来对他说:"我现在方性欲开启,但是我极力压制,并无丝毫苟且的事。"他听了很信我的话,又说他十四岁就性欲开始。我又要求他,请他把他的结婚趣事对我说说,他果真说:"我娶婚的那天,照例是披红挂绿,到晚间新娘来了,同学们都在小房里瞎玩,等到闲人走了以后,同学们就把我拉进房里坑上,强迫我和新娘握手,又拿我的手指新娘的脸。到后来,他们走了,关住了房门,我就顺便躺在床上,她就把灯弄小,屋里不甚明亮,她坐在我的头旁。我此时心里想的很怪,以为从小至今从未和异性人接触,今日忽地和异性坐在一块儿,想来想去,情窦爆发,拿起手来,想和她携手,但是好像无形中有人按着,手怎么样也拖不起来,最后发了一恨,闷〔猛〕劲儿拿起手来,吓的手儿瑟瑟作战〔颤〕,慢慢的拉住了她的手,呵!这一握呵!真是我从来破天荒的一次,我身上飕飕的肉麻起来,形容不出来的情景,但是她呢,更吓的脸红身战〔颤〕后来我就越发脸硬,遮过了面皮,就要求向她接吻,她半推半说:"俺不。"我见她不甚反对,所以我就爬起身来,拖住了她的腰,频频接吻,脸上、嘴上,不住的亲,后来她摆脱了身体,跑在地下,从柜地下取出冰糖、梨果来,笑的说:"你吃不?"我此时更情不自禁,就坐在床椽边,拦住了她,不准她上炕,并说:"非交〔叫〕我拖住你,亲几口嘴,不准上炕。"她答应了。我就又把她拦腰抱住,檀口对香腮,分外用情,完了,放开了她,但是又向她要求,要求她和我交媾。她听了面红过耳,羞的如何是好,嘴里不住的说:"俺不!俺不!"但是我非要她脱衣不成,最后她不得已,把上身脱光,露出嫩白的肉皮,高高的乳头,但是下身她在〔再〕也不肯脱,只应充了和我交媾。上了炕,睡在被里,我此时以为她既睡在被里,这事是没问题了。我随后就上了炕,脱光了身子,乘她不备,就钻入她被里,她吓的战战兢兢,我抱住了她的乳头,用手抚着。但是觉得她下衣未脱,我就又要求她脱了,她却不肯,说:"俺不!"我就强〔迫〕她说:"那么,我就要动手!"她听了,只得自行动手脱了,我就腾身而上,紧紧的抱住她,她身体甚胖,皮肤绵柔如羊毛,有似《红楼梦》中之鲍二家的,但是至于交媾一层,我虽然是二十一,她十九,但是都没有尝过这滋味,也没闻教过,所以没有弄好,这一夜就算瞎玩过去了。"

我们俩又瞎说了一气,直到五点钟了才睡着。

十月四日　礼拜一

今天学校补假,所以我就没去学校,早晨看了一会儿《中国小说史大纲》和《白话小说文范》。十点与向武去海顺轩吃过饭,就去师大召〔找〕镇乡,不想他不在,我们就返身出来到前门。向武坐了电车,到南池子召〔找〕刘绍光先生问客利饭店存款事。他太太说:"不在家。"向武就和她说定下礼拜日来召〔找〕。

出来又去石碑胡同、花枝胡同二号召〔找〕戴华登(前客利饭店经理),谁知他门房说不在家。我们看他〔门房〕情景,猜他一定在家,不过推人罢了。我们也没有法子,只好走出来,向武就回平大,我也就返身回家。

十月五日　礼拜二

今天早上去上课,考算学,我还算考的不错,心里倒还放心!下午下课回来,有镜如来。他说他不日就要起身南下到上海当教员去。唉!我好容易盼望到你回来,谁料你竟又要走了!我好不伤心!暗想人世聚合,遇有情者,总有许多挫折,不能令你永远聚合。无情者却老远在你跟前,虽然你心里狠〔恨〕他,但是他却偏又不走。唉!这是什么道理! 天哪!

十月六日　礼拜三

课毕后到家,随后就又骑车到吉升公寓,与俊卿闲谈,临走又拿了一本《长生殿》。到家和子栋等吃过饭,看了阵功课,到十点睡下,又看《创造月刊》中一篇小说——《楼头的烦恼》——真是令人笑破肚子。

十月七日　礼拜四

今天下午到业盛昌,本来打算问他借钱,想配付〔副〕眼镜,谁想到那时,竟开不了口,只坐了一会儿,就出来了,唉! 我今天才感到了不会应酬,不会说话的害处!

从门框胡同刚走出来,就遇见梅亭师、梦兰、镇乡,我真是喜出望外。四人一同去德胜馆吃了饭,又一同到师大右章家闲坐,谈近来戒严司令部,放出许多密探,到各学校稽查,甚是吃紧。又听说近来共进社开会,被侦探捉住了廿个社员,有十个已经判了死刑,其余十个待审,里边还有一个师大的学生。我听了不竟唏嘘嗟叹,眼看的不成世界了,无辜之人屡受摧残,有一点赤党嫌疑,不问青红皂白,是非曲直,竟拉出枪决,这清平世界,朗朗乾坤,竟如此横行,无一不在被杀之例〔列〕,我们人何以生存!

十月八日　礼拜五

上午在课堂里与陈钦君瞎玩,很是快乐! 课毕后,因为自行车坏了,所以只得去车铺收拾,唉! 倒运! 谁又料前轮车轴坏了,还得换一个才行。车铺换一个要几文,他却说:"五毛。"我心上不由吓了一跳,暗想我只有一元了,这该怎么办呢? 不得已狠心收拾,一元钱给了他五毛,身上只有五毛钱了,父亲音信全无,这又该如何设想呢? 饿死么?

晚间去师大和右章闲谈,至六时始归。

十月九日 礼拜六

午后在家消闲无事,光看了一阵《创造周报》,后来想起要到俊卿家看看,遂骑上了车,跑到他家,瞎谈了一气,看了阵《戏剧大观》,屡看屡唱,颇有风趣。又在他《北京屑闻》(俊卿小说)中,给他序了一篇,痛快淋漓,颇饶文趣。晚间吃了饭,仍就骑车回来。

十月十日(国庆纪念日) 礼拜日

今天灰淡的云彩,弥满天空,冷飕飕的凄风儿阴阴的刮着,在我脑神里,被这不悦的景色映着,顿起无聊悲哀之感。

上午八时至师大与镇乡闲谈。九时至附中开会。主任训词说:"……我们要把国庆日如同过年节一样的热闹有兴,但是民气太坏,办不到这样地步,其实过年不过是纪时的一个标准,没有实在的价值,而国庆日是国家光复的生日,我们国民应该欢天喜地穿上新衣服,到街上庆贺国庆,要把过年时候的精神快乐、兴趣,挪到国庆日来,这才能表示出民意的优胜……"关于这一类屁话,主任还说了许多,可惜我不能全记下来,背诵于心。

会散后,又到师大,见镇乡不在,因而到三忠祠,镇乡却早在子栋屋里,我们少坐一会儿,就又起身到师大,同镇乡又出发到历史博物馆参观。

正阳门前,高高的搭着彩楼,东西车站也都花样翻新的搭着彩楼,中华门左右扯着五色国旗,再走进天安门、端门、午门,也都插着国旗,随风飘扬,好不威风!进了午门,一旁一个门为收票之所,大写着"国立历史博物馆",进去人都挤满着,从远处看这门洞里,那无数的人头,齐齐的排列着,实在有些意思。拐一弯儿进了城垣上的门,一层一层的往上走,到顶高处,才见历史博物馆。先进去一个门,里面都是摆着古代石碑、诏书等,再进一个门,就立些盔甲武器之类，又一殿里，有些大夫衣又高又阔，还有宝座。一切古董玉器、泥瓦器、泥偶、瓷器，又皆拾一二室中陈列着，还有一个屋里是一辆飞艇，从俄国飞来的。还有一个家里是些古今图章，如太平天国玉玺，一切元帅关防之类——还有许多，可惜早忘了，不能完全的记下来。我们游玩完了，出来又望了阵三殿、乾清宫，才下了城，出了门，同镇乡回到师大，又从师大起身到胡梅亭师傅家里，适向武也在，镇乡就把才买下的挽联拿出来，交胡先生代写。写完了，又瞎谈了一气，到十一点我就同六生子睡在他屋里。

十月十一日　礼拜一

起来到孟兰家看了阵《中国小说史略》(鲁迅)，又看了些刘半农的诗集——《扬鞭集》——才洗了脸。坐到十点，却巧牛巨川老先生也来了，我们一些吃了饭，我才和向武一同出来，到石碑胡同召〔找〕郑华登，谁想他门人又说不在。我们没法，只得出来，向武北向而去(回家)，我也就骑上了车到家。一个人在屋里坐着，冷清清的，忽然感触起我的悲思，想我现在身上只有一毛钱了，父亲又不来信，我以后该怎样办呢？饿死么？冻死么？唉！——后来我又转想，没了钱何必空愁，空愁果然有用么？我才绝〔决〕定了心，细细的研究我的功课。

十月十二日　礼拜二

早晨骑车赴校，才七点半钟，就又算了阵儿算学，还没到上课时，遂又去图书馆看了一会儿报才听见打钟声。上算术，老师发卷儿(上一会〔回〕考的)，我的〔得〕六十三分，幸亏还及格，唉！我为什么数学这样糟呢？

下午上历史，听教员先生说历史博物馆详情，他说他将每日去那儿把一件件东西都详细的记下来，记完了还要出版。他并且说此书出版后，对于社会上一定是很好的贡献！但是馆员不愿交〔叫〕

记,并且不让记排下的号码,考其意大概是怕日后对照,他们不好倒〔捣〕鬼呢!

十月十三日　礼拜三

在被窝里,看了阵《超人》——离家的一年——她写的这篇是如何的天真而且灵敏。对于微细处,写的很细腻、完全。可想见作者灵活的手腕和细妙的心儿。

上选课国文,老师讲写信称谓之间的差别,要很记清楚,不要差误了,变成笑话,还说"家大舍小令外人"的老规矩。

下午课毕回家来,把数学用心的演抄了一阵,还不觉的十分难。晚间跟华亭论画法,他说:"画跟写一样,总是先画头起,在画下边。"他还又拿画树来比例〔喻〕,先画上边的小枝儿,然后才归合一起,画老干。

十月十四日　礼拜四

下课后,正在家看书之际,出人意料之春涛而竟来矣!春涛来了,我的快乐正不用说,也可知道了。跟春涛吃饭后,就去校场二条召〔找〕见林先生(春涛之同学)。春涛和他说了些闲话,又说在两三天以内就要去汉阳,他们要一块走。

晚间跟春涛说了些别后趣语,直至十二点才睡着。

十月十五日　礼拜五

早上辞过春涛,去学校上课。在校无心上课,待课毕后,骑上了车,一阵子就跑回来,幸亏春涛还在家,喝了些茶,就一同起身到东安市场,买了些帽子衣服,转身至西老胡同。适值梅亭、梦兰在家,大谈一气,就又到东安市场吃了饭(是肉锅子),又回到西老胡同,谈了些闲话,到九点半起身,好容易瞎走回来,已是十点半钟。吃了些糖花生,就睡觉了。

十月十六日　礼拜六

下午下课回来，春涛却见去了，把留下一纸条，就是去东安市场换裤子，并去梦兰、梅亭处辞别。我一个坐的〔得〕无聊，就去子栋屋里闲坐，又适值向武、镇乡也来了，我们就又大说一阵，何等快乐！

春涛不多时也回来了，叫我如何的欢喜！晚间向武从师大来了，我们三人就把两个床并在一块儿，睡下三个人，你推我笑的，要了一晚上，一夜只睡了两三点钟。

十月十七日　礼拜日

梦兰、镇乡、梅亭以为春涛今日走，所以早早的就来了。我们还没起来，他们把我们叫起来，就又在子栋房里谈了些关于客利饭店存款事，梅亭要我给郑某写信，看他如何答复。

在海顺轩，六人大聚会(子栋、梦兰、梅亭、春涛、向武、我自家)。吃了一气饭，饭后，梅亭回去了，孟兰又和向武去打磨厂了，所以我在家就和子栋看了阵儿报纸。到三点时，孟兰和镇乡回来了，我和孟兰在院里阳光暖晒之下坐着互看《论衡》中一篇《问孔篇》，又说了些儿非孔的话，我又去单牌楼召〔找〕见郑华登，他给我唱话匣子，到六点我才回来。和春涛谈了些闲话，并让他到汉口时给我父亲写信。

十月十八日　礼拜一

早上赶春涛未起，我就去到学校里。头一堂上国文，讲了些关于作文的方法，并引了几首古诗。我看了觉得非常慷慨伟大，在脑海盘桓着，赞赏不已。

下课后回到家里，适值镇乡和春涛都在家坐着，我们又是一气谈话，直到黄昏时镇乡才走了，他说晚上要去车站送春涛走。

等到了六点，春涛的同学来了，春涛就赶快打包行李。完了，他们就要走，我眼看着春涛，心里此时难过的不知如何是好，勉强的送他们出了门口,春涛坐上了洋车,只回头看我一下,嘴里却说不出什么来——洋车走远了,春涛的影儿是看不见了。莫奈何,回了家里,和子栋看春涛留下的书籍,又想起春涛回头一看,叫我如何的伤心呢?

我一个人在屋里温了阵算术,正思谋间,忽听门外叫:"良才!"却是春涛走进来,我惊喜交集,问他为何回来? 他却说:"车不让军人坐,明天下午一点有一辆军用车,我们约定明天走,所以又回来了。"呵! 可教〔叫〕我如何的高兴呢?

春涛忽地问我说:"你还没有吃饭吧?"我听了,猛然提醒了我,才知道自己还没吃饭,遂和春涛买了些烧饼吃了。春涛又给我算下三道代数题——我此时心里想:倘若春涛走了以后,我拿起这算术来,总可以看见春涛的笔迹,也可慰我的心灵了。

因为春涛明日要走,所以我们就早早睡下。我在被里拿起《九命奇冤》来,看了一会儿,春涛也拿起一本《戏剧大观》来看,又听见他说:"唉! 我明天就要离别开这书了,今天细细的看看吧!"我听了,引得我再也不能看书了,就和春涛说起话来,也不知何时睡着。

十月十九日　礼拜二

早上起来,和春涛瞎说了几句话,就辞别过他。出了门,我就又向春涛说:"前途珍重,我们再会吧!"春涛在屋里勉强的笑了几声,也不知说了些什么,唉! 我们就此离别了,我是不能回来送你上车站了,因为我有课。

下午下课回来,见门子果然锁着,门缝里有一个纸条,看了才知道是春涛临走写的,说:"我们走了,你回来不要伤心,至于你那事情,我到了汉口就给你办,你不要心焦。□在华亭屋里。"

唉!春涛果真走了!到华亭屋里,却值俊卿在座,于是我就引了他到我屋里坐了坐,他就骑上车到云山别墅去了。我就把屋里打扫了一气,又修理了阵像片墙壁,他才回来,坐不多时就走了。

晚上,用了一回儿功,就睡下在被里又看了阵《九命奇冤》。

十月廿日　礼拜三

早晨觉得家里冷清清的,无为的很!莫奈何,只得起来,念了一篇英文,算了几道算术,就上课去了。

上英文,级任告我们说:"我们本班同学有两个要开除,因为他们尽管〔竟敢〕打架,操行顶糟!"我听了,自己就警戒了自己一会儿,希望以后不要和别人打架瞎玩儿,要天天赶着办功课,一点不要交〔叫〕它推〔拖〕累下,一门也不要交〔叫〕它不及格。

下课回来,就去梅亭家。谁想他不在,我就留下一个纸条回来,顺便到俊卿家看看,坐了一会儿,就出来。从宣武门大街走回来,到家记了一阵儿日记。吃过饭,算了些算术,念了几篇英文就睡了。

十月廿一日　礼拜四

今天下课回来,给郑华登写信一封,求他办这存款事项。

三时余,同子栋告诉了些闲话,并提及郑华登不见面一事。子栋愿来帮我去郑宅找他,我真感激的很!

晚间温习了一阵算学,念了几篇英文,睡下又看了阵《九命奇冤》。

十月廿二日　礼拜五

下午接到胡先生来信,言得见刘绍先,据彼言,"那项存款为卢梦私用,必须向卢某取去"。并召我去他家走一趟,商量此事善后。听老刘说:郑某上午来找我,要我下午去他家看他。我遂约了子栋去石碑郑宅见他。谁料他说:"现在有事,晚八点我去召〔找〕你们吧。"于是我们就回来,到家等到八点,他果真来了。他也是说要交〔叫〕我们去找卢梦〔颜〕,并说要于每日上午十点以前去,给他家打电话,若他果在家时,你就可去他家见他了。

郑某走了,跟着就又接到向武来信。他说他去卢宅也没有见上卢某,他家人说他去石家庄去了。

人声听不见了,很安静的晚上,我提起精神来,用心的算了几道几何题,一直到十点多了才睡下。

十月廿三日　礼拜六

今天老师没有考算术,说下礼拜二考。英文老师又说:下礼拜不定那日,又考英文,从排几问至最后一课。呵!我听了,着了一急,细想这两门主课,可巧要撞在一日考,那可怎样办呢!

午后下课回来,在家坐的闷很,遂拿起《九命奇冤》,一直就把它看完了,此书(在)胡适之先生的"最低的一个国学限度"的书名里,有这个书名,并说此书是近代章回小说中的杰作,研究国学的总的〔得〕看它。我看了,觉得它的理想事实还不错,描写清末土豪迷信风水,遂无恶不作,侵凌好人,抢人钱财,杀人放火,无所不作;及至后来,再写当时官场腐败,受人贿赂,遂把九命人案轻轻的发落,可知当时官场情形,土豪金钱势力之大,迷信鬼神之深,此书实极力攻击以上三层者也。但是笔墨欠佳,写出事实来不能惹人注意,描写举凡一切事实人物,也不能写出各个个性来,就是事实上也有不合情理处。由此看来,此书理想虽好,而笔墨尚幼稚多也。

看完了此书,我遂骑上了车到俊卿家,他把车子给我油好了,才吃了饭,我就拿起一本《性史》来,从头到尾,用了三个钟头,就把它看完了。此书关于性欲方面,其中微妙,我还领略不到,不过知其大意罢了!想来是年龄关系。

又看了阵《关东大盗记》才睡了。

十月廿四日　礼拜日

早晨早早起来,离了这儿,乘电车至新街口,至向武家,谈了些关于存款办法,遂于吃饭后给卢宅打了一个电话,谁想他还没回来，我就和向武一同到胡先生家。等着他们吃完饭以后，我们四人——梦兰、梅亭、向武、我——就打算到历史博物馆去，因为所有的票明天就止期了。

到历史博物馆，至于参观情形，同上回一样，不过我今天却看着了《考工记》上说的周公车辆的模型，这是我今天所闻见的。

出馆门，他二人回家去了，我和向武徒步至三忠祠，已至晚上。吃完饭，向武又到师大去了，我却到会长室开讨论厨房办法会，议定由老刘找人，始散会。我又累极了，就早早的睡了，唉！谁想向武却于十点钟来了，我还不知道。直到第二天早晨到院里一看，却见向武人影，原来他晚上叫不醒我，就在子栋屋里睡了。

十月廿五日　礼拜一

早晨到学校上课，见布告牌贴着一个特别惩戒的条儿，却有我班里的五个——这五个平素在教室非常好闹！呵！我以后可少逃〔淘〕气点吧，这就是你的前车之鉴呵！

下午伯父来信，言他要回家去，要我给他写一封信。又接到连城来信，说他病缠在身，学校也不能住，在家里愁病看呢，要我写一封信，慰劳他呢。

十月廿六日　礼拜二

今天考代数，我自信能及格，但能不能还是问题。

给卢梦颜先生写一信，具言我在京生活情形，求他替我想办法，顶好是给我利钱。

午后，用心的算了几道代数，看了阵儿英文。

十月廿九日　礼拜五

今天于下课后，听老刘说，有人从忻定试馆来找我，并说同我父亲在一块儿住。我以为我父亲来了，遂即赶紧骑上车到彼处，唉！失望，原来是从南方来了一个人，在前和我父亲是一块儿的。他病在床上,和我会谈了一气话,关于战事的消息。他从杭州来,对于时事知道的很。

离了馆,一直骑车从东交民巷回来,走路时好不痛快!到家,跟子栋谈了些闲话,吃过饭,温习了一会儿功课。

十月卅日　礼拜六

到校就接到春涛来信,具言他已至南京金陵大学,因任建三不在校内,而杨文若又大病特病,危险之至!他本来想问任某借钱,好渡江西下,谁知他不碰巧,现在他只得在南京一方面伺候文若,一方面等任某,他说大约一礼拜之内总可起身了。

第三堂体育先生告假了,我就持信往师大,见镇乡。他看过信,急的躲〔跺〕脚,搭〔踏〕足,——因为文若病——我俩又给卢宅打过电话,彼处说卢本人在家,我以机会难逢,只得牺牲了两堂功课,同镇乡去大乘寺胡同。唉!谁想我们忘了门牌了,怎么也找不着了,只得又到向武家问向武去。

在向武家吃过饭,镇乡往别处去了,我就和向武曾复〔重复〕到大乘寺。这回虽然找到了,但是卢某却不在了,我们只得回来。到三忠祠,休息一阵,向武去师大了,我却在家温习了一阵功课。

十月卅一日　礼拜日

早上早来,就把一个腐烂的小茶几用从敏乡家拿来的洋漆细细油了一次,远看此小茶几,果然成了光亮整洁的美茶几了。

等到向武十点,还不见他来,我不耐烦了,就步行到师大,果然向武跟镇乡还在屋里坐着。到十二点,给卢宅电话打通了,我遂和向武起身到卢宅。这回算碰巧,卢某在家未出,迎我们进去,暄寒已毕,挨次谈到正文,卢某却竟然慷慨允诺,当即付与他折子。他写好了,就给了我们利洋,说下次都来这儿取利。

离了卢宅,路上我们异口同声的说:"呵!费尽了多少功〔工〕夫心血,好容易才达到了目的!"

向武回去了,我就顺便到敏乡家,吃过饭,又谈了些闲话,遂〔随〕即离开这儿,回到家里。又跟着到了师大同镇乡去精益眼镜公司,佩〔配〕好了眼镜,说定礼拜二来取。到三忠祠(镇乡也来)休息一阵,遂即温习了一会儿功课。饭后,敏乡又来,谈到九点钟就走了。

十一月一日　礼拜一

下课后正与千子研究代数之际,或然胡先生来了,也没多坐时候,只取了十元大洋。看他那一副外面稳重如同老夫子似的神气,和那两双深黑的眼睛,没精打采的样儿,实在令我的精神也变为灰冷的了。

他走了,并且匆促的走了。我仍就和千子研究代数,直到饭时。

十一月二日　礼拜二

在未取眼镜的上午,心里老想是想念的一个眼镜,带上就如何的光亮了,黑板上的字也看清楚了,再也不用走来走去的,费尽了气力,还看见一个字,是如何的难受呀!

眼镜取来了,果然取来了,还了好几年的宿念,达到了三条条件中的一个(三条条件:买眼镜、手表、自来水笔)!叫我该如何的欢喜! 看眼镜面子上,我以后又应该怎样的用心,才不负了佩〔配〕眼镜的初志! 努力! 努力! 享一分权利,尽一分责任。

十一月三日　礼拜三

今天考算术——代数——我还算不错,总有八十几分,快乐的很!

午后,镇乡与王某先后来找,均谈话不多,即去。

晚上因看了《超人》和一篇《往事》,鼓起我平日的精神,要把那未成功的《回顾》从明天起开始工作,赶年底非要做成不可!

十一月四日　礼拜四

接父亲来信,言现在武昌,身体强壮,平安无事。我即刻写一快信,从邮局寄起。

又复伯父一信,信中大约说些讥诮的话,说他不该昧了良心,不理我们母子。我想他看了,一定拍案大怒,但我也不惧乎他。

十一月五日　礼拜五

午后去卢宅一趟,本想取钱,但未能如意!

晚饭后,我们五人(华、栋、千、直、我)在栋家瞎谈了一气,渐次谈到要成立一研究会——因为我们早先就有此提议,为得是茶余饭后闲暇之时随便研究些诗、小说、经学——等,每周把平日之作品累积起来,油印出来,分给各人,以为永久纪念,一方面可促文艺进步,一方面又可做为正当的消遣,不交〔叫〕光阴虚掷,这是一个顶好的事业,所以我们众人都大赞成。当即拟定一名字,名此会曰"绛帛社"。盖因此时院中绿帛渐成红钞,取应时即景之义,故以此名之。后又提议限明日七时各人必演拟一章程,届时讨论修改之。九时散会。

十一月六日　礼拜六

各教员上课时,都说学校现在经济困难,难以维持,大约不几天,就又"关门大吉",并且说学校现在虽然困到极点,但是还要力谋上课,各尽所能,努力维持。教员的爱护附中心,真是爱到极点,虽已欠饷十三月,但是从未有过假者,却还是更热心上课,毫无畏也,正是"枵腹从公",叫人如何不钦佩呢?

十一月七日　礼拜日

早上在被中看了一气《小说作法讲义》,其中条理明白,如《记叙文作法讲义》然。起床后与子栋共拟《绛帛社简章》,成,又征华亭的,我们遂召集大家开会,把简章从〔重〕新的定一下,后来因为栋、千、直三人有事,所以会未完就散了,但是他们三人临走托我们二人(华、我)全权办理此事,等吃饭后我遂与华共把章程定好以后又定了许多开会秩序——等的简章。

晚上又开筹备厨房问题:饭长与会长已把新厨房定好了,明天走马上任,老卢就要走了,唉! 老卢,你虽然平日待人不好,但是今天我为什么看见你就生你之情! 恋恋不舍你呢? 唉! 老卢,你何不信——活该,谁叫你当初不好呢?

十一月八日　礼拜一

今天学校还没有挂起开门招牌,教我放了一半儿心!

功课好好的温了一天,下午二时,我就同同学到体格检查室,核查体格。我的身体很不强健,校医说我心老是这样的跳,这是你平日不运动的功劳, 你以后可要运动才好呢? 但是我一离开了此地,运动的心情早又不知上何处去了。

了子子听着:“你以后可要受点苦, 强迫你的身体运动才好呢!”

十一月九日　礼拜二

今天下午图画没有上,因为教员请假的缘故,所以我早早的就回来,与华亭讨论了一阵关于作诗的方法,并且又说了一气关于诗社进展的法儿,谈的很投机,但是华是好静的人,我猜着他是不好和人在一块儿说话,顶好喜欢一个人闭门独坐的。我却不然,顶好和人在一块儿闲谈,一下课就跑到各人家里,东一句西一句的,管他们讨厌我不讨厌我,我就是那样办法,所以华的屋里整天儿就是他的一双足踪和我的足踪,其余实在稀少。

晚间,正演算的时候,或地,华社送来一纸条,写着:“绛帛社祝词(限礼拜二交卷),华社敬达。”我看了,再也忍耐不住,赶快搁过数学本,拿起笔来,不暇〔假〕思索的作了一首新诗(绛帛社祝词),

好不痛快! 拿上诗送给华社,又和他谈论了一阵儿做诗的方法,才走出来。

十一月十日 礼拜三

第四堂体育不上了,所以我就赶十一点就回来,在家吃了饭。我在未归以前,想羡之一定来了,唉! 谁想屁都没有。息了一阵儿,就又骑上车,到了学校,拿书到了通用教室,上应用文。讲完了,我就包好了书包,仍就骑上车,到师大找镇乡,和他也没多告诉就出来,没精打采的回来,却又遇雨三在华亭屋里,跟着梅亭、孟兰也来了,快煞了人!

停会儿,他们都走了,我们就又都到大饭厅吃饭,在座者有十三人之多,极一时之盛,三忠祠空前胜举也!

十一月十一日 礼拜四

今儿个是万国休战日,还是公理战胜强权的纪念日,所以学校为纪念起见,特照例放假一日。名〔明〕说是纪念,其实是让学生淘气,与其说是学生淘气,倒不如说是教员高兴! 闲话少说,言归正路。却说这天直睡到九点才起身来,因为看书的缘故(《我们的六月》),起身后,即去卢宅取钱。谁料他听差说:"卢老爷不在家,下回再来吧!"我听了,也只得转过车头,跑到赵敏卿家。谈话无几,就又取道回来。与子栋谈谈,觉得无聊极了,就作了一首诗,在《了子子诗集》上,作完,又念几篇,心里此时好不痛快!

坐了一会儿,又觉得无聊了,遂又拿起了《了子子文存》来看看,见其中一篇《北海纪游》还没作完,我就提起笔来,大作特作起来,一直到掌灯的时候,才算完事。吃过饭,华社又要开社,是叫各社员交新诗稿子(新月),不料事有凑巧,而栋隆诗句中有"我希望卫生社长的指示,不要交〔叫〕赶〔刚〕产生的绛帚社,五七天就伤风致命!"而卫生社长听了,疑而生怪,老羞成怒,竟与素日最亲热的经学社长生起意见,非要辞职不可,脸红胫〔颈〕粗,怪不平的。我在一旁又添了几句好话(你太小气了等语),竟把卫生社长的无名火引起九十多丈,更叫我一旁看了胆战心惊,股栗欲坠!幸而华社长在一旁解释,不致交〔叫〕卫生社长动起武来。我真是千祷万祝,希望他恢复常态,唉!谁料他竟自觉惭愧,觉无我容立之地,与老智搭讪,羞怒行行的逃之夭夭!"

了子子评曰:"凡不宽宏大量之人,时有老羞变成怒之笑态!令人看了鄙视之至!即自身也觉惭愧,似无可下场之路!此时,他一定难过之至!头一定不敢抬起来,脸上一定是火热的,唉!自寻苦恼,又安怨哉!"

十一月十二日　礼拜五

今天大雨淋淋,继而雪花四射,街上泥糊杂水,天气怪冷,我骑了车从学校回来吃饭,一路上遇了大雪正面吹来,朔风刺骨,叫我流了好些酸流〔泪〕,东倒西歪的才得回来吃了饭,又在泥泞的道中走到学校,我的两手冻得皱皮干凉,好不难受!这一口书,真不容易念啊!

晚间,华社开社,是让我们交卷子的,这次成绩甚好,各社员都作的整整齐齐,无一不作者,我们绛帚社的前途照此看来,一定是很光明的呵!

又,子栋今天正是生日,所以我们就开了庆祝会,各人都作诗庆祝,华亭还画了一张画,更显得热闹!

十一月十三日　礼拜六

今天早晨起来,灰雾四罩,天气严寒,学校去得这路上又遇泥水滑流,把我的身首冻得快要掉了,好容易才得到了。英文老师教我们英文成语,我是十分的爱听!

晚间绛帚社开总社,各社员提议把社期改作随意的,其中有个社员老是想退职，不欲干事，诸凡不过浮面而已，于本社前途，我自家十九怀抱悲观，想此社一定不能天长日久，因为各社员无一努力为之者。

十一月十四日 礼拜日

上午去卢宅，好容易取上了利钱才得回来。与子栋谈了一阵经学，后与大家骑一会儿车子，黄昏时去宣内大街旧书摊处，买了一本《唐诗》，又见他卖《楚辞》，因价洋不合，遂不买而归。至家与子栋谈论，子栋催我再去买那本《楚辞》，我真的又去买。唉！谁料早又卖与别人了，吾命何苦也！只得闷闷而归，晚间看了阵儿功课，十时就寝。

十一月十五日 礼拜一

上午去学校上课，知学校已领到一月饷，不至于关门了，总可以维持到年假，我听了真是欢喜之至！

下午与镇乡去看向武，又去梅亭家坐坐，和希庵家、六生家，转身又与镇乡去东安市场买了一双皮手套，吃过饭，始骑车归来，已至九点。休息片时，即看了算学、英文，就睡了。

十一月十六日 礼拜二

今天我因受了英文老师的教训，所以我就立志运动，从今日实行。果于下课后在操场同两位较亲热的同学在操场玩队球〔注：即排球〕，颇觉有趣。

回家后，就把各书整理起来，都贴了我的印子（涵德室藏书印），编成号数，挨次排定，成绩很好，我非常欢喜，恨书之不多也。

十一月十七日 礼拜三

上午于课毕后即在操场打篮球，快乐得很，几欲不再下场上课矣！下午是选科——应用文，讲契约，并非下下礼拜三考这个，叫我们好好的预备。

晚间回来,又编了阵儿书的号数,已是掌灯时分。饭后,同众人谈论后唐李后主的诗词,觉得风致的很!他的词非常描写的好!子栋说:后主所以作词好者,因为他于亡国后愁苦之环境迫他而成妙词,发泄自家悲怨。

十一月十八日　礼拜四

今天生着了火炉了,屋里暖烘烘的,真个高兴而舒服,谁曰不乐也!"乐哉!乐哉!未有此乐也!"录铁哥语。

灯着后,即算了一阵儿数学题,看了一阵儿英文和国文,又把刚买的《唐诗三百首》拿来点开的句子,围了好些红圈儿,觉得清楚之至!点完后即读了一气,觉《长恨歌》描写的非凡,不愧是大作也。

十一月十九日　礼拜五

国文讲《费宫人传》,余不禁有所感焉:夫费宫人以一童年女子,当国亡家破、君王自尽时,举国举手无策,诸大臣皆隐匿投降,任贼胡行,而当此贼人横行最盛时,费宫人竟能用彼之计,杀贼救主,征之诸朝野名公,能不惊骇也耶!当今乱世之时,诸为将者能不失其节者鲜矣!坐观成败,胜则取功,败则倒戈,比之费宫人,能不碰死也耶!呜呼!为将者皆可以休矣!(瞎说一气,之乎者也,神经迷闷,乱说乱写,不知所云尔)

午后去小市买了一部《文心雕龙》,此书吾蓄心买者久矣!

十一月廿日　礼拜六

今天考英文,我考得不错,心里很觉舒服。下午去师大看赛球,比赛者为清华与师大,赛篮球,结果师大胜。又去本校看汇文与师大比赛足球,结果汇文胜。而师大去年篮球、足球皆为第一,今则非矣!能不有"花开能有几日红"之感欤!

晚间绛帱社开社,大家都谈得"不亦乐乎",你一句我一句,实在热闹。华社又出诗题为《拾巾》、《初冬》,限三日交卷。近来我们作了很多的诗,并且引起了许多作诗心情,都是华社的功勋。

十一月廿一日　礼拜日

早晨算完数术后,即同子栋去向武家。他家才收拾过了,白日墙面,品绿的窗帘儿,像片的装饰,书架的样式儿,越发陪衬着屋里明椅净儿,是何等的快乐!

同向武谈了一气离开三礼拜内的话,又吃了一气糖果,适值镇乡也来,更觉得热闹非常,洵非三忠祠可比也。

饭后,同大伙儿去赶护国寺的会。会里尽是北京下等社会人,尤其是北京下等无耻的女子,打扮妖艳迷众,本来脸儿太丑,却擦的白腾腾的,穿的红茵茵的,惹人注意,怪讨厌的。就是她们的两个媚眼,东瞧西料。唉! 这就是首善之区的特色。

又回到向武家,后梅亭、孟兰也来了,吃过晚饭,他们都回去了,我却因为骑着车子,不好走路,所以就住下,看了一晚上《义贼毕加林》。

十一月廿二日　礼拜一

早晨六点余从向武床上起来, 洗脸后与向武约定礼拜四同去忻定馆——他过去叫我——我遂拿上《毕加林》,一阵儿就跑回来,才七点半钟。

今天在操场打了好几次球,觉得打完了球,身体实在舒服,脑神清爽,不似以前下完课后脑神就昏昏闷闷的了!

十一月廿三日　礼拜二

正从被里爬起,穿裤子的时候,或听大声而叫:"老卢! 老卢!"继而"良才!良才!"这回我却听清了音,知是老曲来了,我心里是如何的欢悦,赶快下了床,与羡之相见,唉! 相别始三月,早觉几年似的,想念的心挂起几何日了! 羡之! 羡之! 从此火车再过来时,我再不留意了,我再不徘徊于暮门之前了。我再不早上骑车细看坐车人的行李了。

别过羡之去到学校，几堂的功课，全注在算学上——因为下午考算学——好容易考完了，我才得回来，但是羡之又不知何处去了，教我如何的失望。晚间羡之始回来，告诉了一阵别后言语。

十一月廿五日　礼拜四

上课时，各教员皆面带忧容，眼儿哭的包红的。问其故，始告我等，原来历史教员陆先生的亲哥在南方被人家刺死了，才给他打来电报，说他的嫂子和侄儿两礼拜内要来北京，陆先生急得没法子，因为他又添了挡负，实在挡不起，穷得没有法子想，所以愁苦。

英文教师的叔父是昨天才死了，算术教员的最好朋友在芦〔卢〕香亭部下当团长，兵败被兵杀掉了，算术吴老师听道〔到〕了消息，整整哭了一天。唉！我们班里怎么这样糟糕！

十一月廿六日　礼拜五

今天在课堂里与众同学瞎谈，极有趣味，尤其是我和锁哥互相来往信件、报章，互相攻击、斗〔逗〕趣，高兴之至！我们在上公民堂中就出报纸，我的报叫《根报》，锁哥的报叫《大公报》，这名称在去年就定下了，出过好几次了，在无聊的公民堂中闹这玩意儿，实在有趣之至。下午打了几下篮球，就回来了，到家与千子谈谈，又温习了一阵儿功课。

十一月廿七日　礼拜六

午后同向武去苏州胡同取父亲所要之衣服，唉！谁料门儿紧锁着，她十五天了也没回来。问部太太，她说：那个女人把木箱子打开，把衣服全当卖了。我开开门子，同向武看木箱子，呵！果真！衣服早逃之夭夭，木箱破坏虚掩了。我没法，向武的主意：要把屋里的东西完全收起来，再把门子换一个锁子，紧紧的锁上，不要让她进馆门。但是我以为这不足一举，她既已把好衣服拿走了，屋里更没有贵重东西,就要锁起来,于她无甚利害了,咱何必要这样轻举妄动呢！所以我们就没有这样做,仅取了一点剩下的破衣服,拿之回家了。

咳！可恨的女子！可恨的北京本地女子！

十一月廿八日　礼拜日

昨夜同向武在一个床上睡的, 挤来挤去, 一夜不能好好的安眠——但是却实在快活,同知心人在一块睡的,谈谈说说,我想比什么都快乐。

起床后即去师大,谁料镇乡不在,我俩等的不耐烦了,就去游艺室同向武下跳棋,向武连输两盘。出来正走至校门,却又遇镇乡回来了,遂又返身到寝室,瞎说瞎道,畅叙幽情。

辞过他们,回到家里,与子栋等谈论闲话,又与父亲写信,报告取衣服情形,晚间看看任公〔注:梁任公,即梁启超〕著的《要籍解题及其读法》。

十一月廿九日　礼拜一

今天却上了两堂课,其余教员都告假了。打了半天篮球。晚上饭后大家聚在子栋屋里谈话——关于幼年时代阅书的选择。直亭主张幼年最不可看如《金瓶梅》一类的书,以动儿童的性欲;千子、华亭却主张和他相反,儿童幼年要多看小说,如《金瓶梅》一类的书也要交〔叫〕看,无论什么小说也要看,不要禁止他。但我想也是如此,我以为千、华说的很对。

后来他们都走了,屋里黯淡,露出凄凉的情景,我说就:"唉！我们一到晚就想睡觉,这懒的怎么办呢？"子栋却说:"人要非懒到底不得反〔翻〕身,像托尔斯泰就是,我以后要任性所欲,愈懒愈好,当怕是不能懒呢？"但是他的主张我不赞成,我以为人生数十寒暑,转眼就老而病而死,若不乘时努力,更得何时,要等反〔翻〕身,既陷入泥中,就不好出来了。

十一月卅日　礼拜二

下午赵瑛君来访,并骑着车子,我遂与子栋各骑一车,去西便门一带乱跑,好不高兴!

晚间看了回儿《古诗源》并《三十三年落花梦》(父亲所寄者)。

十二月一日　礼拜三

下午考应用文,我还〔考〕的不错,考完,我们就去操场,大打篮球,但是因为风力刺肌,不得已回到家,与子栋共同看新买来的《史记》。

晚间去华亭屋,研究新诗,并看沫若著的《落叶》。

十二月二日　礼拜四

今天是礼拜四,我本来的计划是打算去向武那儿的,但是下了课,就三点半钟了,回到家又耽误了好些功夫,而天色也就渐渐的晚了,又因北风号天,冷气刺人,所以我就打消了本意,在家围炉看书。

十二月三日　礼拜五

下午上手工,我的器具做的很好,所以老师很乐意的帮我忙,我心中感受很大的乐趣,所以我越用心的做它。

饭后算了回儿几何,又看了一气《落花梦》。

十二月四日　礼拜六

呵,礼拜六又到了!一年容易又芳时,怎不令人起不快之感呢!

下午对球打完以后就回到家来,去向武处,谁知他不在,问彭君始知他去赴牛师盛宴了。——我一时才想起来原来上礼拜日我和向武应承下牛师的请,我倒忘了。唉!该打!为何失信呢,因他不在,所以我没意多坐,就骑车回来,在路上还跌了一下,真个倒霉。到家后,我因时候太晚了,所以决意不赴宴席,就在家吃饭,刚吃了半口饭,或听镇乡叫声,原来他是来特来叫我去赴席的。我只得放下饭碗,去跟他一块儿到牛师家。孟兰、梅亭已在座候等了,我们一同起身到打磨厂德胜馆,至则向武、子亨已至店中久候了。

盛宴开了,座客八人,互相劝酒,争说笑话,你打我笑,真个快乐,我和孟兰、向武还猜拳饮酒,更觉快乐。席终了,我们就出门分道回家,向武、镇乡同来三忠祠,在子栋家围炉畅谈,一直到一点钟才睡下。

十二月五日 礼拜日

起床后就一同起身到向武家,而镇乡却去北海开会去了。到向武家了,而向却还没回来,我就等着,一会儿他回来了,我们就吃过饭,去澡堂洗了澡。回来少待一阵,镇乡也来了,就去平大操场打球,一直到五时才回向家,今晚因身体不精神,所以就住在向家。

十二月六日 礼拜一

早晨只觉嫩寒不堪,掀门一看,呵!好个琉璃世界!雪花飞满九阳宫,朱扉增色惹人思! 离过向武,我独自一个跑回。

在雪地里骑着车子,吱吱作响,耐着带酸性的雪寒,一气跑到家里,拿了书又赶快的到学校,幸而还没上课。

午后朔风怒号,冰雪严寒,冻得人几乎要命!

十二月七日 礼拜二

接砺哥来信,又接连城来函,我看了很是高兴!

下午打了一气对球,直至筋疲力衰,一点儿支持力量没了,才停止了回家,这要算是开学以来运动尽兴的第一天。

晚间看完了功课以后,就拿起那本未看完的《西厢》来,痛声的读读,唉!《西厢》何如许迷醉人也——怨不得圣叹赞不绝口,连声说"天地奇文"、"妙文妙文"。

十二月八日 礼拜三

下课后去师大找镇乡谈话,我说:"这个礼拜日,你做什么?"他答:"我绝定不出去,因为要每礼拜出去,太厌了,而且对于功课……"呵,不错!礼拜日我也不出去了,好好的看一天书。

晚间与大家谈论某君为人,整日无所工作,不是嫖娼,就是听戏,花钱不数数儿,何忍心把祖宗费尽心血挣来的几个铜钱儿到自家手里如粪土的花去,何乃负心如此?况且自家年龄也不小了,资格却一点儿全无,学问更是谈不到,独不思后日如何生活也耶?唉!"老大徒伤悲",我看你一定要实验的了。唔!你不要尽管说人家,你还正在可怕的青年道路上走的哩,有一不慎,就堕入迷径了。注意着吧!

十二月十二日　礼拜日

今天早又是礼拜日了,黑云满天,凄风大作,如此景象,令人如何的伤感呢?!唉!

午饭后,去卢宅取钱,不料他去上海了,所以没有取上,只得闷闷而归。到家和子栋谈论了些关于绛帻社的事情,不禁令人灰心不少,唉!五分钟的热度,道中我们中国人了。其如奈之何!

三点时与诸人去法大听梁任公先生讲演,题目是《王阳明知行合一说》。他的话我不大很懂,所以其中的意思我很少知道,子栋说:"你再一次听他就好听了,上回我也是听不懂,这回却听懂了。"唉!这话真说的对极了,于我心有戚戚焉。

十二月十三日　礼拜一

早晨在被窝里老是不想起来,很想礼拜六的晚上,时常活现出来,才真真快活呢!

晚上下课回来,就拿起《西厢》来,细心的看看,里边的好句子也背过几段,念起来很觉得津津有味,爱的不忍释手,唉!它的魅力真可谓大矣!

十二月十五日　礼拜三

英文老师报告说要考了,国文老师也说要交〔叫〕赶快的预备着,因为阳历年底学校就有关门的希望,所以我赶着考完,省的那时来不及。

下午上应用文,讲公文书,其中有许多的例子,实在有趣味,如特任、荐任、简任等官的任免令,和各部院的命令式,很有可知的必要,所以我很乐意的听他,但是一到下课后,就扔下书本,到操场打球去了,其如奈何。

十二月十六日　礼拜四

从早晨一直到上英文堂,只管下了死功夫的念英文,为得是预备今天考,唉! 谁想他竟不考了,实在令我不高兴得很!

作文题是《我的理想中的寒假生活》,我用了心的作它,一直作了两个钟头才算完事,自信作的不错,但是不知老师看的怎么样?

赶快的到了师大,为得是看向武去者,呵! 真个凑巧,竟在操场遇见他了,我惊喜欲狂,不知如何是好。在师大一直坐到五点才回家来。

十二月十七日　礼拜五

上午在学校上课时,听级任说:陆君因为侵侮师长,被吴老师打了一气,并且以为要交〔叫〕学校当局开革不行,以致各师长皆难以为情大概等,林主任回来就要挂牌开革——唉! 不幸的陆君,你怎么交了这么好的运,不,我但愿你受了此次折磨后,自家痛改前非,从此立志向学,再不要如前时,侵侮同学,懒于功课,虽然是开革你,却是给了你一个很大的教训! 陆君,你不要怨恨老师了,你只怨自家吧! 努力!

我一方面说陆君,但是却也给了自家一个很大的前车之鉴,唉! 不要玩了,看到开革时,是多难为情呢!

十二月十八日　礼拜六

今天上午考英文,我还考得不错,呵!肩上的担子算是小点儿了。

午后去汇文看师大与民大足球决赛,而民大之汽车队、鼓队、喇叭队、欢呼队、旗子队,皆大示威武,尤其叫的讨厌,踢一球就乱打一气鼓,真是血气!结果还是民大赢了一球,真算是侥幸了,皇天有眼,没有负了他们一片热诚!看他们赢了以后,是如何的瞎叫瞎嚷,如同疯了一样,帽子也不知道扔了多远,满天是帽子,满地是灰尘,弄的天昏地暗,真是岂有此理!运动的本意都被这一般疯狗卖掉了!

十二月十九日　礼拜日

早晨早早起来,就去师大找镇乡,不料他早走了,我只得一人骑车去真光电影场。既到,见门口并无镇乡、向武面,我就深深的想想,就懒于进去了。遂返身到梅亭家,他却不在,就与梦兰闲谈。一会儿后,就一同出来到北新书局看看,见其中尽是新文学书,装订新鲜,实在令我醉目迷心,拿起那一本来,也想卖〔买〕看,但是——唉!大罗儿司我和你结下什么冤仇!

临走买了一本《中国小说史略》,又《诗学》、李清照《漱玉词》、《沉钟》等,遂又转身到灯市口郭记云书局,替千子买书。不料这里却不买〔卖〕这书,我和梦兰才怏怏而归。值梅亭亦归,大谈一气后,就出去吃了饭,回来又遇希庵,一直又坐谈到三点,我才离开这儿。骑车回家,经过师大,又进去看看,他们却都不走,我遂才回家来,与子栋谈论所买的新书。

十二月廿四日　礼拜五

今天下课后,就与子、华亭等谈论明日祭蔡松坡一切的事情,到后来就买来好多的纸来,写了许多的挽联和灵位,贴了满壁,真个是开追悼会的样子了。

将睡的时候,我们又买了些花生,四五个围炉而食,屡笑屡谈,快如何也!

十二月廿五日 礼拜六

在床上醒来的时候,就看了一阵《呐喊》中的《阿Q正传》,一气看完了,才起床来,已是九点的光景。赶快生着火炉,去祭蔡公松坡室,安置了一切,又作了一篇祭文,拟了些开祭秩序——十一点时,就开祭了,灵前正站着我们五个绛帻社同人,和一位来宾(羡之),由子栋喊唱,奏乐时是华亭奏的,读祭文是老翟读的。主祭者(直社)致词后,就全体行三鞠躬礼,后跟着就默念五分钟,后又由子栋演说,还有来宾一位也演说了一气,时已十二点多了,就用茶点,同时又余兴起来,直至两点才祭毕了。

我以为这个纪念日是一点也没有空过去,蔡公其有灵,也可安慰他一斑了。"溅我蔡公满腔血,染成吾国共和花"。这是祭蔡公时正中贴着的,本是我作的,却为公祭用了。这回的挽联,是一人一张(有诗有对),所以贴了满墙,一片雪白,庄严极了,伟大极了!各人的精神都是勃勃的热心极了!呵!照这样的热心爱国者,在中国中能找到几位呢?

十二月廿六日 礼拜日

早上在床眠里,看了阵儿《落叶》,直至九点才起身来。这天凄风肃肃,灰土沙沙,天地动色,日色无光,实在令人感受着很不痛快的刺激,所以我一天的不快乐,灰心懒意的,使我有出世之感了。

午时去卢梦颜处取钱,而他又不在家,我真倒霉极了,照这样如何生活呢?!呵——。晚间复父亲一信,备言经济状况。

十二月廿七日 礼拜一

下课后,同几位较亲热的同学打队球,一直打了两点钟,真个筋疲力尽,才回到课室休息一会儿。但觉得肚子里非常难过,原来是老病又发了,小肚下不知怎么一遇冷时或饭后步行太快,则小肚下一旁即发起大瘤子,非常疼痛,我也不知是什么道理,也不待要去医院看看。只管瞎痛着,终久不是良法,若有款时,我必须的去医院走一匝呵!

回家后,接家信一封——是要钱的信呵!唉!我自家连饭钱都没了,我又如何能给家里寄钱呢,呵!经济的压迫未免太厉害了呵!

十二月廿八日　礼拜二

今天去学校上课,早晨天气非常的冷。我骑着车子真是冻的要命,既到学校,屋里暖气四射,我的冰冷的身子一时竟化为软暖的了,想到"受了痛苦才得快乐",我不禁皱眉一笑了。

午后回家来,子栋告我说:"我已给你打电话,说定今天晚上六点让你去取钱去。"——但是我到了六点时上街一看,见四围密黑,人影聊寂,我不由的起了恐惧心——不,我本来就不想去,若有几分奈何,我也就不取去的了。所以乐的乘此机会,也就不去了。

明天考算术和公民,我忙了一晚上,还没有预备熟。我索性把它们扔过一旁,把未抄成的《南唐后主词》来用力的抄写,不知不觉之间,一看钟则已十二点了,幸而已抄完,所以我就睡了。

十二月廿九日　礼拜三

午饭后,同几位同学打队球,后又有三个别班同学也来参加打球,但是人家打的比我们好的多,赢了我们好多,在平时觉自家打的也不错了,但是一到上场对敌时,就显出马蹄来。应用文下课后,即火速归来,意在去卢宅也。但打电话一问,他老先生却不在家,仅说晚八点时约在家,令我八点时去可也,呵!这真真岂有此理,若我们短了人家钱的时候,又该怎么办呢!唉!世事不可问……

六点,同桌吃饭的人却是镇乡——因为他来找我们——他说他礼拜五就要动身归家,享受天伦快乐的了。

十二月卅日 礼拜四

作完文以后,我就赶快的到师大找镇乡,让他给我打电话,为得是问卢宅取钱去。幸而他父亲还在,于是我就跑到卢宅,向他父亲取上了钱。回来顺便到小市上,看了阵儿书籍,见无可买者,遂转车回来,却遇镇乡来到,谈了些闲话,并且他说礼拜五不回去了,因为没有买到票,说下礼拜五回家。镇乡因为回家没伴儿了,所以就鼓吹子栋回家,结果果真吹住了,呵!子栋没有主见,遂〔随〕便就受人的宣传!

十二月卅一日 礼拜五

呵!时光真快!"一年容易又芳时"了!今天是十五年〔民国〕最后的一日了,也就是我十六岁的最末一日了。呵!回想今年所学的事业,进步与否,吾不觉赧颜无言矣!但我并不灰心,但愿与时并进,在这光明快乐的新春中,求我事业的发展,与学问之进步!

呵!童年是要快完了,一生的快乐时期是要快终止了,呵!人生就是这样么?!忙忙一世,所为何来?——不,不要说这样消极的话,要振刷起精神,志气焕然的兴起!时光虽然走得快,但是我要努力急追,努力前进!一生的事业正是不可限量呢!

夜坐兴起,感时光之快,更感一生事业之难成——因而想到新年降临,我是应当怎样底努力呢!不禁为之歌曰:

几个贺年片儿,惊动了我的心弦。

呵!童年如梦水东流,漫澜生活永相别!

从此后,担负重,走向了茫茫的人间。

一生事业此时定,轰轰烈烈全凭今。

谁道荒凉皇觉寺,雄心驰世此中出。

可怜的日记!更有谁来祝你年喜!罢!罢!罢!我们原是不受人祝贺的呵!日记!我亲爱的日记!十五年的笔,就是这最后一次的写你了！这一年来,你对于我写你,有何感想? 更对于我这支笔,有什么批评！呵！日记！请你赤裸裸的告诉我吧！（无聊了！）

人家谁也不来祝贺我这个可怜的日记（它原是沉沦不遇的呵）,我自家就祝贺你吧！

敬祝日记新年快乐！更祝你白白的纸上，永远露出长进的笔迹！更祝你清白的粉面上,露出我纯真的思想！

呵！日记！我望你管理我的行为，你原是我的历史的笔记者呵!!! 我望你是董狐的后继者呵!!!

一九二七年

一月一日　礼拜六

（漫画：一个吹喇叭的号手，吹出：正直之神！来！来！来！快乐之神！来！来！来！勇敢之神！来！来！来！引诱我！劝导我！使我养成完人格！一生的独乐天者！万世的勇敢者！）

呵！元旦日，元旦日，但这声浪对于我似乎没有关系似的，因为什么呢——我睁开眼后，就把枕旁的《续水浒集》拿起来，一直看到饭时（十点）才起来。吃饭后（粗米茶饭照旧）去学校开会，但是去晚了，人家都已坐好，正在严肃的当儿，所以我就没进去，仍就回来。在路上除过看见几面破旧的五色旗外，以外还和以前一样儿，就〔究〕竟这元旦一日有什么意见〔义〕呢。回到家后，看看《晨报》，呵，原来增刊了，有五大张之多——呵，这算是元旦一日的特色吧！并且是唯一的特色，那国旗虽然也是为的庆贺元旦起见，才挂出来，但是这是极普通的事，又算什么特色呢？（因为前几天满街挂的是国旗，我是个傻小子，我见了怪的了不得，我说今天又不是元旦，为什么挂起国旗？唉！我后来一查问，才晓得了，原来是欢迎张大帅，怪道呢！——呵，国旗是何等的贵重，何等的高尚，为什么随便欢迎一个人就能满街挂出国旗呢？呵！我清楚了，我们中华民国的五色旗本来是很不贵重的，同块破布一样，做什么事也可以使用的，何况欢迎张大帅呢）。在家深觉无聊，看看元旦日过去半天了，我就真的要空过去么，我很惋惜，遂离开苦闷的破庙三忠祠，到向武家。原来梅亭、孟兰亦在,不亦乐乎!下午三钟,同向武、文德去后海乘冰床,到京兆通俗图书馆参观一阵,其中成绩很好,足见薛京兆尹当初之热心公益教化了。

晚间洗澡后,到中天电影院看电影,一直到十时余,始同向武回三忠祠,呵!"元旦"过去了!几天望将穿的"元旦"是过去了。

一月二日　礼拜日

早晨起来,八点同向武去真光,因为昨日同孟兰、梅亭约下的。演的片子是《假婚姻》,有趣之至。午饭是在孟兰处吃的,下午游东安市场,见红男绿女,都喜气盈盈的游玩,表示出恭贺新年的样儿,似这种光景,真不可多得呀!

晚间又在梅、孟处吃,坐至晚十点才同向武回九阳宫。看了些《晨报》上的小说,里面没有一篇有价值的文字,看了令人恨恨,恨的是空费了时间。

一月三日　礼拜一

从九阳宫起床后,我即出门要走,奈向武不让,在门外抽扭了半天,也没能脱身,结果车子却被李大哥骑走了,我真没有法子了,只得曾〔蹭〕回去,停会儿,去平大打网球,直至午时才吃了饭。闻万牲园开放,我虽〔遂〕与向武一同起身出西直门,到该园。见动物零落,所存者无几,即栅栏诸物亦不完全,看了令人痛惜之至!从眠鸥桥北行,经古泉桥至颐春堂,想起了我幼时在北大平民学校同师友旅行于此,曾于此处吃饭,那时是如何光景,园中是如何兴胜,不想时间过去了,我又早成了这样儿。今日曾游于此,又值暮冬时期,草木凋零,亭楼污损,一片荒野枯草,令人看了以今比昔,能不喟然?许多今昔之感,交错五内,令我凄嘘者久之。

后又经西虹桥至畅观楼对面八角亭中,与向武对坐。见向武紧锁双眉,面态愁然,似有不能胜其忧者。问之,彼即曰:"余今生览此景致,触景生情。迥念余上中学时,值冬暑,每周归家一次,沿路所见情景,与今无异,一片荒野,朔风呼呼,时值家中贫困,令我忧愁万状,今观此,遂令余昔日之忧今又上眉梢矣。"语终,嗒然,余不觉亦为所动,相坐无语者久之。继而余即以旁意相劝,始起身至遍春堂,前立一碑,知为宋公教仁昔日所居之地,览此屋,余不禁有"出师未捷身先死,长使英雄泪满襟"之感焉。

又至园垣西南角上之高楼,余把栏远望,见垣外柏树参天,夕阳隐隐,余不禁有登高吊古之慨。下楼折柏叶一枝,绕步至垣根,登高大之石桥,徘徊逾时,始步下与向武找寻归路。经杏园、枣园,过三座桥,始至园门,又上办公室高阶上,游览片时,始出园门,骑车回九阳宫。茶后,即别向武回三忠祠,全馆寂然,原来众人都外出了,遂使古庙静寂如此。

饭后,众人都陆续归来,正在栋屋围炉畅谈之际,却遇多时不见的右章来临,坐谈四时,即起身回去。

一月四日　礼拜二

今天还是假期,所以我睁开眼以后,就把新买的《水浒续集》细细的看看,直看到五、六回而止,但是此时是九点多了,我遂即穿衣起身,到院里呼吸了些新鲜空气。此时不知怎地院里潮湿得很,众人都上课去了,祠里更静悄悄的,太阳也带死气似的,显在北墙上,惹起我无穷悲意和凄酸的寂寞,回自己家来洗了脸,在地上踱来踱去的,走了几匝才发过了牢骚。又叫伙计买了些儿花生米,倒了一壶茶,重复躺在床上看解闷的《续水浒》——这样下来,一直到下午五点,才起来,和回来的子栋谈了一气,已是吃晚饭的时候,饭后,回家来抄完了英文生字,又读了一气国文,看了阵儿抄本,到十点就睡了。

一月五日　礼拜三

　　四天的假期如水似的过去了，今天又是上课的日子了，洗漱后即骑车到校，上午仅上两堂，邀了五六位同学在雪花纷纷的操场里玩足球之戏，下了满头的雪，登时满头雪水淋淋，然而仍是用力的攻守，好不快哉！快哉！

　　下午上完应用文后即骑车回来，接父亲来函，寄来大洋廿元，乐哉！

一月六日　礼拜四

　　今天还是大雪纷飞，操场里却没众同学的踪迹了——因为昨天把小球踢丢了。上午考英文，我还考得不错，很是乘〔称〕心。下午又考国文，我觉得我答的问题都很痛快淋漓的，笔下称意，其快何如也，较之"雪夜闭门读禁书"更胜几筹了。

　　回家来听说子栋要回家，我想现在邮局不通了，往家里寄钱是不成得了，若子栋走后更无人捎了，我所以急的与子栋筹划，打算明日找卢某取利洋去。

一月七日　礼拜五

　　今天在雪地里打了几阵对球，好不痛快！下午上完手工以后，即骑车回来，定〔订〕了一部《古文辞类纂》，在直隶书局。回来却接到华亭来信一封，说他把笔儿〔丢了〕，向我问杨旭初先生的住址，但是我也不知道，所以我和子栋议定明日去梅亭师处询问。

　　晚间九点即睡下，看了一气《水浒续集》。

一月八日　礼拜六

　　上午仅上两堂课，那两堂的光阴就消磨在操场足球中了。下午童子军不上，我即骑车到梅亭处，不料他们都不在，我只得怅怅而返。回家时又去东安市场买了一气鞋，也没买下，又去劝业场，也没买下，气急了，回来仍然在单牌楼天津靴鞋庄买下，还算移意，为钱太多耳！

一月九日　礼拜日

在睡梦中忽觉门儿掀开，眼前明晃晃的，张眼一看却是子栋掌灯进来，开口就说："良才！我走啦！"呵！原来他来辞别的，我只觉口边没有什么话可说，停了一晌，子栋出去了，我涩口的说道："高兴的你回家哩！"呵！这那是我本心的话，但是终于说不出别的话，只得说这个了。呵！离别是这样的。

因六生子奉子栋命来取皮裤子，所以我只得起来（六点钟）。我想也去车站看看子栋，但六生子忙得是什么样子，等不得我竟至送去了，及至我穿好衣服后，火车已经开行过去了。洗漱后，送子栋的千子也回来了，进栋屋看看，一片凄凉味道，器具横拖斜倒，一家的乱东西，临走着急的景况宛然在目。

在午饭后，我买了些红纸来，又拿了些华的白纸，我大写特写，觉得字儿很是好看，颇称快意！写完贴了满壁，倒也很有书斋风味。千子进来一看，就说："呵！好个展览会！"

今天整天的光阴我完全消磨在《续水浒》上了，晚饭后到屋里看看，暗想往日此时正在栋屋，四人围炉畅谈，现在想起那时是如何痛快，但是那时也不觉快乐，子栋所谓"快乐只有回想过去及将来"，呵！诚然，诚然。

一月十日　礼拜一

今天又到上课期了，但是这个礼拜日不知怎地好像没有过似的，犹以为今日是礼拜日，所以早上醒了还兀自睡着，想屋里上□要贴一长条儿红纸，写上涵德室规则，估量写什么写什么，猛地惊觉，才知今日是礼拜一，遂赶快起来，已是九点。所幸今日第一堂是理化告假，还算没误课，到校后上英文，老师报告成绩，我是及格者，我放了心了！

晚上回来，饭后在千室开绛帚社会议，选举第二届社长及秘书，又讨论一阵进行事务，决定印刷简章与刻图章，并写信给右丞与华、栋二社长，催他们赶快寄来稿件，末了又修理一阵章程，直至九时始散会。

一月十一日　礼拜二

今天在学校〔踢〕足球，致伤右足，痛甚，行走不便，整天儿心中不高兴之至，看见什么外界物件与人物均发生一种仇视态度，恨不得一口吞下肚去。回了家，与千子去印刷所印上了章程，回来温习了一阵应用文，以备明日考试。

一月十二日　礼拜三

今天雪犹未止，道路上很感不便，又下午考应用文，我还觉得考得不错。

一月十三日　礼拜四

下午本班开辩论会，两方针锋相对，辩论的题目是"学生自治会不应当要纠察股"，两方各有健将，但是初次辩论，言语并无可观之处，即举止声调亦颇不佳，结果正组胜。

一月十四日　礼拜五

今天雪更加大，但是天气还不见得严冷。下午上手工一课，我们就在阶前冒雪溜冰，好不痛快——尤其是看不善此技者，一在冰上溜即头向下，身横冰上，跌得好不好看，令大众一乐！

下午回家来，因明日厨房就要闭灶，所以我们三人就议定住在一处，好大伙儿做饭喝水。

一月十五日　礼拜六

雪还没终止，整日纷飞。下午下课后，我即早早地回家来，生着炉子，就把一切应用东西都搬往绿轩，弄得涵德室"空空如也"。

把新家整理好了，觉得生活换了，环境也新鲜了，我心里非常快慰！睹看新家更加高兴了。

晚间写了几张字，贴了满壁，题此屋曰"消假轩"，倒也新鲜别致。

一月十六日　礼拜日　与十七日　礼拜一同写

醒了后就看《续水浒》，一直到十一点才起来，大雪仍然飞着，更加劲了，真是令人讨厌。我本想今日取钱，也到平大看看向武，唉！谁知老天这样缺德！真是令我讨厌之至！一天也没有出门去，只在家和千子愁了一天，到晚来弄了一身病（感冒），好不难过！又兼屋里一天也没生炉，到晚才生着，睡下更加寒冷，病更加胜，早晨起来还算好些，能上课去，但是整日闷闷，真是难受！

下午本来打算到青年会，赴平大游艺会，但是让病缠住了，只得写信复向武，表示歉意！

一月十八日　礼拜二

天气严寒之至！冻得人要命，就是上课也觉得扫兴，特别盼望假期来了是如何的快乐！

一月十九日　礼拜三

下午是应用文发卷，谁料我竟在丙等之列，好叫我怪气。我自料我考得不错，谁想却竟如此——呵！我果真考得不好么，也许是吧——结果我的总平均分数是乙等，呵！管他呢，反正及了格啦！今年也许没有补考的功课了，我应当快乐的过年了。

一月廿日　礼拜四

今天下午开辩论会，题目是："中学生不应当废止考试"。结果是我们这一组胜了，但是内容真是如老师所说："poor"极了。回了家里与千子谈笑，觉得无聊之极！唉！我们处至这环境里，几时才能离开呢？我们真苦坏了，但有谁来怜你呢？呵，我不欲说了，我不欲说了。

一月廿一日　礼拜五

假期渐渐的到了，我们这班里同任先生商量了，要开一个临别茶话会，表示离别的意思，议定了就在明天（这一学期最后的一天）上午举行。

下午图画没有上，我早早的就回来了，在屋里看了阵《续水浒集》，又看了些《晨报——七周增刊》。

一月廿二日　礼拜六

呵！好几天盼望的日子到了，上午只上了一堂国文，报告了些寒假国文作业，我是如何的欣愈呢！

茶话会开了，在图画教室举行，请的有五六个老师，熙熙攘攘，倒也还有点意思，有音乐有表演，还有老师们说笑话，直到十二点才散了会。下午又接着是学校休业式，与音乐会。音乐会是一个日本的音乐教师和本校同学奏乐，有口琴，有钢琴，有口唱，口琴顶好，几位女同学的唱歌也很好听，惟声音较低而已。

散会了，一学期最后的一刻到了，我又到教室里看看，表示饯别的意思，然后我才出来，骑上车回到家里，却值千子在家，我告他说是放假了。

一月廿三日　礼拜日

上午十点起来，洗漱后即去向武家，唉！谁料他竟入了医院了。这几天却教我好等，只怪他为什么还不来我家，唉！谁料他入了医院了。据彭君说："今天是礼拜日，医院不准去。"呵！我也只好不去，吃过饭我就到梅亭处，与他们闲谈。回来晚了，兼天气寒冷，所以我就住下，与梦兰同床。看了一阵《现代评论》中的小说，大约看了四五个，才闭卷而睡。

一月廿四日　礼拜一

早晨九点起来，六生子也来这儿做粥，于是我们四人（还有一个我不认识的乡亲）遂在家一块吃了，已是十二点的时候，适梅师

亦归,他吃饭后,遂与孟兰和我一同去九阳宫叫上彭君,又一同去
中央医院看向武。至则只见向武躺在床上,面色非常不好,精神也
不充足,大不如往日之概。今天下午适值牛巨川先生与李庆文订
婚,我不愿去,所以梅与兰到五点就去了。我也再不坐了,遂也离了
医院,回到三忠祠,再和无聊寂闷的生活接触了。

　　一月廿五日　礼拜二

　　看过了《晨报——七周增刊》里的小说,才无精打采的起了床。
午后本想看向武去,奈因车子皮带没气了,不待要去车铺打气去,
所以就不能去了,整天只在家里与千子下棋谈笑,无聊之至了。后
来觉得精神不痛快之至了,遂到院里,把数日的积雪锄了一气,倒
还觉得身上爽快一点。

　　晚间十点睡觉,睡下又看了一阵《晨报——七周增刊》里的一
篇——《关于红楼梦的批评及其讨论》,里面到〔倒〕很有意思。据他
说《红楼梦》的地点在长安,也很有许多证明的条件,但胡适之一定
说在北京,弄的我也就不知道那面是对的了,只好存以待问。

　　一月廿六日　礼拜三

　　今天是"小年"了,皂〔灶〕君升天的日子了,在家时至有烧香敬
纸的表示,但现在我远居京师,孤苦伶仃,又拿什么表示呢?我想了
半天才决定一个办法,是把桌子上铺了几张雪白的宣纸,磨起浓浓
的香墨,用大笔礁〔蘸〕上,痛痛快快的写了几个大字,又写两张长
方纸的小草,贴了满壁,好不令人快绝! 同时也就是过"小年"的表
示了。

　　下午去看向武,回来他们都去土地庙热闹去了,我本来也想
去,但是只有我一人,我是再不愿去的,只在家看看华亭存积下的
《晨报》画报。

　　晚间他们回来了,三人因为都没钱了,节是不能过了,都愁眉

低首的,闷煞我了。后来想起了去年今日和右丞——等的热闹,再看看今年情景,我只想哭了,后来想了个法儿,大家尽出所有,买了些吃食酒儿,痛痛快快的吃了一气,一肚闷气早又烟消云化了。

一月廿七日　礼拜四

今天下午去看向武去,一直坐至五点,才出了医院,到卢宅取钱,谁料他却不在,我恨急了,暗说这老头儿真不讲信用,为什么说下今晚交〔叫〕人家来,却自己又不在,这是什么道理,可恶的老东西!

回来和他们说知此事,他们都又想起来,想道:年关是过不去了。

一月廿八日　礼拜五

上午早早起来,就去卢宅,唉!谁料他们听差说:"现在少爷回来了,老爷不管事了,但是少爷现正在睡眠,你明天来吧!"呵!

回来交〔叫〕他们更添了一层愁,真想到万分,呵! 生活是如此的难过呀!

一月廿九日　礼拜六

今天上午又去卢宅,这回他们少爷可在了,如数给了钱,我欢喜喜的跑回来,只恨车子跑得慢,为什么不给我立刻跑到三忠祠?! 既到家,他们欢喜极了,几天的愁颜早又飞至九霄云外了。

吃过饭,马上就买了好些东西(吃饭的东西),回来就做,做到十点才吃了晚饭,又下了一阵棋,快快活活的睡觉了。

一月卅日　礼拜日

早上很费力的才做成八宝粥,但是我不能多吃甜的,只吃了一碗就不能吃了。饭后已至一点,我跟着就去向武处,看过他的病,三点离了医院,去孟兰处,他们又都不在,只好离开,就一直到东安市场买上棉袍,已至太阳入山之时,遂用力蹬车,几些工夫就回到家,把饭吃了，又谈了些闲话，才睡了。

一月卅一日　礼拜一

早上好好的弄的吃了饭，到一点，我就骑车到中央医院看向武。又遇孟兰、梅亭也来看向武，我和他们说了些话，看看落日衔山，才离了这儿。回到家里，见满院静悄悄的，我很怪气，推开门看，唉——谁料他们又都走了，唉！为什么你们不等我。我在家觉得无聊之至，出院里也不好，坐在屋里也坐不着，有时起来在地下踱来踱去，暗想去年今日我们六人正在屋里吃饭哩，那时是如何的快愉！唉！谁料今年是这个样儿，好不令人悲伤。

他们回来了，我喜欢极了，原来他们是买过年的物品去来，怪道天黑了才回来，我们弄的吃了饭，就在我屋里耍起纸牌来，一直到晚一点才止了，好不痛快。

二月一日　礼拜二

呵！今天是"除夕"之日了，好快的年华！不觉得又是一年了。去年今日我正在院里挂万国旗哩！但是今年境界不同了，如何再能如那样的热闹了，唉！少了一个右丞，环境就变到这样！

早晨去理了发，回来吃过饭，就一同到师大叫右章。他却说今晚有一同乡在，不能去了，明早再去吧！我们也无可奈何，只得出了师大，我就和直亭却去宣内买了些过年的用品，回来大家伙儿弄鱼、牛、鸡之类的碟子，以备明日大吃。晚间又吃了一气饺子，把菜碟全弄好了，直亭就睡去了，我和千子因为还有别的事情，所以就没有睡。

二月二日　礼拜三

一点过去了——呵，我是十七岁的开始了，我和千子说了些玩话，就取些梅红纸来，大写而特写，把对联写完了，就连夜（在静悄悄黑暗暗的除夕的后半夜）提上灯，在院里贴上对子，我和千子就放起烟火纸炮来，虽然什么玩艺儿也有，但我只觉不高兴，跟去年的快乐的环境真是太远了。炮放完了，我们再回家里来，下了一阵儿棋，一夜也没有睡一点，千子说是我们真个"熬年"了，只听的爆竹不绝于耳，我就在红纸上写了一句话："怪道爆竹声声响，原来今日是新年。"院里大明了，是阴历元旦日的清晨，此时我就洗过了脸，正在屋里休息的时候，右章来了，我们就下了一阵棋，饭菜都弄好了，于是就把十来个冷菜与卤肉、鱼、莲枝〔子〕、海参等都放在圆桌上，四人大吃起来，光喝黄酒和烧酒，行了好多时的酒令，直喝二瓶酒，才止了饮，然后又上饺子，吃得真是"不亦乐乎"。

饭后吃茶，茶罢，我们四人就去厂甸赶会，情景与去年同，因为身体乏极了，我们就去师大喝了茶，黄昏时回了家，觉得精神丝毫全无，腿也痛的很，连日的劳累此时才大发作了，不得已，七点就睡下了。

二月三日　礼拜四

一夜长眠，睡的甜极了，所以十二点才醒了，一夜的倦困早又乌有了，起来出门一看，顿教我愁气倍增，唉！原来满地白雪，此时正下也——可恶的天，不识时务的天，难道你忘了今天是"大年初二"么，你怎么恁地倒霉！年前晴天多时，为什么一过年就恁地大风大雪，摧我人家过年的兴味！天哪！你真是"岂有此理"！

在院里徘徊多时，见他们还没有起来，不得已到门外看看，也只见白雪载道，凄静无人，那里有年节的风味！曾后再回到家里，一个人觉得聊寂极了，暗想在家时初二是如何地热闹高兴，为什么今日却沦落到这步田地，想起来好不令人悲伤也呵！

到无可奈何的时候，就把壶里的酒端起来，大口大口的喝了一气，整整喝了十四两黄酒，才觉得痛快一点。到院里廊下徘徊，雪气清醒，闻之令人脑筋亦清醒多矣，片时身体就好像刚洗过澡，到街上散步似的那样爽快清静，真是所谓"闻雪醉初醒"了。

四点他们都起来了，就弄得吃饺子，一直到九点才吃过饭了。晚间又耍了一阵纸牌，一天的时间又算是消磨过去了。

二月四日 礼拜五

上午去卢宅取钱，不料没有取上，顺便即到中央医院看向武，他的病还未大好，现正洗肠，本来打算早出来几天，好过春节，谁知天不能如人所愿，只好付之一叹了！因为进来时尚未吃饭，所以此时饿极了，只得辞了向武，出来一气跑到家里，和直亭吃了一顿荞面饭，香极了。

晚间三人又耍起纸牌来，起先某君成的非常快，我们俩很是奇怪，就用心地看他到底因为什么缘故，唉！谁知某君秘密破露了，被我俩人看破了，羞得面紫耳赤，"少知没势"的，怪难过的，呵！我又得一教训矣！凡所谓假君子者，原来就是如此，我被哄了多时，此时才知道他底为人，虽然此是小事，但是"管中窥豹"，可见其一斑矣！人格完全忘掉了！某君向来见称赞于同乡，皆说此人带点傻气，怪好的，唉！原来他那傻气都是外面假做的，用来以为"手段"，谁知他的内心却是如此，一个铜元也看在眼里，心何如此其狭小也！定襄之一部分人，向来满口是"大我""大我"，原来所谓"大我"者如此而已矣！

二月五日 礼拜六

起来洗漱后即骑车至孟兰处，他二人却在熙庵处坐，我遂即去熙庵那里，正值做饭之时，我就在书架前细看些书目，不料却找出一本练习本，上面有几首诗，却是熙庵和他太太互相做的，真是有趣极了。一对年轻的夫妇，过这学生生活，不愁穿不愁吃，只管享受夫妇间的快乐，呵！幸福！幸福！

午饭就在这儿吃了，饭后我即同孟兰至前门几家惯熟的商号拜了拜年,趁太阳未落,即回到三忠祠。晚间叫上千子、直亭又耍起纸牌来,一直到两点才同孟兰睡下。

二月六日　礼拜日

呵!今天是"破五"了(家乡所谓),家里不知是如何热闹的过这佳节,唉!可惜我不能躬逢其胜,却在荒凉的燕京,梦想家中,这是如何底悲惨呢。十二点睡足了,才同梦兰起来,今天天气好极了,满院晴光,树杪微动,洗脸后众人同到院里散步。在这静悄悄的小院里,阳光和蔼,可爱的晒着,既无一点风尘,更无小孩语声,我顿时心里高兴起来,暗想这景致很好,倒像一个隐居的所在,茅庐草舍,却是很洁静的,四围积雪芒光闪耀,庭前竹横,苍然微动,更兼墙上的红对联儿,佩〔配〕在这小院中,使人看了悦目怡心,一切尘世酒色之事早忘于怀了。

下午同梦兰等去逛厂甸,复至牛巨川先生家,谈笑一阵,拿了我的成绩报告书回来,梦兰却回转北大去了,只剩下我一人在家和千子下棋娱乐。

二月七日　礼拜一

上午与直亭、千子在后河沿学习骑车,直亭长进的很快,已能独自走矣!

晚间我们因为过一回春节,也不出去娱乐娱乐,实在辜负春光多矣,遂决定去"四海升平"听大鼓去。既至,台上则先有一老头儿敲着鼓儿唱,呵!可倒霉透了,花上钱却来这里听老头子哑然乱唱,真是没来由之至了。还算好,后来渐渐的有小女孩儿上来唱,倒还可以解闷。最后是个多年的老手唱大鼓的上来唱,题是《独占花魁》,虽然声音不如童音,然而举止动作则远在小女儿以上矣。她形容的惟妙惟肖,以致惹起全场人的注目,都听得入髓了,却不道词儿尽了,她不唱了,台上也都宣告散了,呵!空教人想念,空教人耳边忆念余音。

二月八日 礼拜二

今天在家学拉《梅花三弄》曲儿,这个曲很好听,所以我就用心的学习,已会拉三调了(共有五调)。

上午席君来访,下午就一同至教场习骑车儿,倒很感快乐。晚间看看《国文作法》与《石头记》。

二月九日 礼拜三

席君又来了,赵君也来了,又是一同到教场骑车消磨光阴,归来直亭坐在我边,喜笑间就回来了。

下午他们仍然骑车,我却在家与千子下棋谈笑,很感幽隐之意。

晚间仍然是《红楼梦》陪我解闷。

二月十日 礼拜四

一天的记事,并无若何异事,所以我就不欲多记,只把可以为长久纪念的记出来,以为日后参考。

晚间与直亭在家大咽其酒,但因我肚子微痛,所以不能多喝,遗恨实多!

二月十一日 礼拜五

住在外边的旅客,每每把节令都忘了,不是他们说我,我也就几乎忘了今天是"老鼠娶亲"的日子了。

下午同老席、老赵、千、直至桥头,各骑一驴,往白云观而来,沿路放胆跑驴,痛快极了。既到白云观,惟因时已三时,游人渐少,到观中,景色与去年无异,无可游之处,因至跑马的地方,看看跑马。后又至野原之大土堡上,足下枯草苍然,四围景色与乡间无异,看了顿使人起思乡之感。在堡上坐下,而直亭与老赵却就在堡上直躺下来,放声的大唱,真是交〔叫〕人笑破肚子,同时又想起郊外无据

〔拘〕无索〔束〕,自由极了,若在城中那能得到这些幸福。

太阳入山时,即与同行诸人仍复骑驴回来。

二月十三日　礼拜日

下午因两天不去看向武了,实在觉得对不起,随即刻骑车去中央医院,并带了几本小说给他看。他病快好了,将来快出院了,我是如何的快慰!

我告诉他,我们前天去白云观,昨天去明星电影院看电影的事情。他听了很羡慕我们在外边的生活,但是他如何知道我们在外边的寂寞呢? 有时我还羡慕他这生活,住在洁净无尘的医院,自家放开心养病,静悄悄的看看小说诗歌,也不用在外边东跑西走,忙忙碌碌,呵! 住在医院是如何的快乐呢。

看护妇催我走了,我也只好别了向武,独自骑车归来。与千、直同看大鼓词曲,很觉有趣。

二月十四日　礼拜一

今天起来还算早,就把日记展开了,记了一气。已至饭时,遂至直亭屋,看了看《现代评论》中的一篇小说——《药》,作的好极了,描写的顶好,写意也很不错,我看了满意极了。后因千催迫吃饭,遂抛开书,同至饭馆吃了饭,又一同到医大看了看报纸。出来顺便到厂甸逛了一逛,打了几回彩,但总没有打着一个好些的彩,老是空彩,顶好是个六彩。

回来有麻、赵二君在座,遂"高谈阔论"起来,又奏了一阵子乐,我们打算元宵节吃一个席,遂把他二人就预先请下了。

二月十五日　礼拜二

今晨在枕畔细看《红楼梦》,因上回看《红楼梦》时(去年)只顾忙忙的看事实,对于词曲及描写风景之文忽略而过,殊所抱恨,所以这次重看,对于这些地方很要用一阵工夫,细细的揣摩透了,方才称快。今晨看到《大观园试才题对额》一篇，更加意细心的看，见其描写风景之处，真是细腻极了，我竟不忍释手，看的直到十一点老麻来了才起床来。晌午后，同老麻去西单市场，买上了藕根，才一同骑车归来，至家见他们已将应用之物买回来了，正在做作，所以我也就下手帮忙，忙的做了一天，到晚上还没有闲工夫。

二月十六日 礼拜三

"元宵佳节"，不几天的功〔工〕夫早又到了。这天难免有思乡之感，也是应分的事，摩诘说："每逢佳节倍思亲。"适中我了。

今天特别早起来，和千、直把席做好了，当待老麻来了就吃，谁想愈急愈不来，好容易十二点了，才盼望的他来了，当下就在聚乐部开宴，席面完全是"五盔四盘"和家乡的席一个样儿，我们五人围着坐了，杯盘交错，好不热闹。酒过三巡，我们就行酒令，酒令好不奇怪，真叫人笑破肚皮，一直把酒喝完了，才止了酒令。

席完了，我们就喝茶，不料直亭喝醉了，躺在床上睡去了，这当儿却好沛然也来了，坐了一会儿，我们三人（沛然、老麻、我）就齐骑一车，往白云观。一路用尽的蹬，快跑如飞，几分钟就到了白云观，在花园里息了一回儿，就到山坡上远望了一阵，下来到庙里游玩了一会儿，见没什意思，就重复骑车回来。到家休息完了，即与千、直、麻同去中央公园看花盒子，至晚九点始回。

二月十七日 礼拜四

上午在家和众人谈笑，颇感兴趣。下午忽地想起向武，我于是就骑车到中央医院，他说他明天就要出院，我真欢喜极了，他并且让我即刻去孟兰处，邀他来。谁料我骑车出了院门，不几步就遇见了孟兰，真是凑巧极了。孟兰给向武买来褥子，不料向武高兴极了，要现在就要出院，立刻就由大夫签了字，随同我们出了医院，坐车来三忠祠。向武到了我家，就到院里骑车，真是笼中鸟破笼而出，快乐到如此地步。

晚间偕同孟兰、千子、向武到中央电影院,这电影院昨日才开幕,里面建筑宏大华丽,和真光差不多,南城又有如此的一个娱乐场了,今天的演片是《义犬复仇》,演的不错,而且明显。

回来和向武一床而眠,想不到今日他就能在此床上睡了。

二月十八日　礼拜五

早晨我和向武一同去澡堂洗了澡,又到协庆和吃了饭,然后乘电车到九阳宫,又遇老牛亦来,谈到晚上,他才走了。于是我和向武、体乾、松乡复乘电车到天桥,再到游艺园。先看了一回儿电影,我就和松乡、体乾到幻术场,一直看的演完了。又值龙灯在舞,遂到园中看龙灯,不料竟教人扫兴万千,原来所谓福建龙灯者如是而已矣!

到坤戏场看戏,正值孟丽君演《天女散花》,吾闻此戏各〔已〕久矣,人皆说好的很,说"中国舞"真美丽雅人,今观此,果真名不虚传,中国古装美丽极了,舞法又飘飘欲仙,令人心旷神怡,一切尘世淫欲早又清净无微了。

晚间四人一同回来,因坑〔炕〕小,不能睡眠,遂决定都不睡,圆桌而坐,先耍了一会儿纸牌,后来就糟〔走〕棋,一直达到天明。

二月十九日　礼拜六

因昨夜没睡觉,今日却精神恍惚无力,一点也不能支持了,遂躺在床上睡起来。一觉醒来,他们都走了,我于是打扫了家,又值赵君来到,吃过饭,一同至云山别墅找麻君。不料他不在,我们重复回来,老翟也回来了,坐了一阵儿,因今日是白云观最热闹的一天,于是我们三人就去了白云观。仅仅的到花园坐了一下,就出来了,到土堡瞭望了一阵,下来就向一个村庄走来(我们出来就为的是旅行),但是那儿大犬守着,所以我们未敢过去,只得沿铁路而来。一路只见荒草纷纷,枯树丛丛,行了有半里之远,忽然望见一座洋楼,并且有美丽的围墙,我们都以为是农业大学,遂斜向这儿走来。谁想不是农大,是一家的茔地,我们失望了,就略无留恋的离开这儿,再回铁路走去。原来这儿正是西便门车站,一辆客车正在停着,车上坐的满满的。我们横过了铁路,到了一个土陵之下,坐着说话儿。不多时太阳落了,暮气渐来,于是我们就起身往回走,一直沿着铁路走到了宣武门,就回来到三忠祠。直亭也回来了,谈话片时即至街上吃了饭,回来看了一阵儿书就睡了。

二月廿日　礼拜日

早早的起来,到前门取上了裤子,回来到学校看了看布告,见是廿一日下午二时行开学礼,廿二日上课。我又到煤市街山西饭馆吃了饭,骑着车就急急回来,本来打算温习功课,不料直亭要去游艺园,邀我同去。我立刻收不住心了,就和他去游艺园,路过医大,叫上了老翟,到了游艺场,坤戏已经开了。我们遂去看幻术,直到五点才演完了,又到坤戏场看孟丽君演《胭脂虎》。我和直亭挤在人丛中,等戏散了,我们就占了一个好座位,看的台上明明白白,随便买了些东西吃了,不多时戏就开了,只演了三回,那最后一回——牢狱产子——就开演了(此时才八点,我以为一定十来点钟就散了,谁料直演到十二点多,此戏可谓长矣),内文是一个贫女因父亡,无钱制棺,伊母遂卖伊于一员外,这员外却很爱她,惟大太太却很嫉妒她,时时想害她,却苦于不得手。不料有一天员外出外了,同一个忠仆一同去,这大太太以为时机到了。老爷才一出门,她就把二太太叫过来,令她脱了新衣裳;又见她奶脯大了,遂问她,说有三个月的胎了。大太太听了大起妒意,遂用家法威吓她。这当儿不料那个忠仆忽地猛进来,那大太太吓极了(这个仆人在他家很有势力的),就和这仆人巧言花语的引诱他,不料这仆人却公正无私,还是说她，管她，大太太没法，就说将丫鬟给他为妻，这仆人允许了，但还是依然骂她，大太太就说："为什么我把丫鬟也给你了，你还这样？"这仆人醒悟过来，就骂她："呵！我知道了，你原来将你的这心腹丫鬟给我，为的是买我的心，我现在不要了！"他们俩绝裂了，吵了一气，大太太没法，只得忍气吞声的回去了。这家里既有这仆人在，于是大太太也就不能害二太太了。再说那员外出了家门，账要完了，路过一村庄，见一算卦的先生，先生就让他到家里。谁想家里他妻子正和两个流氓打架呢。因为他妻子有几分姿色，于是这二贼就乘这先生不在，来他家里抢他妻子。这当时正在混战的时候，却遇员外与先生回来，二贼就说这先生父亲短他们三百两银子，生前未还，我们此时要要。员外就慨然取出来银子，照数给了他们，他们才走了。员外又给了算卦的好多的银子，又同他结拜为兄弟，这员外才起身回家来。但他回到家里，还未见大太太，就先去二太太房中。谁料在他未回来之前，大太太与她丫鬟定下一个毒计，教丫鬟送汤来与二太太吃（内有毒药），却好此时二太太不痛快，就没有喝，就搁在桌上了。这时员外回来，正渴着，就把那碗汤喝了，不多时就一命呜呼了。大太太知道了，就报了官，请县官来验尸，验明中毒身死。大太太知事难隐饰，就赂了县官五百两银子。县官受了赂，就说二太太害死，立刻就提到监狱里去了。且说那个算卦先生自从受了员外恩惠以后，遂赴京赶考，做官到按院，却好来这县里（员外这县）巡察。晚间得一梦，梦见员外满面是血，醒来他知不利，遂微服至县里访察。忽然走到一个茶馆门前，见写得是：冤怨茶园，他看了很以为怪，遂进内吃茶，并且访问那员外的下落。谁料那开茶园的就对他说死了。他听了就问如何死的，那人就一一具实相告。原来这开茶园的就是员外家的那个忠仆，他被大太太逐出，就开了个茶园，所以名冤怨者，即为他主人之被冤事也。当下按院知了详情，就去员外家吊祭。谁知大太太看见了巡按一表人才，就要嫁他。巡按见她如此淫乱，于是更证实这事一定是大太太办的了，于是就辞了出来，到茶园告知那仆人，叫他后天黎明到县衙里告状。却说二太太住在牢狱中，受了许多艰苦，那女牢子又加以迫逼，二太太就痛哭不已，却感动了那女牢子，就拜女牢子为继母，相处甚好，不几天就生下一男孩。二人正情意投洽之际，不想忽然听到县谕说明日午时三刻开斩，这女人（二太太）她们听了如同一声霹雳，直哭了一夜，又听了许多鬼哭之声（此时孟扮二太太，演得非常好，令人吓怕，又令人流泪），天明即提赴法场去了。午时三刻到了，就要开刀斩了，忽地按院到了，才得救下。当下就回堂升问，又值那仆人也来告状，于是判决将那大太太和丫鬟斩了，把县官革职，令二太太官〔管〕了员外家业，给了那仆人官职，于是此深沉冤底之案才得曾见天日了。

戏演完了，我们便坐车回来，赶快就睡下，因为明日学校行开学礼了。

二月廿一日　礼拜一

早晨九点到邮政局取上了钱，就到学校交了学费。因下午二时才行开学礼，所以我就回来三忠祠，作了一会儿文章，午饭后即去学校，与诸同学相见。一月不见，这时见了分外亲热，再看看学校的风景，我想我此时好像换了个新生活似的，眼前都是光明与快乐，不似假期中那样苦闷与无聊了。所以我就说：人的生活要时常改变，才能使思想发展与学问进步，且能增加许多新兴之气与快乐之精神。

二月廿二日　礼拜二

今天学校开始授课。在去年放寒假的时候，上课时是怎样的不愿意与难受，恨不得一时放了假，今天却不然了，上了课也很卖力的听讲,而且非常愿意,就是下了课坐在教室中也只觉得周围都是新环境——快乐的环境——新生命,所以我这天特别的快乐,比过元旦那天也快乐多了。

下课后与诸同学逛了逛厂甸,遂即回来,用心的作了一下午国文——寒假作业。

二月廿六日　　礼拜六

今天是礼拜六了,下课后,即去中央电影院看《黑海盗》,这个片子是飞来伯第一杰作,完全五彩,较之平常所演的电影真有天渊之别了。

尤其是其中黑海盗之武术,看了令人摇头吐舌,他那样飞檐走壁的本领,真是令人惊心狂呼,而且片中衣服及一切东西都是有颜色的,看了如同真的一样。

六点钟演完归家后与赵希云君等瞎说一气,晚间看了看《红楼梦》,于是最快乐的"礼拜六"就不知不觉的过去了。

二月廿七日　　礼拜日

今天早晨刚起床的时候,想不到子栋出人意外的来了,真是使人喜出望外,后来郭克勤君与陈世昌君跟着沛然也来了,他们俩是新来的,我是素不认识的,但是究竟是乡亲,谈过几句话以后,就成了相知了。

吃过午饭就去游艺园,为子栋等接风洗尘,看得是旧戏,很感兴趣。戏散了以后,我就同子栋、直亭回来了,他们都还在戏园看戏,我单和子栋洗过澡,吃了饭,顺路到师大看看新来的镇乡,谈至九时,始兴辞而出。到家和子栋收拾了一气屋子,我的屋子却也于上午收拾好了,所以今晚就不在绿轩睡了,曾又回到我的涵德室,相别一月,此时新搬来,睡在床上,举目看看,心里一喜,一闭眼就很舒服的睡着了。

二月廿八日　礼拜一

下课后回来,正在算算术的当儿,郭克勤君、陈世昌君搬来三忠祠住来了,我们忙得收拾了一气屋子,决定郭住绿轩,陈和子栋一块住栋舍,一夜没有看功课,只在栋舍高谈阔论,极一时之感了。

三月一日　礼拜二

今天下午本班自治会开会,选举职员。后又有人提议,要本班出一自治会刊,大众皆极赞成,于是就选了一个总编辑,一个副编辑,总编辑就选为我了,副编辑是赵天保君,所以一下午就同赵君筹划了一切事务,至晚方回。

三月三日　礼拜四

今天下午作完文回来,却不道华亭来了,带来些梨、糖,我不管三七二十一,就吃了他一气,好不痛快!

晚间又在栋舍无形间开了一会,满座有七人,都是定襄县人,总算起来也占了三忠祠半数人了,我们的势力真是不小了。越扩充越大了,真可喜呀!

晚间看了一气英文,算了一阵儿三角,睡下又看了一气《红楼梦》。

三月四日　礼拜五

在学校又弄了一天的会刊事务,完了投稿简章,买了些刊纸,下课后到师大看镇乡。因镇乡相邀,于是就去中央电影院看电影,演片是《蛮荒艳女》,很有价值,其中叙及埃及之风俗教化,及欧战后世界弱小民族之觉悟,秘密结会抵抗强权,力谋国家之自主——此片可谓有价值矣!

从电影院出来以后,又去关帝庙赴小山先生之约,他说交〔叫〕我到卢宅取出本钱,若他不〔在〕时,约定礼拜日下午六时再来此地商量。

回了家里，因为驱逐小卢之事，叫来警察排解了一气，好容易说定限他一月之内赶快取出东西去，一月以内若少了东西，有会长负责管理，唉！谁料警察去后，会长樊库、副会长刘直亭先生当场承应下负责管理。谁料都是大滑头，一点义务也不想进〔尽〕，竟推委〔诿〕起来，都恐怕若一月以内少了东西，还得赔偿人家，于是都又反起口来，同声说："那么此事不用办理了，还叫小卢住着，就如同以前一样，没有过问似的，模模糊糊的过去算了吧！"

哼，可恶的东西们！把法律视为儿戏。亲口在巡警跟前答应下，那时可抱的凶，为什么巡警一走，就这样起来，真是巨奸滑〔猾〕贼，中国社会里有这些贼人，哪有好的现象会出现呢？以后说当局媚外趋承军阀吧，这些住学校时候的学生，在当学生的时候很会说几句漂亮话，什么打倒帝国主义，打倒军阀——尽心尽力于国民事业，为人民谋幸福，扫除一切不平等条约之类的口头禅，听来好不令人佩服，谁知一等学生到了当局地位时，唉！都就又变成媚外□内、趋承军阀的人了。可见满口说大话的人，到了澈底见清的时候，都就现了原形了。可怕呀！可怕呀！可怕的是中国好端端的地势，都养成了这一般坏透的青年们，哪能不亡国灭种哩。

三月五日　礼拜六

上午在学校办理了一切事务后，下午又在操场踢了半天的球，直到两腿酸痛，身体疲极，才洗了脸，回家来和洁民、世昌玩了一气。晚间饭后，镇乡和沛然来了。沛然唱了多时的二黄，众人都听的若迷若惑的，满屋鸦然无声，只听见沛然的唱声。沛然也大卖其技艺，把他平素最得手的《黄金台》也用力的唱起来，众人惟有暗声赞叹。十时余他俩回去，我们也就散了，我回到涵德室看了一阵《红楼梦》就睡了。

三月六日　礼拜日

上午去卢宅取回利洋，又同世昌子到师大报了名，下午去青云阁、宾宴楼买来世昌应用的教科书。晚间预备了些功课，早早的就睡了。

三月八日　礼拜二

今天下午本班足球队与二年一班赛足球，两方球员均极猛烈，以致第一太母〔注：time，一局的意思〕，两方一球也没踢进去，第二太母，因风顺的缘故，本班输一球，赛完的时候，大家大呼 re re ra ra，尽欢而散。

回来作了一篇小说——《且看后日》，自家觉得很是满意，一直抄到十一点半才睡了。

三月十三日　礼拜日

睡梦中忽地觉得冷了一股，睁眼一看，原来已经大明了，赶快穿衣起来，推门一看，哈！下雪了！一片白色茫茫，射人眼目。

午饭后本馆开自治会，会址就在栋舍，一共有二十余人，坐了满屋，长桌上摆得许多的茶点。首由总务长樊报告开会，次选举本届职员，后又讨论了许多的事务，一直从十二点开会起，到五点才散了会。这次盛会，真是三忠祠破天荒的第一次。

三月十四日　礼拜一

我和赵君在礼拜六下午忙了半天，好容易才把自治会刊发表了。早晨同学们都看过了，有的赞赏，有的说写的不好看，下次铅印才好，许许多多的评论，反正都是些不负责任的话。

午后回来在栋舍谈论了些会馆的话，打算给疯子的保护人写一封信，交〔叫〕他来商量疯子搬家的问题，打算将疯子住的这个家做一个游艺室和阅报室。

三月十七日　礼拜四

今天天气忽地暖和起来，到操场四周散步，看看天边的彩云和空中飞的风筝,蔚蓝的天和□角的纯白的云相映起来,我更感到莫名其妙的舒快;更有春风微微拂面,温和的太阳照着,我这时只有心领神悟的快乐在我的心里荡漾着。

作文后,同几个同学到操场打队球,太阳更热了,打了几下,竟额面发现了汗珠——呵!这是我异〔意〕想不到的事,前几日到操场打球的时候,总是缩着手,乱跑乱跳的冷的打战〔颤〕,再想不到今日雪霁天晴,天气竟变化到如此地步。打过一点球后,身体热烘烘的,疲倦极了,只得出了操场,到图书馆休息了一会儿,就骑上车回来了。

晚间吃饭后,才到七点钟,没有一点事我愿做。睡也不是坐也不是,有心睡下吧,但又觉得太早,想了半天,就把去年未抄完的动物笔记搜出来,一直抄到十点才睡了。

三月十八日　礼拜五

今日是"三·一八"惨案纪念日,学校特别放假一日,以志哀悼。回想去年今日出事的情形,我一盖〔概〕不知道,一直到下午五点吃完饭,从东升平澡堂里看过了报的时候,才知道此事。但那时我并不惊怪,以为平〔常〕事一样,到家里听过众人喧说之后,我才把此事沉重的记在心上。那天是阴云密布,天色惨淡,恰好今日也是这样的哀悼的天气,我不禁出神地想:莫非天也凄惨此事么? 天也一上午黯淡惨惨,晚间却扑瀌瀌的流起泪来,可想天也看不愤此事,也起了同情之感——但我,我是青年中的一分子,为什么对于此事却冷淡如此? 放了假了,我却快快活活的玩耍,做了一天的这样事情,岂不有愧于心么? 现在我把我今天的事实写在下面,以警后日——

饭前十点才从被里起来, 懒洋洋的洗漱毕, 看了一阵儿《晨报》,及至吃过饭,想不到今日却是群贤毕至。起先陈其五和郭洁民一对儿来了,次后赵希云君、张□□也来了,于是我们就想起了一个好法子,把人分为两队(一队是千子、华、直、张,一队是栋、我、赵、陈)下棋,各人管各人,若输了就出钱,可是赢了却不能要钱,到终了,就把这各人输下的钱总起来买回好多的花生糖之类的东西。当买回东西来的时候,实在能令人笑破肚子,大家一见食物,就举手大抢特抢,要〔霎〕时就一抢而光,非常的痛快!

下午我和其五、希云下了阵儿军棋,晚间看了阵儿算术就睡了。

三月十九日 礼拜六

下课后即与其五、洁民同去梅师家,不料他们却都不在,我们只得垂头丧气的归来,都怨时气不好。到家后在华亭家出了好些灯谜,尤其是子栋所出的令人气破肚子,为什么呢? 因为他一共出了十来多个(数他的多),令人思索了半天,谁也没有猜着一个。后来我们就让他明说,唉! 不说尤可,说了真是令人气破肚子:他所出的如"人人比我强——古书名",却是打的是个"尔雅";"乡老儿"却是个"庄子",诸如此类不通的,也不知多少,总共他所出的十来个,没一个不是这样的。

从华亭屋出来的时候,时已十点,到了涵德室,就归寝了。

三月廿日 礼拜日

这个礼拜天气又不好,冷得要命,更兼一人也没有来,三忠祠觉得实在寂寞的很,不得已我们就寻了一件事,以消磨此冷寂的光阴。什么事呢? 就是把一院的大花畦锄了枯死的绛帚,重复修理了畦边,又把院里的积土锄去好多,顿觉的三忠祠静洁幽雅,怡人心胸。

晚间同子栋闲谭后,就把英文生字图好了,又念了几遍,才走入梦乡。

三月廿一日　礼拜一

下午应右章所托，遂去梅师家取入学证，既到，却不见梅师踪迹，于是我就到六生子屋间谈，直到六点，梅师才回来，吃过晚饭后，孟兰也来了，于是我们就大谈起来，到十点，见时已不早，我遂宿梅师家。

三月廿二日　礼拜二

这一学期，我们几个人一到下课，总得要打两三个钟头的队球，所以每每无意间和高三的同学在一块打，学到了好些的技艺，进步的很快——就因为我们进步很快，所以我们的兴头越大，大有一日不打，一日就要闷坏的势头。今日下午我们当然是不能不打的，于是就召集了好多的同学，赛起来。在一年级时号称善打队球者，今日竟输了好多，这真是我们意想不到的事。

三月廿四日　礼拜四

今日下午是作文，并且还发作文卷子(上次的)，上次的题目是"自述选择职业之旨趣"，当时我因为第二堂就是比赛队球，所以我作文也作不到心上，瞎说一气交了卷子，我以为这次一定不好，谁料今日发卷子，我竟是第一，真个是出我意外。同时我就想我平素作文完了的时候，心里以为这篇甚好，到发卷时却并不见的出色，心里以为这卷不好时，到发卷子时却竟是顶好的——这个很是奇怪，令人摸不着头脑。

三月廿五日　礼拜五

今日到午饭时，我就到琉璃厂东口一家饭馆吃去，吃的倒还顺意，打算以后就来这边吃。

午后上手工，我和自治会长忙了两堂，就是忙得量自治会刊布告牌的尺寸，以便我们做理〔□〕。

下午本来打算打队球，不料队球场被高队占去了，我们等了半天,他们还是打不完,莫奈何,只好回家来。

晚间饭后,稍憩后子栋就叫我到院里散步。时当星光灿烂,满天的星星,甚是美观,因而我们就认北斗南斗,星楼天河,牛郎织女,又谈到火星月亮,我们就想到地球上已有了这么多的人,再仰头看星光,无数的星光,说不定都有人在,那么这样总合起来,我们这几个人真是莫什么,就连去大海中一滴水也不如,同时又想到现在中国军阀作威作福,占上几省的土地,就这样横行起来,若以全空间的星球算起来,这些土地真是也同一把土一般大,那些作威作福的人,也就和一群蝼蚁一般,在无边无缘的地球上打仗一样,让火星——看起来,就如同咱们看蚂蚁打仗一样,越想越好笑,令人把尘世一切功名权力都看不在眼里了。

三月廿六日 礼拜六

礼拜六又到了,课毕后和众同学打了一阵队球,回来与子栋等谈笑一气,晚间又下了阵儿棋,听了听仲友弹琴。

三月廿七日 礼拜日

今日午饭后,正在栋舍畅谈之际,忽地希云来了。我们遂叫他回家取自行车来,我就和子栋各骑一辆,到琉璃厂文鉴自行车行。我们本来是打算再赁上两辆车,使直亭、子栋骑上,我和希云各骑各的,一共四辆车,要于今日下午出城外旅行去,所以我才和千子、子栋到文鉴来赁车子,唉!谁料这铺里要赁车必须要铺家当铺保才行,公寓还不成,这可把我们难着了,我们挨了一肚子气,只好闷闷归来。

回家休息几分钟后,无意中提起运动来,于是华要和栋比赛各项运动,于是就都到二院来,脱了外衣,整起精神来,努力的比赛。先是华和栋比赛跳高,结果栋胜,后有〔又〕比赛跳远,结果却是华胜了,最后比赛掷铁饼,却是栋胜了,三门总平均起来,栋是胜过了华。华于是从了公约,出钱买了些花生糖果来大吃一气,后又奏了一气乐,黄昏时与栋、直到河边练习了阵儿车子,晚间温习过英文就睡了。

三月廿八日　礼拜一

今天到学校,忙得出自治会刊第二期,到第三堂才完全公布出来。这回成绩较上回好多了,抄得也好,装饰也好,内容也不错,以此同学都高兴的叫好,老师们也赞不绝口。

吃过午饭,又忙得把第一期会刊整理好了,又用钉子切〔订〕好,挂在墙上,以便同学公阅。下午下理化堂后,同三四个同学到师大风雨操场,打了一阵队球,回来又理了发,觉得头脑清爽多了。

三月廿九日　礼拜二

今天天气不佳,整日阴沉,使人顿起忧感。因近日来手中缺乏面包饭钱又屡次推〔催〕迫,父亲又没有信来,今天复又遇着这样天气,使我心中更愁闷之至,一天儿没有丝毫精神。

午后看赛球回来,已是六点,身体疲乏极了,但——不得已,只得还忍耐着,去单牌楼吉升公寓跑一趟,唉!谁料他又不在,更交〔叫〕我愁苦交集,几乎走不回来。既到家,又愁难以答复华亭,后来不得已,只得硬着头皮走进绿轩,但——和他相对无言,想谈的话,一句也难以说出来,唉!你一定以为我孩子气,有钱不出,是吧?——这个你可冤死我了。

晚间饭后,饭团开会,我——我不敢赴会,只躲在家里睡着。

三月卅日　礼拜三

在晨醒时,就听得疯子骂人,嚷嚷着非常利〔厉〕害,院中有樊库先生和他对骂,两雄相遇,各不相让,嚷着人睡也睡不着,讨厌之至了。

下午没课,我们班的队球队和二年三的比赛,初上场时打的非常好,谁料越打越坏,到终输了两盖母〔注:game,局〕,气坏我也!

四月一日 礼拜五

今日天气温和可爱,春天的特色渐渐的流露出来了。在学校里上课,从玻璃窗中望见庭院的盘松,绿油油的坚立在阳光之下,歌唱的小鸟儿飞来飞去——我便无心的听讲了。

下午沙风忽见,上手工,我们几个人就乘〔趁〕教员不备,溜到房后,打起队球来,后级任来了,我们只好又偷偷的回到教室,应酬的做了几下,这下午的功课便算交带〔代〕了。

晚间同众人在栋舍谈笑了半天,才回到涵德室,在灯下工作。

四月二日 礼拜六

所谓最有希望最快乐的日子到了(礼拜六)。上午体育堂我们班打队球,无奈分配的人太不平均了,一边儿尽好的,一边儿都是劣的,无聊,评判员更是觉得无聊极了,因而未至下课钟声就散了。

晚间在栋舍举行聚欢大会,千、栋、华,还有寒柏都把脸不要了,放情的唱起戏来,还要做作,真令人喷茶不少。会散后,我一人就到庭院仰头细观星象,忽地华亭从我身后经过,引起我绛帚社作诗的事情,于是我就同华到绛轩拟了几个题目,分头给了众社员,但见他们都是意气堕懒,大无兴趣。

四月三日 礼拜日

今天又是礼拜日了,上午九点才起来,洗漱后就骑车到卢宅取利洋,不料他父亲说他去天津了,三日后始能回来。我不得已只得闷气归来,整日的光阴就消磨在象棋中了。

下午,子栋开会回来,世昌也来了,于是我们就下棋赢钱,把赢下的钱就买了许多的果点回来,命千按股分开,叫谁谁领去,一时规序洒然,不视〔似〕往日那样抢争,我们都觉得有趣,因为这好像村中小孩分食的事情。

晚间看了一气《石头记》，十二点才睡着。

四月四日　礼拜一

一个经验。

在每天晨醒的时候，我总乱想，要想作一篇好的小说诗歌，当此时正好心作，很能有好的成绩，这是我平日得到的经验。因为前天晨醒的时候，我想到了很好的几首诗，但是起床后就多半忘记了，所以我于昨晚特特的于床头预备了纸笔，以备今早遂〔随〕想随写，唉！谁料正因为放下纸笔，我却竟想不出好的来了。所以我于此又得到了经验：大凡想作些事，不必预先铺张与吹说，因为因此有时反能将办事的心吓住，被形式所拘了。

今天午后有风，以致不能尽力的打队球，而且同学都回去了，我只得和一两个同学打了一阵儿，觉得无味，也就回来啦。

四月五日　礼拜二

今天上英文的时候，老师问了几个问题，都没答上来，于是老师面有怒色，即令值周生取了三十五本抄本，发给每人一本。令回去讲一课抄一课，一方能练习写字，一方又能记忆课文，非此不足以励学生用功，于是我们对于这个问题都表赞成。

数学教员告了两礼拜假，功课太差多了，今天忽地数学教员来了上课，把课本才理了一下，但讲的太少了，教员就赶快的讲，以补告假时之空。但是我听了多是不懂，因为他说的太快了，我只有麻烦讨厌，那能听的功课在心上。

四月六日　礼拜三

游春于河沿。

东交民巷，俄使馆被抄，捕去共产党员六十余人，俄人十余人，并李大钊、贾德耀亦被捕。

学校今天放假了，因为今天是植树节，后天还是国耻会开幕纪念,因此学校就连着放了三天假,就算是春假了。

今天既是三天假日的开始, 复又遇天晴气朗, 我是如何的快乐!洗脸后就同千、栋、华骑车去河沿瞎玩,后来我们就沿着河边往西走。河水清而绿,岸柳微带绿意,小草儿却绿茵茵的满了河岸。远望红楼古庙,路上游人不断,更引起我们的赏景的心,于是就一直走到西便门旁的石桥上坐下。忽见纸灰随风吹来,却是田里的姑娘们烧纸敬祖, 于是使我想到家里今日也要烧纸, 但不知是如何光景。

午饭后去花厂买了两棵紫丁香,栽在一院和二院的空池子里,院里又增了美观不少。

四月七日 礼拜四

开绛帻社第三届总社。

毕庶澄被张宗昌督办枪绝〔决〕,原因大约为毕在沪时私通党军故。

上午去卢宅取回利洋来,顺便到敏乡家看看。吃过饭,就回来,同栋、华、千去中央电影院看《三剑客》,唉!不料票已买完,没法,只好出来。本想去中央公园逛逛,但同行的人都欲归去,不得已,我们只好都失望归来。到家吃了一气花生,算了会儿数学。晚间在栋舍下了一气象棋,有胜有败,一时未见输赢。

后来我们就开绛帻社第三届总社,改组织为两分社:(一)文艺社,(二)医学社。这会诸事都进步多了,就是各社员也都肯卖力,我和华是文艺社,我们打算下礼拜起手编纂文艺讲义,以备下礼拜六讲给大家研究——我们谈的忘情了,一直到十二点多了,才辞出归寝。

四月八日 礼拜五

午后去中央电影院看电影,得一经验,以后看电影时要在前三排。

从俄使馆捕去之党人，当局采宽大主义，有交付法庭办理之说。

今天天气阴阴欲雨，午饭后还洒了几点雨，但未大下，我遂去青云阁买了两本书回来，一本就是这本日记。

从青云阁回来，就同他们去中央电影院看《三剑客》，这次可买上票了，人不用说是挤的满满的，但我坐的过后了，反看不清楚银幕上举动了，我没法，只好臆测的看，真叫我难过极了。回到家里以后，我才把《三剑客》说明书看完了，才知其中内情，唉！顶天立地的英雄，也出不了妇女的手腕，观达特安如此的英勇，奋不顾身，终乃成功，但寻其初，乃为一皇后之女缝工之语而下死力赴英取宝，及归来，闻皇后语，言女缝工失踪，堂堂一世之英雄而竟丧气堕地，唉！妇女的力量竟能移动英雄赤心！可怕！

四月九日　礼拜六

感到不会说北京话的困难。

历史堂是实习生上，他讲的很明了，而且有条理，再不想我们那个陆大嘴，琐琐碎碎，乱说一气，弄得人脑力闷晕，对于历史一点儿也不感兴趣。

我是不会讲演的，就是在家时我也不敢演说，谁想这次辩论会干事竟让我演说，我不得已就写了稿子，给卢先生看。我那稿子上的题目是《随便谈谈》，内容都是说我不会演说的话儿，不料老师说这样不行，不应空说，应讲一个正经题目。我虽想口辨〔辩〕，但是不能，用笔时是太缺德了，我为什么不会说北京话，真令我急死了。

四月十日　礼拜日

游城南公园。

上午在家和华亭编了一气诗学讲义，已经把"诗之定义"和"诗之起源"弄好了。

午饭后在家感到寂寞,遂约栋、直、羡往游城南公园。至则游人稀少,园里静悄悄的,空气非常清快,满园的柏树都是绿油油的,最令人赞美的是园之西角,梨花、桃花、杏花,都是开的红红白白,杂在一起,一股清香,扑入人身,我们都觉得真到武陵源了。

我们从桃花丛间走出,过垣门,进入运动场。这时场里打扫的非常洁净,在前只有三个女郎,以外更无别人,我们立在场之中间,看红墙外的桃杏花,更觉得美丽雅尚。出场至东边土坛上,和子栋下了两盘棋,又骑车在四围逛了一匝,才乘兴归来。

四月十一日　礼拜一

抄自治会刊。

苏联政府决定撤回驻华大使,为抗议俄使馆事件。扬州党军开始退却。

下午下课后,回来抄了一气自治会刊,我又作了几首小诗,也抄在上面,自家心里倒觉很好。晚间同子栋下了一阵象棋,赢了他两盘,我才觉得我的棋术有些进步了。

因为戴先生说本星期要考英文,于是我就赶快温习。才温了一节书,就觉得眼涩了,不得已掷过英文,又记了一阵日记。已是十点时候,遂起过桌旁到院里散散步,回来睡下又看了好些《石头记》。看到黛玉夭亡,我看了虽然伤心,但却没有流下泪点,我就以为奇怪,难道我的恻隐心同情心减少了么?——因为我去年看《石头记》到黛玉死时曾流了好些泪珠,一天的悲惨——后来我细细的想,才清楚我并没有变了心,多因是我看第二次的书,所以不如头一次感觉深了。

四月十二日　礼拜二

学校发游园券。

英、美、法、意、日提出最后通牒对宁案,文中谓,如民党官宪不从速允诺各条件,则五国政府不得不取所认为适当之手段。

今天下午又和二年三比赛队球,但又输了,真是令人气极!第三时师大和我们学校的队球队比赛,竟是我校胜了,听说昨天和北大赛也胜了,啊!我们附中的运动也竟有今日!

学校发了游园半价券了,我问同学们要了三张,一共四张了,我就和子栋商量好了,礼拜日去颐和园游览,快哉!

晚间看了看英文,再没有工夫去抄会刊了,我只得扔下,以备明日再抄。《石头记》看到惜春要出家了,我不禁有许多感慨。想黛玉生时大观园是何等的兴盛,今日竟弄到如此地步;从前园中女子,到今只有惜春一人了,而她还要非出家不可,闹死寻活的,唉!富贵盛衰岂人力所能挽及!亦非人力所能料及!

四月十三日　礼拜三

天气复活了,晚上很自由了。

上海党人取消纠察队,并封闭总工会,陈独秀被捕。

今天才觉得被里要热的出汗了,手脚也可以探出被外了,啊!真真回复了自由了。可喜!可贺!

上课时作了半篇小说——《星夜》——,又同陈君笑嚷了一阵,他没有带来封面画,我催了他几声,他反说:"你才当了个编辑就这样,若做了大总统,也不知你又要如何了?"我听了气的闭口不理他,想未曾经过办事的人,总是说这样不负责任的话,反过来还要怨人损人!

午后去单牌楼洗了澡,理了发,身上的污秽除的干干净净,好不痛快。回来同子栋又下了一盘棋,又是本人胜了。

晚间赶着抄完自治会刊,并温习的背过了国文,以备明日老师质问默书。

四月十四日 礼拜四

自治会刊第三期出版了。

宋子文书谓杨杏佛等亲共产派退出国民政府。

因为今日下午国文要默书,所以直忙了一上午,连打球的工夫都没了,幸亏下午默书成绩还不错,大有相当代价了。同时老师又发作文卷,我的卷子又列于第一,这次还是要选的,以致更激励起我的用功心了。

课后我一人独自把自治会刊第三期发表了。费了两三个钟头,好容易才安置妥了,我就去操场看民大与本校赛网球。第一场是单打,本校(刘直德君)胜了,第二场是双打,我没看完就回来了。到家同子栋谈论些关于小孩用功上课的话, 他说我想把我的兄弟带来北京念书,惜经济不能独立啊!

晚间抄了几张选定的国文以备明日交老师。

四月十五日 礼拜五

吃饭时作诗。

江西有数百共产党人捣毁省政府并扯毁中山遗像, 唐生智拥蒋压迫共产派。对五国最后通牒,蒋主屈服,陈(友仁)主强硬。

早晨念了一回儿英文,又把它抄了一气,才走到学校。今天英文文法是实习生讲,他讲的很清楚,以致引使全班听讲兴味。

午后打了四个钟头的队球,弄的全身是汗,热得要命。临走我又把自治会刊编辑员分排定,贴出布告来,然后我才到师大向镇乡取上了车,在黄风呼呼的路中好容易才回来了。

晚饭时正吃饭,我忽地想起一首妙诗来,赶紧就抛开饭碗,回自修室抄写好了,然后再吃饭去,好笑!

晚间抄了八张选的国文,以备明日交卢先生,一直到十一点我才抄完,又赶着记好日记才睡下。忽地又想看书,但《红楼梦》已于昨晚看完了。

四月十六日 礼拜六

今天天气特别的热。

陈友仁答复五国通牒,措词强硬,各国答文亦不同,五国正急急讨论办法。

早晨起来清风微荡,更兼春朝空气,直令我酥醉了。啊!好快乐的春天!赶到学校,还未上课,遂与同学们打了一阵儿队球,又看了些会刊稿件才上课了。

上午只上两堂课,那两堂我们就打了两堂时间的队球,时天气毒热,我们都是汗流满面,然而还是夺不了我们打球的兴趣。

午后同许多同学在教室里闲谈,各有主见,你说我笑,又有几个是打架斗玩儿的,有的又是递球玩儿的,真是熙熙一室,是我们班从来没有见过的现象。

四月十八日 礼拜一

千、华、栋和我共四人组织一"寻春旅行团",于今日游颐和园。陈独秀有枪毙说。上海总工会长王〔汪〕寿华已枪决。

才四点钟,千就把我叫醒了,时月光未落,待至六点,我们四人就起身出发,至西直门乘马车,嘻笑而往颐和园。经燕京大学,始至颐和园宫门。我们下车买了票,从仁寿殿出文昌阁,至十七孔桥,我们登至桥上,俯视湖水,碧绿而清澄,波光辉映,真是湖光万顷,美哉!下桥至龙王庙,石洞数出,桃花遮地。我们赏赞一阵,遂返至仁寿殿,谋出外食饭,然外无饭馆,不得已遂去听鹂馆万寿饭堂,但此地犹在排云殿西,我们忍着饿,经曲长之游廊,过码头始至。饭毕,登石船远眺,复至澄怀阁游览,斜走山后荒原间,始至湖山真境。爬山再至画中游,此地奇石异草,幽雅洁净,由石洞出至排云殿门,从正门入即西太后圣像处,复上即排云殿,再上至佛香阁。扶栏俯视,全湖景色一览无余,亭台楼阁,金碧辉煌。再上即众香界,但此门不开,不复能游,憾甚! 稍憩即下台至转轮藏,旁有昆明湖碑,再经重翠亭,即由殿门出,过川泳云飞,至颐乐殿戏台上稍息,即复上土坡柏树间,至乐农轩。此间草房木柱,别是农家风味,与帝王金碧辉煌之宫殿,大有天渊之别。过益寿堂,至景福阁,此地已是山后,人迹稀少,惟闻山下松涛声,于是我们就脱了外衣,在殿前休息,华亭在一旁作写生画。他画完,我们就都起身,往谐趣园,此间有池塘,芦叶丛丛,四围有曲折游廊。此时园中名胜亦已游尽,我们兴头亦将尽了。于是即出仁寿殿,欲坐车归家,但诸人都欲作园景回顾,遂复入至知春亭。湖石参杂,杏花轻飘,我们就坐于水旁,洗手游戏,远观海鸥近水飞跃,画舫往来如梭,日色灰淡,盖真"天水一色"也。此时神清气爽,快何如也! 夕阳西沉海底,晚霞缕缕飞起,盖摧〔催〕吾等归矣! 吾等其归矣!

今日神疲力乏,功课无心,晚间早睡。午后尤于微雨飘落中骑车游戏。(今日事实略书,本文书十七日者)

四月十九日　礼拜二

午后赛队球,大胜二年三班。

共产党武力占领广州阴谋大失败,李济深先发制人,大捕共产党员并监视俄顾问。由南京至江阴间隔岸炮战益剧,英美舰炮击党军,蒋中正提出严重抗议。

当从被里起来到院中深呼吸的时候,胸膛中不知到〔道〕充满着多少的清凉的快感,啊! 吾此后当早起矣!

下午课后与二年三又赛队球,这次可侥幸胜了,大复前二回之败仇! 不料吾等队球尤能胜他人耶?! 岂不快哉!

午后回家来看了一气《三叶集》,其中论作诗之处甚多,更有沫若身世很详细的报告,我读了沫若《寻死》一首,几令我泪下。

晚间本想温习温习英文，但此时眼困极了，一点气力也没有，坐在灯下只想闭眼，不得已就解衣就寝。不想一睡下，眼就无药而愈了，我索性就把《庄子》拿来，在枕上细细的观看。正看到《庄子》人生观的时候（非常高兴看），煤油忽地尽了，灯光灭了，我只好抛书而息。

四月廿日　礼拜三

我今年被选为整饰股长，由华介绍才初次与三忠祠整饰股副股长王接洽。

汪精卫到汉，宣言欲救党救国，非打倒蒋介石不可，目下左右派倾轧更烈。

今天级任报告与学校当局商量夏季制服改为灰色的事务，大概灰色制服大有希望，因为我们二年级三〔个〕班都愿意穿灰的。我们几个同学私下谈论，都说若都穿上灰色制服，那可把黄胡子（童子军教员）的胡须也要气直了呢！

午后在家正修理自行车的时候，右章和镇乡各骑一车而来了。他们都说我的屋子太不洁净，大不如以前整净，右章咳〔唉〕声叹气说我太懒了，人的变化真快，说我大有消极观念！如何使屋子糟到如此？我听了羞口无言，只恨平日懒堕，为什么连屋子都不收拾呢！他们走了以后，我就把屋子里大大的扫洗一阵，恢复了我以前的原态。

四月廿一日　礼拜四

去师大检查身体无病。

武汉国民政府竟下令免蒋介石职，以冯玉祥为北伐总司令，唐生智为副司令，即令唐速向南京讨伐蒋介石。

早晨念了一阵英文，即骑车赴校，交涉二年级学生改穿灰制服事，学校当局亦已允许，即令下礼拜一穿齐！啊哟！不得了！父亲一月了还未给我来信,大洋也不寄来,我可拿什么买制服呢?唉!经济令人长时困苦,如何得了呢!

午后作文题目为《出席本班讲演会以后》,我就借此大发牢骚,把我胸中闷气全盘托出(同学之以可意待我者)。

到师大医院检查身体,我却幸而没有肺病(因为我们班里近来痰盂内发现血丝,众人疑有肺病者,遂令校医检查全班学生)。

回家来屋里沉静之至,惟风沙不时的向窗纸乱打,惹起我无限的深愁——经济。

四月廿二日　礼拜五

去向武家,并游积水潭。

俄方拟借内蒙军扰乱奉军,以〔意〕牵制其对南方革命军之兵力。

午后无课,早早的就回家来了。在家独自深思——父亲的挂号信早应该来了,为什么还不来呢? 又乱想起一阵衣服问题,当此天气渐热之时,我应当穿夹衣了,但我手中〔无〕一文——如何能换呢? ——后来才决定去向武家解解心宽去。

一直骑车到向武家,直〔值〕向家(武)在家,高兴极了,谈了些闲话,就吃他从包头带回来的葡萄干,一气吃了一斤有余,肚里才觉得难过了。遂同向武各骑一车往房后积水潭游览。此地清水至岸,湖广有如昆明,岸柳翠色清幽,湖水波光如织,沿蜿蜒古雅之湖岸骑车至对边。此间有一土丘,上有庙宇,位于湖之西北隅,旁有奇石丛列,我们就择一平坦者对坐,临风而论。山下有一渔人钓鱼,并有数村女洗衣,乡间景色宛然在目,至晚兴尽而返。

四月廿三日　礼拜六

去永增祥做制服。

各实力派将发电推戴张作霖为临时元首,张拟以安国军总司令名义摄行大总统职权。

上午打队球，较上次好得多，所以老师也很高兴！下午本班开辩论会，题目是《中国大家庭制应废》，这次的辩论员都是我们班里最好的说手，都已是下力的预备过的，所以这次的成绩特别好，不惟老师欢喜，就我们也很专一详细的听——果真这次好极了。

下午去永增祥做了制服，回来又去西单牌楼修了表，晚间在华舍开绛帚社常会。社员都不热心，谁也没有预备下材料，真是赶兴了两三天，就又倒下霉来了。唉！我们的办事力为什么这样缺乏！

社会开后，我即回家来抄了几首诗，睡意入境了，身子不能支持了，遂解衣就寝。

四月廿四日　礼拜日

读《宋词研究》与《三叶集》。

早晨在被里看《三叶集》，越看越爱，九点才起来，洗脸后同王君往土地庙买花籽，走了一阵刚回来，累极了，休息吃饭后同仲友在院中掘畦种花，几点钟的工夫就弄好了。下午在仲友屋里看《宋词研究》（胡云翼作），不意间就碰到如此的一本好书，我简直看的不忍释手了。把岳飞、东坡、柳永诸人大作抄几篇在本子上，复又躺在仲友床上观看，一直等到仲友要上街催我，我才拿上此书出来，到我家屋里再看。啊！好极了！真好！不想苦闷的礼拜日，竟有此本书给我作伴，一半天的工〔功〕夫，全消磨在此书中了。

晚间因厨房事，饭团召集全体开会，主席即为饭长克正，不料他出言粗劣，竟惹起几个人纷争不已，几至动武。

四月廿五日　礼拜一

队球大胜二年三班！

今天春困的很，老想睡觉，又值下午与二年三赛队球，我更越发觉得疲倦了。到历史堂，为一实习女生上课，满身灰布衣服，更不施粉戴花,雅乾〔静〕极了,我真想不到现代一般女学生中犹有此等人!可敬!可佩!她讲的也很好,言词鲜亮简明,绝无女人习气,上台无处不自然。

今天下午在大风漫雾中与二年三班赛队球,不想我们又胜了,我真高兴极了。

下课回家来抄了一阵自治会刊,又把《三叶集》看完,与华亭、仲友研究了一顿饭时的词学,我真高兴。

四月廿六日 礼拜二

读《唐三藏取经诗话》。

唐生智受武汉派压迫,不得已而辞职。李品仙继其第八军军长职。

今天到算术堂,身体越发困倦了。到下午课后,又要抄自治会刊,一直到六点才抄完。这期的内容比以前都好,我们真高兴!

从教室里出来的时候,此时院内寂静无声,惟天色土黄,闷气大发,屋檐、院中也都是一片黄色。到二门内取车,经丁香树旁,花香扑鼻,黄色的空气包围着紫白的丁香,越发觉得美丽幽雅,但此时雨滴已来,我等遂不及细赏风景,马上就骑车跑回来。

在仲友〔家〕看《唐三藏取经诗话》,一气就读完了。《西游记》所作,完全由此本脱胎,不过加以描写而已。

晚间安置下捕鼠铁笼,当等鼠儿入陷,又不知哪个鼠儿又上此当也。世之贪者可以为鉴矣。

四月廿七日 礼拜三

取回制服,晚间与栋、千谈论英文。

阎锡山与李大钊函,此次在党案文件中查出,有冯、靳、阎三角联合攻奉之计划。

上午理化堂为一女生实习,衣服亦甚雅静,惟面擦粉脂,微露轻薄,但讲话亦甚伶俐明白,理化实验亦颇可,故吾对于女生实习时特别爱听,并非有他意,实因女生上课特别有一种神秘现象,使人倾耳细听,对于课文甚易明白,较之他男教员糊糊模模听之,令人发闷者大有别矣。

下午去永增祥取制服,路间风沙大作,进步甚难。经西河沿,而车子又坏了,真个倒霉,修了半天也没修好,还得推上才到文□,到五点才骑车回来。读英文生字三小时,顿感身体疲倦,遂小息。晚间与子栋、千子在涵室谈论英文造句。

四月廿八日　礼拜四

穿上新制服,感到少年精神之英壮。

奉方令靳云鹏与乃弟靳云鹗相说,有归奉之计划,此事与靳组阁有关。

整天的沙风不住的怒吹,操场上只见一片灰色土平〔坪〕,使人感到深怨的凄凉,虽想痛痛的打打队球,也是不能的啊! 好闷人的春天!

今天我换上新灰制服,觉得精神了许多,以后无论何时一定要穿制服,因为它能表现我们青年的精神活泼。

英文说了好几礼拜了,也不见考,每天总是虚惊人一次,当未上英文课时都很用心的读,谁知一上堂却不见考卷,都感到失望。这样延长下来,天天的念英文,如何是好呢?倒不如干脆考了,就算完事了。晚间预备了阵英文,眼儿已经打盹了,遂解衣就寝,在枕上看看《新诗作法讲义》。

四月廿九日　礼拜五

阅仲友文。

昨日李大钊等廿人在司法部后身刑场,判处绞刑。杨宇霆谓党军与奉有妥协之可能。

早晨起来一看捕鼠笼,却又陷住一个,啊!鼠儿!汝等何如此其贪也!岂以一口饱饭之故,竟愿舍身,是何如此其愚也。

下午本说定与二年三赛队球,怎奈我们等了他们两个小时,他们还没下课,我们愤极了,就都散了,比赛会无形中便取消了。

回家来闲坐无事,便把子栋的《橄榄》借来一观,这书是沫若作的,文字非常精细,寓意颇良,令我看了不忍释手。

在仲友屋看了书籍——《元曲选》、《唐诗别裁》——又把他的高小时的文章取来看看,内容很好,且是预备投《少年》的。他更说他的主张,要快点休了妻子,再娶一个能识字的女人,帮助自家,但我对于他这主张很不满意。

四月卅日 礼拜六

赴医大游艺会,晚三点始归。

蒋介石一网打尽南京附近之各共产系军,程潜部殆无抵抗降服。武汉政府动摇。俄人指挥蒙古骑军扰乱内蒙古。

又到礼拜六了,上午连上三堂,就没课了。吃过午饭,同柏木、承瀛去师大游艺室,为"弹棋"游戏。后又去镇乡家闲谈,无多时即乘车归来,与子栋谈论了一会儿,就又同宗汉骑车到前门,他修表,我买帽,经大街而归。到家,世昌、希云也来了,遂去德华吃过饭,一同到法大赴医大自治会二周纪念游艺大会。至则已七点钟,不多时就开幕了,我和世昌在一处坐,我对过前行有一红衣女子坐,不多时有一洋服男子走来,即坐于女旁,大吃面包(他俩皆为路人),谁料这个女子淫极了,大施其淫媚手段与其男子,但此男子因为旁有彼之同乡故,亦不理此女子。那女子有时俯桌斜目送情,有时把其妹妹搂抱怀中作接吻状,种种污淫手段无不具有,但这男子却是冷面无情,戏未散就走了,留此失意女郎独怅然而已。呜呼!其为今之世界矣!

五月一日　礼拜日

观师大、平校运动大会。

汉口政府设立保安委员会。党军要将入豫。唐生智已北上。朱培德态度软化,将反左派。

因为昨夜的劳顿,所以今晨十点始起。天气晴朗,院中很是幽闭可爱,当在花畦四围散步数匝,肚子已觉空饿,骑车上街吃过饭,到师大看平校的运动会,时已开幕,惟因沙风大起,所以来宾甚稀,于是我就转出,一直跑到北大梅师家,又至六生家,看了看他的文章,下午一时即归。

回家来少坐片刻,我即坐卧无心,甚觉难处,我遂再骑车出厂甸,叫上昌、勤到师大看运动会。至则正为男生百码决赛,其中有极低的小孩获第一,殊属称奇。其中障碍吃梨、滚环竞走亦多兴趣,所惜会犹未终,而警察就来奉令制止开会。唉! 吾人处于共和国家之下,就连开运动会的自由也没有,这还叫什么共和国家,简直比专制国家都专制了。啊! 可恶的军阀! 万恶的军阀!

五月二日　礼拜一

开本班第三次讲演会,成绩最劣。

朱培德、程潜通电服从蒋令。俄人否认外蒙增兵。

早上用力的看看英文生字,又把下课生字查出来,时太阳已到西楼跟,我遂就骑车速往学校,幸未误课。近来我对于国文很生疏了,生词也不查,上课时也只应酬,所以今天在黑板上写生词注释,同学们都举手去写,独我不能举手,只低着头还想〔着〕已查过的,但却羞的不敢看老师,只斜看眼抄黑板上的字,啊! 我感到不预备功课的困难了。

午后本班开第三次讲演会。这次的成绩可太糟了,讲演员一方面都是没精打采敷衍的样儿,就是内容也是简劣, 几秒钟就能下台,所以老师就大发牢骚,骂我们不长进!的确,在我们各个人心中,大约都是对于这个不很热心。自治会刊还算办的好。

五月三日 礼拜二

注意——此篇是五月四日之事,错记在此。一下午一晚上的用功,真痛快!

今天十五操间,本班开自治会讨论事务。决定印同学录,并令每人照相做铜版,还要铅印自治会刊。啊!这是何等好的现象!全校也没有这样的一班吧!我很信我们的团结力了。

下午没敢打队球,就忙跑回来,因为明天考数学,所以我一点不敢逃〔淘〕气,一下午的用功,是我这一学期的头一次这样用功,但我并不苦恼,反觉比往日畅快。因为这等用功,心中只顾在书上估计,如算术题(很难的题)忽地算好了,心中是如何的快乐。若在平时,一回来就躺在床上胡思乱想,非常的悲愤苦闷,反比用功更费脑力。由此比较看来,我顶好是一回来就看书,再不要胡思乱想,无补于实际,反白白的费用脑力。

五月四日 礼拜三

注意——这篇是三号的日记,与前篇反换。开自治会,成绩可观。

汪精卫通电诋蒋中正。于珍回京,力辞卫戍司令职。

下午算术告假,我班就开自治会,首先议决印自治会刊,并同学录。这次开会,并无戴先生在座,居然会场秩序能这样整齐,真是我们同学们的自治能力很坚强了。后来体育股长报告,与同学议定分两队打队球,但球只一颗,二队不能同时并打,有人提议再买一队球,但有一半同学都嚷说没钱,不肯出钱,这时秩序很乱,遂宣布此条等明日戴先生来时继续开会。

晚间与子栋下三棋,皆输,我就发恨以后非要复仇不可。回到自己家里,看完功课,就看《橄榄》(郭沫若作),呵! 作的真好! 作者的人格思想完全表现在纸上,我真爱沫若的作品。

五月五日　礼拜四

考数学。

好容易盼到第四堂考算术了。还好,一共四题,我大约对了三题半,及格了! 打球去!

我的脑力经昨天整日的苦思,又值今日上午数学考试的苦索,直闹的昏昏欲睡,精神丧尽,却又值下午作作文——呵,糟了!这精神如何能作文,我加起精力,重新的再运脑力,去对付作文。可完了!难关过去了!我快乐的走回家中,又赶看预备明日英文的考试。但回家时带回辛酉一班毕业纪念册一本,这时竟不忍释手,越看越爱! 其中犹以塞先艾所作如出吾心。

睡下又看一阵《橄榄》,沫若的环境真好,随身的伴侣就是自家的爱妻和爱子,啊! 爱妻——

五月六日　礼拜五

考英文。去京城印书局〔考〕察印刷事。

冯玉祥阴谋败露——欲俟奉军入武胜关,彼即出军截断奉军后路,但此消息已被奉军探〔出〕从事防御。

上午第二堂考英文了,题目还容易,我的答题总有十分之八是对的,我真高兴!

下午课后与朱君同往京城印书局,察〔查〕问印刷自治会刊事务与价目,啊!真贵!印五百张,每页就得二元,我们打算印三十页,那么得要六十元了,我们会里只有十六元,如何能办呢? 明天问戴先生再想办法。

晚间在华亭家看了看《北宋四大词人传》,念了几首词,真好!文学的兴趣我真大,假若一遇一本诗或词、小说——的时候,我就如洋烟上了瘾似的,非要把它看完不成!啊!我今生大约就从事于文学的工作上了。

五月七日 礼拜六

卢梦颜全家搬走,利洋不知何处去取。

奉军截获汉方供给冯玉祥军队的子弹。

说来今天已是国耻纪念日了,学校照例放假以资纪念。啊!谁料惊人的消息就是这日报我!啊!我的费用再从何处去取呢?

今日上午我去卢宅取洋,不料他门上贴的招租帖儿,说他全家已搬走了。啊!我从何处找他去,我每月的利洋再向那儿去取,我父亲音信全无,我将就这样饿死吧!天哪!我为什么处处命运是这样倒霉!我父亲的朋友竟是这样狠心无情的人!啊!我父亲的眼光为什么狭小的连这种人都看不出来!顺路去向武家,求他替我设法,谁料他偏不在。我就去北大,不料也一人不在,气坏我也!回家一路闷想,细想今天的事,都是这样不顺头,越想越坏,我竟起了死的念头:活在人世有什么趣味,处处是危机,整日不得安享,反正到头总有一死,那么我为何不早早的死了,省得受世人的气,多操一辈子心。这样想来,我竟打算回家作绝命书。既到家,与众人说笑了一气,闷气也就渐渐放松了。下午又想到前途,遂匆匆去师大找向武,又不在,我就奋力再去九阳宫找他,啊!屋空人不在,叫我失望到什么地步!听夷行、老彭的话,我遂就住下等他,不料他一夜也没回来,我就看了一晚的《情书一束》,竟看了全书的四分之三,此书作的真好,处处能令人洒泪或嘻笑高兴,尤能得人的同情之感。

五月八日 礼拜日

天气温和晴朗,春光如此明媚,而我竟在悲闷中。

唐生智大败于确山。

今天早晨起来,向武还未回来,我遂就起身回家来了。一路闷闷胡想，只叹自家身世漂流，环境是何等的悲哀。一下午在家闷的要命，只好拿《橄榄》消遣，我更作了两篇小文，泄放我的闷气。晚间太阳余光犹在，我们纠合了许多的人在院里踢毽子，好不痛快！

五月九日　礼拜一

牢骚大发，理化考的不错，老牛来谈。

吴敬恒读汪精卫电后大发牢骚，电文甚长。

我这人真可谓"乐天派"了。自家再过一天，连饭钱都没了，前途还更没有希望。我今天却还是这样快乐消闲，全不计划我的活路。唉！天既生成我这样性情，那么我也只好随着他去，再不要计算前途，假若到了没饭吃时，我第一步当然是要到他们有资本在手的借几个吃，若这个法子不成的时候，我第二步就要安闲的端坐在家中，随他饿死，离开这我素日最讨厌的金钱世界，更且可实践我平日最奇怪难解的问题（人人都有死，却谁也不知道死后的光景是如何，这个问题人人总要亲自实验的，但是活着人却眼看的不知死后如何）。

下午考理化，我总对了四分之三吧！一堆结计的心又放过去了。课后本想打队球，奈阳光炎炎，晒头如焚，我们弱者又怎能和它抵抗，只好屈服了它，自由底骑车归来（老牛来谈）。

五月十日　礼拜二

今天两堂数学告假，我们的光阴就都消磨于打队球中了。打队球中，涂庄特意与我为难，按他意，他本想打头排，但因队长分定之故，所以久未敢发作。今日特遇队长有病不能出场，于是他就大发威风，指桑骂槐，一方面说某君打头排很成，一方面就讥我不成——唉！涂君！何苦如此！你对我这样，我却是很感谢你的，我有两个意思：一、我本想早下场，不愿消磨上好光阴在整天运动中；二、你给我这样难看，反使我更增加努力练习心，我并不因你说我我就灰心,我却是更要努力练习。

回来作了三首诗,录于自治会刊,又抄了一张会刊。

黄昏时在院里大踢毽子,实在有趣。

五月十一日 礼拜三

注意——此篇记事为十二日者。队球事变化万出。

今天队球队长受涂君谗告,竟将我贬出本队去当预备员。这我很愿意的,并无难色,但许多同学都替我难下〔过〕,这他们是误解运动本意了。我在一年级的时候没有运动过一次,后来我觉得身体不好,遂于二年级中努力运动,我运动本意是为练习身体,并非谋当选手的,不过后来我渐渐的打的成个样儿了,而又遇本班队球缺人,遂令我选入选手中。经几次比赛后,我渐渐觉得与我原初运动本意相反(为名了),每想退出,但终无一机会可趁,今既如此,适与我意相合,我更有何难色呢? 但到下午本班正式与高三赛球,恰缺一头排,朱君头次迫我上场,我无论如何不去,后来我正要骑车回家,又来了一伙人,强拉我去,但我始终决定不去,所以任他们死拉我也不去——啊! 涂君! 合了你的主义〔意〕吧! 哈哈!

五月十二日 礼拜四

注意——此篇记事为十一日者,乃与上篇相错记。

下课后接到向武信一封,言彼已知我事,自当尽量相助,几句话使我感激流涕。但看完以后,无限伤心涌上心头,使我几至下泪,到无可奈何之时,我就提笔书数句于信封背面,稍减痛心。

后来我就想到向武家,遂骑车而往,适遇向武在家,谈话间提到利洋事,而彼亦无良策,使我失望倍增! 黄昏时同去吉〔积〕水潭游览,凉风吹来,深入肺腑,吾等以此地过静,凉意袭人,遂下坡归来,至饭馆,饭食,向武言礼拜日忻定同乡假北海濠濮园开欢送会,让我赶早就去。

晚间始骑车归来,煤灯惨黄,孤影聊寂,使我伤心无限,无心课事,遂阅《橄榄》解闷,然而闷未解,而漂泊愁苦又无端旋盘脑际,致使我吹灯入睡,而愁闷凄苦犹在梦中。

五月十三日　礼拜五

文法今天考了,我自量答题还算不错,大概总可有乙等分数。数日间苦练功夫,至此稍展。

下午作手工,麻烦透了!这门功课真是无用的很!白费两小时宝贵的光阴,明年可就不用上了。

回来在饭前后与馆中人大踢毽子,长进的很快,传踢起来能到十几下。这种游戏既不激烈,更多兴趣,适合于团体游戏,所以每到下午就来围踢,身体很见壮健功效。

晚间看了看《唐诗》与《古文观止》,我的文兴大发,恨无时可读此书,但归之实际,何尝无时,不过到闲时就不肯看书了,反倒无空时总爱看课外书。

五月十四日　礼拜六

上童子军趣闻。

今天童子军,出人意外的竟上课了,这一后半年一共才上过一次,今天不知什么风竟吹得总司令来我们班里了。但总司令的威严大减,众同学都随意嘻笑,司令初上台就说:"这一前半年因为我有事情,所以不能来教你们,我实在是抱歉之至!"不料竟有一个同学说:"老师别客气!"啊!这句话可使司令太过不去了!但司令却还没有怎样,仍然说了一套常话,最后交〔教〕我们学了些绳结,就算下课了。

回家来看了一气唐宜借我的《莫泊三短篇小说集——三》,真作的好!结构真好!但我以为不如沫若的作品,这或者是我的偏见罢了。在华亭屋谈了一气话,礼拜六的晚上又算过去了,呵!来去匆匆,匆匆来去,几年后转眼就要赤裸裸的回去。

五月十五日 礼拜日

开忻定同乡联欢会于北海濠濮园。

早早的起来,同子栋赴北海忻定同乡第三次联欢大会。今年还未来过北海,北海的春色早不见了。与向武游董事会,至河边石上歪坐,趣味良多:海鸥格格飞起,白鹤独立水中,远远的小船,随着绿波前进;时装的女郎,紧在河边喁喁,只可惜高巍的白塔已变成灰色了。

十点,同乡都已来齐,即去董事会照像〔相〕,座中只有一异性者,彩色即完全异样,去年之善噱者,亦不见献技矣!回忆去年今日,有父亲在座,经济充足,诸事遂意,是何等的快乐!岂料今年环境变到如此,伤心独我了。

午后四时归来,脱了全身大衣,只穿短裤背心,在栋屋谈论。众人都说〔我〕一到人场中,即羞涩不能语,此后将力矫此弊,以成一活泼泼的青年。

五月十六日 礼拜一

教室奇闻。

今天上午报告英文文法考的成绩,而我竟在甲等(九十分以上)之列,我真高兴!下礼拜考读本,我一定也要得个甲等。

下午第一堂理化,因为老师威严不振,许多同学都乱说乱唱,教室秩序一点也没有,竟有人敢唱戏的。老师在台上讲的话,多半听不清,只能听见一些打桌凳和乱说的声音。啊!这还能上课么?不惟老师发怒,就是少数的同学也都发怒,所以弄得老师怒气冲天,虽在堂上没有直说,但听说下课以后,老师竟给教务课辞职书;听说所闹的最利〔厉〕害的几位同学大有开革的希望,所以他们都吓得面色灰白,但口里还不住的说些抵抗没事的悄悄话,真真可笑!

父亲信还不来,真叫人急死!

五月十七日　礼拜二

下午上数学之困乏。

下午这两堂数学真把人闷死了,同学们都困的想睡觉,老师也没精打采的敷衍。老师说:"据心理学家考察的结果,人们在下午一点至两点之间,身体最困乏。"这话真是,礼拜三上应用文的时候,头一堂真困的想睡,一到第二堂就不困了。

课后打队球,我很有进步,关门也很能几下,代〔带〕也不坏,惟有托球不好,以后将力求此术之进步!

晚间看看国文预备考试,又把岳飞作的词《满江红》读了一气,觉得英气冲天,豪风磊磊,遂用白纸一张抄之于上,贴之于洗脸墙前,以备每日洗脸时于无意中看看,利用经济时间的方法,不消几天就可把它背过,而且还不费正当之时间。

五月十八日　礼拜三

踢毽子的热心一天胜似一天。

下午应用文课后,学校当局在礼堂开全体教职员会议,大概是讨论学生品行的成绩。我班一般平日捣乱者此时心里早跳起来,这个时候,这个可怕的时候,正是他们的开除关头,我们早早的就回来了,而几个同学还在窗外偷听议论。

明日就要考国文了,所以我赶紧就努力的预备,把文法看看,又把我猜量的题目也看看,大半闹〔弄〕好了,我就如同出了牢一般,就疯狂似的跑到二院大踢毽子,快乐! 快乐!

晚间照样看看英文生字,并且查出下课生字,时间在我用心看看功课的时候,它跑的非常快!若在往日它却是慢慢的等到十点真难,今天的十一点也过去了,我还以为是九点。

五月十九日　礼拜四

所谓礼拜四的国文考试堂真到了。在上课前我当然也是很忙促的,一到上课题目发下后,我却又只顾低头乱作答题了。题目还不出我猜量的范围,答也容易,就只有图解难点,我交卷后问老师我的图解对不对,老师一气看完,笑嘻嘻的说:all right! 啊! 我真高兴!

下午因为有风,所以我未打球就回来了。国文虽然过去了,但是明天又要考动物,这动物太多了,比国文难得多,而且我又从来没看过,所以我急的要命。正在看的当儿,却不道黄、唐二君来了,睡在床上说了半天费话,都是没价值的话(多半说得是女色恋爱之类),一直到天晚他们才走了。真倒霉,动物一定不能得甲等了。

五月廿日 礼拜五

上午考动物了,我事前没有预备熟练,所以老师出出题目来都未能一思即得,就思索多时亦不能完全答对,痛苦! 痛苦!

下午上图画,我问老师拿了一本铅笔图画本,看看临了一个,倒也还肖,比写生好看的多了。这个教员教授我们,一上课就只拿一个东西放在中间让我们看看画,从来没有说过书的方法,这如何能长进呢? 看来手工、图画二科竟等于虚设,徒费二小时宝贵光阴罢了!

课后打了一阵队球,热气不可耐,才骑车归家,看看《莫泊三短篇小说集》,其中几篇意义我竟不明晰(如《伯爵夫人轶事》)。

黄昏来到院中,我们的毽子运动队就开幕了,今天的成绩非常好,令人兴头大增。

五月廿一 礼拜六

礼拜六的下午和去年大不同了,若去年我早就上街去了,今年我却一点不想到娱乐场及人多的地方, 只愿在家有好书看或用心创作。这几天甚喜研究词的作品,所以我在今天的下午,就看《漱玉词》了，后来想起生活问题，使我没奈何抛开书本，想了半天才想起一个方法，我即刻给筱山去信，问他个方法。

在华亭屋看得《学生杂志》，瘾上来，我不知不觉就不管二三在他灯下细看，不防华亭催我，我才知道我耽误别人的光阴，真是对不起人家。这种毛病差不多有的人多，我也是，若有时我的用功心上来，若有人来了，我恨不得他赶快走了，以后我立了一个方针，凡无论如何时去人家中坐，至少要看人家情形如何，以定早或晚走开。

五月廿二日　礼拜日

创作。

今天又是礼拜日了，整天就在二院闲谈，有时觉得无聊之极，就出来到本室坐坐，在本室也坐得莫奈烦，就又出来到二院，反正一天的工夫，就都消磨在出入二门中了。

我于饭前费了好大的工夫，用红革做成一个很美丽坚固的毽子，赶不及吃饭就和华等在院里"贺新"，"文丫""文丫"！毽子踢在脚上非常好听，真舒快极了！

下午恒心就在家里作小说，题目为《镜中》。上次会刊登载我的作品——《飘流中的微痕》，很得人的博赏，所以我这次必须的用心的作，以报观者雅意，一方面也是自家的光荣！

五月廿三日　礼拜一

伤怀无限。

今天下午本为本县同乡欢送毕业诸君的会期，但我恰遇下午六点有事，不克赴席，憾甚！

晚饭后即骑车到小山家商量利洋事，而他也无什么具体办法，也不过是让我到西山找卢梦颜去。一阵话说得我头昏神眩，不奈烦之至！此盖因我之脾气不愿谈自身生活之经济与不愿与一般市利之民相交涉也。唉！我该如何办呢？可恶的梦颜卢子！

回来满院密黑，就只有一窗灯明，惨惨黑色启人无限伤心之事，唉！假使我经济充足了，我必定不与外界周旋，一定要独处家中读书以乐，虽一生亦固所愿也！

五月廿六日　礼拜四

接父亲信，余乃高兴极矣！

五月廿九日　礼拜日

早晨在被里看看《莫泊三短篇小说集》——一个失业的工人，环境陷人，虽贤者若到饥饿交迫，若遇丰富充饥之食品，亦不免争食之，既饱矣；于旷野无人之中遇一独身美妙之女郎，适又醉，数十年不近女性之人，其遇之将发生何种激烈之性欲，故此工人本身实无罪，实环境之罪也。

午饭后，与子栋去单牌楼买了许多花草，归来种于院中，又恐太阳晒死，于花畦上又被之以凉席。子栋又去琉璃厂买回来全副乒乓球，我们即刻就打起来，适伯唐来，遂与之打，真有趣味！

午后梅亭亦来，在华屋坐的闲谈了半天，出门时日色已不见矣，又与众人打了好几个"洽母""乒乓球"，我胜了好多。

五月卅日　礼拜一

校中队球，家中乒乓球，余忙极了。

六月一日　礼拜三

下午应用文，吾交广告。

六月二日　礼拜四

下午国文，与同学互看默书卷，吾乃大亏。

六月三日　礼拜五

奇事，哄〔轰〕动全校。

今日课后本班分江北、江南二队大战队球，本队大胜（江北）。

　　早晨我骑着车到了校里运动场时,却正遇着本班打队球,忽地左方大呼我上场,我一问才知是他们发起江南、江北大赛队球,我听了踊跃加入,奈因人少之故,不能正式比赛,约定下午再赛。

　　在上午课余中,同学们都在为赛球事热闹,于是江南队鼓吹的文字也在黑板上发现了,我们队里的赵冠民君看了眼气花了,遂也写了一纸,把本队的人员分开,预备和他们下午决赛!

　　时间过去了,下午赛球会开了,时炎日如焚,各队员都汗流浃背,但个个都是摩拳擦掌,奋力的争斗。开战中,两方都咬牙切齿的叫骂,好容易赛完了,却是我们江北队大胜,气的江南家垂头丧气的都跑了,我们却在黑板大写些胜利的夸语。

　　六月四日　礼拜六

　　在家里大过佳节。

　　早晨起来,马上就去陆大找见筱山先生,取上了钱,回来又收拾了一气桌椅,在院中摆了三张桌子。移时,饭钟大响,于是各团员都来了,齐坐在花前三张桌前,大吃粽子,谈谈笑笑,大饶乐趣。吃完就开始打乒乓球,虽在红光烈日之下,各团员还都不息的打,真是精神百倍!可钦!可佩!

　　午后,天气转阴,吾等本拟吃午饭时还要在院中大乐,并饮酒助兴,谁料到时却风雨骤来,各团员都扫兴不少,所以只就在厅内胡乱吃了,真没趣味!大好佳节,如此过去,实令人可惜!

　　晚间与诸人谈谈笑笑——但比之去年则乐趣相去千里。记得去年今日上午在父亲寓处盘桓,晚饭还在那儿吃了,那时的情景是如何呢?

　　六月五日　礼拜日

　　大打乒乓球。

　　六月廿日　礼拜一

柏木归乡，失一良友！满心盼望着早晨大打队球，于是早早的就到校中，咦！谁料余坐后与余最友善之柏木君竟身去座空，吾知其为归乡也必矣！柏木在校时，曾与言彼下季大约不能来校上课，盖其父之意也。若果如此，则柏木更何时能相会也！惜吾上礼拜六日竟不知彼离京之消息，而未与之畅谈一切也！

平时上课时，常常回头与柏木嘻笑，研究问询，现在一回头，只见红椅空空，柏木白胖祥和之貌竟在忆幻中。低头长思，真令我流泪失痛！故人一去，影事不堪问。在全班中惟柏木与余最能心性相合，余外无一能合余之癖气者，良友远去，吾此后将如何寂寞，无聊隐痛愁闷也啊！

六月廿一日　礼拜二

今日数学老师吴葆三先生与余班同学作离别谈话，并报告全班成绩，吾之成绩可在乙等，但我并无欢意，只觉离情布满目前，触目荒凉！

失吾相处，隐痛难忍。

六月廿三日　礼拜四

今日下午忙得收拾理化教室，为得是明日吾班开同乐会之用，但负责人却全都逃空，只剩余三四个同学，但吾等兴趣不减，仍出全力以装饰会场，更在满院中搬运花草，直到夕阳作别，才饱兴归来。

在家中闲坐，甚觉无聊，只因眼前没有新书可看——无事做，更方令人心慌意乱，坐也不是，睡也不是，好困闷死人。莫奈何再从旧书中找出一本《小说史略》看看，但看过几行，就一下扔过了，到子栋室，找到一本《罪案》，早知此书是老梅〔注：即景梅九〕大作，今日幸相遇，饱看你去会儿啊！

六月廿四日　礼拜五

自治会会刊印出。

上午只就上了一点钟国文，余外时间就消磨在打球、同乐会预备音乐中了。

下午二时我班同乐会开幕了，主席报告开会后，就是我们奏音乐，奏的还可算的能过去，双簧中朱君、冯君都演得很好，真能令人笑绝。在会场中，我班辛苦了半年的自治会会刊竟能在吾同学手中相玩了！——我班自治会会刊附〔付〕印十多日，恰巧是昨日才取回，故于今日大会快乐声中发散给吾各同学，而且印得都很好，封面印刷也都很美，内容经校中各位教员看过，都着实赞赏不绝——呀！良好的成绩，我们编辑二人辛苦了半年，得到如此的成绩，我们真满心满意了。

六月廿七日　礼拜一

荣誉：自家成绩列于优等（主任报告）。

清早一到校中就去队球场，不料同学至者仍属寥寥，一点都不过瘾，大家都觉得无味，就索然散了。回到教室，把分配发散自治会的人员分好了，就各自拿上到礼堂赴休业式大会。时同学未全，秩序亦不佳，颇令人候烦。移时会开了，我们就分头去散自治会刊，一霎间就完事，由此可知团体事业利业非常。主任报告本学期成绩优良者：不料我班今年却竟有三人，自家也是其中一个，真是梦想不到的事，叫我如何的欢喜呢？努力！到下学期成绩还要列于最优等呢！努力！

下午回家来，大概是感冒了，身体很觉不舒展，到晚来更身热如火，好不难受！

六月廿八日　礼拜二

得病了。

今天整日闷雨潇洒，我的病也是更进步！头闷的太甚。早晨得柏木信一封,上午病略好间给他写回信,谁料不到几行,头脑就疲累,而且生疼之极了。

下午买回些山楂、生姜、糖等,和起来,大喝一阵,倒微觉好点,到睡时又吃了些"燕医生自制补丸",看看《任公近著……—》,很疲倦难受的睡着了。

六月廿九日 礼拜三

早晨起来病倒减了不少,头脑清散了许多。睡到九时,朱承瀛君来访,系邀我到学校打球去。我因为大众公事,虽病也只好勉强的去,谁料到附中却不见一个同学来,于是我们同来的四个就就地打了一气,我就〔究〕竟身体还没复元,打了几下就觉得疲乏的万分,不得已始和朱公偕归。

到家病更加重,又睡了一下午,也未见效愈,到〔倒〕忙了我也!晚间饭也不吃,一个人孤孤稀稀的黑暗的睡下,好不惨伤人也!

六月卅日 礼拜四

今天病还未见愈,头虽然不闷痛了,但是又添了一种,就是舌头变味,一片麻木,苦味满口中,胃子也觉不好。子栋让我用饥饿治疗法,所以一天不准我吃饭,书也懒得看,在家里呆着,闷困之至了,好难受! 好难受!

下午梅亭来了,谈了些闲话,我饿极了,就让伙计给我炒了一盘鸡蛋,吃了两碗米饭,洒〔霎〕时到〔倒〕觉得精神复元,头脑清醒之至,我不觉就说:所以整日昏庸者正因困饿所致也! 今一饭元气顿复,我就高高兴兴的在院里跑跳,不料大雨飞来,于是我们就坐在檐下拉胡琴以消遣。

晚因雨梅师留宿。

七月一日 礼拜五

"好清凉的天气。"早晨起来时,不由人不这样的叫。

病况复元了,但还是精神不足,懒的起坐。上午在洁民家睡着谈话,子栋要让其五去考北大,奈其五无论如何的给他说,他都不去,后来经子栋左说右骂(没勇气,考考怕什么,考学校就是碰哩,倘或就碰着呢),才得了同意,说定明日同我去北大报名。

下午在栋舍看了看《热风》,完全知道了鲁迅先生的性格,也是一个愤世的。所以他举凡一切环境事物都能使他恨愤,所以随处写出来,都是讥讽的论调。从前在校里的时候,听卢先生也说过,他的文章又是一种风味,很好,但是你们不要故意的学他!

七月二日　礼拜六

今日天晴气朗,偕其五坐电车去北大。一路行行〔形形〕色色,都是我很奇异的。我一月了还未上街,今或然一来,个个都令我新颖得看!

到梅师家,他不在,就同六生子去北大替其五报名。其时北大共报到才三百多名,少得很,今年大概好考。回来梅师家,他也回来了,喝了茶,又一同出来,正遇着孟兰亦来,遂一同到北大二院游览一阵,又去孟兰家坐,借了他一本《茶花女》。正要走,大家要让去市场吃饭,遂坐车往。市场中一月未至,好不热闹华丽,到东来顺吃了一气,好不香甜,半年了没有尝到这滋味了,今年不能比去年吃得好了,饭后归家。

七月三日　礼拜日

新伴侣有味半天。

上午看了《茶花女》,真好! 惹的我一上午的看,也不忍释手。

午饭后,因《晨报》书籍减价期到了,遂骑车到那里买书去。唉! 谁料他们今天放假了,交〔叫〕人摸了个空,好不生气:"他们放什么假呢,减价期刚好有这一天了,怎么办呢? ——"到家一问众人,才知道今天是马厂誓师纪念日,唉! 报馆真会讨巧,一遇到一个纪念日就要放假,可恶的恨!

下午看《茶花女》,看完了,不由人不赞叹,唉!情!情难为的很!

又没书看了,生活又干枯了!晚间同其五去新华园洗澡,冷得很,叫人生气,莫奈何,只得就这样洗!

七月四日　礼拜一

又病了,痢疾。

上午正看昨天买回来的小本英文说苑《山中人》的时候,却值梅亭、孟兰来到,他们是北大同乡会派为招待员的,所以来此报给其五知道,说今日去北大检查过体格的时候叫他去梅师家受招待去!

下午好好的,不知又怎么碰着了病魔了!一下午的走痢,难受极了,我今年时气怎么这样坏,刚病了两天,就又要病,啊!可恶的很!

一晚上更是难受,一下也不能睡,起来拉了十五六次,真叫人可恨,一点气力都没有了!

七月五日　礼拜二

医院视病,苦药今又吃。

今天早饭时本想吃饭,奈子栋不准吃,说痢疾要困饿才好。十一点同子栋乘车去医大病院疗治,据医生说不要紧,花了一文买回一瓶药来,到家就吃,真难吃!又上街买回些饼干来,吃吃聊以充饥。

病中无聊之极,就把《任公近著》来看,看欧战时战争的热闹,巴黎和会的惹人注意。

下午喝了些米粥,又吃了药,一躺身睡下,一觉醒来时已不早,就大喝一气,又看了看《任公近著》,不早了,又睡下。这晚上还算好,没有起来拉粪,一觉很舒服。

七月六日　礼拜三

深院深暑更兼深病中，怎盼到个人儿来，却喜今日沛然来。

起来精神全无，到一院躺椅上休息，倒还觉得舒服一点。回来又吃了药，喝了些粥，吃了些馒头。

下午沛然来了，说起他村乡的风景，我不禁欣然欲往，奈因病缠身，不能即刻就去。他说等其五考完了，来接我们去住。好，时间快飞吧！

到栋舍看看《洪水》，其中《灰窖中的炸弹》，我已于昨个看完了，今天再看《第三者》，好得很，一篇信式的爱情小说，用第三日的通信表现出两方的爱情、苦恼，真写得好！

又给筱山先生写了一封信，求他物质的帮助！

七月七日　礼拜四

看英文小说，大饶兴趣。

今天病状稍觉好点，同时药水也于今早吃完了，看他以后如何。

整天没事，看报消遣，无味的很，书也没看得了，如何是好呢？

一上午就看《山中人》，我翻字典的查看，倒也有趣味。这本小书快要看完了，内情很神怪，完全是神话小说，要是中文的时候，我一定不爱看它（因为它太浅近），现在是英文小说，所以倒还觉得有趣。

下午葆明来访，谈了些关于文艺的话，临走借了我一本《新诗作法讲义》。

七月八日　礼拜五

苦病始愈，深愁继来。

闷雨潇潇，小屋黯然，满目凄景，醒来叹何多！

今天病境转愈，能到饭厅吃饭了，然而我处处感到恐怖羞涩，不敢视诸人面色,只有低头快吃,坐则于背境藏身,啊!苦哉!我何时才能经济满足了呢?照这样看下来,父亲弄不来钱,这一长期假日中,我该怎样过呢?饭厅已欠五元多了,手中一文没有,连个借处也没有,这怎样过呢?父亲,你快来信吧!

唉!这一年中经济非常之缺乏、困难,没有一天不在愁苦生计。现在住在这儿,整天没事,闷得要命,看起去年的日记,今日已在家中盘桓了,那时是如何的快乐,今年也不知还能享那快乐不能,唉!

七月九日　礼拜六

创作精神的标准起点。

今天身子完全脱离病海了!可喜,可贺!整天在家里想望邮差送信来(父的,李的),眼巴巴的坐在一院躺椅上看守,但是可恶的邮差却故意躲着不来,啊!失望!悲苦!

上午在家坐不住,到栋舍盘桓,坐着看看《论说文作法讲义》,那里边的举例文章和在家看过的达夫作的《〈鸭绿江上〉读后感》回思起来,我不禁得了几种感想,回来马上就写在纸上,就是:我今后作文学作品的标准——一、要无产阶级的文学。二、反对旧社会(如迷信、偶像、贞节、财主种种)、改造新社会的革命文学,并且要多多看点关于上两种文学的书籍。

我今后要努力的改过消极、愁闷种种思潮,要用力的读书,并要寻实际的工作,千万不要再作这种死板板的没生气的青年。

七月十日　礼拜日

达到了数日的希望(找到了李),但没有满足了希望!

早早的起来,因为数日了,还不见筱山先生的回信,我疑他是回去了,所以赶快的就骑车到陆大看他,不料门儿坚锁,问号房却幸喜没有回去,不过此刻不在家里罢了!唉!空走了一趟,气喘喘的归来,到家看看《晨报》、《世界日报》,却也没有什么要紧的新闻。

吃过早饭后，天幸竟接到了筱山先生的回信，真令我惊喜欲狂，看过了，说让我今〔黄〕昏去教育部街找他去，啊！快乐！

写了两小时的英文习字，意趣甚富，而且我写的也长进了些，所以越令我高兴，并打算明日去梅师家取回《郑板桥法书》来好好再学一暑假的书写，也算是消暑中风雅的快事。

晚饭后去城里找见了筱山先生，但他也没多钱，只给了我三元。

七月十一日　礼拜一

等父信，心焦到万点！

整日的细雨霏微，淋淋沥沥，惹人深思——啊！深叹何多！

早闻枕边听见其五声音，赶紧起来一看，原来他还未走，正恨着天气作怪，故意和他为难——他今日去北大初试去，不料却恰巧遇了个阴雨当头，奈何！多花几个洋车钱罢了！

洗漱后，就昨个新定的"暑期自修每日标准表"办功课，遂看了一早的英文说苑，到吃饭时，我着实饿了。

一心盼望父亲的信来，谁知来的信却件件是别人的，真叫人气恨！这几天归家心切，做了好几个梦了，父亲几时能给我来信呢？快来啊！我实在苦闷得等的，心焦到极点了！

因为这父亲信不来，我整天的心收不住，遂做了一首诗，录于诗集中。

七月十二日　礼拜二

雨后天霁，运气大倒！

国立九校行将合并为国立京师大学校，内分文、理、工、农、商、法、医七科，师范、艺术二系，女子一部，下次阁议通过即实行。

早间很早的起来，出门一看，呀！宿雨乍醒，晨光照壁，满院清香，大气畅爽，好一幅清美的大画！因在院里徘徊反复——如乍出狱般的,觉得到处都是新色怡快。

读了一气《魔窟奇闻》,一阵就完了,真有意趣,再买本看。又没书看了,因而骑车到晨报社买副刊去,唉! 真倒霉! 谁料他门人说"营业处九点始开门,您来太早了。"气着了我。再到南头大街上溜溜,回来再买,还说没开门,哎哟! 来此三次了,未买到一本,真叫人火大,不得已转回家。

午饭后骑车到梅师家,再到兰家,坐谈二时余,起身同其五归梅师寓,拿数本小说而归。

七月十三日　礼拜三

得小说生活一快。

一早起来,赶快就拿起那借来的《福尔摩斯新探案》大看而特看,作的真好,处处令人惊奇,探案手续却完全合于科学,于理论事实上都不背〔悖〕谬。不比我们中国的侦探小说,什么《包公案》啦,《彭公案》啦,一片阴司、鬼神、神怪莫名,看来确也奇怪,然而推之事实,却完全不合,都不过是空想罢了。此其所以不能在文学界上占一位置,左不过乡民愚夫所喜阅耳。

饭后在一院厅前与诸人围坐品茗,有下棋者,有阅书者,有高谈者,熙熙攘攘,极一时之盛,快哉!

晚间打乒乓球后,又在院中乘凉闲谈,旋归室中看小说而寝。

七月十四日　礼拜四

学校生活乍而转。

听栋说镜如战争被射一弹,断左臂,伤哉!

早间正在酣睡的当儿,或听窗外唤声,听声音才知道是朱君来到,于是我就赶快的起来,迎接近〔进〕来。他的来意是叫我去学校打球,我慨然应允,洗漱后遂一同到校,两人架起网子,各占一方,但是差不多一月了,还没有打过,以致这时就连球都接不住,然而

我们兴趣甚大,打了又打,直至气喘力乏才告终止。这一场运动实
开我数日来的天荒,快活！出大门,与朱君分道,约定礼拜六再打,
于是我回来吃过饭以后就给赵明霞写了封信,约他来校打球。

今儿整天就看《福尔摩斯新探案》,越看越有兴趣,作者的头脑
真乃"非凡"之极。

晚间破天荒的与霍君大谈特谈,真恨相谈之晚。他说他也不惯
与生人谈话。

七月十五日　礼拜五

隐居深寺,终日观小说。

早间正写完了英文习字,忽地见彭体乾君来访,真是万想不到
的。谈不久,彼即去云山别墅。彼去后,我拿起《侦探案》来,看《怪教
授》一节,想不到人一注射猿猴血清,竟就能变成猿猴的样儿和习
惯,直乃奇觉。

饭后一阵把全部《福氏侦探案》看完了,就又拿起《爱之焦点》
来一观,其中小说多为言情者,作的很是动情,令人深感而不忍释
手,像在《创造月报》中即看过张资平君的大作。今再一观此本,令
余脑中益信张君为言情文艺作者中之健杰。

晚间把《爱之焦点》文中引用英文词句都完全抄出来,查出生
字,读了一气,很感兴趣,因为他的句子都是说情的。

七月十六日　礼拜六

熙熙一堂师友欢聚。

去霍君屋借来三本书——《鲁拜集》、《飞絮》、《纺轮的故事》。
我很高兴地拿回来,即刻就看。正看的《鲁拜集》盛热的当儿,忽地
朱君来访我了,我们没有多坐,就一同偕赴附中。见来的同学有四
五个,很觉高兴(我们拟定今早在本校比赛队球),但是不凑趣的球
竟破的不可打了,我们失望得很,都叫悔〔晦〕气。后来我们又到卢

先生先生家里谈话,他很愿意我们的文艺研究社成立,他也愿帮助我们。又拿起他的书一本一本的翻看,见有丁卯两班毕业同学的纪念册,一个是很时髦的装订,一个是很古雅的装订,看来比我们的好多了,内容却都不多,我们明年毕业时一定要胜过他们。卢先生又给我们《驼〔陀〕螺》看,还讲给我们听,到十点我们就辞归,回来拟了一篇文艺研究社章程,看了会儿小说。

七月十七日 礼拜日

晨景幽凉,作诗寄兴。

早晨坐在一院厅前,作了两首诗,自问比前长进,但不知客观者许我已长进乎?静听树间蝉声聒耳,花畦芳草绿边,红花茂开,白蝴蝶翩翩游戏其间,目前景况深令余旷情舒怀,但太阳走到院中时,一片幽深凉雅的景象,早化为乌有。余沉思久之,遂拿《爱之焦点》阅观,借以娱情。时间飞过去了,饭钟响了,我跃起掷书,趋前吃饭,不久告饱,回室观《鲁拜集》,打算抄下来以备久远。又拿起《飞絮》来观看,愈看愈有兴趣,简直放不下了,直到午后五点,梅、兰来了,我才忍着放下。他们来报告说其五没有考住,就连六生也没考住。吃过饭,他们都走了,我们开始就打乒乓球。晚回室看《飞絮》,一直就看完了,睡在被里,心被它感动不少,描写的真好,能令我下泪、欢笑,情景时在我脑中盘旋。

七月十八日 礼拜一

观旧日记,伤心无限。

这几天闷在家里,想起前途来,无处不令我惊心下泪!唉!父亲为什么不管我呢?为什么还不给我来信呢?我该如何维持生活呢?早间起来,一来因为病后身体虚弱,二来诸事不顺,遂使我心头麻烦到万点,头脑闷得慌,什么功课也不能下手,没奈何,拿了一本《纺轮的故事》到大厅前躺椅上闲看。午饭后,同霍君作下军棋之乐,颇能解忧,惟时不久,炎热熏人,无可奈何,只得归室。想起去年这时候的光景,我便想找出日记看看,但又不敢,因为怕看了伤心——终久我拿去日记来看了,恰好去年今日我正在巨才哥家里欢居。我此时看了,羡慕的下泪,但看后面,却竟是"在家里住的闷极了,我恨不得立刻飞到京中",现在看来,我却不尽〔竟〕说:享福还要怨恨无聊,我此刻正恨不得立刻飞到家呢。

七月十九日　礼拜二

读《纺轮的故事》后所得的感想。

早间洗漱后,从书堆中找出《本校校友会会刊》,把其中的英文作文翻出来看看,作的很有趣味,而且程度正是初中三年级的,所以我打算每日要看一段,全把他看完。

饭后看《纺轮的故事》,现在我且把我对于每节看完后的感想写出:《睡美人》意旨约说尘世间虽有许多爱慕美人的,但都是为势利金钱的人,所以真美人即不愿在尘世,愿在深林中无人走到之处做他甜蜜的梦。《三个播种者》,三人的希望都让他达到尽头,不料一人很有权力,耀武扬威之后,到头竟落发为僧。一人喜金钱财富,做过富翁之后,到头竟成叫花子。一人却喜音乐自然,到头竟有美丽的姑娘做了他的伴侣,百年偕老了。总之金钱势力都是不长久的,惟有爱情、自然是长久的。《公主化鸟》,爱情的势力在天地间至大无比,爱上了小鸟,虽然外间阻力极大,然而终是爱情胜利,公主竟化为小鸟,与他所爱的并飞于林中,过爱的生活去了。

七月廿日　礼拜三

读《纺轮的故事》后所得的感想。

今天把《纺轮的故事》看完了,我在依次的把得到感想写出来:《镜》,爱情的势力非常坚固,任怎样的危害他离间他,但是最后还是爱情的力量大,终久〔究〕是凯歌而还。《冰心》,是叙说凡用冷酷的言语态度对待整个儿心爱自己的人是不正当的，将来一定要得到非常恶劣的处分。《致命的愿望》，没有东西能阻止一个人被爱的，只要他忠实的爱着，要是他缺乏虔诚，他将被剥夺了一切的快乐。这篇故事说一个乞丐爱上了公主，但他却好遇了一位神仙，神仙就遂他所欲，他竟变成了一位很有概略的王子。这王子在王宫中很受诸人的欢迎，但他惟遇见了公主，公主却很冷淡，后来他向伊的父母求婚，就慨然允许。王子高兴的是如何快乐，不料他的快乐竟是短期的，当公主听到伊的父母的话时，伊定要在未婚前自杀。王子失望的跑进宫中，跪在公主面前，哀怜她，最后公主说出嫁他的原因是："我所以拒绝你，因为我毫无希望地爱上了一个乞儿，他有一天赤足露头经过我的窗前，他停着望我，但他走后再没有来啊！"

七月廿一日　礼拜四

开三忠祠暑期比赛技术大会。

今天我们开了一个"三忠祠暑期比赛技术大会"，比赛项目有：军棋、象棋、乒乓球、毽子等类。今天开头比赛，仅仅把棋类赛完，都是相成第一。晚间，杨毅君来临，我们就和他下棋，一直到晚三点才下完，真有兴趣！

现在继续写我对于《纺轮故事》的感想：《可怜的食品》，叙说一个王子专爱音乐、花卉、星月，爱穿轻绸的衣服，像一个年轻女子，国王很不钟爱，但因继统的关系，对于他这几天不吃饭却很担忧，厨房虽献上顶易引起食欲的东西，但王子无论如何不吃，最后眼看着王子将死了，王子向国王说："假若你不愿我死，那么你必须允许我到一个合适的地方去修养。"国王允许了，于是王子出门不远便到了他的目的地——群仙的家里。他们因为王子是一个幽〔优〕雅的人，就很欢迎他，于是王子就说要吃他平日最希望的饭食。神仙发令,立刻一个小侏儒献上了荆珠叶上的一滴露水作羹汤,又献给他阳光晒焦的一双蝶翅做熏炙品,又给他一个赏品:玫瑰花瓣上蜂刺的遗痕。神仙问道:"你满足了么?"王子点头要答应是,可是他的头直垂下去了,王子就因虚弱而死了。这篇的用意我很不明了,待以后再说。

七月廿二日　　礼拜五

社没有开成。

今天下午葆明来找,是为得开我们组织的文艺社的,但是那两个社员都没有来,于是我就同葆明冒着炎热徒步找赵天保去。好容易找到了,但他却说怕炎热,不能上街,要待明日早间再开。没法子,于是我们只好失望而归。现在再谈《纺轮的故事》:《可惊的吸引力》,爱情的势力比无论任何都大,能使一对情人,一个张〔长〕高身体,一个缩短。《跛天使》,爱情要两方同样。《两枝雏菊》,一个人的青春期不要毫不经心地将他耗费,也不要完全收着不用,生活之艺术并不在禁欲,也不在耽溺,在于二者之互相支持,欲取复拒,欲拒复取,造成旋律的人生,决不以一直线的进行为贵。

七月廿三日　　礼拜六

缦云社于今日开成立大会。

早间我刚起床,陆鼎祥君就来了,一直等到他们全都到了,就召集开会。讨论了章程,并选举职员,结果我当选为社长,并诗歌部主任。社名由我拟了好几个,到学校找见卢先生,由他选择,决定叫缦云社,又聘请了董先生、卢先生为本社指导师。今日卢先生就叫我们回去看《文学评论之原理》,于是我就借上他的书回来,决定下礼拜六再开会。

现在再谈《纺轮的故事》、《亲爱的死者》——"爱情"只要你很真心的爱着,就是你已死去的情人,他的像片竟能变化成了你另爱的人,使你得到甜美的结果。《罗冷将军之悲哀》——处于现今万恶的世界,一般恶人利用事物,不较真实的本领,只凭"偶然"支配一切,使真勇敢者也能被杀害于最懦怯的。《最后的一个仙女》——一切都变了,世界上没有真实的爱了,只有武力、金钱,虽是年轻的少女,也不爱美少年的真爱,只喜欢丑妇人的黄金宝石,最后的一个仙女,就牺牲在这种世界之下。

七月廿四日　礼拜日

炎暑迫人。

今天早上写信两封给家中与筱山君,又把《文学评论之原理》拿来看看,并写笔记。这样的看书总算很好了,得益良多,也不至于忘记,比从前看书只一过目,是好得多了。

上午与霍君下军棋,一胜一败,兴趣非常浓厚,这样已经成立一个习惯,每天饭后一定的下棋,虽然属于消遣,但也比较别种娱乐是幽〔优〕雅得多了。

今天是从来没有过的热,如今天的,在屋里坐看也是汗流满肤。晚间去洗澡,几乎穿不上了衣服,因为浴后挥汗不止,没有法子,我就湿的穿上衣服回来,到家院中乘凉,还算痛快!

七月廿五日　礼拜一

天气非常的热,早晨起来院里也是暴热非常,手中离不开扇子,在院里坐着看了看《文学评论之原理》。吃过午饭,又下了一阵军棋,回室作了两首诗,又把旧题——《镜中》——来读写,打算几日内要脱稿。

去霍君家少坐,看了他的《读书杂录》,真好。他把每一本书的好句子看过后就摘要记下,一本书中完全是无美不备的句子,看了真叫人难舍。又问他借了《少女日记》出来。吃过晚饭,在院里掌灯而下军棋,兴趣太高,忽听三院鼓声冬冬,原来是唱起大鼓来了,讨厌！扰了我们的清静空气，乱了我们的幽雅心怀。

晚间在一院睡多时，因潮气太甚，遂归屋安息。

七月廿六日　礼拜二

结队出游城外，游泳不成，转往白云观。

天气越发热了，整日汗流浃骨，什么事也不能做。上午我们几个人商量，定于下午一时起身赴城外野河浴身。至时偕队而往，经冰窖入内，冷气袭人，站不多时即出，徒步直过西便门，所有池塘皆被村童占满，不得入内浮泳，恨莫如云何！遂至崖下枣丛中乱坐取凉。霍君坚持再去东边找寻池塘，而栋等则持冷静态度，以为憩于此已满足所欲矣。我却始终主张去白云观堂上或柏林中饮茶取乐，于是意见纷纷。余见势不可为，遂急中生巧，突然立起，直往白云观道上快步而走。时果真道人（李用宾号）亦立起唤余不往，余不听，犹直前，彼乃屡顾屡走，不多时已偕余至白云观矣。进门参观各处，处处令彼心悦，此行诚兴趣高热之功也。五时偕归，晚饭后吾等三人（霍、周、我）在一院庭中搭床三张，星光闪耀时，余等已高卧于大自然之间，凉风拂拂，清气流畅，快哉！惜夜半蚊太多，余遂潜归于室中，过热烦之梦了。

七月廿七日　礼拜三

今天天气也是非常之热，我们于饭后就于大门过道中设床乘凉，更又下棋助乐，整日的光阴于不觉早又过去了。

晚间去筱山寓，他却说困难之至，无法抽钱，唉！

归来在院中又铺好被子，我们四人，三个睡床，而果真却睡于躺椅中，谈谈笑笑，乐哉！对面星光满天，北斗星恰在我头上，我不禁思道：我飘飘飞到天空，我用手把住北斗星的把柄，我将拿起他来，将繁星收尽，我飞跑着，将北斗一翻，繁星徐徐飞散在人间。

七月廿八日　礼拜四

上午同佩心往游陶然亭,路经碧草平原,农田禾稼蔚然可爱,深行独径小路,两边芦草萧萧,池水溢塘,蝉声赛鸣,大气清凄,深入肺腑。再前行,香冢垒垒,荒凉触目,殊令人悲叹填胸。过小弯至一破旧门前,车夫说已至陶然亭矣。我俩相依登亭,一片古庙破刹,颇令人有登高吊古之意。庙墙有新诗数首,大唱游人牢骚,《她呢》一首,哀情倾出,动人弥深。下亭,再往游城墙,登其上见城下护城河流水悠悠,顿思往昔征战攻守时之情景。下城,寻小径入芦塘中,屡入屡狭,渐而无路可寻,余等乃分披芦草,踏之而行,移时则见一泓清澈底之小塘,忽现于丛纷之苇芦中,余等心乐之。稍待又复行,经他处复至陶然亭门首,过往门西,则一湾曲之清水苇塘现焉。此处凉风拂拂,池水鉴人,余等遂稍憩于岸旁。佩心造小船数只,漂荡于净极之池水中。无时则见渺微之西风,已吹送之于目外矣。夕阳别于池畔,远处暗景渐渐围来。佩心催余归,乃起身拂土,趋于归路矣。经一墓丛,佩心念曰:“吾兄高君宇之墓。”余乃反问之,及前看,果即君宇之墓也。墓碑下有评梅之悼文,观之令余心痛欲泪。碑后则刻君宇之历史,余始知君宇为如此盖世革命之英雄也,惜哉!

至家稍息,则大雨至矣。余等剖瓜而食,谈笑风生矣。

七月廿九日　礼拜五

今日礼拜五,下午张葆明君来访,谈开会事,继而涂庄君亦至,借数本小说而去。晚与栋各骑一车,出门向西而去,经陶然亭、先农坛等处,空气清新,骑车快走,快哉!乐哉!

七月卅日　礼拜六

晨间正在续作小说《镜中》的时候,葆明君恰巧就来了,我们等到九点还不见那两位来,叫我们急了又急,为本社前途甚抱悲观!今天是缦云社第一次常会,而社员则仅来二人,这如何能发展进行呢?不得已,我们两人就算开会,记一切于《开社纪要》簿中,唉!和儿戏一样了。我们正打算去学校的时候，涂君恰来了，遂一路同往，至卢先生屋。谈及社务事，先生让余等以后要严正的向各社员诚告，以后每次开社，万非不得已时，必须赴席。

归来午饭后，看了一下午《少年维特之烦恼》。晚饭后，去棠盛昌向兰掌柜借钱，而彼冷淡寡情傲慢之态度真令余伤心之至！唉！万恶的商人们！重利的商人们！

七月卅一日　礼拜日

今天佩心的客人走了，我们整日在一院谈话的生活继续开始了，真有兴趣。午饭后，议及土地庙会事，遂一同往游，买三盆奇花归来，计子栋买含羞草，佩心买一种叶色为红心绿边之花，我买一株仙人垂，三样都很奇妙，着实可笑。

又议及跳棋事，遂向每人捐洋三毛。我同佩心再往中华书局买去，不料问及却要一元。我等因未负全权之责，恐数目太多，遂空手归来。晚饭后，同大家议论好了，四人每人二毛半，于是派我骑车买去。我欣然而往，马上买上，火速归来。到家未及休息，就拿开下棋，一直下到十点余方止。大家兴趣甚大，又增一消时品矣！晚与佩心再搭铺床睡于院中。

八月一日　礼拜一

今天上午下了几盘军棋以后，就同佩心往晨报社买了三本《晨报副刊》并《辛夷集》、《雪莱诗选》。出来又去首善医院，本想为佩心看病，谁料却过了时候了！我就让他买了一筒饼干回来吃，就顶看过病要吃的药了。

回家坐在庭前大吃水果，又看了《维特之烦恼》，到晚饭时，他们都说我吃的太多，其实我并不多，我吃饭有节定，每顿三碗面，不比他们饿时五六，饱时一二。

晚上在院里看书，惜蚊蚋太多，不然则清凉夏夜，诚读书最快乐之时也！

晚因潮，卷铺盖而归屋。

八月二日　礼拜二

正吃午饭的当儿，涂君来访了。饭终闲谈，我说要想召集同学打球，于是我就发了一封信给朱君，我们又偕走找黄君去。到扬州会馆，此处也很清静，与黄谈不多时，我们就出来找朱君去，他屋里很凌乱，我们并没多坐就出来，同涂君各自归家了。

吃过晚饭，同佩心往小市买了数本书，真便宜！新新的书，只卖半价！佩心去了，我就又买了两本抄本回来，在院里把《少年维特之烦恼》取出来，把精彩的句子全都抄上，在封面题曰："读书零掇。"我打算把各本书看后，要把其中好的句子选择抄上，这样很有益，对于看书庶不至于一过了。

八月三日　礼拜三

《少年维特之烦恼》，今天纯粹完全看完了。要该看《少女日记》了。这本书非常容易看，简直和看小孩的日记一样！这里面把少女的一切写得很毕肖，对于初觉风情而未彻底清楚的少女心怀，写得真是好极了。我一天就看完了，我得了一个很大的感动，就是：我从前为什么不把关于情窦初开的心怀赤裸裸的写出！而却关于"这些"的文字，在日记上一个也找不出来，我那时完全是害羞的缘故，怕人家看了后取笑，唉！真痴！一生最天真的文学，在初春之期最美丽的心怀的感情，我误过了，我没有写出来，此时悔恨何及了！

可怜最好的文学，在礼教束缚之下就不敢出现了！打倒礼教！礼教完全是伪的表现！我此后非得写出赤裸裸的心怀不可！

八月四日　礼拜四

今天是"七月七"了，牛郎织女要相见了！我们饭厅为求庆祝兼自高兴起见，特地要饮酒吃饺子了，快乐！！！快乐！！！

　　炎炎的阳光,牛郎织女盼他急急下去的阳光,好容易西斜了,射出的光也昏淡了,院中的空气也凉快许多了。这时我们饭厅同人五人设方桌于厅前花边, 各把大茶杯——睁眼望厨房端来的影像——来了,厨房端来菜来了,洒〔霎〕时匙箸交加,敲声杂吵,大茶杯里的酒,一碗一碗的直灌,你笑我骂,你讥我讽的——啊! 好一个快乐的酒席,只苦了一个栋子醉了,醉了啊! 饺子上来了,一个一口,一口一个,吃他一个落花流水! 流水落花! 酒缠了身体,洗了一个澡,才痛痛快快解了! 设床于中院,对着皎皎银河,只寻不见牛郎织女在何处幽会,啊! 你俩真幸福啊! 全地球上的人都仰着脖子羡慕你们的幸福了! 呀! 你们——你们在何处?

八月五日　礼拜五

　　午饭后,天气非常清和可爱,我们就提倡往三贝子花园一游,应命者有栋、佩心,乘电车至西直门,再坐洋车始至目的地矣。园中森林昂然,远望一片绿色,“时、时、时”的蝉声布满林中。我们过观鱼桥,参观各动物,能引我们最著目者猕猴也,再过眠鸥桥,惜游鸟不备至也。出大门,则花园景象也。湿茵茵的平道上,两旁布以齐柏界道,诸树的荫儿遮满道上,暖〔缓〕步间游有一种说不出来快适。经幽风堂稍憩,即往四烈士墓所。那儿有碑一座,只一面刻着一烈士的历史,而其余三面十余年了还一字未刻,未审何意。吾等以为三烈士乃无名英雄,故不能刻耳,是乎?出墓垣,舍子栋,仅吾二人,出平垣荫凉之大道上,趋步至一小阁,坐谈久之。口渴,遂又往幽风堂话茶,沁观书,我睡眠,清风抚面,荷香入鼻,快哉! 至四时,始出园归家。

八月六日　礼拜六

　　今天又到缦云社开会之期了,到会者有四人,但因时间匆促,未得多议,即起身赴校。到校见赵冠民君亦在,朱君等亦皆至矣。到卢先生家坐谈,未及多谈,他即去董屋了,我们只好哑坐看书。后经朱君相召,遂出场打球,但吾颇觉羞涩,未敢打球,仅观之。十一时与陆君偕出门,至师大买一本《瓶》归来。

整日与佩心谈笑,颇觉悟趣浓厚,性气相投,惟佩心性颇粗暴,是余所不喜者也。佩心弟与□子昨晚始来,今日我等即谈话矣,寂寞之孤祠中,又添二高谈之士矣。

晚读《辛夷集》,其中篇篇俱善,余甚喜矣,其中均吾之诗,犹能恰合余之心脾。

八月七日　礼拜日

今天上午看完《辛夷集》,我就绝〔决〕定先看《春水》,这里的诗完全是纯女性的,细腻清淡,与沫若《女神》之诗正相趋极端。

下午在一庭中卧观《三个叛逆的女性》,不料越看越有瘾,一下午就看完两出(聂、王昭君),其中情节完全是反对旧礼教的,所以就名曰三个叛逆的女性。还有一出是:卓文君,待明天再看。

晚间月光上升,庭院中晶明如洗,全馆人员都来这里趋坐相谈,真是"陶陶乐,融融乐"! 熙熙嚷嚷〔攘攘〕聚满庭中。

十一时众人皆归,我和佩心就设被就寝矣。在这时万籁俱寂,仰观天空,星光闪耀,月色已下落,天色碧青,银河一道,彗星往来如梭,啊! 满天景象,趣何多也!

八月八日　礼拜一

《三个叛逆的女性》今天完全看完了,好! 好极了! 沫若真富有创作的天才,做出什么都很好,最后这个卓文君尤其作的好。

午饭前后是把很不爱看的《文学评论之原理》继续来看的,不知我的心是如何的这样不爱看这一类的东西,我最爱看的要算是纯文学的创作了。

下午看《春水》。晚,先因雨点滴来,所以搬回铺盖,谁料一阵儿就完了,于此我们就在本院庭中月下清谈,促膝品茗,也很闲情幽适,潇洒自在了。

归屋就寝,明月从玻璃中照进屋中来,窗外的花架也纷纷落进影儿来,煞是好看雅致。

八月九日　礼拜二

偕新友幽游北海。

晨间看了一阵儿《女神》。饭后与佩心、耀、瑛偕游北海,园中荷花满地,香芬溢流,立于池畔,则凉风如狂而来,满袖满腹润凉舒神,衣裳则洪涛飘摇,声如抖布,快哉! 至濠濮园前小桥,佩等坐椅息神,我一人就走往山后海边,坐在大石上,伸手触莲,伸足触水,此际阳光穿柳晒身,清风过荷扑人,手执沫若《瓶》一卷,朗声高读,读意袭口。正在浓甜时候,忽听背后脚步声,回视却是耀蹑足而来。坐谈几声就起身过山,唤佩等举步前往。至柳林下,一种长而披靡的青草,斜身如卧,走其上,则虚绵无声,我们很想睡它一觉,但是游人过往纷纷,不得如所愿。前往游五龙亭、九龙壁、极乐世界,回来又到体育场游戏,一直至下午五时始归。

八月十日　礼拜三

今天看《春水》,看了很多,但她这本书不能引起我胜过看《女神》的心,所以我到下午就又看起《女神》来了。

《女神》真雄奇! 看了使人起了一股革命伟大的雄心! 比之于《瓶》——虽然两本书内容不同,但是我以为《瓶》不如《女神》作的好,果然如饶孟侃所言,沫若竟退步了。

晚间在院中闲谈,甚觉娱心! 不过我这几天很觉佩心粗暴,和我的性格大相背驰。我是最喜欢和心情温和的人相处的(如涛哥)。虽然,佩心却很有一种魔力,使我不能离开吧,若没有他在,我就很觉无聊。记得初认识他后二日,他出去了,我以为他还在大厅上坐的,从二院走到一院,也不知十几次了,但永不见他回来,使我失望悲苦之至!

八月十一日 礼拜四

城南公园黄昏畅游。

今日早晨吃饭时,不知因了些什么小冲突,佩心举足在我椅上踏了一脚, 我很小气, 我不禁就怒的骂他一声:"讨厌! 动手动脚的! "不料他竟脸上失颜,永远无语了。到饭后归屋,我正从院中走回,不料他很抑郁的走来,送给我一封信,不说就出去了。我折〔拆〕开一看,却说了许多像后悔又像伤心的话,我就赶快复了他一封很长的信,解释了许多话,我说凡欲至很深的友情之海,务必得经过许多争吵悔悟然后才能达到至情。争吵一回感情也就增高一会,我说他不必伤心,这正是我们达到很深的友情的经历。我写完就笑嘻嘻的送进他屋里,坐了一会,他好像很羞涩似的一句也说不出来,所以我就出来,后来完全好了,就在晚饭后一同去城南公园解闷,一场悔悟算是完全消解了。

八月十二日 礼拜五

美酒佳肴,大过中元节。携瓜偕友,快游北海园。

今天是中元节了,饭厅特别大过,我和耀骑车出去,买了好些个吃食酒肴回来。下午吃晚饭,大吃大喝,葡萄美酒,痛痛快快地喝了个饱满。饭终我很有些醉意,大家要去北海,我就趁着醉意,同他们去。在路上洋车中,吹过些秋风后,酒气早消散了。未到北海门前,洋车已不能走矣。前面人山人海,徒步挤也挤不进去,只忙忙地靠着前面的人,寸步的挪移,挤在当中,连气也几乎出不来。好容易进了门,只见两旁满插着"极乐世界"等小旗,此乃奉军超祭死亡将士大会之点缀也! 在偌大的北海园中,连个大步也不能走,我们四人好容易走到海边背边,拿出带来的西瓜来,大块大块的吃,谁想这个地方也是人踪挤满,吃完我们就又起来在山上游览一回,十二时始归。

八月十三日　礼拜六

上午看看《文学评论原理》,这本书我不知道什么缘故,看得很是发愁,一天仅能看两张,这如何能成呢?

午饭后我看《女神》,我打算几日内把它看完,再看《寄小读者》与《春水》。

晚饭前,与耀各骑一车,往宣内一游,买了一支笔,打算到通俗图书馆看看,奈因时间已过,遂绕法大门前而归。晚饭后又同骑车去东安市场买了些东西回来。

佩心接到清华信了,他下半年就要住清华去了,唉!我的命怎么这样地坏!遇着了一个合脾的人,总是不能长永相处,如春涛、镜如等,唉!也是归之命运吧了。

八月十四日　礼拜日

秋雨之夜,凄寂闷人。打酒买肉,与友畅饮。

这日秋雨绵连,一天的不断,愁思满室,难堪再居,幸而有耀和我做伴细谈,倒还能过去。

吃完晚饭,大家都觉得无聊凄闷,我遂和耀到街上买了一瓶葡萄酒和些菜肉,回来就在涵德室大吃大喝,莫用一刻钟的工夫,早四碟空空,酒瓶倒放了!

喝上酒,转觉得生意勃勃,和佩心一直谈到十二点钟,还不觉得疲倦,他们都走了,我就拿起《寄小读者》来看,直到睡眼蒙眬,我才息灯而睡。在床上觉得凉意袭人了,唉!时光快得很,又快到秋深时候了。

八月十五日　礼拜一

去中央电影院看《赛美大会》。

今天宿雨犹未全晴，烟雾朦胧，但凉风时起，气候适人。午饭后我和佩心、耀、瑛四人同去中央电影院，至则时犹未至，来人甚少，我们就买了些面食等，借以消磨时光。不过不久就开演了，第二幕滑稽剧非常有趣，比正幕都有兴味。

电影完了的时候，时已至六点，我就和耀骑车先归。谁料走到西河沿地方，适有一小孩乱跑，我以为他不把左边跑，故转往左边，谁料他却往左边扑来，正撞在我前轮前，在他屁股上撞了一下，他却就躺下大哭，弄得我也没法。我等了五分的工夫，见他还是那样，知道他不曾受了伤，不过故意虚恐人吧？我遂就用力登开车跑开来，后来耀亦归，他说小孩叫出他母亲来叫骂了一气，奈骑车人早不翼〔而飞〕了。

八月十六日　礼拜二

秋雨淅淅沥沥，愁在孤屋。

晨起，天气非常幽暗，耀、瑛要去津了。在这种天气之下，又要有离别演出，实在令人黯然消〔销〕魂，刚才住得惯了，又要离别了，我说：你们该别来京才好呢，现在弄得只增人无限惆怅，凭空惹出一段愁思，真是岂有此理，完全是你们的罪过！你们要来就该常住，却为什么只住得情合意恰了，才要分别，这不是完全是你们的罪过么？你们真是散愁思的五瘟使！

他们走后，细雨就微微而来，虽然还有佩心做伴，但是我的凄凉惆怅无端增加，唉！我诅咒你们（耀等）。我和佩心说道："牵手更兼粗雨，到黄昏点点滴滴，这次第，怎一个'闷'字了得！"他笑了，说我滥改古人的调子。唉！凄凄惨惨戚戚，如何催人伤心至此。

八月十七日　礼拜三

这天一种深秋凄清的气息，塞满了我鼻间，额前也很觉得冷肃，唉！秋来了，可爱的夏日流水般过去了！

翻开去年日记一看，今天却好是我离京至太原的第二天，整日和子敏谈话，晚上还去"美丽兴"照相，唉！谁料今年此日子敏已成黄土中人了，我看看墙上的合〔影〕照片，不禁悲气填胸，世事如此无常，生命更是飘渺不定，唉！可怜的人啊！

午后，葆明来找。据说，涂庄君因小恨要退出缦云社，我急得就和他骑上车去涂宅看涂庄，不料他退志坚决，我们也没法了，唉！小孩子办事真不容易，随便一句话也能惹怒不干，如葆明所说："中国所以如此纷乱者，正同此等一样，一句话不投就分裂相仇。"

八月十八日　礼拜四

上午看《文学评论原理》，吾不觉畏书之太厚矣！不知何日始能看完。

饭后，偕佩心至京师第一图书馆，我们不禁叹息我们误了好时光了，为什么我们以前不来看，却在家里糊糊涂涂的混过一暑假，唉！真是误了时光多了。这儿书籍很多，我们就借了一部《词林纪事》与一部《玉台新咏》看，两书都很好，惜我们不曾带来纸笔，不能抄写。看了两点钟的光景，觉得头很闷闷，遂还书而归，并预明日带纸笔再去。

归家看《寄小读者》，里面描写得细腻之至，清丽适口，写得迫真得很。

八月十九日　礼拜五

午饭后，我忽地起了一种热烈的心情——买书，怎样按也按不着，穿了几次大衣，但是因为按奈〔捺〕才又脱下，终久按奈〔捺〕不成功，还是热烈的心情战胜了。我叫上了佩心一同到青云阁，买了三本《新文学概论》、《苔莉》、《茵梦湖》，才放心归来。

回来用绿皮纸一一包好，倒也十分齐整美观，我赶快拿起《寄小读者》来看，看完了，好再看新的。一下午看书的心情非常热，所以一直看到五点,佩心回来打搅了我,才止了。

晚间与佩心在院中竹床乘凉,四围密黑深深,天高清静,明星点点,河汉隐隐,萤光飞来如同坠下明星,好个美丽的秋夜。

八月廿日 礼拜六

今天又到缦云社开会之期了,但是一个都不来,真叫人灰心懒意不少。午饭后,料不到葆明竟跑来,说他记错日期了,看报后才知道。我们议定决意挽留赵天保君,先去卢先生家查问一下,然后再办,故坐不多时,就往附中。与卢先生商议结果:据他说是赵君之退出纯系误会,亦且是他度量太狭小的缘故,交〔叫〕我们不要记恨,可赶快亲去谈论,一定能和好如初。唉!谁料他和葆明去找赵君,而他家竟说病了,以"不见"礼来周旋了。我没有话说,但我很奇怪,赵君为什么态度忽地变下这样,我想一定不是仅因为改组问题,一定还有其他作用,但我们却确定这些风波完全是涂君挑拨造成的。涂君你为什么这样小器,我们看不起的事情,你却竟以为天大的事了。唉!与这一般庸人做事,真叫人笑死气死!

八月廿一日 礼拜日

今天发了愤,要把已经看的开了头的书,都于最近几日看完,因为再有一礼拜就开学了。《寄小读者》昨晚已看完了,剩下还有《鲁拜集》、《文学评论原理》两本。《鲁拜集》很好看,惟有《文学评论原理》,我很有些惊恐,怕不容易看完,但我却立下誓,非要看完不可,所以今天早晨看得很不少,一共八章,已看了四章多了。

午后去华丰厚定做制服,同时我得了一个教训:在团体生活中,居凡要与大众一样才好,不要特特别别的。我上学期好奇心太多,所以就做了一身与众甚异的制服,谁想这时竟很不喜欢了,在团体生活中居凡要枉趋与大众深同,不要独自鸣高。

八月廿二日 礼拜一

午饭后,阴雨或至,卧孤室中,随手拿起《茵梦湖》来看,这本书去年本来看过,但是现在仅能记着一个心影儿了。此书情节异常动人,而描写之法更美巧,文式则为一老人之回想。一白发老人孤坐室中,忽地想起少年时失意事情,而文中则无半句说老人苦痛之情,但一经描写之下,使人看了,令人不堪替老人回首,一切苦痛悲哀失望全涌而至。叹服,叹服。文墨真宛〔婉〕转极了!

午后天霁,与佩心实行苦工,在本院中烈日之下,持铲锄草,继又舁筐倒土,弄了满身臭汗,痛快!痛快!三忠祠真实的自治精神之表现。我们不要习白面书生、少爷公子,不敢劳动一下,我们要实行自治,无论什么事都要躬行才好!

八月廿三日　礼拜二

今天又发了愤,又看《文学评论原理》,连吃过午饭,下午都还看,真是几日内破天荒的奇事了。

午后,葆明来找,未谈什么事,看了些书就走了,约定明日去找卢先生。

今天特别的大大运动,打网球真痛快,打跑一个,一阵又打破一个,最后直撕开两半,送它安息于屋顶了。

晚与栋、沁游宣内夜市,买一抄本与一砚水池而归。市上老妇引少女,行行〔形形〕色色,真令人不堪台〔抬〕头,社会如此黑暗,安望目下有全体民众之觉悟也!唉!中国的革命成功,尚远不知何日也。

八月廿四日　礼拜三

又下雨了,真个闷人。午饭后,独卧小床听雨,牵牛〔花〕叶上雨声如约而至,屋里甚为黑暗,凄凉孤寂,无可奈何。随手拿起《苔莉》来看,却不料刚一开头,就放不下了,一直不停地看到晚饭后才看完。啊!啊!张资平这一类的小说真能引人,我佩服他的笔力和文思的魔力,这一篇长篇小说是描写由爱到肉性的生活,由长久的性生活感到痛苦不堪,身体失健,两个有文艺性的青年男女受不住社会一切的压迫,一切的遭遇既不能满足他们的志向,而且爱的方面又热烈之至,青年虽欲反悔一切,奋力作业,振家图名,但身体耗费已极,已无力再能谋一切虚荣了,遂使青年忍于别了望他成名到极点的父母,而随他的爱人赴海自杀了。这篇写的极悲痛真切,感情非常的动人,使我抛书长叹者三。

八月廿五日 礼拜四

天霁了,雨后的空气多么清新啊!今天上午努力的看《文学评论原理》,还剩有一章了,重担快要谢〔卸〕了,我好不高兴!

今天觉得《苔莉》余香余影,还完全在我脑里徘徊,我想这篇的用意是:在中国现代社会情形之下看来,一般青年对于恋爱,不能有自由的权利,假若一个青年爱上了一个在社会上位置卑贱的女子,你的一生就没有希望了。因为你若和一个很卑贱的女子结婚,社会上对你就有要生命般的打击,青年们为爱的热烈,所以除死而外再没有好法子可想了。女的方面,时常因为误谈恋爱,随便受一般无人格的男子引逗,失了身的自由,你虽觉悟后悔,但已晚了。因为既为人所蹂躏后,名义上已是失了贞节的女子,在社会上很难找到彻底爱她的人了。

八月廿六日 礼拜五

啊!《文学评论原理》今天可算看完了,我应当怎样地感谢我这几天来的发了愤的心啊!

午后,偕佩心往宾宴华楼买书,谁料他半路就分道而别了,我只好一人去,把学校的用书统统买上了。归来已至饭时,今天却好是吃饺子,吃完以后,佩心就老套似的张开他那一张铁也似的嘴,不是讥消,就是直骂,或者还动手动脚的来欺凌人。在这座里,只有我一人和他惯，所以他每饭后就来寻我生他的怪气，我也不好说他,只好敷衍他。谁料今天越骂越坏了,他固然是习惯了似的,又不以为什么,但我可再也忍不住了,我就说:"你是利己的东西,每顿饭后你必找人出气,前者有解瑛、果真等备你出气,今者他们都走了,你就来我身上了。告你说,我绝不再受你的侮辱,你固然出了气快活了,你便不想想受你侮辱的人好受么?"后来经过一小时的沉默,大家才又复原下棋了。

八月廿七日　礼拜六

今天早上觉得很空闲似的,遂把《读书零掇》拿出来,以抄未完的《鲁拜集》。一气抄完了,又把《茵梦湖》也抄了几段,暑假中看过的书,算是完全交代清楚了。

佩心在我午睡中看了我的日记,见记载昨日的事,醒来他就去他家了,我也跟着就去。他说有许多话要向我说,半天才吞吞吐吐涩口的说出来,原来就是他看过我的日记后,又很伤心的了。他说怕疑我以为他是真个侵侮我,其实我很知道他的习性,惯爱和熟人嬉戏,逗嘴,不过真是如他所说:"太过火"吧了。在当时他乘兴逗起嘴来,他固无心,然对方则难免难堪,对他立时有愤,其实这都是人的性格,无有十分的涵养的缘故,所以嬉笑时双方不慎,就不免上脸了。

八月廿八日　礼拜日

在明天就要开学的今天,我不知心里怎样,老是怀着——不放心又好像是有许多未完了的事情似的,总是想来想去,甚觉不安,又把《文学评论原理》附录《诗学总论》来看看,不料他里边却尽是反对现在的白话新诗,说旧诗如何的音律好,说诗与文的区别就在音律——看来真叫我发闷,我再无心看了。亏他还要说,他作这篇的意义,是希望现在的人赶快反省,不要走入新诗迷途,使诗学沉沧,哼! 立在现代的人还有说这样的话,真气人。一咕噜扔过它,再也不看它了。

午后看《西子湖边》,笔稍幼稚,惟描写亦有惊人之处。小说两篇看来不佳,《西子湖边》却很有味。

八月廿九日　礼拜一

学校行开学礼,暑假不觉过去了。

今天很早就去学校,经过香炉营,叫上葆明一同到了学校,这时院中人已不少,我们就先去卢先生家坐坐,谈了些闲话,就出来到院中寻教室,却〔找〕不到,我们又回到一年级时的旧教室里了。随着诸学友到礼堂坐定,移时,新旧同学都联袂而来,尤其是新来的女生,红红绿绿的点缀其间,饶有风趣。好挤好臭呀! 位子挤得紧得很,人真多呵! 开会了,国歌校歌大声的唱了,刘哲总长先生登台了,说了些不让学生参加外务、要埋头读书、不要管外间的事务,哈哈! 刘老总长太多心了,附中的学生向来是做闭关的读书的。刘老总长赞扬附中向来不闹风潮,不参加外务,是北京很难得的中学,啊! 啊! 受他方(黑暗)的赞扬,是多么"耻辱层层"的啊! 醒啊! 我的同学!

八月卅日　礼拜二

今天是本学期上课的第一天,一切都是新鲜的,把我二月来死的环境,一下子又变成可爱的学校生活,我是多么的充满快意呢。今天一共上了两堂,此乃因教员不到之故,其余的时间,我们完全用在打队球的工夫上了。打的我手腕发痛发僵,好不难受,啊哟! 运练一个好的身体,在平常每天打球也不见得进攻,若中途停止几天不运动,这时再运动起来,竟这样痛瘰,这岂不是无进步,而更是前功尽弃了。做好事真不容易呀! 由此见到。

下午不忍辞校归家,遂去街铺买一对乒乓球来,同几个同学来到〔？〕,不料我竟为王了。直到筋疲力尽时才终止,归家。

八月卅一日　礼拜三

很早就起来,真静,真清爽。跑到学校,本班里一人还没有,这是我自来附中第一次的"早到",啊! 破天荒!

在清静的校园中来往,不久同学们渐次到来,就开始打队球,但是球技并无进步,还多有退步的现象,这一定是暑假不练习的缘故吧! 我班的国文教师是新来的吴先生,他不会说京话,半京半粤的来讲,很有许多地方听不懂,而且他是主张文言文的。他说新诗将来恐无存在的价值,就白话文亦远逊文言,唉! 遇到了这样的一个教员,我们班向来著名的老夫子、八股家、翰林家又该大吹大擂起来了。有人说无论什么,愈求新愈好,不要开倒车,但我处在这种情形之下,该新呢? 旧呢?

九月一日　礼拜四

今天又是个早! 去了班里还无人! 第一堂上国文,讲《墨子》,墨子的文章很朴实,容易看得懂,我打算以后买本《墨子闲诂》看看。午后本班开自治会改选大会,乃因级任未至,同学大加捣乱,成什么体统,真三年了,愈来愈没自治精神了。小孩子们办事真讨厌,我最恨和小孩子们开会,因为他们正经的不懂,只顾调皮捣乱,专门瞅人罅隙,闹些小意见,就一下变脸不办了,总没办到底的精神。

卢先生说:赵王保君已允所言,缦云社又有复活的曙光了,并请卢先生介绍别班同学加入,将来一定要大加扩充,努力办个轰轰烈烈!

九月二日　礼拜五

今天一觉醒来,从窗户间已望见黄色的光辉,不禁吓了一跳! 起来一看,已到七点,真晚。上两天都是五点半,为什么今天破例了?及至跑到学校,离上课时尚早,遂约同学去操场打球,但因人少之故,无兴归室。

上午一连上了四堂,但下午一堂都没有,一点事没有,只在图书馆坐着,翻翻报纸,唉!学校糟到这种程度,还能说什么?好的教员大半走了,好几门的功课到今还没教员,这怎么求学呢?唉!教育在现代中国算是没生的希望了。

晚间在一院坐谈,与霍君谈到附中,都不禁连声叹息,唉!没钱什么事都是不能办到的了,精神究竟胜不过金钱的压迫。

九月三日　礼拜六

今天上唱歌,是一位女教员教我们,她的一种少女羞却〔怯〕的风度,清巧纤亮的话音,使我不敢直看,只埋着头细听这呖呖莺声,诚如佩心所说,少女的说话也是最好的音乐。

当她侧着身子在黑板上书写的时候,我放量的瞅她——细薄润嫩黄白柔滑的下脖弯,和桃花似的颊儿,还有她剪的短发,披分两旁,又是多么别致温雅,更可爱的是伊齐膝的裙子下的两着〔个〕丰满的腿肚,和雪白的鞋。这样我细看了,真是不由得我想:为什么一般人只求肉性的放欲和侵凌女性,像这样的女性,只能允许细看她的细肤,和轻微的接吻,也就大乘人愿,那样污秽的交媾,对于这种女性是万不当施行的,最好是如同鲜花一样的看得,只能观看而不能侮猥的。

九月四日　礼拜日

礼拜日向来是最烦恼的日子,也不知什么缘故,锁在家里,无论干什么事情都做不到心上,整日的光阴就消磨在一院、二院来往间了。

晚间正院里乘凉闲话之际,忽地左君来了,三忠祠快不能这样安闲自由了,虽然——热闹闹的满馆人士,熙熙〔嘻嘻〕哈哈,也很大有兴趣!

归屋看了阵《自己的园地》，里面尽是小品散文，谈论很好，但是无论如何也再不能看，只好息灯而睡。

晚间病魔忽地无头无尾的就跑来了，啊呀！病魔你为什么要缠我的身呢？

九月五日　礼拜一

谁料今天又生病了，上课真难受，一天的个不快乐，晚间人家都在庭前月下谈笑了，独有我不能领享此幸福，却一人睡在孤床上闹病呢，唉！

佩心进来了，他轻微的脚步，我顿然了解他爱惜我的意思，他用轻柔的话语来同我讲话了。他说要我洗洗出汗，他就亲自下手为〔我〕打水打手巾，一块一块不惮烦的为我压头。我直睡在床上，丝毫不动的由他治理，真痛快，洗完后顿感舒快。他又为我取来三张被子，代我蒙在上面，呵呀！好热。睡在半夜，我触起了许多感念，我想：世间的爱有三种，一父母之爱，二情人之爱，三朋友之爱。三种里面，我说朋友之爱最难能可贵，因为父母有私亲之故，爱之固是；情人因为有性欲男女等故，爱亦固易；惟朋友之爱，则全由真心所发，既无私亲之故，又无其他利害之故，纯由两方性情投合，朋友若能相爱，则最有幸福矣。

九月六日　礼拜二

学校里太无秩序，模模糊糊，尤其是我们这班没有级任管理，捣乱的太不成样子，上课甚至于连教师的话音都听不见，而教师亦不大管，真是没法子。

去师大与两同学打了一阵队球，趣味甚少，片时即归。到家和佩心谈话，又看了一气《墨子》。晚饭后，大家讨论中秋节如何过法，由我执笔书写，大家以〔依〕次讨论，一场吵闹甚有兴味。

九月十日　礼拜六

早间很早就起来了,我去三院折了数枝菊花回来,插在瓶中,非常美丽。我又和佩心收拾过节的陈设,把一张圆桌子设在东首,上面放了那一瓶菊花,我又采了五六样花,散布了桌面上,红绿灿然,美极!早饭吃了些月饼,就和佩心往厂甸拍照一像,以为临别纪念。归来天犹未霁,白雾蒙眬,真叫人讨厌,一个一年一次多么可贵的中秋节却遭了这样的天日,能不令人气煞!还好,真好,我们正在吃午饭的时候,那望穿人眼、盼煞人心的太阳竟居然露面了,一时云散天明,呵!快!快!月儿上来了,我们在院中的宴会开始了。瞧那样争避饮酒的情状,是如何的乐人呀!今夜我夺了酒魁了,比去年升一级了,对看皎洁亮透的月光,我的心旷然飘逸,不禁歌"明月几时有,把酒问青天"了!

回来一倒身,谁料竟睡着了。醒来则夜阑人静,月色横空,花影满院,仙风隐隐,此时我恨他们——佩心——为什么就回屋睡觉去了,如此清光良夜,一生能得几遇?不及时欣赏,实负天意多矣!酒醒口干,拿起那颗元宝式的西瓜来,大吃一气,惟因月色太静,小院半明半暗,令人不敢久在,遂仰头一观明月(则已斜西,光芒特别白亮,清雅夺人俗心),抱憾归屋就寝。

九月十一日　礼拜日

今天醒来,才晓得已经十六了,唉!十五过去了,快人的机会又闪过去了。今天特别是伤心的日子——佩心束装去清华去了,在一旦分离的一天,我们没有一句如常的话。他走了,但我只觉羞涩不能说一句送他的话,佩心!黯然销魂者,惟别而已矣!

九月十二日　礼拜一

在下课回来的休息时间,没有一个佩心在我跟前了,凡是和我很切心的朋友,很奇怪,总是不能在一块,如春涛、镜如,许多的人。这次暑假则和佩心熟识了,很恰心恰意的才过了一个月,他就要走了，若早认识几年——我为什么不在他以前二年在会馆同住中，却竟一句话都不说，很奇怪，今年这个最后的暑假才开始认识了他？我想这也是我的命运——不能和至交常处的命运——指示的缘故，若前二年认识了，不是就要处二年的工夫么，所以一直等到分离的两月中，命运才叫你认识他，等到很亲厚的离不开的时候，他就要让你们分离！唉！可恨的命运！

九月十四日　礼拜三

闹了好久的缦云社，一起一落，料不到今日能正式在礼堂开成立会了，张葆明君主席，以〔依〕次讨论章程，结果甚为圆满，并在当堂选举，谁又料到我竟被选为社长了。这次的社员一共七个，外班的四个，都很热心。将来一定有大大的发展。

回来接到佩心的信一封，他说："这里一切都比三忠祠好，只有一个大缺憾，就是没有我所爱的小友——你——在这里，你的屋里没有我的足音，大概也感到寂寞吧？"呵！佩心！"我所爱的小友！"这是如何的使我悲闷呢，星期日总能一见吧！

九月十五日　礼拜四

今天下午乐歌，大家满心高兴，呵！女性是如何的惹人呀！她今天穿了一件紫色的上衣，紫色的袜，虽然也美呵，但是以我看来，不如那天白的好看雅洁。

她以先生自居，待我们如同小孩，她一点威严没有，只能说"请你们静点，现在上课啦"。这两句，她不知说了几次，我听了怪好听的，后边同学乱嚷乱闹，真叫我比她还气得厉害。在美人立在你们面前，拿她的比音乐还好听的莺语来同你们讲话之下，你们还不赶快驯如小羊似的静耳细听，却野蛮似的样儿，真是不懂情，美，薄待美人这是如何令人气呢。

九月十六日　礼拜五

今天本来是缦云社开会的日期,但三年一同学却都走光了,我们没有法子,也只改会期于明日,哎哟! 缦云哪! 同学们不热心奈何,假如以后同此,那可就不成了。缦云哪! 你快凭你圣洁的灵魂,拘起他们的精神来吧!

回家来看《自己的园地》,并《木犀》。

九月十七日 礼拜六

还好,缦云的前途,很有希望的色彩呢。

下午上化学工艺,真是再也料不到我班竟和三年四班合在一起上课了,以后这堂再不寂寞了,又成了大家顶愿意上的课了。在一堂共处之下,〔学〕工化的当儿,满耳莺莺燕燕,满〔鼻〕芬芬馥馥,呵! 快哉! 快哉!

可惜化学工艺只上了数分钟就下课了,我们就召集社员开会,成绩很好。我先主席,因为我后来精神太乏,而且话音亦不响明,遂下来,由葆明代我。三年一方面主张一定要让社长主席,但是我们力反,最后决定另选主席,结果葆明当选。

九月十八日 礼拜日

昨天下课回来,一进栋室,不料佩心竟在床上坐谈,呵! 真叫我喜出望外了。子栋说我们见面就是一笑,真个猜着我们的情景了,才三四天不见,见了倒好像远离多日似的,羞却却的一句话也说不出来。两方都一笑,呵! 这一笑呵! 含着多少亲密纯洁呢? 晚佩心息栋室。

今天早晨一起来,佩心就往打磨厂去了。我一人无聊得很,就拿出《木犀》来看,最后一篇是张资平作的《圣诞节前夜》,正看得高兴,却听吃饭钟响了。

今日恰巧耀五等从南京返归,佩心照料他们,于是我就和爱樵往真光看《赖婚》,啊! 数年的宿念偿清了。

九月十九日　礼拜一

耀五赠了我一双从上海买来的花纹袜子,我再于此地谢了。

下午回来和耀等闲谈,虽然恢复了从前七月十五时的谈笑生活,但是少了一个佩心,就觉得孤寂多了。

九月廿日　礼拜二

下午在耀屋拿起一本《少年中国》来看,很好,里面一篇《新诗略谈》(宗白华)尤恰我意,于是拿回屋来看了。

晚间耀来我家谈南京游历,什么秦淮河啦!明故宫啦!莫愁湖啦!玄武湖啦!还有紫金山、中山坟啦!说得一片花天乱地,惹起我无端的南游心,假若父亲准呵,我初中毕业一定要去南京上中大附中,那时一定很快活的。

九月廿五日　礼拜日

今日上午同耀五去琉璃厂给佩心订讲义,又去照像〔相〕馆,取上了耀五的照片。一路欢谈归来。路经师大校门,见铁栏紧闭,问之乃知警厅又捉学生了,啊哟!处在这种社会之下,连学业也不能安心致了。唉!

饭前同耀五乘电车至义兵操场看中央足球队与义兵赛足球,看了一个太姆,也不见球进门,我们遂锁〔钻〕出人群去东安市场游玩,因为父亲今天给我寄来五十元钱,心里高兴太多了,又想买点东西了。游历了半天,耀五买了一本旧书,我却甚都没买上,出来经过赛球场,问了人家才知中央队输了,唉!中国的球术究竟不行。

九月廿六日　礼拜一

抱着满腔兴头,于下了课,就赶到邮政总局取钱,谁料还没有寄来,真叫我失望不少,出来没精打采的坐了车回来。

耀五接到了钱,遂于今日买下一辆自行车,我就和他说好,上街去配眼镜去。到观音寺、大栅栏跑了三四个来回,终久才决定在

"中央"配上,说定明日去取。

九月廿九日　礼拜四

好容易盼到上乐歌了,韩先生今天却穿了一个长背心,黑色的,雅洁幽美,真令人消〔销〕魂。她出了两个题目,叫我们回家作去,呵! 多美!

下了课,本班和高一赛队球,打了三概姆〔game〕,输了三概姆,真泄气!

回来和耀五骑车去东安市场,买了一个帽子,照了一个像,归来暮深,在屋里吃饭,兴趣特甚,比天天在饭堂中吃舒服多了。

九月卅十日　礼拜五

今天下午第一堂本来郝先生约定要上英文,谁想到那时同学们都躲在操场打球,不肯回去。到后来,因为郝先生死守在教室里不走,没法子,我们怕他生气,遂全体回来听讲。一场趣事告终。下了课,又到缦云社开会的日期了,遂召集社员开会,成绩大不如前,人人都不愿意来,只敷衍了事。有人还提议下次不开会,唉! 事是这样不容易办呀!

十月六日　礼拜四

韩先生今天又是一身新衣裳,最好看的是那一个桔〔橘〕色的暖帽子。她今天亲口好好的给我们唱国庆歌,呵! 我简直写不出来了,我不能写出我当时听过她那美妙动人的歌音后的神志了,她唱了一曲,竟令我班的人个个销魂!

十月七日　礼拜五

佩心从清华打来电话,要我明早就去清华,但我因不愿告假误课,所以回来告诉给耀五,要他先去,若有要事,再打电话给我。

十月八日　礼拜六

去清华参观该校庆祝国庆日盛况。

　　赶快上完化学工艺，我就回家穿上新买的制服，骑上车出城往清华去。一个人走路非常无味，大不如上次来清华的时候那样高兴了。直到暮色侵来的时候，好容易才到了清华，但佩心、耀五已不在屋，去了礼堂了。不多时，他们都回屋，说我误了时机，没有看上抢旗的热闹，呀！原来清华的习惯，学生到了国庆日，就在礼堂前大树顶上插小旗一面，全体学生都站在树底，各班管各班的乱抢，若别班的爬上了树，这班就大拉特拉，不让他上去。这次抢得更凶，流血破衣，热闹极了！吃过了饭，我们就去礼堂看游艺会，滑稽电影最有趣味。会散后，一出会场，见满路放着火把，各人拿一把，拿上就游行四围到野草垛上，就扔下〔校右〕，一时大火烘天，清华的学生排队站在火堆旁，各班比赛校歌和欢呼。欢呼中奇奇怪怪无所不有，比赛完了就到五色电灯国庆彩牌楼下听委员长报告成绩，啊！清华真有精神，真快乐！"名不虚传"，果真让清华占去了。

　　十月九日　礼拜日

　　游圆明园故址，午后偕耀五归城。

　　早早的起来，吃过点心，就与佩心、耀五往游圆明园故址，一片断垣残壁，凄凉可叹。在这里引起了人不少的感慨和悲哀。高高下下的四围都走了一过，到宫殿的破壁下，拾了一块莹白的小石拿回来作了个游历的纪念。出圆明园，经过一道清溪，水从石门中流入，经曾经做过宫殿的乱石堆中速流，溪水清可澈底，寒静迫人，小鱼往来活泼亲人。佩心戏放小舟，一直流出园外，经白鹅丛中就不见了。我们说是被鲸吞了。归清华吃过饭，即骑车进城归家。

　　十月十日　礼拜一

　　学校礼堂中开庆祝国庆纪念会，会后与耀五、佩心游青年会，看电影。

　　十月十一日　礼拜二

一九二七附中毕业生（佩心亦在内）与校内同学赛队球、篮球。

十月十二日　礼拜三

佩心出城归校。

十月十三日　礼拜四

缦云第一期于今日出刊了，这是多么可喜的事呢！

韩先生今日和我们作最后的一课了。我听到她说："今天把我以前交〔教〕的五线谱从新概论一下，好等别的先生来交〔教〕时有个头绪"后，我几乎失魂了，但是面上还表示出不注意的神色，反同同学们讥屑她，我是如何的假面具呀！但我恨极我班那些捣乱的分子了！韩先生要走的原因大半就是为得上课太捣乱！唉！美人一去，相会只怕等到来生了。

十月十四日　礼拜五

今天下午为缦云社开会之期，但大家都风流云散，就连我也不很热心的到师大看赛球去了，但是后来却见葆明、单权找我去，于是我们就回到校中，开了一个小小的会议，议决出布告征集社员，并令各人回去都拟一个稿子，明日交齐，选出好的就写出来贴出去。

十月十五日　礼拜六

今天缦云社的征集社员的布告显显亮亮的贴在布告墙上了，这多么威风呢。

下午同单权君到教务课看报名的单子，竟有三个女同学加入，这真令我喜出望外了！缦云将从此大整特整了，缦云呵！愿你努力的扩充去！

在图书馆借了本《白话诗选》和《屠格涅夫散文诗集》回来看。

十月十六日　礼拜日

骑上车到绥远会馆，顺便看了看耀五，就出来到六生处闲谈。

再到孟兰处,看了看《文学大纲》的第四章,就到黑夜了,同了好些乡亲到饭馆里,热热闹闹得吃过饭,就独自骑上车,从黑漆漆的寒夜中跑回来。

十月十七日　礼拜一

今天再到教务课看报名的单子,竟有七个女同学的名字写在上面了,缦云真幸福了!

下午本班开讲演会,但因讲演日期过迫,所以这期的讲演员都没有预备好(我也是其中的一个),临时由卢先生的劝勉才又改到下星期一了。卢先生借这时候就和我班自治会谈判,直把个要被迫辞职的两会长说得无话可说,默认一切了。卢先生的热心及能力我是很佩服的了。

十月十九日　礼拜三

今天下午发文,不料我失望得破天荒的短文也竟在一等之列,虽然是散文诗,但料不到得到这样成绩,我真喜出望外了!

王庸君借我一本《春明外史》,这书我早就闻名,不料今日无意之中竟然借到,于是我就在发文的时间中高兴的看起来。

我的看书的习惯真坏极了!一切论理的文章十分讨厌得看,平时不过看几本纯文艺的作品,谁料今日看《春明外史》这样没大价值的旧小说式的小说,竟睡卧也不能释手了,我将努力的改过这种懒习惯!

十月廿日　礼拜四

今天下午本想赛队球,但竟不能如人愿,大半队员都逃之夭夭,于是我们就作篮球戏,也很有兴趣!

失望极了,韩先生果真不来上课了!唉!

回来预备了些开会的资料,今日上午已给三年四班女同学写信通知明日开会,将来明日一定有美好的结果!

十月廿三日 礼拜日

接到了镜如左手写的信,唉!好好的个人,竟变成独手人了。

日色清和,小院声静,幽情盎然,屋里明窗净几,满目宜人。我当这样的晨光中,坐在屋里整理旧书,忽地单权君来访,谈了些关于社务的话,就到葆明家。葆明不在,我们就到学校游玩,西院中丁香叶影满院,清静无尘,假若学校有寄宿舍,那我们不知怎样快乐了。

回来再找葆明,还不在,于是我们就分手归家。回来吃过饭,看了看《宋词研究》,葆明却来了。我告他些昨天开干事会议的事情,并让他明日把社里的会计事务交与三年一干事。葆明走后,我抄完选的文章,就和大家在院里踢毽子,真快活!晚抄补日记,并看《宋词研究》。

十月廿四日 礼拜一

今天下午本班开讲演会,本来有我的讲演,但临时我恐不会说话,所以推说不讲,唉!我感到不会说话的困难,是矣!是矣!从此后,努力致学,难道连这几句京话都学不会么?就是因为一个不会说话,不知道误了我多少年的事业,改!改!非学会京话不可!

晚间预备英文,后看《宋词研究》,很有兴趣。

十月廿五日 礼拜二

下午三时缦云社开会,虽然不如上次人多,但也很觉热闹,这次纯是研究会,首由卢方聿君讲演《〈桃花扇〉在文学上之价值》,他口音很好,讲得也很明白,足够一个学者,像我连话都说不来,真气死人!次由卢先生讲《文学之特点》,并说了些关于社务的话,卢先生对于社里非常热心,我们真感激之至!

女同学红红绿绿很点缀了会场不少的景色,但因此也很能引起我研究学问的兴趣!但愿此后都加努力,到明年毕业时能得到惊人的成绩!

十二月八日　礼拜四

今天晚饭后,或接到令我心弦激动、面热耳烧的信,却是素来在我心坎深处的人——雪友来的信。信中说怎样的钦佩我,还说如何的love我,说给我连写四次信了,都因为门牌写错,说她近日如何的思念我,求我千万给她写一回信,不要辜负了她的心——啊!我看后简直神迷心乱了,我有这样的福么?怎能令她竟能给我第一次先写来信,啊!这真有点不相信,故我写好一信,拟于明日在校时面与之,问她到底是不是她亲手写的。

呀!真料不到,料不到在我心里深想的人,竟能在未正式谈话之先,而能冒〔贸〕然的给我写来一封这样的可爱的信,啊!啊!我真高兴极了!快乐极了!

十二月九日　礼拜五

今天早就睡不着了,赶快就到学校里。到了第三堂下课,到图书馆一看见她也在炉边,偷看了我一下,但并看不出一些痕迹。冠民说她真有力,一点不慌(因为我已把这昨晚事告诉给冠民,故他知道一切),随着都出了馆门,她们上课了,我就和冠民在校门,他替我照了一像,我就吃饭去了。但在今天非常特别,竟吃见饭非常不香,只吃一些就出来了。回来就开编辑会议,她却躲在人身后,据冠民说(冠民也在座),她竟在偷偷地看我,我如何给她信呢? 会散了,适值冠民的妹妹来了,冠民就让她说给她,叫她别走。我给了她信,出来,她看完了,却走来说与我,说那信不是她写的——我是如何的失望呢,冠民说一定是她写的,不然她看你的信怎么一下也不怒呢?这是少女的心情,害羞的缘故。于是我们就回到教室,又写好一信,说明原由。她回家吃了饭,下午并没有课,却竟穿了一身新衣服来了,就她一人,我就亲手给了她那信。但是在第二次又见面,她却羞羞地跑了，到图书馆台阶回身望我或她的同学，我竟毫无勇气，不敢随着她到图书馆。冠民等都打球去了，我一人怪无聊地在院里走着。她出来了，但随着一大伙同学走出校门了，我到校门外，同冠民站了一会，不知哪一种力竟又牵引我回来了，校里没有她在了，我回去吧！回到家千思万想，再也静不住啊！这爱的力呵！我今天才初次尝受着！"爱"是这样的有兴，却又这样地令人苦思苦念呀！看明天吧！

十二月廿二日　礼拜四

今天下课回来，接到雪友的来信，令我就在今晚去他〔她〕家，我是如何的心慌，我连饭也不能吃了，赶快就去。

到了他〔她〕家，开头说了一两句寒暄语，就再都不说什么了，相对无言。其中的情景现在回思起来，真有趣之至！最后她说了，她说因为有黄君，所以终不能和我——，但她又说黄怎样地令她不快，说她并不爱黄，不过黄以前每晚来她屋里大哭，使她难堪之至！她请求我，令我给她想法子。我说：顶好随你的自由意志。但她总说不行，不行。

啊哟！她是怎样地可爱，在我的心里占了最高的位置，而她总说让我对她死了心，我怎能呢？一直谈到十二点，我才离走。

回来伤心得很，睡也睡不着。

十二月廿三日　礼拜五

早晨起来，朱、张就来了，我就写信一封给雪友，今天整日昏思，我的心身都被爱之神缠得紧紧的，唉！"爱"是这样地苦恼。

随着朱到师大吃了饭，又到学校玩玩，和卢先生谈了些话，就与张、朱又一同到单家，谈到黄昏，拿了一本《文艺论集》回来。晚饭后，竟想不到佩心来了，真使我受了创伤的心灵得到无穷的安慰。

十二月廿四日　礼拜六

今天早间考完国文,在校里真没意思,一直等到下午上化学,才见着她,但谁也不理谁,没事似的。

还有在今天未上学以前,给〔得〕到她的来信,说我在那晚走后,她如何的伤心,说她为了我,每夜不能安眠,但万分的不能和我——我简直昏乱之极,她为什么不能呢?这其中一定有很伤心的事使她……

下午正看赛队球的时候,竟接到她的电话,约我于今晚去见她。啊! 我是怎样地快乐! 我真感谢不尽她!

晚饭后,到了她家,起初说我那封信写得太粗心,为什么已经允许了对她死心,还又说那些话,使她——唉!我怎能死心!如今你在我的脑里藏的太深了! 不能忘你! 她要把她的姐姐介绍给我,说她姐姐愿意要我做她的弟弟——唉! 雪友,你怎能这样忍心! 到谈到最后是最快心了,她的骄〔娇〕嗔微笑,真使我——时间真无情,已经十二点了,我只好走了,她端着灯,我替她锁门,不觉之间双手轻触——分别的时候,她站着,灯光照着她的面容,她轻轻地含笑带羞说:"真的,明天来呀!"唉!这句话,是怎样地撼走了我的灵魂!回来,不用说,再也睡不着。

十二月廿五日　礼拜日

今天上午和同学在"中央"看完电影,吃完饭就赶快到了雪友的家里。初去了,都不好意思的对面坐着;就是说,也是不投心的话,她总是要我不理她。坐到六点了,她也不肯吃饭去,仍然和我围炉坐着,她的手接触着我的手了,当她倚坐着椅子,故意的把手放在我的身边,我是怎样的微微而且慢慢的握住她的手。我俩都默无一言。在这黑暗都感到紧迫的空气里,心里的怎样的被爱的欲火燃烧着。——院中足声响了,破了暂时的欢快,又依然相对无言的默坐起来,到最后才极力的说些闲话。时间又到十一点了,我才离开她,独自归来。

十二月廿七日　礼拜二

今天接她打电话,又去她家,但她没有允许我。

十二月廿九日　礼拜四

今天下午寒冷之至,但寒剑撺着我,我又给她打电话,她说今晚没功〔工〕夫,约我明天去她家。

同□同去冠民家玩耍,胡谈一气,归来再过相思的生活。

十二月卅日　礼拜五

回来吃完饭,正出门去她家的时候,忽地接到她的信,使我大惊一跳。原来她信中说,她说昨晚等我一直到十二点,没见我去,她怎样的发气。唉!原来我听错电话了。她想是约我于昨晚去的。看完信,我赶快去她家,幸而她还笑容满面,尤其是她弟弟的说笑,增人快感不少。

今晚和她谈话,到十点就走了,因她有事。

十二月卅一日　礼拜六

今天从照像〔相〕馆取出像片,给她一个很美丽的贺年片。里面一面是我作的诗,名为《爱假如是一朵鲜艳的花》,一面是我的照片,她接到时定会快乐的吧!

今天上除夕了,时间真快,又是一年了。

一九三〇年

二月三日

　　一个人的生命到了已等游魂似的任东风,或西风也飘荡着的,也就很可悲哀了!一天一天飞也似的跑过去,在我有时竟觉得时间太可笑了!天天老是这样一套又一套烦的演映着,不也太平凡了吧?天天一样的睡下起来,起来睡下,在白日天天是一样的强迫着看看书,好像这就是生活唯一的责任,不能不尽一下似的!此外自己的精神还有什么灵神,丝毫无主的任凭什么他人的作用来支配着,为了他人的缘故,自己陷入悲愁沉闷的深闷里,自己向人说出的话,那就好像是梦呓或醉话,没人表稍微留心的听听!唉!日子这样过着!有时自己很想自振一下,想把自己全部的精神专恳的注入于什么工作的,忘了自我,一去不返的干去。这样生活或者可以脱了这样颓唐凄苦的情状,把这一度的生命也让它活森森〔生生〕的来过!但是这可能吗?从前憧憬着的文学已再引不起我的兴味;就是社会科学或者工作的实践吧,但这对我还不过是无聊无味!我仍然还是私自莫名其妙的悲苦着,越觉得生活的疲倦!

　　唉!一个人假若和人发生恋爱了,那真是再不幸也没有的了!爱情把你的精神吸去,把你生活的平静永远搅破,换给你的是接连不断的惆怅与颓唐;你的生命之主权,轻轻的从此送与了别人,你自己从此变成了可怜的感情的奴隶,你不会再有一天的安闲,就连在你的爱人的眼前也不会;你将时刻纪念着伊的名字,接连不断的苦恼,失望,哀愁,悲愁——占据了你整个的心灵,你不用再想做什么其他的事了,你就强迫也不行,也是徒然!你日日在她想不到中,已演过无数的伤心与失望的哑剧!你完全被人玩弄着,你已失了独立与自由!

在我整个不觉之中, 时间已形成一个段落, 现在已是一九三〇年的第二个月了,一九二九已成了过去的名词,我已马齿陡增,整整廿岁了! 有什么可说的呢? 青春永远飞逝了!

忽然又想起记日记,因而乘这个新年的开始的当儿,舍了那本旧的,重新换了个新本子,这里将是我发泄的唯一自由之地了!

二月十日

这真是在我生活史上可纪念的一页! 五年来和我朝夕为伴的三忠祠,现在和它永别了!三忠祠,荒凉的古寺,那里把我的青春埋葬(从十五岁到十九岁),并决定了我生命长途的路程,我的这一生里一切的花样在那里已种好了种子! 将来甜蜜的回忆里它是做了最美丽最重要的一页! 虽然,我相信它本身和我是毫无情缘,当我离它时我一丝也没有觉得伤感。但是我这一生一度的青春却偏在那里度过,可以说从它那里我开始走入茫茫的人世,把人生最有价值与幸福的青春在那毫无意味的荒寺里消费,在我真感到怜惜!然而一切过去了, 在这一生里再不能唤回那毫无声息的飞逝了的青春了!

搬来新明公寓,一切本来很合我的趣味,只是想不到隔壁住着这样一个讨厌鬼,又吵又闹,晚上鼾声如雷,令人嫌厌的不能安眠。我想我是不能这样住下去的,最近总还得搬家! 说起来令人凄然,因为在三忠祠住久了,所以意识的成了我的家园,觉得离开它搬出外面是开始过漂泊的生活了!

佩心做了这新房第一夜的伴客,这是很有意思的!

海伦娜明天来这新房,但我早在惦念着了!

三忠祠对于她真有无尚的最高的纪念,它是我们接合的佳地,那个小屋永远会锁藏着不灭的一切可爱的影痕。最奇怪的是当我离三忠祠那天,海伦娜恰巧来相会,举行了空前的最甜蜜的长吻,好像是对于这可纪念的古祠作告别的仪式,表示出酬谢它的意思!呵!三忠祠永远留藏着那许许多多波动我生命之流的影事,那些作了人生最有意味的一影一痕将永远刻在我的心头,同时三忠祠也永远会被连带着纪念着!

二月十七日

在我现在很想追记的是十五的那一个整天! 刚刚醒来正与温暖的被窝作难舍难分的 goodbye 时, 却听见纤指敲玻璃的碎声。"谁?"——"嗯——"这一个神秘而可爱的回声,多么的娇柔呵! 慌忙起来,一开门在这大清早第一眼就看见的是系我心的人。这是盘古以来仅有的幸福呵! 柔美相浓的幽会,深深的沉醉了两颗心,谁舍得分开呢?"今天是寒假最末一日,让我们做个纪念,去举行会餐吧"! 这样一个题目就被利用来了。

在饭馆里打了半天电话要请冰莹来,谁知她却没有嘴福竟不在校,于是我们两个照例互相奋命的大吞大咽起来! 今天的成绩果然不错,茜吃得比往日多得多,我也吃得够醉了! 维纳丝给我们下了请帖来,要让我们照像〔相〕去——这很觉得有味儿呢,因为我们从未单独的两个人照过像〔相〕。——步行过一段凉风拂拂的马路,经过了真光,于是就懒得再走,顺便照了,真有点不自然与娇羞呢。这第一次的合影呵! 出来她便要提议到美成家,还要保险在家呢。谁道走了这样长的路,却白白地扑了个大空! 莫奈何转回马头再回归新明。午后的阳光柔和的满了小屋,一切显得这样柔静幽美,围炉坐着谈那些最不关心的语句,或斗个什么巧,时间过得是这样可爱呵！桌上的表指到六点了，毫不经意间整整的一天就这样很快的过去了。太快了，她分明是一刹那呵！今天真是破题儿第一遭，海伦娜和我整整形影不离，紧紧的相会了一个整天，从早到晚，相聚了一天！呵！但是一天虽然一天了，可是谁觉得尽心尽意了呢？不满足呵！就这一生里形影不离，我相信也不会感到□，感到满足！呵！祝福呵！海伦走后，暗夜里剩下我一个，孤坐灯前，回忆的再享受白日里的温柔，度过了这茫茫的冷清清的长夜。

三月九日

今天开学，早早地起来，楼台一望，竟是薄雪飘飘，洗漱后往学校，三周附中的寂寞又被搅乱了！

开学后已经整整三周了，可是我竟在本子上未记一字，其懒之劲可见一斑矣！公寓里住来了绳环、小左俩同班友，寂寞倒不寂寞了，可是大好的光阴被荒废的时候就太多了！开学以来，兴趣当然是一毫无有，偶然在国文抄本上画了一个大"厌"字，还附记了这是"一九三〇年开学以后对于附中之感"，竟被卢先生发觉，他劝我既然在这里无心留住，最好在暑期考了大学。不知怎么，现在精神颓唐的很，自信一点干的粗气都没有，每天就在这样马马虎虎之中偷活着。读书会使我感不到兴趣，就连组织也不能使我沉下心去工作，对它好像没有关系似的，呵！你个生活的疲倦者呀！

在现时每日使我刻刻难忘，维系我全部精神的是海伦，但我也知道我的生活所以这样平淡，生命力这样萎靡，的确也就是因为我太把所有的精力去放在爱的怀里的缘故！然而有什么法子呢，我实在没有力量能和"爱"起对抗的战斗，我完全屈服在它的支配下，我连一丝丝的反抗都不能有。

海伦在这个星期里连着来了四天。每天下午使我沉醉在爱的享受里。我忘了一切，我昏迷了似的，只知有红艳艳的香唇，热烈温柔的拥抱;媚人的戏语是那样颤动人的心魂,魔人的撒娇是那样的昏迷了人的意识!呵!爱的海伦,既然在生活里存在了你,我还再能怎样呢?爱已经全部的将我吞没了!

近两日来,阳光打破两周来的阴云,放射出这样可爱的慈和的光彩,春的气息显然是吹到人间的鼻孔里了!今年的春光又到了,海伦说:这个春天一定要好好地过过。是呵,这个春天无论如何不能让它无声无息的飞过去!

三月十八日

这几天来,关于工作方面渐渐感得兴趣,连日跟明道商酌,青年反帝同盟已于昨日(十七)下午开了成立会,与会者九人,但个个都表示出十二分的热烈。这真是一个希望呢!今日"三·一八"四周纪念,学校放假。天气这样温和光明的可爱,晨间楼上的春光真个陶醉了人的心灵!一上午坐在太阳下,看看《国家与革命》、十五封信,这样匆匆间就把一个美丽的上午消磨过了!!午后,施叔来,偕沉环一同至附中,等候聚齐参加"三·一八"纪念会,然而结果并未成功,空候半天!出校门徘徊街头,施叔去了,剩下我们俩不知所可,信步乱走。春风这样吹拂人的面肤,送给人这样奇妙的快感,一时想起陶然亭来,兴致爆发,于是两人大开其步,至陶然亭畔,或见香冢处伫立一人,视之则刘姥姥也。在这样荒野坟丛竟碰着一个同学,真叫偶遇了!亭园春水漪澜,草苗微翠,过阡陌,访评梅墓,三人立碑前三鞠躬致敬,后又至高君宇坟头,细读评梅所题之字,最后一句"直到我不能来看你的时候",真使人心里感到一种凄楚。"人生如寄",这样颓废悲观的心情又爆发了!三人游魂似的徜徉于坟丛之间,心里充满着感慨凄凉的豪兴。登陶然亭瞩目四望,后登城垣,望前后墓碣垒垒,荒草凉风,在这样景况之下,我的心有点茫茫然了。光景好像有点晚像了,于是大家辞陶然亭,缓步而归。过道明寓,休息,并谈及中国社会及革命等问题。归寓时,进屋一片凉意,我的心好像失望似的空虚了!呵!海伦娜,三天不见了!

三月卅日

昨天是七十二烈士纪念日,上午的光阴送与海伦娜消受了,她管着划我的日历。我说:"就你把我的日子给划掉了!"真的,我生活着完全为她了。在昨天沙风呼呼的春寒无聊的日子,有着伊陪了我半天,享尽了人间所能的幸福,娜真情的流露是这样夺去了人的意志与心灵!我有时会感激的与快乐兴奋的流出眼泪! ——呵!说起了眼泪,又记起前天的事了,娜拿来丹顿给她的信,让我看。在我看后,心跳的厉害,感情激动的很,但我并没有表示出什么,只禁不住不自然的静默着, 躺在床上, 然而她却停了停就走来躺在我的身旁——呵!这显明的表示出她的心迹了,她是真实的只是属于我的了!当我抚慰她的时候,她的眼圈红了,终于被感情充荡着哭了!这时我记起她第一次对我哭时是因为冰川, 而这一次却又因了丹顿了。我想到男人们不经心在意的侵略女性,只是片面的为着自己不贞洁的冲动,他并不为女人想想一点她们的痛苦!同时我又想到在少年少女之间是不会有"朋友"关系永远维系着的。我很要不能为丹顿原谅,为什么他明知道娜的心情与情况而却偏要给她这样一封信,故意给她些难忘的痛苦与对于朋友绝望的哀伤! 总之,人类是自私自利的动物, 只知道有己而不知有人, 只知道找自己的快乐,并不稍稍为他人想想。虽然我这样同情于海娜,但是我并不彻底知道她为什么要哭?

海伦娜支配了我整个心灵——诚然, 如我昨天告她的话,"你是个魔鬼,对于我"。虽然她要回答"谁让你碰着我!"——她把我的思想与精神弄坏了,因了她,我不想写,也不能写;就连看书,也不能回头思索一下书的意思,只是一往直前的看下去,不想加一点思索对于一本书。呵! 我是个弱者,我只有顺着命运生活着吧。

今天礼拜,孤单单地太觉得无味,没法子,就想吃,不知道零吃了多少次! 今天的成绩就是看完一本《一周间》〔注:苏联作家李别金斯基著〕,这本小说真不坏,和《第四十一》〔注:苏联作家拉夫列尼约夫著〕大有相等的味道。下午她说要来,但终于失约了。

四月五日

礼拜二学校开始放春假三日。在这天我们几个人合组了一个"访春旅行团",商量了些计划,每人骑车一辆,往西山旅行。这天上午就跟小左跑来跑去借了一辆车,下午又买了些食品。第二天清早,十一个人都会齐了,那就像一座直转的机器一样,我们的自行车形成了一条直线直穿大街出西直门。祝福呵! 大自然送给我们这样美的春光, 郊外的空气是这样清爽的要使人沉醉! 在这条长路上,很费了些时光与耽搁,一直在十点才到了香山。依样葫芦,跟往年一样的跑到双清,高坐山尖上,大吃其面包。以后寻山而上,可惜在这十一人里,竟找不出一个同志。一个如我似的英雄,一股气跑到山顶,他们都累的要死,无论如何再也不往上爬,于是只好作罢,真不痛快呢! 下山后就往碧云寺,这一段直倾而下的斜路,骑着车太痛快而有趣! 差不多用不着蹬就跑到碧云寺。西山中学里寄住着高一部三的旅行团,但他们真可恶呢,因为怕我们要住下,竟在趁我们出外时把门一锁全体逃之夭夭,给我们一个回避牌,一道逐客令,真叫岂有此理! 天太不作美! 荒风竟然出人意外的吹起来了,于是一行人都觉无聊,遂定即行归城。这一场春的旅行便是这样可怜的算完了!

归途中本想顺路往清华访佩心去,但一想佩心几次进城都不找我,而且也不给我来信,在我想来,我们的友谊之间显然生出裂痕了,因此再无兴往清华,就无可奈何直奔西直门回公寓。晚上一点不觉得累,还看了好些书,而他们——那些同行者——却个个已经人困马乏,烂屁股的烂屁股,四肢疼的四肢疼,真叫我笑死了!

第三天,春假的最末一日,海伦本来应该来,但她竟居然失约了,一上午的不高兴!无可奈何,就想出一个消遣的方法,约了小左骑车跑往中南海大逛而特逛,呵,这里才锁着最美最活泼泼的春色呢!尤其是那无边的碧海,清澄淡翠,波光万顷,真个令人消〔销〕魂!坐在海边,被海风吹着,真有说不出的快乐!下午往师大打了一阵队球。晚与明道闲谈。

礼拜五,本来海伦说早早地就来,谁料就我等到一点还不来,我真气极了!后来她来了,我故意不理她。大约有两个钟头的光景,她也不理我,后来我越觉得无聊,就请她走。她真气极了,气得很难堪了,马上跳起来,就跑出外——呵!我这时呢,我全身颤战了!我不知道什么,也无理由的,茫茫地随她出去,追到大街上再把她叫回来,我们的局面弄成这样难以为情了!她又哭了!哭得很厉害,就在我抚慰她后还是要哭,后来好容易这一阵乌云过去了,温柔带笑的阳光重新出现了!我再看见她活泼美丽的笑的眼睛,笑的嘴唇,笑的两腮,笑的两个笑涡——在我们的史上又添了这样一段可纪念的影痕!

今天,海伦八点来了,不凑巧,大头也来了,讨厌极了!白白地耽误了好些光阴。今天真个令人消〔销〕魂了!海伦多温柔呵!任凭我抚摸亲吻了她的全身,那两只可爱的突起的乳头,正好"盈握"呵!然而一件事太令我自己叹惜我自己了,这都是自招的祸患呵!今后当努力除掉这个恶习了!真不能和海伦分开了,我们俩打成一片了,怎样能分开呢?谁舍得走了呢?海伦走了,走了!顺路访三忠祠不遇佩心,打一阵乒乓球,归来晚春雨绵绵。明天一早海伦要来,我好像特别惦记着这件事,睡了。我希望当我睁开睡眼时,便看见海伦站在我的面前。

四月廿二日

日记又好久不记了,我竟懒到这样的程度!在这个期间,有一件是有价值的事,就是我跟海伦约定,每周每人必须看完一本文艺书、一本社会科学书和作一篇稿子,已适〔试〕行了两周了。头一周成绩最好,第二周自己因为学校乱七八糟的事太多了(如上周学生会开会,凭空又把一个代表大会主席的位置搁在我的身上),所以仅仅看完一本《母亲》(高尔基著),她呢?成绩也够糟,这真是不好的现象,有点五分钟的嫌疑,从下周起当努力实行!

这礼拜日学校开运动会,真热闹呢!

记得上礼拜六海伦和我去南海划船,那才有趣呢!我们俩飘浮在海心,随波逐流,飘飘荡荡,真有说不出无限的美,无限的欢快!犹记得在海心阳光照耀之下,一翻身在船里和海伦一吻,那才妙呢!这礼拜六又和贺、左等去划船,相形之下,才没味呢!

昨天是礼拜一,学校放运动会休息日。我从十一号搬到九号,正在早晨酣睡之际,海伦来了,她却不敢叫我,等了半天,我才醒来。这一天春阴了一天,海伦陪我一天,一天是多么长的时间,但就这样飞快的不经意间完了!这屋子三面窗户,凉风吹来,真有水阁凉亭之风。和海伦并坐在北窗前:我们说到了昆明湖了,因为窗户四周围着浅蓝色纸,凉风吹着白纸或或不已,如同浪声,真痛快死人了!

前几天热度骤增,赛过酷暑,但这两天却又这样凄冷了!今天午后海伦又来了,右丞也来会谈,黄昏时郝、徐等来开会,讨论关于工作事,然而自己精神是这样恍惚,对于一切都没兴趣干了!

五月卅日

日记又几乎一个月未记了!为什么我的生活总是这样颓唐?这

样过的没意思?我真怀疑我自己了!我的生存是不是应该?像我这样的人死了也并没有什么损失的吧?

这几天来,尽是些不顺意的事!特别是关于与人交接——使我非常苦恼!也许我是个很情薄或者难对付的人,然而我又非常自负!我觉得我的性格虽然有时激烈一点,粗一点,尤其是说话时好急,然而我觉得我对于一切人是满具着同情与怜敬的,我总觉得我是了解我的人太少了!这几天对我 H 特别不满,前些时那样的亲热,现在竟特别恨我,因之我也特别厌恶他,虽然当我深深地回想时,我总觉得这个不幸是太不幸了!我为之这样的悲哀!我真发愁,我不知该怎样去对付人,唉!人是这样的难以对付!写到这里,使我不得不想起海伦,连她也是这样——是我的错吗?然而她太缺少温存的举止了!她好像一个木块(也许她还是害羞?),不会抚慰人,也不会埋怨人,好像是个机械似的,她对我简直一点也不关心,仅仅不过一礼拜来见几次面罢了!对于我的生活她一点也不理会,我真不知道像这样的爱人有什么可必要的;除使我生活更颓唐以外,再不会怎样。

这几天关于人与人的交接关系上,使我陷于痛苦之域,我不知我应当怎样去对待人?同时我非常可怜的叹惜自己没有一个真的体贴自己的人在自己的身边。写到这里,又使我纪念起小约翰了!我相信假若有小约翰在这里,我不会这样孤独的可怜了!

七月二日

学校放暑假了!不觉之间半年又抛过去了!今年这个学期对于我是有着危险与不幸的事发生了!这是五年来在附中第一次的……我终于被多数教员与学校当局的"愤怒"而给我一个"特别惩戒"了!当我听到这个消息时,我丝毫没觉得奇怪,因为我早在预计中了!这学期我在会刊上发表了好些学校当局所认为危险的文字与讥骂教员的稿件；在学生会我又做了三个主席（学校最引为注目！！！），更又发起了反帝同盟，标语呀，宣言呀……自然这些最是学校所最愤恨与极力想消灭的！我在学校当局者眼光之下，已成了一个暴徒，坏蛋，危险分子！主任在纪念周上报告过我，卢先生亲口说过我数次，汪伯烈跟我吵过两次架——他们早在想谋着让我滚蛋，刻刻在找寻机会。唉！这也只能怪我自己，我终于在本学期的最后一日给了他们一个很好的借口与机会了！就是说我因愤怒在考试堂上把试卷撕掉，他们以为这是侮谩师长、考试作弊——这些罪名是可以把我提出校务会议来处分了！因董先生过后跟可说，当时会议中情形异常紧张，各位教员费煞心血把我身上想罪名，一切我最不留心的小事，都让他们一一的追忆起来。结果我的罪名是侮谩师长、考试作弊，还有一个是我绝想不到的——"引诱女生"，这放的是什么屁！我何时"引诱"过女生！放屁！放屁！他们不好意思把嫌我思想过激与行动危险为名，而居然会将引诱女生这个很利〔厉〕害的罪名加之于我！呵！天呵！统治者是专门会干这种陷害、诬蔑的好事的！他们是要开除我的，但也不知道他们又怎样估量了一下给我一个特别惩戒！我在附中九学期得了九个甲等的操行成绩，而这个学期突然降为丁等特别惩戒，几乎开除，这在附中训育方面说来，岂不明明表明他们的教育是破产了吗！把我越养越坏了！卢先生竟居然说出这种话："你们班操行郭良才最坏！"好！我从前（几个月以前还是）在你心目中算是最好的学生，而现在竟或然变成最坏的学生了！在你一定感到奇特，然而我却一点也不奇怪，我觉得我的操行还和以前一样！假如我现在的操行是最坏的话，那么从前他们所给我的甲，他们都是瞎了眼了！

　　给了我一个特别惩戒，统治者这种政策，我真觉得万分可笑！他们要给学生加些莫须有的罪名，这是多么滑稽可笑，而特别令人生气！

好了！我从今以后是附中最坏的学生了！

七月十一日

今天不知是怎样心血来潮，忽然想起我的日子了！呵！真了不得！暑期已经过去十天了！我本来预想今年暑期归去，谁知一方面父亲不愿，再一方面良俊又不知怎样老迟迟不走，所以弄得我又在这儿，苦寂的平城留下了！从一日至七日这七天中，我天天时时刻刻念着海伦，念着海伦跑到我怀里，消解了我的愤怨忧闷，谁知她狠心的小狗偏偏不来，真把我给伤心与无聊透了！整天昏昏沉沉，而又心焦的过去！然而我又不愿先开口请她来，这种心情真是说不出来呵！爱的苦闷！好容易七日她来了，心里感到不知其所以的如醉如痴的快慰！但偏偏今天搬家，从九号搬至十号。在这新屋里不知不觉之间我们俩就度到黄昏了，好快的时间，飞快的时间！

"青反"〔即"青年反帝同盟"〕开会，议决为反军阀混战出宣言，这篇宣言市委又让我来作了。在这几日间所看完的书是：《左派幼稚病》、《中国革命与中共的任务》、《煤油》（辛克莱著）上卷，还有几本杂志。现正看《科学社会主义历史的来源》（考次基）、《三民主义》（瞿秋白）、《俄国革命史》（杨幼炯）、《高尔基回忆琐记》，等。

十日，海伦娜践约来，真是破了个天荒，那双可爱的眼睛上竟没戴眼镜，然而另有一种风姿，亲人的姿态！海娜随便，可人，活泼的神态与举止，够使人神往的回忆了！

昨晚培基来谈，新从天津来，让我请他喝酒，于是又在鸿春楼上举杯了。

七月廿二日

放假后几乎快要一个月了，然而我自己每日心情不定，本来要归乡的，然而作砺、良俊他们偏偏事情太多，一直到现在还不能定了归期。

这几天我只有锁在屋里看书,因为海娜已有四天不来看我了。

前两天热得太厉害,我得了热病,整日昏沉,真正难受,然而有谁来看我呢?

这几天看完的书是:《科学的历史来源》、《三民主义》、《煤油》下卷、《丽莎的哀怨》,现正看《马克思传》、《茶花女》。

八月卅日

今天是新从家乡返平,别了一月的平城如今又在相会着了!下了车站时,分外觉得北平可爱,北平在我的心灵间是真个的故乡了!七月廿九日与良俊一同归去,〔在〕太原拜见了巨才〔注:即郭巨才,郭挺一〕哥,他的环境虽然名义上的监狱,然而实在是个有人生乐趣的天堂。他住在那里,有他的同志陪伴着,三人住在小屋里(也很洁净)论经谈道,每日还在研究和阅读他们所嗜好的社会科学书籍,他们的生活最有规律,决不像我这样的荒唐颓废! 看了他们的生活情形,我除过叹惜和愤恨自己之外,我内心里非常为他们高兴,这真是上帝赐予他们的好休养所和好学校!

归到家乡,每日除吃瓜睡觉之外无所事事,家中人对待我异常的好,这在吃饭的优美上就可看出来!然而我时时刻刻不是在觉得我是住在家里,而是住在店里,我每日心身不安,只徒〔图〕混混几天了事,假若家里人知道了我的心,那他们该怎样伤心呀! 唉!

无事时,常去神山与良俊谈谈(这是我在家乡唯一的谈话朋友),其余的时间就消磨在弟妹游戏之间。

在家乡时心里何时不在记挂着海伦?! 在梦里时常会遇见她,一场的大欢喜,醒来倍觉凄凉!

早定了七月初二日起身,然而一直被母亲耽搁着到了初五才起了身,乘汽车抵省时已三时,休息片刻即又去见巨才哥,第二天乘火车抵石家庄,晚再乘特别快来平,路遇胜旋,他乡遇同乡,分外觉得高兴!

今天快完了,一下车就给海伦打了两次电话,恰巧她都不在家,然而她已知道我来了,为什么还不来看我?别了整整一月了,我思念她心脏时时在怦怦地跳动着,然而她偏是这样冷淡寡情,唉!

九月一日

我实在再难忍耐下去,我不愿生活着,生活着只是一种痛苦,没有一个地方是我的乐土,没有一个地方我能安息!我的心天天在不安的难受的搏跳着,没有人能给我些安慰,也没有人肯给我些安慰,我所希求的人们都在冷落地弃了我——我在家乡,谢谢上帝!他们都很亲切地对待我,然而我不能安心适意的住着,反而天天愁闷难熬,满腹嫌厌之情,这是什么呢?上帝呀!你处罚的我太厉害了!你把我的身心送与了别人,我的魂灵刻刻在围绕着那人,无论在任何地方任何舒适的地方,我都不能安心的住下去了!我天天思念着走,天天思念着速返北平,我将家人留恋我的心毫无怜惜的舍弃了,唉!上帝!请赦了我的罪吧!在路途上我是怎样的孤苦伶仃的受着活罪,我借着无限的幻想来消磨旅程,我想着到了北平后的快乐,便忘了一切目前旅程上的艰苦,我在深深地甜蜜的幻想中好容易返归平城了!故地依然,然而总处处给人一种新的感奋,我一时一刻也难忍着,我恨不得立刻就见着海伦,然而别来已经一月,又谁知一切变化如何?我等候她两天有余,也不见她一些踪迹,那些朋友们知道我来了,倒都还纷纷来看我,独我作为唯一安慰者的人偏偏不怕我望穿了眼——早知平城也是如此荒凉,我真后悔我不在家乡多留几天了!

一切都是自己作怪,自己给自己烦恼,趁早回头摆脱一切羁绊,恢复了自己的精神自由吧!唉!人生!缠死了心的爱情!今日开学,无聊!!!

九月十一日

忽忽之间,返平已十余日矣!学校十日上课,一切依然,所不同者,我们这一班已升到最高班的阶段了! 个个在校院里摇摆,总自觉的是我是最高班了,处处显出些威风,哈,好笑!

陷在爱海里的人,他的感情真是瞬息万变,而尤其厉害的是不免太好误会! 当我初返平时,恨不能立刻把海伦摆在我面前,然而她却偏偏等等也不来,再等也不来,我那几天坐卧不安的苦态,与之怨恨海伦的心情,现在想来犹觉心动!然而这却是我错了!谁能想到我的海伦却偏偏病了!在我走后三四日后就病了!当她在来看我的时候,还满脸病色,柔弱的纤身,使我担心的不知该怎样怜爱了! 她说她有一件很不好的事要告我,然而她始终没说出,一直到第二次来时, 经了我的三番五次用探问及引入的语句才好容易问出来! 呵! 真想不到前些时我无心的戏语,现在竟然实现了! 不知这是什么缘故,从她告我这件事后,我们之间又特别生出一种热上加热的热爱,我们显然是纯粹地毫无隔膜的合为一体了!

我与心鸣〔公〕寓脱离关系了,这费了我半年的生命的心□,从九月十日起,我与它决然分别了,那市侩无赖昧财赖人的吕王八掌柜的,真足足使人气死,好在我此后再不会与他见面了! 我于昨日搬来永安公寓,这里要好一些。这几天看《唯物史观与社会学》、《通俗资本论》,辛克莱的《钱魔》早已看毕。

九月十五日

今天午后与校友赛球,一场无精打采的懒战,真真使人感到无限的不快! 回来是觉得这样无聊!

昨天那个礼拜日,在我未起床之先,雾就来了! 多么使人快乐! 依偎了一个整天,说起来整整一天,然而这一天又是怎么快呀! 不觉的就过去了!昨天是我俩的生命路上很有纪念价值的一天!当我向她商酌时,她羞却却地半晌也不肯说出来,直到我装出懊丧的样子,她才答应了说了两声:"好吧,好吧!"呵!我俩将在生命路上永久的伴在一起了,我们将永远保持着这种热烈的爱,依傍着走向生命的长途!其实在我们俩的心坎里,早已互相默许,不,在各人的心里早已将彼此认为确定的伴侣,不过没有相互说出来罢了!我们预料明年桃花开时,将把我们私下的约定公布于世人之前!上帝将会缀成了我们的目的的!

九月廿七日

人生是这样恍惚!我已经两日前从永安又搬到和平饭店了,我这样的漂居不定,正可以表现出我的心情,我的精神,是这样的无聊无趣!

整天在学校混混,打打球,走走步——这样一天一天的过去了!我假若有一个时候是不在无聊,那么就是在充满了感伤的情绪,这样恶劣的情绪,使我太不想往前努力,无可奈何就这样一天一天的滑下去。

我想说什么呢?我觉得我的内心的苦闷怎么也发泄不了,我不能说,也不能写,我只好就这样默默的过下去。

十月十二日

今天已是国庆日后的第二日了,上午才从清华园回来,不知为什么心里是这样的恍惚,无言无故的这样闷闷不乐!隔壁情话绵绵,听了实在令人难受!青年人的心为什么这样缠绵,只要在你心头刻上了一痕爱影,那就永远不会消磨掉,而是这样时时刻刻萦绕着你整个的神魂!呵!娜!

在清华仅仅住了一夜,便万分感到相思之苦,其实便回来也还是不能见着呵!人生就是这样永远有着缺陷, 没有一个完满的时刻。

从清华拿回三片红叶,呵! 红叶,我禁不住要回忆过去的影痕了,生命的路上布满了悲欢离合,当时的笑音便是他日的哭声。

十月十二日

我三天假日内,头一天是整个的和娜享受了,第二天早晨看完了一本斯托姆的《燕语》。这是一本多么动人的小册子呵! 它和《茵梦湖》一样,一样悲静的笔调,一样追诉的作法,用几个很平静的字或句子,却显出了无底无限的令人感动的哀情! 当我看完后,看到老人在听着燕子归来唱着追诉的声音时,忽然想起一句幼女的话:"不要忘记回来呵!"我眼底太兴奋,充满了泪珠——再看到"我只要看见一次这双眼睛呀,可是上帝把它们闭上了!"——"我们来迟一步了, 哈蕾燕森! "——"迟了五十年,——一生也就这样逝去了!"我真抑止不住我辛酸的感觉了,我陷在一种说不出的情绪中,默默地在被窝里躺着。我将我看此书后的情绪写信立刻告诉了我的海娜,我才觉得心底宽畅了!

第二天的下午,觉得很无聊,就约大头去清华访佩心。清华风景依然,只是新造起好多的大建筑来。佩心在我意识里总觉得是慢慢地变了,冷淡了,因为有这种情绪冲荡着,使我在清华怀着满胸的悲凉与不安,于是仅仅住了一夜,第二天早晨便回来了,呵!

回来只希望乃茜或者会来,然而没有来,偏偏隔壁的情侣情话不休, 于是我于无可奈何厌恶的情绪里看起小说《冲出云围的月亮》来,这本书在初起看的时候,觉得文章太平凡太村俗,令人不忍卒读,但是越往后看便看出它的美点来,书中写女主人公的行动太有点可怕,我不相信有这种女性!这本书写一个大时代下的一个女性,前日看过的茅盾所著的《虹》也是写的一个大时代下的女性,然而他们中间显然是很不同的!我觉得《虹》的前部比后部写的好,而

《冲出云围的月亮》则正相反。总之,这本书是比《丽莎的哀怨》要好些。

小说怎么也看不厌,一本很厚的书,拿起来一口气就能看完,然而理论的书则又是那样很难看完,至今暑假中未看完的《资本论》还未看完呢!

十一月十七日

日记又把它搁了这么久了!从一月以前吧,我又从十一号搬在这个极小的十七号了!在这一月之中,觉得无什么事记之。只在前三礼拜吧,燕大排球队约附中校队赴海甸作比赛,我方队员初则闻讯雀跳,以为以燕大华北高级第一久霸平城,所约之队也;继则莫不担心,以为将不知有怎样丢人的成绩呢!却不料,乘洋车直抵海甸开赛后,我方战斗力与燕大竟不相上下。第一局以廿一比十九败于燕京,第二局却亦以廿一比十九胜了燕京,第二局之终已夜色沉沉,故未与赛第三局。这样的战绩,真使我们快乐到极点了!来时以为将得两场廿一比零,却料不到这样勇悍的得到了燕京观赛者的赞语,所谓:"毕竟是附中。"而荣幸归来,这一伙凯旋的小将军们当他们乘汽车暗夜经野外归来时,真有说不出的快乐呢!

这一月中,什么书也没看,前几天是忙碌于解析几何,今天又刚把英文考完,所以弄得一点闲功〔工〕夫也没有,就有也恰恰好好送给海娜了!仅仅看完一本《达夫日记》,《世界史纲》则至今犹未看完。日前从孟浪处借来禹亭著的《小说十讲》一本,还不错,现正翻阅。海伦看她的《唐宋传奇录》时,我也趁机看了一些,其中如《虬髯客传》、《流红记》——等颇佳。

校友会会刊第十二期现正筹备出刊,我打算写一篇《左联与新兴文学》。

今天是礼拜一,她应该来,然而失约了,真该打!这一月中和她共同看过两次影戏。前天看得是李丽吉舒的《the wind》,并不怎样好。

十二月十七日

真巧,今天又偶然想起好久不写的日记了,今天恰是十二月十七日,整整一月未记了。

前两天我由逼仄的十七号又搬至廿五号了,原因是那屋的隔壁住着一个小家庭,孩子哭起来叫人要讨厌的不少作一刻之耐!我们的事,大概是作砺哥都告诉我的父亲与二母了,他俩都来信发表意见。父亲以为如果现时订婚,就举行最新最简单的仪式,但最好是到大学毕业后再举行。我问海娜,她也说不了什么办法,这事不知该如何办理。我没有一点主意,我简直不知该怎样了?对于这种事应该很严重的处理,但我们却还都是小孩子——只好听其自然吧!在这年假内我想去河南看看父亲去,就便商酌这事。

《校友会会刊》第十二期昨天出世了,封面很好看呢,这是自家的设计呢!但这功劳一半也是由于海娜,因为我看见她的一本抄本,才想起这蓝地金色呢。我写的那篇《新兴文学》又如同上期写的那篇《资本主义》,同样,经他们拒绝登载了。我真灰心,我再也不愿在这种腐败的势力之下做工了!有什么意义呢?伯玮先生就怕我说话,然而他又不好阻止我,今天当我把会刊让他看时,他一看目录上印有"几句报告的话",就赶快先翻阅最后一页来细看了。其实我没有说什么使他难堪的话,不过也有几句讽刺之语,他也许心底很恨我吧?唉,跟老者们在一起干事才困难呢!

这一月内左联师大组已成立,但不幸三次常会我都没到。最后这一次,潘还亲自先一日约好我来找我同去,但我却偏碰巧,同乡们明早就要归去,一下午去东安、西单买办给家里带的东西,以致不能赴会。潘真是一个以赤诚相见的人,他前天给我来封信,说他由《校友会会刊》上我的作品看来,我是一方面具有尖锐的普罗化的政治认识,而同时却还沉醉在小布尔式的爱的怀抱里。他说我今后应努力使我自己的思想与行动趋于一致的统一的普罗化。他这几句话正说中了我,我看了怎能不受大大的感动呢?努力振作吧!别再存有一点小布尔的浪漫色彩!

十二月卅一日

时间怎么这样快?好像做了一个短短的梦似的,一年就这样一刹那间过去了!今天是一九三〇年最后的一日,大雪纷纷,好像是表示哀悼一九三〇年的离别似的!真的,当我坐在这儿静静的想起这一年来的生活,一切过去的影痕便若如其梦似的;真的,过去的事迹和梦中的事迹回想起来又有什么分别?人说人生是一场大梦,那可不是千真万确?

一年就这样不留痕迹的过去了!诚如东坡所谓"事如春梦了无痕",叫人能追忆起什么呢?记得每年当迎新换旧这岁暮的时候,常要说些漂亮的发愤话,什么"旧的已经死亡,新的从明天开始!"——但是到了如今,连这句话我也不敢说了,有什么新的要开始呢?明天和今天一样,和过去的往日都无两样——

这几天来,海娜和我都病的不亦乐乎。我是伤风感冒,已经有一周多的战绩还不痊愈,海娜则又是害那不幸的女人特有的病了!所以在这些时候,我俩的心情都恶劣的厉害,时时觉得无聊!觉得万事万物都讨厌!我们俩碰在一起的时候,也就不像往日那样觉得迷醉有趣,反而要有时觉得平凡的讨厌!海娜特别爱哭,稍微给她些不好受,就号啕的痛哭起来了。这在最近连着发生过两次,一次是为了商议订婚的事,一次则为了迟到的缘故。在我们中间摆着的这问题到现在还没有什么线索,只看海娜怎样和她母亲进行吧。父亲倒对于我们这事特别关心,连着给我三次信了。

　　在这期间还发生了一件不幸的事，就是佩心和培基之间起了恶劣的空气了！佩心嫌培基冷淡，而培基则对我说，她从来没有爱过谁，对于所认识的男人都只是一种人类友谊的待遇。她所说的大概不会错，那个佩心要太苦了！佩心大概没有认清了培基的态度，而一味的自造起空中楼阁，一心以为她已是属于他的所有，——这样最后把真相穿透了，这必然要发生一个很大的悲剧，可怜佩心太伤心了！

　　左联改选了，前途很光明呢！在斗争中，人的生活个个都是紧张的，但只是我永远陷在无聊的深坑里自拔不起来——唉！

　　挺一哥来信说元旦有被赦之希望，不知果能如此吗？呵，天！

　　明天——一九三一年的第一天，元旦佳日，海娜会穿着新的红袍在一早来看我，这一次来会带来这一年中我所有的光明与幸福！

　　我预期着有一个深沉而热烈的拥抱与 kiss！

　　午后四时于和平店雪花飘飘的二十五号西窗之前

　　Kuoken

一九三一年

一月二日

新年！当我在被里想到今天是新年时，再也感不到什么新奇与欢快，只觉得和平时一样的无味！这是心情腐老的明证，当我想到这一步时，却不由自主的悲哀起来，悲悼我的一生一次的青春竟至过去了。雪花仍然纷纷，一夜的工夫，旧世界已变成纯洁的伟奇的银色的世界了。只可惜这只是一层外表，而且是瞬刻的装锦呵！九点半去学校参预〔与〕新年庆祝会，然而未等开会即慌忙归来，果然海娜已早来了。我们在一起度过了这一整天，外面的大雪纷纷，然而在这暗淡的温暖的西屋里，两颗心飘浮在爱海里，便觉得我们已经脱离了这寒酷的世界，只我们俩陶情于这极乐世界里了。因为要纪念这个新年，所以我们在午饭后，去维纳丝拍照两幅，踏雪而归。只要和她在一起，便是走路也觉得另有一番说不出的感兴呀！在黄昏时忽然接到父亲电报一封，真叫我吃惊不少！心里好像一时慌乱了似的，不安得很。吃晚饭时，海娜还恋恋不欲归，躺在我怀里，我便一手抱着她，坐在饭桌前，匆匆把这不想吃的饭啃完。那时这一番爱景，到现在想起还觉有味呢！因为没有电报簿〔簿〕，所以——多谢父亲这封电报呵！迫得她在回去晚饭后，给我把她家的电报薄给我送来。在暗暗的孤寂的夜晚，虽然我们已有了这样长久的历史，然而我们在这样的时表里还没见过一次面呢！在今夜，元旦之夜，我坐在炉前候着她，我第一次尝受这晚间候伊的滋味。来了，赶快把电报查过,却原来是一封无关紧要的问讯,不安的心安了,并且特别欢快了,因为假若没有这封电报,我的海娜是再也不会晚间来看我的呀! 在街头分别时,夜已较深,真有难舍难分的依依之情呢!

"瑞雪纷纷过大年——"

最近看过《士敏土》、《蟹工船》、《十月》,都是普罗文学名著,此外现正看《社会主义大纲》(buharlin)、《新兴文学概论》(顾凤城)、《唯物史观的文学论》(marc dckcrcz)。

今天(二日),起来即往偕施权访姚茫子同朱麻子,后在饭馆遇卫宇,返师大又遇镇青,复又遇丹顿、永平,畅谈三时之久。归来,大头来访,晚明道又来,所以这一整天完全陪了客人闲谈过去了。

一月五日

这几天的生活,实在说来并不是为我而过的,而是为海娜而过的! 只要和伊在门口接分别的一吻时,总要叮咛一个再来的时刻。她走了以后,那我就时时刻刻记〔纪〕念着那个约好的时日,心里想着过了今天,明天就是那时刻了,所以,实际上在那不相会的时日,说是我在过着那实在冤枉,我实在是把那一天当着是"余外",只求赶快火速的飞过去就好了。所以说,在那相会的一天未到以前,这些时刻,不过仅仅就是为着那相会的一天而过着吧了! 所以这样推算起来,一月里我顶多能过十天(因为在一月内我们至多能有十日的时刻为了相会),余外那廿天,实在说,我是没有过着,我不以为"我是过着今天呀",我不过是为了后天或者明天而过着这今天罢了! 呵! 海伦娜占去了我整个的生涯,虽然就在不相会的时日!

三号的下午,本是约好的会面日,然而到时她却打电来为了"自然有原故呵"而失约了,所以使得我一天的无聊抑郁,没奈何就跟着苗子往中天看贾波林的笑片去。

　　昨天(四号)天气还是那样阴霾欲雪,起床后已有一点了,还听不见她的步声,就很后悔起的太早了,因了坐在这炉旁候着她实在难受呀!到九点一刻,她才好容易来了,多可爱呵!一整天享尽了温情热爱,两个心沉醉在爱情之缠绵的力量里!她第一次看了我的日记,看到小约翰的韵事时都不禁笑起来了,然而我又特别感到一种另外的感慨!

　　去年做了衣服,今年还没有给钱,累了人家三番五次的催促,总说是钱来了就给,可是钱一到手就完了,总也没有付清人家,我这个坏脾气,花钱不顾后的习惯,无论如何非铲除了不可!却巧是这穷时候又来要了,使得我万分的难受与不安了,父亲的钱恐怕不会在最近能来,怎么办呢? 唉!

一月八日

　　日子过得是这样的辛酸! 这几天真叫穷了, 有了钱两下就完了,落到穷困的时候,也真可怜!今天本来海娜应该来,然而当我坐在炉边静静的候着她的足音时,掌柜的却送来她的告假信来了。她说她在这几天内不愿来,唉,不愿来也罢,只是我不知该怎样活下去呀! 坐在炉边一时被沉痛的感情所迷,眼眶里已挤满了泪珠,我永远是这样的没出息,我永远是这样可怜的要笑!我心里嫌烦的太厉害了,怎么也坐不下去,书是再也拿不起来,想到人生,想到世界——我想到死!无奈何,跑到苗子屋里,然而谁能了解我,谁是我的安慰者,三步又跑出来,回到屋里,转来转去,也不知绕了几十个圈儿,我不知该怎样活了! 我的心怎么安顿好呢? 我今天怎样能活下去呢? 无可奈何,想起吃饭来,于是出外跑上大街,匆匆吃完后,路经"圣洁教堂",大概又做宣传了,鼓号全奏,心里一时又想到宗教来,的确,我又觉得宗教是人生痛苦中的安慰者了! 中国旧时失意的男女不是除开死路外,就是度〔剃〕发为僧为尼么?记得昨天吃饭经过此处时，自己心里非常觉得这宗教可恶，而被愚弄的贫人更属可笑，但是今天经过此处，却又觉得宗教是贫苦痛苦的人们的福音，我非常和宗教发生好感了！我想进去听听，但又觉不好意思，于是又无可奈何跑回自己的屋里了，我还依然是这样的闷烦的不可开交，一时又想起自己是多么矛盾呀，怎么一个小布尔意识的表现者呀！但我怎么办呢？我不能统驭自己的感情，我的理智全无效验！我毁了吧！我这做了感情的奴隶的人，还会有什么出路？一时又想起昨晚和今早看完的那本《老张的哲学》，那里边的人物又在我脑海里活动着了，于是烦闷的心上更添起一层烦闷，呵，世界！呵，人生！唉！人假若没有感情，那一定很快乐的了，我下午怎么过呢？好容易上午算过去了，假若今天海娜来了，我还会有这些不可开交的烦闷吗？就是假若没有预先约好今天来，那我也不至于这样呀！唉！谁能真个体贴你呢？什么这个呀那个呀，姐姐呀妹妹呀，爱情呀爱情呀——爱情就把你一生毁了！唉，一切全没有什么紧要，只是我这一下午怎么过得去呢？明天——后天——呢？

一月十三日

十二日学校生活又开始了，然而多么死板无聊呵！一开学就是大考，考，考，考吧，学校的统治阶级有着是这样的权利呵！九号那天的风真叫利害，刮的天昏地暗，冷度直到零下十余度，街头冻死了十余人之多，一天穷愁得和苗子守着炉子，也就过去了。第二天倒很天晴日朗，心中以为海娜会来，然而没有来。到晚间伊始给我来一信，我看了之后，胸头为愤气所塞，竟起伏不已，这实在使我三四日来的积恨爆发了！她失了约说不愿来，不愿来也罢，还说她之不愿来，我一定该晓解。来了信则又说些不关痛痒的废话，真把我给气死了。我当即马上复她一函，痛痛的发泄了一下！恰当我写完信以后，她来电话了，当她问我明早有工夫没有时，我恨恨地答了她一句"不一定",她好像很为难了似的,不再说什么了。八点去师大二院,送了那些文件,归来时已十点,一路上尽想着这回事情,我的心情变柔了!!我真没有骨头呵,自己愈想愈觉得自己是做着矛盾的举动,分明是自找苦吃!与己为难!试想我能离开我的海娜吗?我之所以这样的气愤,也是因为四日之久不见她的原故呵!而况她也并没有什么罪过,多半是因为我太爱她之故,才使自己落得这样难堪呵!又想到如果明天不见她,她在晚间接见那封信,一定会触动她的眼泪,我何苦要凭空使她难受呢?于是我又决定给她打电话,让她明天来看我,但是我又觉得不好意思,起来又坐下的经过了三四次,直到走到院中时,犹徘徊半天,然后始鼓起勇气走到电话室,唉!真糟,谁料她已睡了!——这样更使我一夜悬心不已,悔恨交集。好容易天亮了,才又给她一电话约她来。相见后,不用说,四日来的愤气早已烟消云散了!唉,我是这样被爱情戏弄着!

一月十八日

这几天来整日为了考试心焦,而偏偏又遇在穷光的时候,倍使人心情郁郁。谁知偏在这样的光景中,海娜不但不安慰我一下,反处处使我伤心、烦苦!

你想,在这种穷愁焦急的时候,一颗不安的心能使它稍微安一些的,除过爱人的安慰以外,还有什么能呢?我是在刻刻想着她,连考试都可以忘掉,可以牺牲,然而人家那体谅到你这一种心思呢!

礼拜四本来约好九点半来,然而让我牺牲了功课在家里苦候到十二点她才来了。那天我虽然一肚子的愤怨,然而也没敢发泄,怕得是使她不高兴,或者又要堕泪。又约好礼拜六下午一点来,我刻刻记〔纪〕念着,一直到那时,我早早地下课归来,就开始候着她,时间一秒一秒的过去,我的心一秒比一秒着急的利害,我徘徊,我窜屋子,我滚在床上,我看书,我苦思,我跑到外院——,我的整个心灵都在绝端的不安了！然而几乎三点了，她还不见来，我悲愤到再无以复加，滚倒在床上，几次想抛泪痛哭一阵以出出闷怨，然而泪却偏不出来，这大概是我自从离开家乡六年以后没有再洒过一滴泪的缘故了。我正在这种悲愤难加的时候，她却来了。我想她一定会来安慰我，承认她的过错，然而她却如同呆子一样（或者是故意？）坐在一旁看书去了。我越想越气，几次泪珠滚到眼边，我都用十二分的忍耐忍住了！——以后我自己起来，我想止住了我的悲情来看看英文，她还是默然不语，你想我能看下去吗？我又想我也许不该这样，应该和她谈话了，你瞧，莫来由的她却哭了！她受了委曲〔屈〕吗？难道我被她蹂躏到这种地步，还要反而恳求她吗？——但最后，还是我自己没骨头，我这被人蹂躏不堪的人反而安慰这蹂躏我的人了！但是她却泪如泉涌，一发不止——她刚不哭了，却又嚷着要走了。这时，我一想自己满胸满腹的苦楚，受了人这样的苛刻的待遇，反而又费尽心力的去安慰恳求人家，但结果呢，人家一点也不理会你，反而说："来时不想来，走时就想走"——我想到这儿，她这一句话把我数日来的酸楚、满胸的悲苦，一下完全爆发了！所有的辛酸都变成了泪水，涌涌而出不可遏止了！我痛哭，我不顾一切的痛哭了——以后虽然她立刻表示十分的情爱。然而当我一路送她归去，从师大二院开会回来后，自己一人在深夜里思前想后，想到自己为了爱情落魄到这种地步，离开家乡六年来不曾洒过一滴的眼泪，今夜为了爱竟汹涌不止，只要想想，我素来滴一滴眼泪是多么困难——六年来的漂泊给我的苦处，我都没有滴过一滴眼泪，而今夜，今夜呵，竟使我怎样也忍不住而痛哭了，当时我是怎样难过与伤心，就可以想见了！深夜里想这些苦处越想越深，又几乎蒙被痛哭了，唉，天哪！

　　二月十七日

又一月之久未写日记了! 现在正爆竹声满平□,时已夜一时半矣! "happy new year!" 新年到了! 这个时刻在中国人的脑袋里是一个多么神秘的时间呵! 在北平飘零已经过了六个年节,今年是最凄凉了。仅仅是和苗子看了一场电影,回来又喝酒,然而他喝了几杯就躺倒睡然了,我本打算孤坐着继续喝着,然而这又是多么无聊呵! 无可奈何,独返孤屋,预备就寝了。想到这里家中一定正是要命的时刻——父亲,这时也不知在做什么? ——海娜这里也许正在享受着天伦之乐,何曾想到孤零零的我? ——在往常到这时节,要不就是热扑扑的热闹一夜,要不就要感到无限的伤感,然而今年现在呢,我却连一点感慨都没有,好像这时节我是把它忘了也似的,这显然是我已经脱离了少年儿童的时代,走到成人的时期了! 呜呼,老矣!

今晚看的电影是王尔乔生主演的《singing fool》,想不到是这样一个动人的片子,我自有生以来,从没有因了看电影被感动的流过一滴泪,然而在今晚看此片时,却怎样也禁不住的流下好几行热泪来,它是这样的动人!

奇怪的是今晚一点也不想睡,然而没奈何也得去睡呵,睡下听接连不断的爆竹声,也许会有意思的。

旧历大年初一早二点记。

三月十五日

过旧年以来,还没有记过日记呢! 现在春的气息已经吹到人间,大地又现出这样活泼泼的生气了! 今天与老苗同游中南海,甫入园门,海水浩浩,波光荡漾,真令人感到无穷的欣喜。记得前两周来此地时,海仍结冰,吾等尚戏走水上,想不到,几日后,竟变成这样了! 中海的西部今天瞎闯一气,竟发现了好几处新地,如万字廊真是奇观呢! 但以前竟不知道。闲坐海边,远望海面汪洋一片,划子船竟已出现于海面了！岸边已发草芽,桃树与丁香树皆已含苞,我们各折桃枝,预备回家插入瓶中,先尝春色。出园饭后,街上竟有春雨点滴不休,呵！春天真个来了！

昨天课后回来时,听见屋内有两种莺声。进屋一看,却是海纳妹妹俩,于是一下午的光阴就和她俩混过去了。在前一两天,也不知怎么心情变的竟至觉得海纳讨厌,见了面时也再感不到一点快慰,但是这两天却又变好了,比往日更觉得可爱,拥抱着时,有说不出的忘情的快慰！

呵！春光又来了,这个春天应该怎样好好的过去呢？

五月十九日

春光九十差不多快要过去了,然而我却觉在这样之久没有在这上记一笔,快要懒骨头矣！

今年春天,旅行的次数比往年特别多。记得四月五日那天,我们五人(赫、刘、徐、韦、我)组成齿轮旅行团,往西郊一游。在初春的凉风拂拂中,乘汽车抵香山,下榻于慈幼院理化教室。我们这次来带了好些吃物,并拿来两架摄影机,我要开始学摄影了。我们先游香山,至双清别墅野餐,后至望云亭山坡上睡觉。下山又骑骡往卧佛及周家花园,归来在小饭馆内吃饭。饭后因住宿问题不得解决,五人在苍茫的夜色中踌躇着,后直登甘露旅馆最高处找住宿未成功。时旅馆中塞满了天津女师的 girls,她们快乐的歌唱着,叫人感到无限制快意,后遇着胡君,遂暂宿于理化教室。一个床上横睡了五个人,挤得不能出气,然而乱七八糟的闲谈着,实在有说不出的快乐。刘君谓我们仅仅睡了两个 game,因为前半夜大家都睡了一会,以后就又完全噪醒,开始谈话,谈完了又睡了一会,这次噪醒后就再也不能睡着了。这次晚谈中,发现了一个名词——腿(代表女人)。第二天起来,明道独往万寿山,我们四人步行过山往八大处,在路上山坡上早餐，抵八大处时先至天然疗养院拜访韦素园君。午餐后，走荒山，直抵第二最高峰，以本人为最勇猛。下山至八大处乱游一阵（各地游历情景有照片在，可一目了然！），游毕遂乘汽车拟归，时下午三时余也。归途，春风颇凉，大家兴起，遂作诗相和，我起首曰："长路茫茫，so cold。"下为刘君联句，但现在已记不起来了。抵北平后，赫君在一壶春请客洗尘，后至我寓，我请大家往东升平洗澡，洗后连日疲劳，遂早散，各归自家，一场轰轰烈烈的春游就这样告终了！

以后又过了几礼拜，在某礼拜六，同海娜无意中决定往游三贝子花园，这又算是第二次旅行了。雨后的城外花园里，特别的有一种仲春的美丽的光景，我俩在各处游历好久，在河边野餐，在卤春堂前石上久憩，后返至幽风堂话茶，都有说不出的快乐呵！但惜时间已匆匆的过去了，归来时已经昏黑了。这次我们拍照了六幅，但结果有五幅是好的。

第三次的旅行是颐和园，那却是旅行三贝子花园后的第二个礼拜六。早上阴云满布，以致我们犹豫不决，不敢起身。然，终于到了九点，决定冒险去。颐和园的风光已有二年之久未尝到了，然而这天却整整阴了一天，阴天也自有阴天的美处呵！我们先到知春堂，追忆二年前的景情，后过十七孔桥，至龙王庙前假山上，依偎着吃过了野餐。海娜带来的菜很好吃呵！后由山洞下，渡船至石舫，后又直爬山顶，至最高处休憩，与海娜作了一个摸的纪念，真有意趣呵！下山，至码头休憩，后上排云殿，返出后往游谐趣园，在仙岛水声潺潺处饮茶。因寻水径，海娜一足入水，也真有意思呵！茶毕，黄昏至矣，因出园门乘车归城，一天的旅行又告终止矣！

在这个春天里，我们往南海去了不少的次数，前几天我约了赫lienerman在南海给我们照相，照的很不坏，但与镜如夫妇来照时，因为是阴天却都没照好。海娜与余已访镜如寓三次，与他们都很熟悉了，第二次拜访时镜如把他的情史给我们详细的说了一下午。

呵！现在离毕业仅仅有三星期了！这几天来因愁升学困难，身体都变得柔弱了，唉！怎么办呢？

五月卅一日

五月廿七日，学校举行高中毕业生南口旅行。在旅行之前一天，我因愤慨于我班人士之小组织，不团结之卑劣举动，因而不想打算参加此次旅行，自夜犹未决定去否，直至九时与苗子去学校，碰见"温柔敦厚"诸人始决定去，然此中情景实有足令人可悲可叹者也！念人情冷暖，不禁令人伤心不已！决定去后，回来整理行装，十一时到校，时同班诸人已入睡矣，是夜即宿于本班教室内。天明起身赴西直门车站，七时开车抵青龙桥，下车往游八达岭。万里长城，今日始见矣！长城蜿蜒于山峰上，曲折奇多，长城中皆为台阶，然已颓废不堪。登八达岭时，形势斗〔抖〕高，颇难爬上，至顶则群山在望，云雾飘飘，暗思当日建筑之困难与夫征战之情况，不禁令人百感丛生！五时回南口，下榻于职工学校，后约施权五大哥往小溪洗足，泡襪于水中，不料随波飘去无踪，后始发现于菜园中，过石桥始取出，此亦旅行中趣事之一也。归来往扶轮学校比赛篮球，晚约五六人半裸体游于车站及村街中，后至一空场观本地土人之秧歌及土风舞，乐器并奏，身脚齐动，颇似一宗教仪式也。第二天五时起床，购买食物毕，即骑驴大队出发，往游明陵。本人所骑为全队中最高最大者，鞭梢一挥，四蹄齐飞，须臾间已不见同辈矣。余与五大哥及黄维敬三驴并驾齐驱，在头先行，后走错路返回时，黄与余一穿而过，查明前面之驴队，而沈大娘竟不幸为余驴撞于驴下矣！抵牌坊齐集于此，大娘为余等摄影，后再走过大红门，即见道旁尽为石制之翁马——及武官文官诸像。约十二时抵成祖陵，此地蜈蚣奇多,令人步步不敢□。午餐后再游崇祯陵,而此地之垣殿颓废不堪,与成祖陵相比,则颇似中间有几百年之距离矣。殊不知成祖为明代在北京第一皇帝,而崇祯为最末,然成祖陵犹整齐如故,而崇祯陵则破坏不堪,由此可见,清代为建筑此陵时之存心也。余观崇祯墓,吊古之情油然而生,呜呼,帝王之末路未有如彼之惨者也!崇祯陵之外有王承恩墓,墓上仅有一柏,然已成枯枝矣。此足令人钦吊者也!二时回南口,稍憩后即往参观铁路工厂,机器之威大令人心起畏惧之感!回职工校,四肢奇疲,几寸步难移,然扶轮篮球队又来邀战,余不得已,虽疲劳已不堪,仍得戎装登场。本日之战较昨日之战绩颇佳。晚八时即寝。

第三日黎明即起,又骑驴往北出发,往游居庸关。余与黄维敬登城一游,断垣颓废,处处令人生感。居庸关左为河流,右为高山,只有一路可通,其险要可知矣。诚为关之守者也。古云一夫当关,万夫难过,诚然!关旁有城隍庙,余等入而求签,余得一上上签,诗为:"正遇阳春三月天,桃花如火柳如烟。前程通达光荣显,有事宜求可向前。"黄得一中平签(第九十九签),余借纸墨抄之,给和尚铜元数枚,彼已欢笑言谢,出门时犹为余等作合手礼以告别也!后至河流中洗足,颇为过瘾!自居庸关出发往游龙潭,时山路崎岖,山道直而上,骑行时步步令人提心吊胆,下山时回观旧路,渺不可见。龙潭小瀑布有二,水清而急,冲力颇大,人难立其中。余等脱衣而戏立于水中,后三〔?〕与小左寻源而上,意颇自得也!三日中之游览,以龙潭为最美,而最有兴趣者也!二时返南口,五时余登火车与南口告别矣!三日来之游览至是告终矣!昏色迷蒙中回北平,离别仅三日,亦觉此地另有风味,下车后即与海娜通电,告之余已返平矣。

六月廿一

附中算是与我毫无牵连了,在这一礼拜中,毕业考试完毕了,我们与附中——六年来的附中永久分别矣！奇怪的是：在这次分离中我一点留恋和依依之情都没有，所有的只是厌烦、厌烦，好像早一天离开附中就早一天脱离了这种厌烦的环境了。记得在高一终了，打算与附中分离时，对附中倒非常依恋，然而今日却是这样对它冷淡，附中在这半年来越发使得人讨厌它，无论教员，无论同学，我看见他们就发生一种不快之感，我渐渐改变了我活泼的态度，我变成非常冷酷沉静了，最近半年来他们谁都奇怪我的改变呢！唉！六年来的附中到末了却是这样分手了。

毕业后我的投考大学计划到现在还没想好，有时想去青岛、南京、上海，有时还想留在北平，怎样也决定不了。唉，我变成这样一个优柔寡断的人了！下学期我的前途到底怎样，这只有天知道了。我想附中如果肯给我一个操行甲等的话，我大半就住师大了，不然我大概就往上海找小约翰同考暨南大学，在上海住它四年也许有意思吧？近日来，海娜又病了，真令人满心的不痛快！像海娜差不多常常在病中，将来她的身体真令人担心，唉！上帝给她换一副体格吧！

现在已开始放假了，和平公寓无论如何不能消磨了这一暑假，我也许要搬家了。

六月廿八日

三四天前，无聊中互相解闷的苗子搬走了，于是我从酷热的二十五号搬至苗屋了。苗子走了，我顿觉清静起来了。这个幽静的小屋里，海娜已来过两次，可喜的是她那愁人的病算是好了。今天因为潘送来一包东西，我因为存此不便就送往海娜家。在她家里总有一种可爱的悦人的景象，她的两个小弟弟闹来闹去，她的小妹妹今天才第一次看见，真是一个令人喜悦的美丽的孩子呢！但也真聪明过度呢。乃士和她不知说些什么私话，大概是她母亲注意我们吧！

今天镜如卅大寿，我们几个同乡被请去大吃一顿，他们到现在还以小孩待我，我在他们眼里是永远长不大了。这几天来为了操行问题，奔走了几处，唉，到现在才知道人类的心迹是这样的丑恶无情。唉，到现在才明白了布尔乔亚的教育，想在布尔乔亚的社会里找一个好位置，那你非会巧言令色不可，像我这样自负，像我这样不爱说话，在这社会里是永久要失败的！冯说我"会因为"这样难过后悔吗?! 唉! 的确! 布尔乔亚的说道者怎么会宽容你，他们怎么会不仇视你呢！我自己到现在还想求他们的同情，那岂非缘木求鱼? 唉，矛盾的我! 明天就决定我住大学的命运了，等着吧!

暑假日记（英文，略）

七月十三日

不见海娜已八日之久，在这八日之间，起初几天还不感到什么，但到后几天，心中便太不安定，差不多时时刻刻要念到她，有时心里觉得太难受，恨不得一下把她来抱在怀里痛吻一阵。在从前我们离别了几天以后，虽然也要感到难受，但从来没像这回这样利〔厉〕害，我和她一样都陷在深深的 love sick 里了！自从大雨下过后的两天内，我打二次电话约她来，她偏不来，在那几天里我的精神真太兴奋了！到考试青岛的试场里还会相思到她，有时想得太炽热时，恨不得痛哭一阵，唉! 真想不到相思病是这样厉害呀!

昨天，呵，昨天，她才来到我这儿了。她，几天不见更显得迷人了! 一进门，我俩就紧紧的贴在一起，在这重重的拥抱中神经不知起了什么作用，这样的刺激人的心魂，我俩沉入昏迷之中，过会，就都眼眶充满了泪珠，流下满颊——呵! 这是什么泪呢? 快乐的眼泪吗? 在这拥抱中，好像数日来相思的积闷都一齐爆发，于是就禁不住泪珠夺眶而出了！呵！我今生才第一次流过快乐的眼泪呵！

她说：我们刚别了几天，双方就这样难受，那将来设若我去录了青岛，又该怎样呢？唉！的确，这真是一个问题呵？现在，我俩的灵魂都不能自主了，要分离开，那痛苦我真不敢想像了。唉！只有天知道吧，谁知我的大学问题该怎样解决呢！

海娜昨天下午四点和她母亲、妹妹往天津逛去了，这是她平生第一次出门，第一次要离开她的床铺，睡到别的一个新的床铺上了。因为这样，她是纯粹的一个深闺养惯了的千金，所以她这第一次的出门，我真为她担心啊！我们约好了七号相会，但这七号还远着哪！

青岛已考完，十六日再考清华了！今天去附中取了课业用品费，附中与我的关系从今日起丝毫没有了。唉，六年来的附中，从此永别了！最可惜的是，在这永别的当儿，你在我的心上没有一点恋情，我丝毫没有一点恋惜你的心情呵！唉！附中！

七月卅日

当我提起这支笔来的时候，我的心在万分的疾痛中，我全身的血脉在暴张着，我想痛痛的哭一阵，然而怎样也哭不出来。呵！天呵！为什么使我落魄到这种地步！我真可怜自己——现在世界上有谁可怜我呢？唉！我这三天来所受的痛苦有谁知道呢？我有时很想用利刃把自己的心刺一下，使得它昏迷过去，不要再受这种难堪的磨难，我有时想跳到火里去把自己烧死——呵！难道世界上连一个安慰我的人都没有了吗？天！你为什么对我这样惨忍呵！当我和海娜约好了前晚要去北海，那天我从早到晚就隔在兴奋的状态下，恨不得阳光一刹那就落下去。到了下午，我高兴的买了一只大鸡，准备要在晚间和海娜去北海痛饮——我在这样兴奋的状态下，好容易阳光落了，我心头乱跳着在等候这个可惊的时辰。七点到了，应来的时刻到了——一秒,一分,一刻——,这样在我着急的焦盼中,她依然还没有来。一点钟也终于过去了,八点了,我暗想她也许吃饭过迟,她假若这时来了,我应该罚她十二点才走。——我坐在灯光下,我的心惊振〔震〕着,我默默地等候我的海娜,不久我由不得恐怖起来了。我恐怕她也许会失约,我想到这里一时就陷在黑暗的悲潮中。——呵,天!在快要九点的时候,听差忽然进来送给我一封信——完了!相反的希望果真实现了!但那时我虽然很难受,但想到她特地派听差送一封信来,这也可见她实在没法子,也不能多怪她呀!我在这样的苦恼的激动中很可怜的度过了一宵。第二天我想她一定会来的,但因为学校定好要开毕业纪念刊筹备会,所以也不得不勉强去一趟。但我想着当我回来时,她一定会在屋里等着我了,当我到了学校,真喜出望外,想不到在学校却偏偏遇见她了。于是我确定她一定会去我那里的,所以也没问她。我很着急的开完会,没再和同学们说一句费〔废〕话,就赶快跑回来,我以为她一定等得我很着急了!但是,天!当我看见我房门上仍然挂着那个锁子——我很难再支持我的意识了!我跑出院外,就给她打电话,我请她下午一定要来,但任凭我说了多少可怜的话,她也不答应,我说我明天有事不能在家,她却会说"后天来",那时真把我气的快爆发了!我返回屋里就给她写了一封很伤心的信,但等发出去以后就又很后悔起来,觉得自己不应该这样,也许她会伤心的——我想给她打电话,但又不好意思,在这种可怜的矛盾心情下,我苦恼到难以形容的地步,我没想到吃饭,我躺在床上——最后,苗子来了,我才稍微觉得心宽了一下,于是这一下午也算勉强过去了。晚上,我想给她打电话约她明天来,但终于怕她见笑没有敢打。晚上在家无论如何过不去,莫奈何,就信步往大街走,过师大,到图书馆里瞎翻杂志。偶然遇见衡宇,他约我到操场观月,于是在那里风清月白之下并坐而谈,当他问到我关于 miss shao 时,我不知该怎样支吾。他说再一次月亮圆的时候,我就不在北平了!这一句话突然刺动我的心,我想起海娜来——在我这仅仅廿余日的停留中,你为什么还要这样苦我?

今天起得很晚,醒来就痴想着自己的心事。想到如果依她的主意,那明天才回来,今天这样长的一天该如何消磨过去呢?这时我心里想念她的心,只有天知道是什么滋味?我恨她,恨她到死!——我反反复复,徘徊了徘徊,最后才决定鼓起勇气给她打电话,约她即刻来。她倒很畅快的答应了。我的欣喜真无法形容,我心脉乱跳着,陷在一种紧张的情境下,我坐在椅子上静候着她。半点过去了,还不来,我真着急了,我无意识的跑上大街,向南看了半天也还不见她一些影子——回来躺在床上,想来想去,真想不出这是什么道理,她既答应了来,为什么会不来呢?她无论如何是不会耍我玩呀!我想,深深的想下去——一点过去了,两点也过去了,这时我真有点失了知觉了,由失望而生出极端的愤怒,由愤怒生出发恨,由生恨而生出悲哀,我终于两眼擒〔噙〕着泪珠——我这种凄惨的情况,如果是一个有心人看了,至少也会为我掉眼泪的,而四年来形影不离的她,却——。我想,她看了我那样的一封悲哀的信,又答应了我来,那她就是病的要死也应该来的呀!唉!完了!一切完了,什么爱情,什么情人!——我常常以为海娜是异样的温柔,如今却变成这样无情!也许我们的爱情该是了期了!唉,上帝,这都是些什么意思?人生就是这样可怜吗?

八月一日

昨天海娜到九点多才来,本来她约我八点就来,让我等了她足足有两个钟头。我以为她又要失约,真把我气死了,我正要穿好衣服,想出去解闷去,她却来了。在这积了三四天的愤恨之下,自然我是一肚子的愤火，海娜向来是极不会安慰人，极不会在人悲哀或者愤怒的时候想想法子，这时我却只会呆坐着一言不发，使人看了更会加些气恨。一场悲剧开始了，你也哭，他也流泪，一直闹了整整两个钟头，恶劣的空气才转变过来，温柔香甜的梦境恢复了，任意任情的享受着。午后，范花来电约观基尔勃之《荒漠艳盗》，晚去南海找老苗，老苗已搬来南海住，他约我也去住。晚阅洪灵菲之《流亡》，尚不太坏。

今天十点起来，晚上的雨刚停止，践约往访海娜，想不到在这次竟认识了潘了。当我进门的时候，可爱的小妹妹热情的拉我进去，一会儿海娜来了，乃士也来了，闹了半天，最后，潘要我见他，但我倒真有点怕羞起来了。他请我们去中山公园吃饭，吃完饭打高尔夫球。当我们在汽车上时，碰见一大堆老同学，真有点难为情，因为这是破题儿第一遭呢！打高尔夫的成绩，我纪录最好，乃士次之，潘次之，贤殿后。雨后的公园中自有一番清美的气象，但并没有注意到这些自然美景，觉得一刹那就过去了。出园后，乃士往平安，我们三人回去，半路我也下车告别回到和平公寓，后往访镜如，饭后又访老苗，我本来也打算住进南海去，但现在又不想去了！因为只有廿天的光景，又要离开北平了！

八月七日

这几天来，在我们的爱的生活里真表现出了十足的红运，前天下午我去她家，已由外面的会客室弄到里面的一个了，我和她两个弟弟也很熟了，我们打乒乓，又下象棋，一直到了五点，才被乃士的电话催走。到附中开了星队排球队成立会，我们召集了几个同志预备打球呢！半年来的球戒，现在破了！

昨天在家看了一天小说，前几天从明道那里借来两本好书：《流亡》、《地泉》。《流亡》早看完了，昨天看了一天《地泉》。《地泉》是华汉的三部曲,真好!看了这种书,胜似读十本理论的书,文艺的价值就在这里,文艺是阶级斗争强有力的武器,谁曰不是!华汉这三部曲绝胜于茅盾的三部曲,至于蒋光慈——等等著作与华汉的比起来,真不可同日而语,可惜,这样一条为中国文艺界吐气的勇士竟被统治阶级枪杀了!今天一早海娜即来访,下午去东安市场买了些东西,晚随同去她家。小妹妹小弟弟真可爱,我看见了乃贤她们十年前的照像〔相〕,真叫人笑死!后我们五人一同登楼,至楼顶平台上大乘其凉。在这星光灿烂的夏夜里,凉风拂拂,我们五人横七竖八的躺在平地上,互相抚摸着——呵!人间的快乐,天堂的快乐!小弟弟小妹妹们都围着我,拉着手,在这种情境下,我不由得想起去年回去时家中消夜的情节,小弟弟小妹妹——完全一样呵!但是今夜在我身边除过一样可爱的弟妹们外,还更有一个系人心魂的海娜在,呵!这里比家乡更有加倍的欢娱呵!谢谢上帝!给了我这样美丽的幸福!时间已到十一点了,海娜催我走了,我真不愿意呵!但也无法,只好下楼,在暗夜凄迷中一个人独自回来!

八月十三日

近几天来,每隔一日即去海娜家一次。九日那天,海娜七点即来,从帐子里把我唤醒,睁开眼就抱住我的爱人,这种甜蜜的滋味不是经历过的人谁能想到?停了一点钟后,我们即出门乘电车至崇文门,由崇文门步行至东便门,由东便门乘船往二闸。这一条河两岸尽是芦苇,前视水中与天空一模一样,我们分不清我们是在云里船行还是在河面漂流,一切尽显乡间的气味。当我们船抵二闸后,——这地方是我七年前常到之地,然而差不多什么都记不清了!这里什么都没有,我们停在一家茶馆里,吃了饭,消磨了一上午,我们吃了些很朴素的饭菜,然而竟要我们一元钱,乡下人没有把城市的好处学到,竟学到这些欺人的本领。社会变到这样程度,不能不令人叹惜呵！我们步行回路,经一花园,在那亭子里消磨了有两个钟头——呵！我们是跑到田野中了！我们踏着草地,捉蝗虫——做尽了儿时在田野里的举动！快乐呵！可惜归来时阳光似毒,晒得人半死不活,难受到万分。抵家吃大西瓜,在床上休息一会后,我们争了半天,最后海娜才决定去打电话约她弟弟来。我们等了半天,海娜着急的给我缝裤脚,呵！从这种微细的举动中就可以看出她是完全属我所有,胜似她的家庭中人了！他们来时已是七点,他们四个人都来了,两个小弟弟,一个大妹妹,一个小妹妹。小弟妹们是第一次来我这里呢！闹了一点钟,他们又拉去他们家,在他家吃晚餐,——这是在海娜家第一次吃饭呵！潘让我喝了不少的啤酒,饭后上楼顶乘凉,自然趣味比上回还多呢！一直到十二点,海娜才催我下楼,于是这快乐的一天过去了！十号上午练球,下午心星二位来。十一号一早就去海娜家,午饭是在宾宴春吃的,下午也不知怎样不经意间就过去了。晚饭后又到楼顶,这天更可爱,海娜躺在我身上,偷偷的掩过弟妹们的耳目,任我抚摸、接吻！呵！晚十一点回家。昨天(十二号)海娜来找我,不用说又温存的缠绵了一天,午后疲乏的归来,海娜要睡,我在旁边看她的睡,呵！美人的睡态也是这样动人心魄呵！我给她扇扇,给她擦汗,喂她水喝,有时禁不住向她小红嘴上亲亲,这样甜蜜的一下午过去了！晚间去南海,坐在大树的根旁,湖风吹人,暗荫幽秘,我们互相依偎,灵魂儿缠在一起,这样幸福的一直到十一点才依傍着走出园门。在大街上,夜里的长街上告别了！我们将天天会着面,尽情尽意的过了这分别前的几天有限的时光！

八月廿六日

数日来阴风惨然,夏天过去了,可怕的秋天临头了！这几天很闷人的躲在家里看看小说,或者与兆棠下下棋,很无聊的把时间对付过去。海娜的母亲回来了,她是这样一位怪物,无时不在生气中,因为所进行的事全盘失败了,回来在她家里就变成一位阎王了。我们的事她明知道也丝毫不过问一句,世上少有这样的母亲!自从她母亲回来后,我们见面的机会就减少了!我也再没去她家。最后一次是潘请大家一早去三贝子花园游玩。在六点,小弟弟就来找我,我才从被里爬起来,等到她们的汽车来了,才一块坐上直到三贝子花园,在那里举行 picnic,绕了一个大圈就完了,时间未免太短促了。坐上汽车一同到了她家,坐到四点才又同海娜返回我家。以后隔了一天,她母亲就回来了。在这分别的时候,偏偏遭逢了这样的一个大不幸,真是命运太戏玩人家!海娜一直会两天不来,第三天说好八点来,直到十点才来,让人不气吗?然而我倒没气,她倒先气起来,她就有这样一个怪脾气,叫人有什么法子呢!不用说,结果两人先气了又气,再凄凄喳喳的对哭了一阵子,然后约莫两点多钟过去了,才好起来。这样的把戏,我们先不知闹过几百阵了!

青岛来信,开学延期了,九月七日注册,这样在北平又将多住一周了,我真不愿意,我想我不如早点走了倒好!

八月卅一日

几天来又恍恍惚惚的过去了!大前天是七月十五,所谓中元节,等到月亮上来的时候,本来海娜应践约而来,然而始终不来,这样预定的一个赏月的欢宴是完了!自己一个人无聊得很,遂大步踏过长街,过西长〔安〕穿西单,瞎跑一大阵。前天是十五了,月亮更好了!初上来时远望好像一个红纱灯,继而变成一个黄金的圆盘,终乃变成一个明亮的水晶圆镜。本来这天沁君约乃贤、乃士要设宴为我践别,但到时她俩又不能出来了,这真使人扫兴到万分!沁君尤其不悦,最后我们决定在今夜往南海赏月。晚餐后,在西单买了些水果酒肉,当即直往南海,坐在海边,对着明月痛饮起来。沁君把他的心事全盘诉出,最后他是醉了,做出不少的可笑的举动。当他沉沉的睡眠时,我一个人站起来看看水面的月光,再坐下闭目一刹,睁开后对面是明月、海水、芦苇——不禁天真的微笑起来。呵!自然是美丽!但诚如沁君所说"可惜她们俩不在这儿!"这真是一个缺陷呵!钟敲十二下,无可奈何,只得告辞了!扶着沁君,从长街踏月而归,一进门,沁君就卧倒醉眠了。这夜,我不知做了几十个梦!一个最令人惊奇的是我梦见了一幅伟大的革命的图画,那是一个伟丽的夜里,一座屹然不动的城墙,城堡上挂着无数的反帝国主义的旗帜,上面站着巨哥,声如洪钟似的演说着。他对正城外四围扎营的外国帝国主义者的军队演说:"可怜为帝国主义者而作工具的兄弟们——"我好像是个反革命的东西住在外国兵营里,和外国女子拥抱、接吻——我不知怎样独自跑到城下,瞧城上的巨哥,或然他不见了,我向城上的人问我巨哥上哪儿去了,放我进去吧,但他们说这里并没你巨哥。后来我细看那些人,却都是小时候的同学,于是我要求他们放我进去,终于进去了。城里尽是些兵房,里面小屋子里住着兵士们,每个门外面挂着牌子,写着某某,国民师范经济或政治系毕业。奇怪的是都是国民师范毕业——以后这个梦境就无头无尾的完止了!当我是外国营中看中国人受外国人的侵侮——这些梦境可以说完全是因为日来看了《母亲》以及《二马》的影响所致。

昨天酒醒后,即去学校打球。下午海娜来了,很痛快的过了这一下午。

青岛大学·山东大学日记

一九三一～一九三四

一九三一年

九月十三日

　　九月六日,这天我早预定为起程的日期。在这留平的几日内,整日整整行装,或尽与海娜话别,五天的光阴不觉之间早又过去了! 六号那天终于到了,海娜一早即来,为了要纪念我们的分离起见,我们特地跑到南海去消闲了半天的光阴。从南海回来后,吃过饭,回家来已是两点,赶忙整理行装,到三点半就离开这一年来的寓所,奔赴车站了。

　　在未赴车站以前,我没有想到过离别,就是一直在暑期中,我也从未以为真个就要离开海娜,虽然大家都知道我就将离开北平,但我始终好像以为那是不知多远久的事情, 觉着那不过是一个无稽之谈,离实现一定很远呢! 但时间是如此的快,离期终于到了! 这天给我送行的人很不少,我不知该怎样感谢他们的美意。当大家都登了火车的时候,海娜、乃土、美成、她们三人都坐在我的对面,但不久就只剩下我和海娜了。我无心问了她一句:“今晚你干什么?”她或然变了脸色,眼眶里显示出一种黯然而又怜怨的光彩,低下头去了。悲哀的空气一刻比一刻浓厚了! 在这时候我才感到了这就要分别,我怎样也忍不住泪珠已滚滚而下了。我怕她们笑我,要想忍住,但她们已经看出来了,乃土第一个问我“怎么啦,怎么啦?”然而海娜更哭得使人伤心起来,她反过脸,悄然饮泣,离人的心情怎能不被深深的打动?泪珠越来越多,几番想要忍住,也忍不住。然而如果不忍着那早就放声大哭了，因为我多次的使劲张口出气，才不至于大哭起来。汽笛一声的长吼起来，震着人的心房，离情别绪越发不可收拾——沁君劝我们"dont cry"，马猴直喊我的名字，然而我不能管他们了。乃士在一旁也眼眶充满了盈盈的泪珠。呵！这悲哀的一幕离情！车要开了，他们把海娜摧〔催〕下去了，她站在车旁背向着我，我呢，我也不敢正面看他们。我只能背着他们，设法擦我的泪珠。车开了，我只举头看了他们一眼，马猴祝我好好练习排球为附中争光，沁君也不知说些什么，海娜好像赶快转过头来，然而不能再看他们一眼，我赶快低下头咽着泪，这样随着火车，一直到了丰台才勉强止住了泪珠，吃些乃士送我的葡萄，看看《烟袋》，紧张的情绪才渐渐平静下去。然而谁知海娜现在又在什么情态之下呢？唉，情人的分离原来要这样凄惨呵！

　　夜九时车抵天津，天色黎明时抵德州。在这一晚的光阴里，不时的想到车站分别的一幕悲剧，想到时不由得要流出泪珠，我恨我自己为什么要离开北平，为什么离开海娜而独身跑来异地？我把我自己恨透了！车行至济南时刚早晨九点，下了火车茫然不知所之，也不敢去逛大街与名胜，就一直到车站，离开车尚有三时之久，因在自来水旁洗脸，后登车。胶济路与正太路差不多，比平津车是好的多了，在车上躺下休息，并稍进果点，这一天中仅仅吃了一点东西，吃见什么都逆〔腻〕味。这时车中有几个小孩见我睡下举手，他便也睡下举起手来，我的手势怎样动，他亦便怎样动，后来竟直接跑向我这里来了。这小孩这样调戏我，我知道他是调戏我的苹果呵！但我并没给他呀！

　　青岛在夜里第一次看见了！下榻于中华旅社，一夜静眠，第二天起来就去青岛大学。呵！青岛是太美丽了！青岛是建筑在一座山上，马路四处高低蜿蜒，完全是油漆的，一点土味也没有，在青岛找

不到一所中国房子,各式各样美丽的洋楼布置在街旁,隐没在青草
及树林里,幽雅琴声时时从窗户里传出来,市上刻刻拂荡着些温凉
的海风。路经几个街头,街头便是碧绿的大海,海边便是仿效伦敦
泰晤士河岸而建筑起来的 walking road, 路上时有花园及椅子供
游人休憩。抵青大后即找到贾性甫君,注册后,搬来行李,即住于第
四校舍四六七号内。青大的宿舍很阔广,一屋八人,房舍好的很,我
觉着比清华还好。一切整理好以后,即与海娜写一信,洗澡后即偕
性甫等出大街去海滩游玩。呵! 海,我今生才第一次看见你了! 海
是太好了! 从海湾出来后即去繁盛的街市瞎〔逛〕一阵。中山路最繁
盛,在日本铺子里,很无可奈何的买了一件游泳衣,归来休息片刻,
即又去海湾, 预备游泳, 但结果没有勇气下去, 顺着 walking
road 或高或低的乱走一阵,晚间从幽雅的街市上缓缓归来,这来青
的第一天便这样过去了!

　　第二天下午就去海滨, 跑到大海里去, 第一次尝着海中的滋
味,在海里固然很有趣了,但从海里出来跑上沙滩,躺着曝阳光时,
那滋味更是难以形容得出了!第三天下毛毛雨,偕性甫登大学背后
高山,顺着齐河路一直上去,便是 german fort,工程太伟大了。在那
里可以望见青岛三面环海的形势。下午又去海东,观下层的炮台,
这里有五个炮台都很完备,只有一个是被炸毁了!

　　第四天还下小雨,下午去 star theater 观 vorma shemer 的《她的
愿望》。第五天十二日了,天晴了,早晨起来,从窗间射进的阳光太
美丽了。早上打了半天篮球,下午又去海滨,举行第二次的海水浴,
并看游泳比赛。在沙滩上作长距离的跑步,并与性甫作三级跳。归
来时很疲乏,接到海娜的来信,焦〔急〕等了好几天果然到了,真可
太令我高兴了! 呵! 亲爱的娇娇! 晚又与哲夫、宗汉上中山路参观
各商店并买了些东西。晚间睡下,觉得腿很痛,连日运动过度了!

九月卅日

在青岛一共仅仅住了两周的工夫,只上了一礼拜的课,不幸日军占领沈阳的消息霹雳一声传来了。青岛是日军海军根据地,如果战事要扩大,那日本一定要从此地上岸的,而我校一定会作为兵营的。因之,校中的空气一天比一天的恶化起来,终于在廿一日之晚间两点,突然从被窝里惊起,刚〔急〕忙收拾行李,同行五人(赵宗汉、林哲夫、张国琛、贾性甫和我)一起坐了汽车,匆忙中离开了仅仅"结婚"两周的青岛〔大学〕,很惨然的到了旅馆。这样支撑了一晚,第二天一早到学校打听了消息,依然不好,于是就决然在十二点乘火车回归北平了!

当我坐在火车上时,我是被怎样的一种情绪所支持着呵!我想到我怎样会突然会着海娜,她怎样会惊喜交集——然而可爱的青岛,仅仅半个月就宣告"离婚"了,这令人多么伤心呵!看看街上的风光,海呵,洋楼呵,群绿的山呵——这些如何使人能离开呢? 呵!青岛!美丽迷人的青岛!一路欢天喜地,四个人(林未走)你说我笑,走了一天,在晚十点抵济南,下榻表裕栈,这地方倒还不错。第二天起来,与性甫去逛趵突泉,趵突泉是济南最著名的名胜,此地为一池泉,中有数个泉注上升如注,确有意味,岸旁有垂柳,颇逗人雅兴。济南的街道没有太原好,一离开青岛就觉得处处的城市都罩满了一层灰土,令人恶心!九点又乘车,夜十时抵天津,第三天起来逛了逛天津的大街,可惜中原公司还未开门,不得入览,憾甚!九时又乘车,十二时始抵北平! 呵! 别了半月的北平又见着了!

在旅馆费了半个钟点后,就往京报馆,但可惜乃贤还未回来,令人快快。等得很焦心,没奈何就洗澡去,回来,还是不见她,仅仅乃士回来了。无聊即在客厅假眠,一直到六点多钟,才听见她回来了。我本想她一定会进屋来,好一下抱着,尝尝那醉人的滋味,然而乃士他们偏偏叫住她，说不要惊了我的觉。其实我哪睡着了呢！等了一会儿，没奈何自己跑出去，呵！海娜！半月之久，令人日夜魂思的海娜，今番怎样也想不到会会着面了！这样继续着谈下去，吃饭，直到深夜，他们都走了，只剩下我俩，这时月光从花间照到石桌上，伊人的面庞上——总之，月光溶化了我俩的心，这时我俩坐近了，——这心境，这心境有谁能描摹出呢！久别的情人相逢于月下，呵！美丽的图画呵！我们小吻，我抚摸她，她是怎样的全身颤动呵！这夜我就宿于京报馆，这是第一次呵！

第二天起来到师大找着海娜，即去找房子，找遍了西城也没一个，气死人也！下午往访美成，逛市场，又回来京报馆。我们四人约好不睡，即在客厅里消磨了一夜，当我乏极卧在床上小眠时，海娜时时过来给我整被，呵！天呀，我是怎样幸福呵！第三天就是八月十五中秋节了，上午出去找房子，好容易找到一个是亚洲公寓，下午回去与海娜生了些小气，她眼红了，我心软了，终于听了她的话，坐汽车往中央观影。当时我和她以及小弟弟妹妹坐在车里时，我不知道有一种怎样的感觉，我好像已经结了婚似的了！在电影场，遇着美成，一同回来，在月光之下和她一家大过其中秋节，想不到这中秋节居然会与海娜团圆了，真有点出人意外了！

在京报馆一共住了三夕，当第三天起床后，海娜给我递进牙粉时，后来她说好像感到我们已经订了婚似的了！海娜和我一同出来，找性甫不遇，即往亚洲公寓，在这空屋里依偎了两个钟头，多令人心醉呵！我简直不能支持我的神经了！下午搬来行李，与海娜好好地躺在床上，幸福的时光开始了。当夜里我小睡后，或然醒来，看见睡在我臂上的海娜，真使人突然一惊，我不知该怎样说我的幸福了！可惜时间到了，她终于抛下我一人走了！第二天学校恰巧放假，这一天又使我们温存了一天。黄昏时往访美成，夜里去南海，在悄静的夜园里，平静的水面上，飘浮着月的光彩，我们三人悠悠然划起船来，出入残荷之间，海娜躺在我怀里，唱着歌儿，美成也哼哼，——这光景太美妙了！夜十一时始离开南海，三人分道而归。昨天海娜又一早就来，一天的温存，直到下午始出门，邮局、市场，给她买袜子，给我买大衣。夜里回来，她走了，剩我一人了！

十月三日

日子是你越提精〔奋〕神的过着，则越觉得它过的长久，如果你每天只是无聊或者混混的过着，则越觉得它过去快，而且无味。在青岛仅仅住了两周，一回到北平却觉得离开这已有一月之久似的，但现在在不知不觉之间，来平已快半月了，多快呵，仅仅是一刹那呵！这几天刻刻是和海娜在一起。海娜说当我在她家住着的时候，她感觉着好像已是订了婚似的。如果这句话说的对，那么自从搬来亚洲公寓，我们便是结婚了，真的，我们真个已和结了婚一样似的过着日子了！这几天来，我们常常想着在最近不久，会一同去青岛去，如果去了，那我们就以为是度蜜月去了。呵！我们现在是结婚的预习呵！一句以来，海娜一下课就来我这儿，甜蜜蜜把时日度过，这样惯了，有一刻离开，便万分觉得苦恼。就像今天吧，本来约好同美成三人一同去清华，然而让我等了她们一上午，连个影儿也没有，而连一个屁也不放，真叫人气恨！惯了每天时时在一块，今天一个人孤孤单单的锁在屋里，难堪的心真没法说出呵！

昨天父亲来信了，他希望我去蚌埠会他，我更希望我和海娜订婚。他说他收到了乃贤的照片了，母亲很高兴！自然，像乃贤那样可爱的面庞，谁看了也会高兴的呵！

等的真令人心焦，谁知她什么时来呢？她今天又没课，跑那去了？真可恶！

十月八日

生活是这样的疲倦！每天有几分钟是快乐的好过的时辰呢？多半是消磨在困乏无聊闷烦之中，有时想自杀，一死了之，何必在这恍惚的人世虚度一生？青岛大学来信了，让学生即日返校，和他们磋商的结果，大约在后天我们起程返校。离校以来，不觉之间三周过去了！这三周的光阴过的多么无味呵！浪费、消沉！假若一生都这样消磨了，那才叫冤枉呢！一切都是想着的时候，和未现实的时候是美好的情热的，在青岛时，乃士他们给我去的信，多么显得亲热，但是一到重新聚着了，却反而比以前冷淡，我自然不因此挂心，但颇觉得伤心乎！昨晚一提到要走了，海娜就哭起来了。自然，设若你深深想下去，离别以后，离别以后的滋味，真使人畏惧非常，那好像是无止期的徒刑一样。她哭了，但我却觉得万分的厌烦，我心头满满的愁闷，半天也消解不了，唉！我感到人生的无味，我不知如何摆布自己？深夜想起自己原来的生活完全是糊里糊涂，无所为而消沉过去了，什么也没长进，长进的只是虚荣心的发达，为这原因，毫无疑问的是因为和女人亲热的结果，和你自己的爱人在一块，那你的生活不会有规律有朝气，永远是浪漫消沉，满足在瞬刻的享乐中，把一切应办的事业都忘掉了，唉！我为我自己的堕落叹惜呵！我今天或然想道：我这次离平赴青以后，不再见她通信，一个人不问一切的专攻自己的事业，和恋爱一刀两断，不再受情丝的缠绕，好好地恢复起自己勇敢而有活气的生活，一切要一股朝气，不像这样锁在墓里似的，把青春完全葬送了。我期望着这样生活的实现，但我是否有这样一来的勇气，那我自己又不敢自信了，唉，可怜我这陷在泥潭的弱者！

十一月一日

现在是到了青岛三周以后了！大约是十号下午，与性甫在犹疑不决中，到了前门车站，也终于车开了，让人留恋难舍的北平也终于分别了!在走的前一天,与娜及良俊到中央公园照了好几幅可爱的小片,作为我们离别的纪念。那天晚上即与娜一同回她家,他们给我作面吃,小弟弟小妹妹们滚在我怀里,最后他们都走了后,光剩下我和娜,在深夜里喁喁别情——呵!可怕的离别呵!——然而时间到了,我一个人独自从冷落的长街踽踽归三忠祠。第二天上师大会着娜,凄楚的享受这特别的半日的光阴,当一同走到上斜街口时,我让她回去,不必再送我。那时谁也不敢看谁一眼,肚里涌上强烈的泪潮,分手了,我看她急急的走向前去,自己却慢慢地一步一步的走回三忠祠。呵!分离!

来了青岛后,不但学校照常上课,即青岛本市亦平安如恒,我们自己也不能不承认是庸人自扰!

学校里的功课拉得太多了,到现在还没赶上去。这自然并不是完全由过多,实则自己太爱玩了,来了青岛的第二天即组织起一个"二名排球队",预备加入青市排球比赛,于是有功夫时便去打球,体格倒发达了,只是功课越落越多了!来了这里后,前后已经洗过五次海水浴,海里的生活真痛快呵!只是有点冷得不好受罢了!昨天的天气还非常好,一周之久不入海,昨天午后入了一次,兴趣真浓厚呵!青岛在上礼拜差不多连着吼了一周的狂风,天气骤然变得冷的好像严冬,把我真吓坏了,好在这几天又好起来了!

前两周考英史,我赶了一天一夜还没把那么厚的书本看完,结果竟考了两分,这真是打破世界的纪录了!受了这样污辱,我自然非好好的干下去不可,我决不能把英文落于人后的!要不然真太对不起自己与父亲了!

今天星期日,太阳照得这样可爱,下午要去电报局球场,与青市霸队、锡安队作锦标之比赛,我们的队员都早摩拳擦掌,预备把大银盾搬回来,且看我们的运气吧!

十二月八日

自从与六年来长居的北平,这灰色的城,告别以来,在我的生命史上可以算是掀开一页新的篇张〔章〕,我或然莫名其妙的会跑来青岛,这美丽的所在,开始我的生活了! 在暑假中并没有什么计划,只不过想想青岛很美丽,应该去那里至少住一年去,因之就报了名投考青大,自己并没深深想下去这事实是否会实现,或是实现了后又该怎样? 不想暑假告终了,自己才知道非去青岛不可了! 于是无意之中就决定了我大学的命运了。

来了青岛住不了半月,就受时局影响逃归北平住了三周。第二次来了青岛,时间这样迅速,又已七周过去了!自己来青岛的本意,本想好好闭户读书,把英语弄好了,不料这终于是希望罢了! 来了青岛后,起先是忙于游览、游泳,过后就活动于球场之中,以后渐陷于相思的苦闷中, 整日没精打采的幽灵似的混下去, 无聊时打打球,要不然就埋头开始幻想或者忆念,想起过去北平生活的温柔,比起现在孤苦伶仃的单调的生活, 怎能不把人的心沉在深深苦闷中? 只要脑筋有空闲,就会浮出海娜的影像来, 苦苦的想,苦苦的念,整个的灵魂无主了。自己再没有勇气与毅力来支配自己,于是荒唐的生活渐渐摆在面前了。

日本攻打锦州与天津被扰的消息传来后, 本校也稍微受到一点震撼,同学纷纷议论要罢课,要加紧军训,要赴京请愿,这样终于开大会了。会场上形成两个阶级,一方是教职员,一方是学生,教职员不主张请愿,学生是非去不可,于是决裂了,教职员全体退席,学生却坚持下去。第二天一早要整队出发,不料参加者过少未能成行,这样教职员的冷讥热嘲便自然而然的加在学生身上了。同时学生方面因维持面子起见,决定第二天再行出发,我是根本反对所谓"请愿"的,因为我们去向所谓国民政府请愿,便至少是承认它,承认它是政府，然而我们能承认它是政府吗？我们民众到现在至少应该明白了我们的政府是东西了吧！到现在这个时期，帝国主义围攻的时期，只有民众自己觉悟起来，表现自己的力量，才能渡过这个危机，同时在这个时期起了历史上伟大的变化的作用，智识阶级们自然在这个时期是要比谁都要愤慨的。然而他们会什么，也只好瞎嚷嚷，骂骂别人不中用而已。他们在这个伟大的时期很该尽他们的责任，然而他们里的大多数是不了解自己的责任的，因之他们都变成最无用的东西了！近一月来，平浦路上满是学生的足迹，差不多全国的学生总动员的都跑下南京，见见政府主席，听聆他们的训语，便满意的回去，表现表现他们爱国的热诚，好像只有这样才足以表现出他们爱国的情绪。所以这次事发生以来，我就抱着不过问的态度，然而有时禁不住要骂骂请愿之无聊，最后青大请愿团要出发，我被他们拉着非一同去不可，同时我自己也觉着借此机会去看看首都学生爱国的表现也未始不可，因之也跟着他们出发了！出发以来，经过两天两夜始抵浦口，夜里渡长江而至南京，我第一次看见这伟大的浩浩荡荡的长江！晚宿于火车中，受尽了说不出的苦味！第二天排队至国府门前，鹄候二小时之久，代表始出，未得见主席，只好返至中央军校休息，备受殷勤之招待，这是政府的一种手腕呵！下午五时半，主席接见本校及北平朝阳华北请愿团于礼堂，蒋本人大吹其牛屁，自夸其每战必胜，说只要你们信任政府，最后的胜利终是我们的！末了把广东政府大骂一阵，说陈友仁把东三省卖于日本，并把北大示威团比之于陈友仁，一样是卖国的狗玩意！北大示威团是根本不承认这政府，他们来京是示威于政府，他们的口号是打倒卖国政府，打倒军阀，中华民族解放万岁！自然蒋主席是要义愤填膺，大怒特怒，而谓中国真真倒霉。蒋主席一阵牛屁吹完以后，把请愿的学生们都弄迷醉了，他们一点勇气都没了，他们完全信服主席了，所以他们一致高呼拥护南京国民政府的口号，大为满意而出礼堂。请愿便这样结束。我们的委员们认为圆满而圆满，所以也不征求同学们的议〔意〕见，当第二天游过中山陵以后便决定一早就走，回归青岛。当天下午北大示威团被捕，中央大学与警察冲突，我校的委员们恐青大也要卷入漩涡，害怕的了不得，所以不管同学们怎样辱骂（说至少对这回事应有点表示，而不应急忙逃走），他们还是情愿为主席当一小走卒，第二天在雨地里便把气愤了的同学们引出南京而登车回归青岛了！唉！青大学生的领袖们都是这样一群无聊的王八蛋。这次的请愿，因了他们几个人，把青大全体同学的面子都给丧失尽尽了！智识阶级就是这样不中用，请愿团回来以后，便一切完结了，好像国家已经恢复了失地，把这件事已看不到心上了。这次一周的奔波，我很以为无味，现〔正〕在回想很觉后悔，到南京连名胜都没看看，仅仅看了看秦淮河，令人想起"夜泊秦淮近酒家，商女不知亡国恨，隔江犹唱后庭花"，不禁感慨系之！

没有想到青大还有风潮继续发生，便是校长辞职了，停课一礼拜。后天开始，谁知学校要变得怎样？在青岛再也住不下去了，好在寒假是快到了，那时该怎样的幸福呢！

中国的新的紊乱要开始了，新的局面将渐渐展开，这不能不谢谢帝国主义者紧迫之功，与国民党破产之力。好的，中华的民众，终于醒来了！

十二月十日

从南京回青岛，匆匆之间两天又过去了！日子总是这样平凡，同学的面孔也总是那样讨厌，在这里有什么可留恋的呢？说来半年这样长久的时期，也竟匆匆快要过完了，自己每天很少把时间用在书本上，白白辜负了这大好的时光，谁说不后悔呢！因之在最近这些时日,常常往图书馆搜翻小说来解闷,这些时日计共看了以下这些书:《恋爱与牢狱》,日本江口涣原著,这本书描写日本社会主义运动者中的一个人的生活史,写运动者怎样不能把恋爱丢在一边,而把事业与恋爱混缠一起,结果与爱人一同下狱,彻底表现出智识阶级的根性。

《旧时代之死》,柔石著,从前没有怎样注意过柔石的作品,但自从他被难后,很想仔细看看他的作品。他是左联的总编辑,文学的天才很高,为革命而牺牲了自己,左联失去这样一员大将,不用说是很大的损失的!这本书,还是他以前的作品(一九二五),描写在这样时代下,挣扎于新旧交替的这时代中的一般青年。他们不满意这时代,在这时代下他们找不出出路来,于是绝顶的苦恼便加在他们身上,他们愤恨,他们诅咒,然而他们就〔究〕竟找不出一条光明的路来,即是心里知道有一条路,然而他们为环境所迫也是不能开步前去,结果只好自杀,为这时代所弃。这一般青年的死,分明是代表了旧的时代之死,在这时代下的青年,他们只会愤怒、颓唐,代表了他们绝端忌恨这时代,然而他们终于不会把这时代打倒,不能转变过这时代的新方向,所以他们只好自杀,但有了他们这样的牺牲,恰会觉醒了未死的青年,于是他们认清过去与未来,毅然担起改革这旧社会的使命的担子。所以本书的作者在自杀了的青年的坟上立一石碑,题曰"旧时代之死"。这种青年的时代病在俄国革命以前是蕴〔酝〕酿了几十年的,在中国恰当五四时代也正演着这时代的命运,但到现在还没有完全好了呢!

《密探》,辛克莱原著,辛克莱大量的著作完全是揭发资本主义的罪恶。在这本书里,他描写一个流氓无产阶级怎样为资本家的爪牙所利用,而自己也就变成了他们的一个爪牙,来残杀无产者,破坏他们的运动。

《初春的风》,日本新写实主义的短篇创作,共五六篇,都是描写斗争中各方面的事迹。

《〈十日谈〉选》,没有想到这本书却是这样一本惹人肉感的短篇故事,里面以《夜莺》及《魔鬼进地狱》最有趣味!

现正看卢那却而斯基的《浮士德与城》。

十二月廿日

一九三一年又过去了,每每在这年终岁暮的时候,特别要引起人一种伤感或难堪的心情。岁月是这样很快的过去了,而自己却依然故我!进步的只是烦闷与厌世思想而已!唉!

这几天来看过的书有:Hugo 的《死囚之末日》。写得太令人恐怖了!本来死刑是早该废止的,但能吗?在这样的社会之下?

罗曼诺夫的《没有樱花》,罗氏在专门写苏俄两性间的问题的,他写人们怎样改变他们性的意识,家庭是永不会存在了,同时夫妇的关系也不会有了,人们完全没有什么束缚了,向新的自由社会前进!"两性"完全解放了,人类间将再不会有性的罪恶!

《两种不同的人类》,是新兴文学选集,里面很有几篇好的,但这是去年以前的成绩。自从去年统治阶级惨杀与压迫左翼作家后,新兴文学的命运好像暂时受了很大的打击,但我相信不久就又恢复了的!

The Daughter of Revolution 是 Reed John 的短篇小说集,我现正只看了第一篇,内容很有味,不过外国字与新生太多,很不易看懂。我拟在寒假里与海娜共同翻一下。

New Marer,我们三人定了一份,已来过两期。最近这期我差不多快要看完了,有几首诗和一篇戏剧很可翻译一下。

现在我正借出辛克莱的《波士顿》两巨本,不知在寒假以前能否看完。

我们组织的日本帝国主义研究会上周开第一次讨论会，讨论"什么是帝国主义"。成绩不很好，从下学期打算出一周刊。

这几天因为假期的迫近，于是回北平的问题整天萦绕心头，想到不久就会和海娜会面，心里特别兴奋，因之这几天时时刻刻要想到这个甜蜜的想头，有时使人至于不能忍耐，于是无可奈何就出去看电影，一礼拜中看了三次之多！

大考就要开始了，真讨厌！如果在北平就不会有这讨厌的事了！我现在只想着这两礼拜火速过去！！！

一九三二年

五月四日

真没想到,人生的变化是这样意外而稀奇!有时变化的比幻想还要快而怪!

现在是五月初,不觉之间一九三二年又快过去一半了,在这四月之中,在我的小小的生命史上竟起了想不到的这些大的变迁!是的,无论谁也想不到的,就连我自己也不信呵!然而事实却是事实,不容我们否认的。好,现在我好像是演了一场大戏,刚刚休息了似的,有功夫容我把这些过去的种种来追忆一下了:

一九三二年刚刚开始,隔了一礼拜,整整大考了一周,考完的第二天,我就动身返平,在这返平的途中,我想到我就要会着我久别了的海娜——我的心会悸动的不可遏止,快乐的会发了颤来。我们四年余之久老在一块相爱着,而在半年突然经了三四月之久的分离,这种滋味只是尝过的才能领略着,所以我一想到我即刻就要会着我久别了的海娜,天呵,我怎么能形容我的心境呢!

然而在这种意想之下,我始终没有一点另外的想头,我没有料到四年来耳鬓厮磨的我的海娜,却不与从前一样了!

火车不停的前进,经过了一天一夜,终于到了北平了我在车站上找了半天我的海娜,然而终于使我失望了。我出了车站,大街茫茫,我该上哪去呢? 我痴痴地想了半天,结果顺步走进一家旅馆。

不久,海娜居然会来了,久别后相见的第一眼是多么奇异呵!

海娜是比半年前老些了，只从外表看来就觉着有什么变迁的影痕了。当小弟妹们都走了后，这屋里就只剩有我们两个人，拥抱与接吻便是这长久分离之后相见的赠品呵！

晚间，海娜决定就跟我一同住下，这是我们之间破题儿第一遭呵。当放下了帐帘，神秘的空气布满了这小小的四方的天地里，这是第一次值得我们永久纪念着的第一夜呵，然而在相反的意义上，这一夜也是有它最有纪念的价值。在这一夜里，海娜告我她这半年来的思想的变迁与生活的变化，当我问到她我们怎么来举行我们订婚的仪式，我从没有想到，她竟说她不愿举行了！——以后她又告我，在我们两人之间又有一个第三人存在着了——在这一夜里，我们两人都没睡一眼，我们同床异梦，我没有说她一句坏话，我没有责她我们仅仅分离开三月，她就会把四年之久的爱情变动了，而且仅仅是为了分离，而在我们两人之间又没有一些冲突与裂痕呵！天呵！我从没有想到过我所爱的海娜却竟会这样的不忠于爱情，仅仅一分离开而就把宝贵的爱随意变动的施与了，如果人家要批评这是"杨花水性"，我能不认吗？虽然，海娜自己以为这并不算什么稀奇，这还是"革命"的表现！

第二天起来，我们经过一场现实的苦痛的挣扎，我们好像都哭了半天。天呵，我真不明白女人的心，女人为什么这样容易被人诱惑，这样没有自己一定的主意？

我没有想到，我这次返回北平，却要尝受这种想不到的痛苦？在爱的旅程上我第一次受这样经历，四年来热烈的爱情的陶冶，使我竟忘了会有这样的现象发生。当我离平去青时，我决没有想到在我走后，竟要有这样的事体发生，然而，现在，一切的意外，意外的发现了！

以后，海娜的心情又变化了，她知道这样的局面之不可能，而且这种日子，我相信她一定也难堪到万分，真如她在信上所说"我"是两难。我本来就要决定离平返青，我决不愿意强求人的爱，而且我也决不能承受人家残余的爱，垂怜的爱——但以后情势转变了，海娜又重新跑到我这边来，那个不幸的人走了，那件事我们就讳莫如深起来，海娜又答应我愿意订婚了。以后，虽然我们极力想医好了这个创伤，但我始终不能释然。经过了几番对哭，海娜告我那件事她只是出于同情心，以后她当把这同情心极力扑杀。虽然明知道一场恶〔噩〕梦是醒了，但是不幸的创伤永久不能医治好了！这个裂痕，我不知道在她是怎样想，我却把它当为终生的憾事了！

第一夜在旅馆里，就有好几个电话来叫海娜谈话，那时我还莫名其妙，然而海娜的不安的神气却看出来了！

在床上，黑暗里，同衾共枕，我问她："你信上说要有好些事要等我回来告我，请现在告我！"于是海娜把她的半年的 Romance 一一讲来，但我相信那只是一部分，只是一个 introduction，为什么她还要半隐藏，自然她还"革命"不彻底，羞于把那些深层的变化告我。是的，一切都是性的支配，虽然她不承认！"如果我不去青岛，这些一定不会发生，你也一定不会把思想改变，是不是？"她答："也许是！"（这不是一个最明白的解释吗！的确，我是太唯心论了，我从前竟把爱情看得太神圣了！）

第二天起床后，海娜就嚷着要走，她说要开会去。但我知道她是去那里——在这中间，经过一场最热烈的痛哭，结果她没有去，本来她不愿我去她家，但现在却让我下午去她家去！

有天她说好来，却临时不来了。她以后告我，不，来信说她不得已去看那人的病去了。这一天，我很凄惨的过去。当晚上十点，我向她家打电话时，她还没有回去！我给了她一信，我说我明天就要去青岛去，第二天她却又来信说，她本来是去为那人送行，但那人更病重了不能走，她不得已待到晚上才来看我——在这种刺激的创痛中，我决定我要走了。我去师大宿舍，我见她最后一面，我决定就惨然离平去海角天涯过我被弃的生活，然而她却把我留住了。我们出了那大门，默默重走回法大，痛哭，□□……唉，妇人的心!!!

　　也许就是这第二天早晨，她劝我去理发。于是下午她去平校，我去理发，晚间同去她家，在小客店坐睡了一晚。第二天她在下午把□叫来，给我留下几本小说，她准备好出门了，说是去平校去，但等到该回来的时刻还不见来，我们向师大打电话，却说她去车站送人去了——当她回来，先说师大平校开会了，所以晚回来了。我不信，她却又说看电影去了。去送行就送行了吧，何必隐藏呢?我很气愤，她也老羞成怒。

　　以后，一天，已经到夜深了，我们怎舍得分开呢，外面这样寒冷? 于是海娜决定住我这里了，也是我们之间的第二夜，这夜是太温柔了!

　　第二天起来或然接到父亲来信，他说如订婚他要来平。我问她怎么办，她终于说出她又愿意订婚了，我说以后不许再改悔了，她坚确的答应了!

　　正我们计划订婚而苦于她母亲不在家时，她母亲却回来了。在旧历除夕那天，我去她家，她母亲或会〔忽然〕叫我进里面所谓"紫来城"里吃饭，饭后玩了半天玩意，直至晚间两点才归公寓。但以后，她 M 没有什么表示要为我们订婚，却有一天夜餐时，海娜接到一封那人的信，当然给了我一种最残忍的刺激，刚刚好了一些的伤痕又加剧了。我当时饭后就默默告辞了。第二天上午勉强与娜去"光陆"看了《璇宫艳史》，下午回公寓，我们之间又起了一幕悲哀的——悲剧，我说我要看那信，她答应了，并说明天来告我一切的话。

第二天来了，也并没有说什么，我们却谈到订婚事体上来了，我们决定给她 M 写信，但当信写好以后，她 M 却很巧的要离平了，因之这信终于没有给她。

她 M 是气走的。在她走后，我们的主意又一次改变了，海娜终于答应了跟我一齐来青岛，等我们自己订了婚再动身。

那是很可纪念的一天，二月十七日！我们上午拟好了通告书内容，上鸿春楼吃了饭，去电报局给父亲打了电报，以后我去金店做戒指，她去学校洗澡，为的是我们要从今天起洗心革面，把过去一切洗的干干净净，新的生活从今天开始。——晚间我们抱着享受了一晚的温存！

但以后因一方面学校旷课太多不得不早走，一方面海娜还得等钱寄来才能走，因之又决定我先去青。留平最后一礼拜，为了我们的未来幸福的生活，想了又想，呵，我们好像是一对可怜的孩子，做着些新奇的把戏！

离平前一日把戒指取来，我们很快乐的把这个纪念物带在左手第二指上了！本来那天下午就预定走，但那能走呢？晚间我们在被窝里举行了交换戒指典礼。

第二天一定该走，但到走的时刻，良俊他们来了，劝我再留一天，因之又留下了。

第三天却不能再推辞了，但当到下午三点时，我们还在相抱着痛哭中，无论如何没有勇气起来走，直到良俊来了，才勉强支持住，——终于到了火车站——唉！我们又分别了！

路上的辛酸，过度的伤感的情怀，只有真正经历过爱情的压迫的人晓的！

"我们又分离了，我们多么可怜呵"！

我来青岛后十余日，经过了无数信件的往还，海娜终于安排好了一切,最后给我打过两次电报,终于在三月七日的晚间到达青岛了。记得那天,我早陷于不能支持的兴奋状况,我明知火车在十点半才能到站,然而我在八点半就起身去车站了,我在车站苦苦地等了两个钟头。终于火车来了,我匆匆地在站〔台〕找我的海娜。起先,看不见,使我非常恐怖起来,但终于找着了,捉着手——呵,这是一种什么滋味呵,这种情景是我们之间的第一次呵。月色朦胧的月台上——大街上,到了旅馆,呵,我们的梦终于做到了!今夜,我们重新抱在了一起,我们高歌我们的胜利了!!!

海娜来青第二天搬到黄县路二号,但后又经几番的交涉,终于搬到学校来住了。从此以后,我们快乐的规则生活开始了。每当课事完毕,即相会于小屋,或携手出游——我们很自信在这青岛神仙乐土里,恐怕再难找出像我们这样幸福的一对了。

但是青〔晴〕天霹雳,人事变化太无常了,刚刚安定的生活又起变动了。

一天,当我们从树林里散步归来,想不到海娜的 M 会来青岛找我们来了!她来的使命是要带回海娜,使我们把婚事根本解决一下。于是经过了两天,就决定春假回平举行正式订婚。在这次事变中,不能不埋怨海娜的柔弱与无坚持之毅力,而且有一片最易受诱的心!

有过两次 M 请我们看电影,然而我却一遍也没看过,只在黑暗中苦苦地痛苦着!决定走后的前一天晚上,我们为了纪念我们的分别,特别去旅社紧紧地拥抱了一夜,这一夜将使我们永久纪念着!

礼拜日早晨,我去车站送她母女之行,我只能嘱她:"回去好好看书预备试考……"忍了又忍的眼泪终于在下车之后暴落了。呵,我们最怕分离,然而偏偏分离是这样特多。海娜来青仅仅住了十天,十天的好梦,呵,艰难的成功就这样轻易的断送了,怨谁呢?呵,我柔弱的海娜!人生真如一场大梦,但这"青岛十日梦"将是我们大梦中最美丽的一段了。

海娜走后,我又依然过起孤独的生活,然而现在却不如往前,现在处处有海娜的遗迹,触目伤怀!!!海娜走时把被窝留给我,当我把它盖上时,充满了一鼻子的海娜的肉息,我疯狂了似的如像走进别一个世界,迷迷惑惑的过了一晚。以后过了一礼拜,四月来了,春假开始了,我校排球队赴济远征,我于是不得不多在济南停了四天,过了四年〔天〕球赛的生活,终于又坐上火车跑到北平来了。呵,北平,我想不到一月以后又来此地了!

出了火车就看见我的海娜, 她说 M 让我住到家里去——呵,这真是一个出我意料之外的提议呵!我真有点羞涩,然而——我多么欣喜呵。

这又是在我生活里开拓了一个新的境遇,我住在海娜家里,我们朝夕过从,没有离开过一天,相会的前几天仅仅为了享受而享受了,全没有分心到目的事上。后几天要着忙了,着手准备,不幸父亲来信,谓军队新移,不能分身来平,托友人代理,海娜的 M 因之变卦,不欲举办此事,即要让我重返青岛。为了这个改变,使得我俩受一大的打击,整日不安的生活着,计划了计划,但始终因了我们的坚决,M 不能不允许了,但她只让我们自己经理去,只用她的名义罢了。

我们慌忙的筹备,在一天礼拜日,意中的仪式才算举行了。从此以后,我们对社会对家庭是正式而合法的未婚夫妇了,我们有了我们的保障了!封建的势力也终于为我们的热情而克服了!仪式举行的第二天,我就要离平返青,照了几幅小像,下午痛哭一阵之后,终于又上火车站了。唉,分离,分离为什么这样的多呢?我们的命运竟这样不幸吗?热情的分离,我站在车内,海娜站在车外,我们从窗户中紧紧地握着手,我们不敢相看,我们说些不经心的话,我们不敢提到一些有刺激的字眼,我们怕眼泪要突然流出——十分钟热情的握手,火车动了,硬把我们的手给拉开了,我看见我的海娜在站台上泪容里竟强装出笑容——然而一点一点的模糊,终于看不见我的海娜了!呵,天呵,我们又分离了!

现在我来青又已匆匆两周过去了,回想起这四月中的生活宛如隔世一般,想不到四月里的生活会起了这样层层的变化,这样的变化离奇!经过多少的挣扎,我们的宿愿终于达到了,我们五年之久的爱情,过去四年没有一点变化,而在这最近半年竟起了这样大的波折,而竟急转直下,成了现在这样的局面,有谁能想到呢,呵,Romance,Romance!

我们不能再忍受长期的分别。离开了,什么也不能安心的干,每天只有沉思深想,苦苦地害着相思病,因之在最近决定要海娜提前来青。在不久,我亲爱的姣姣,就会又跑到我怀里来了,上帝保佑她!!!

在这四月中,因为奔波不定,所以看得书很少,然而却看了好几本英文小说,开始我阅读外国文的尝试。寒假中在平看过《中国经济研究》,来青看过屠格涅夫的《Virgin Soil》以及其《First Love》,现正看杜思退益夫斯基之《Poor prople》,今天读一本《留沪外史》。

八月十八日

呵!又两月之久没写日记了,现在又是一个片断生活的结束期,所以我不能不将这一段生活追记一下:

经过了一场悲剧喜剧错综的热烈的生活,从北平回到青岛后,好像走入一个另外清凉的世界一般,然而毕竟不能洗涤尘心,反而终日为情所苦,我在日日盼望着海娜!碰巧我的小肠疝气病忽而加剧,因之我决定叫海娜来。

五月十三日晚间十点,我跑去车站,在黑漆漆冷静的月台上等候火车把我的海娜带来。光景与上次完全相同,我在一秒一秒的计算着,终于火车来了,海娜从人丛中走出来,呵。

海娜第二天就搬到学校住,那天却巧开全市运动会,但也没有怎样去注意它,我们在这走走在那看看,尽量享受青岛美的四月天!

这样我们天天要见面,共同住在一个学校里了,生活是异常安静。课后,一同打打网球,但多半的时间是消磨在海滨了。呵,海,青岛的海水浴是多么够使人陶醉呵!记得第一次与海娜在海里摇船时,走在中途,或然波浪大兴,海风迫人,我们简直不能抵抗,由风把我们吹着,几乎吹出海外,好容易吹在炮台礁石之旁,为人所搭救起来,没法子,就赤着脚从马路绕回海滨来。这一场冒险,电影也似的,恐怕永久会记在我们心里!

山头、树林、草地——这些地方是我们足迹常到之处,尤其是第一公园中的一座森林里,一块白的大石上,我们把它呼为鸳鸯石,值得我们永久记起它。我们一同去过深山里,在那软的草地上息了一下午,以后竟迷了路,爬山越岭,好容易才跑出迷宫,满采百花而归。在放假以后,我们同连彭去过四方公园那个小小的精致的所在!暑假开始后,我们去崂山旅行,从两岸高山中间的溪流里走,没尽头的走,一直走到黄昏,好容易找见一座古庙,承老僧之招待,才有休息之处。庙曰蔚竹庵,门前怪石穿空,有竹林,从庙之院心上窥,可见松如林,风景伟丽。夜饭吃罢,即安眠,本以为可暂时作野外之游,以避俗尘,孰料晚间奇热,而蚊虫奇多,终夜不得安眠,因之游兴大减,反觉痛苦,于是第二日即决定返青,未前进游太清诸宫,于清晨踏返路。回到青岛,猛然好像从天□到月宫,好一个凉爽的世界呵！

　　回到青岛后,定好了主意过快活的暑天,每天上午长卧楼头,读了不少的书。下午一定要去海滨,作游泳之乐。晚间有时去海滨公园或第一公园以消夜,这样规则的生活使海娜和我双双淘〔陶〕情于此岛上生涯,丝毫没想到北平那些凡俗世界了！

　　但是好梦难久,在七月将尽之时,邵夫人以及我父亲均来信,促回北平相会,因之这一段留青的暑天生活不得不告终了。

　　决定了要告别青岛奔赴北国,为了要纪念这番离别,特地把整整两天光阴在海边消磨了。在这时特别觉得海水生活可爱,绿波荡漾,浮仰其中,高登跳台,一踊入水,那时真个魂灵儿飞上了半天！

　　青岛又离开了,两月来的梦境又醒了,火车载着我们——这次是我和海娜第一次共尝的滋味——到了济南,又是一番气象。第二天匆匆又到天津。第三天便抵北平了。

　　父亲已先来四五日,等得心焦,三年未见的父亲今日于此重逢,感到无限的快意！父亲好像性情变了一些,外貌显然是老了！呵！岁月只解催人老呵！

　　父亲很善交际,与邵夫人倒很能凑合一气,初到北平之三四日间,我整日奔忙,连休息的工夫都没有,一直到父亲走了以后,好像才换过一口气来。父亲跟我们在一气停留了五天就又匆匆奔赴信阳了！

　　我住在这儿,京报馆的南屋里,整日无所事事,混了一天又一天,感到无限的乏味,一点力气没有,真好像是一只猛虎从山林里被囚到一间笼子里来！

　　在这一段期间我所看过的书有——屠格涅夫的《The Father of the Son》,茅盾的《路》,鲁迅译的《毁灭》,小仲马的《Camille》,雪峰的《中国革命的根本问题》(为了研究这个中国社会史的问题,即是中国现在究竟是什么社会，用了方法来改造它，我在寒假时读过《中国经济问题》，今乘暑假之便参考了数种杂志书籍，才彻底明了了中国的社会，还有为什么各种主张的不同。如杜洛斯基说中国是资本主义占领导地位，由这结论就说中国资本社会现呈稳定状态，无产阶级现在没有革命成功的可能，而中共中央则以为中国社会是帝国主义支配下的半殖民地的半封建社会，中国的资产阶级因帝国主义之压迫不会发展，中国的社会现时是军阀官僚地主资本家受帝国主义支配为统治阶级，中国的民众必须由农民与工人联合起来，做资产阶级的民族革命的工作，打倒帝国主义及封建的势力，以建设中国的民主社会，发达产业以进至社会主义的社会建设。因为认识的不同，所以采取改革的方法亦因之不同，我在清楚了这些内幕之后非常觉得爽快！）大公报曹记者的《苏俄视察记》，此外就是些《文学月报》一、二期，《动荡中的新俄农村》等。

我校于学期末发生风潮，演出一幕有声有色的斗争，罢课罢考，反对校当局的压迫，虽然后果无声无臭的屈伏〔服〕了，失败了。然而这一幅英勇的斗争还在我脑里徘徊着，我想写一篇小说来记载这回经历以尽我的一份责任。我已开始写作《罢课》为题目的这篇小说，不知能否成功？

十一月廿七日

时间的轮子也许比火车还要快，我们人的生命只不过是一些燃料，不觉之间已经消磨了不知多么少！真没想到我现在已活到了一九三二年十一月底，而离开夏天的北平已三月之久了。

北平月半的暑期不怎样留意就过完了，因为回来要大考，因之不得不忍耐着趁早离开故都。在决定离平的那天，为了海娜，我特别多住了一天，那晚上还去"哈尔飞"看了半晚的戏，因为在最后留平的期间，我或然犯起戏瘾来，看了好几次的戏呢！

这次走有连彭与我作伴，旅路自然不会寂寞，而且还有一层方便的是，有了他，我们一定会忍住，不会在车站对泣。无情的时间到了，我和姣两人默默然的跑到车站，不久就找着连彭，在车厢上泪珠还经常在肚里乱冲，我怕车开时对泣，怕惹人笑话，而且更要紧的是那个时间对我俩是太恐惧了，因之我未等车开，就把娇送出车站，紧紧的握了一下手，我看见她低头不敢一顾的匆匆走了，我几次站着忍住了流泪，才敢回到车上。车动了，——北平，北平又与我告别了！

青岛依旧，只是少了我的海娜，一切便失色了。我很难去山林海滩，为得是怕触景生感，凭〔平〕添无限伤感。只是初来两礼拜之间常去海滨洗浴，以后大考了一礼拜，考完就参加青岛市排球代表队，向开封远征了。我还没有参加过华北运动会，这是第一次。坐了两日两夜的火车才到了汴梁故都。开封可怜得很，大概是华北都会中最不繁荣的一个了，虽也有些古迹，但是很难引人入胜，只有潘杨湖尚足供人徘徊垂吊乎。大会开了四天，各省市的选手云集汴梁城，的确给这寂寞的故都加了一番新的刺激。我整天没事，便看看运动或涉猎名胜，排球头一场与山东赛，以八人上场竟能以三比零败之，真出人意外，也颇足以自豪了！第二天与北平赛，北平很狡，他们不承认我们八人作赛，因之我们只好弃权了，但还与他们作了平个 Friend Game，竟以十四比八败之，青岛真光荣呵！只可惜那些教育局的体委们太糟，弄得人数不足，以至于千里而来弃权了之！在会场中，遇着北平选手的附中老同学们，邂逅相逢也颇使人快乐呀！

逗留了五天的开封终也告别了，回时又走了三天三夜，才到青岛，不过分别了一旬，觉得故地变新了。赶了一礼拜的功课很辛苦，现在呢，觉起来回来已整整四十天又过去了！在这期间内也颇看了

书,记得有:

屠格涅夫的《The Father of the Son》(上学期只看了一半,现在方续完)。

Soviet China——A Revolutionary Pamphlet

Paris Commune——A Revolutionary Pamphlet

《1925—1927 中国大革命》,这是一本新出版的好书,理论与叙述方面都很正确。

《创造十年》,郭沫若的近著,续《我的幼年》及《反正前后》的第三部作品,叙述创造社前期历史甚详,我读毕后使我想起我们的"缦云社"来,"缦云"在过去也很热闹了一二年,现在却风流云散,不知所终了。回首前尘真要令人落泪,尤其使我感到伤心的是自己从北平飘落到这孤岛一年半过去了,整整颓唐了这多的时光,什么也没作,曩日的雄心早已灰飞烟灭,令人不知该哭还是苦笑。所以,当我看完这本富于刺激性的读物后,默默然痴想了半天,惆怅,伤心,追悔——全奔上我的心来。

现在正于课外读《铁流》这本名著,与鲁迅的《二心集》。

十二月十二日

上礼拜在礼拜六下午无聊得很,拉了连彭"山东"看电影,看得是国产佳片《野玫瑰》。看完这个剧以后,莫名其妙的给了我不少的感触,但这并不是演员演得是怎样了不得而感动了我,而是因为他的情节与思想! 这个剧本叙述一个阔少来到乡下爱上了一个野姑娘(这显然是有产者的开心的想头呀!),后姑娘之父因误伤一商人遂远遁,姑娘不得已遂与阔少一同进城而居其爱人家,但村野的孩子决不〔被〕容于上流社会,于是一同被逐,而居于民间,所以阔少也因爱女之故亦受穷苦,并谓"民间的苦太多了,我要来尝尝!"好个托尔斯泰的说教者呵! 与彼等同居者尚有二无产者,在此先后之中,不久即穷病交加,女为爱其爱人之故,于风雪之中外出谋找钱以维全家生计,偶遇一阔老酒醉将钱夹遗失马路上,女见而拾之以归,阔少勃然大怒,谓女失德,遂出外而自首。(这点是多么表现出资产者的道德呵!他们用这种道德来麻醉无产者,就是叫他们虽然饿得要死,也不要抢夺一星星资产者的剩余呵!)女为爱人之故,遂其爱人家报告其父,谓情愿以后与其子脱离,遂〔赴〕其狱援救其子,其父允之,女遂往狱中与其爱人告别,以后即化装往乡下过佣工生活,阔少离狱返家重过其富家生活。后遇上海战事起,无产阶级为义愤起见,起而抗日组织义勇军,然此时资产者的歌舞之声犹夜以继日,阔少感于失女之悲伤,又见曩日之两穷友亦加入义勇军,于是彼亦入于军中,并遇女焉。幕闭后,在我脑中生出不知多少的感想,在天下升平的时候,有产者剥夺了无产者一切的利益而过其狂歌浪舞的富家生涯,他们在这种时候是不将无产者看作同胞的,但一旦外敌来侵,于是彼等遂利用国家的名义大声狂乱呼,麻醉无产者使为抗敌,而己则仍坐后方安享其福。固然,在帝国主义火炮侵略中国时,无产者不得他们的政府的呼号就义愤填膺的要与帝国主义者火拼的,但是这并不是为了他们的政府,(因为政府只是有产者的警察局!)而是为了弱小民族的自觉,他们必须在阶级的自觉上来反抗帝国主义者,而不是为了资产阶级"爱国"的号召。但是这个剧本充满了"共赴国难"、"爱国"的口号,这显然是资产阶级欺骗麻醉无产者的。因为在现在所谓"国家"实际上是无产者的压迫者,但这个剧本里所写的那两个工人及姑娘是为了爱国而加入义勇军的,这显然是资产阶级麻醉群众的宣传。(因为在平日他们是受尽了国家的主人翁有产者的剥削,而一到外敌来时反把他们的生命为了资产者而牺牲,这是多么不合理而使人气愤的事呵!!!)

但是在实际上，这些抗日义勇军等等却都是小资产阶级知识阶级的呼号，而中国的政府那些买办资产阶级是不愿抗日的，他们是不敢反抗他们的(帝国主义者)主人的。所以在上海血战几天以后，政府即多方与抗日的士兵为难，终而下令强迫他们撤退，而把他们遣到福建去剿红军去。而红军呢，则是早已向日本帝国主义公开的宣战了的！呵！在这半殖民地的中国，真正会反抗帝国主义的只有无产阶级，至于那些资产阶级的政府，他是决不会与帝国主义，他们的主人公宣战的。所以，爱国的知识阶级呵，把你们那些幻想早早地打消了吧！

看完电影后，与连彭闷闷地走回来，当经过刑事局的时候，看见门外停着一辆囚车，从每个小间里走下几个穷人来。我说："我们从未看见一个富人会犯法的！""当然，法律是他们定的，就是他们犯了，也会临时修改的！""脸盆"这样的回答我！

十二月十四日

近来读了几本小说，《铁流》早已读毕，这实在是一部苏俄开创期的，与《毁灭》中所表现的差不多少，不过在我个人觉得《毁灭》要比《铁流》好一些。

《大学生私人生活》是我最近读毕的，想不到我会读到这样一部书，实在出我意想之外。这本书，是描写苏俄最近的两性间的关系。我在未看这本书以前，绝没有想到苏俄的男女间性的观念已经超过"爱"的分野所告我们的了，这是必然的现象。当着男女间性的关系之不自由经过数千年的压迫，而一旦解放，自然会有过渡期的紊乱与变态的自由在社会上发生出了，有的人甚至于误解了两性的性的关系，以为恋爱只是布尔乔亚的把戏，而革命的普罗是不承认什么恋爱，因为它是妨碍工作的，所以只要求一种完全性的发泄与满足——这几乎与原始社会的两性间的关系完全一样了。但是这种理想是不可能的,因为人类毕竟不是动物,而社会也决不能返回到原始社会的。因之,这种只要求性交自由而取消恋爱,这是行不通的,它的结果必然是性的紊乱,以致使社会上发生悲剧,反而扰乱了工作,甚至为本书所写的,发生自杀杀人的悲剧。所以在这过渡期,有些青年会犯了极"左"的毛病,而提倡打倒羞耻、绝对性交自由、性的放浪、两性可随意实行性交,同时并不相爱,这种结果徒然使性欲横流,妨害了健康,传染了花柳病,妨害了生命!这是一种粗浅的唯〔物〕论的见解,机械的非辩证法的见解。列宁好像预言似的,曾经说过这样的话:"我们对于性的关系,我们可以拿我们的饭碗来做例,我们的饭碗为了清洁的关系是不愿别人用的,所以,两性间的关系也是这样,为了清洁,我们也决不愿乱交呀!"本书的作者体验到了这点,所以本书写了这个乱交的悲剧后,又写出一部分觉悟的青年, 他吼道:"普罗革命的意义第一是在人格的觉醒,——在假装和布尔乔亚的意识斗争而实际不过是小布尔乔亚样式的无政府主义的, 而且和共产主义——和我们新的生活完全没有共同之点的那危险的放纵的氛围中, 我们可以创造一种建筑在相互尊敬、自我的尊敬,同志样的妇女的平等,对小孩的真实的照顾上面的新的生活吗? 不,这是不可能的!""这个可怕的悲剧——真正的原因是在于性的放纵,在于原始的动物的感情,暴露了在石器时代指导着人的生活的那永远的兽性的感情! "

"共产党应有共产党的道德,这道德的目的是在于帮助革命,——如果在很早的年龄开始而终竟流于性的放纵的那样的性生活,伤损我们的精神的和肉体的精力,毒害我们的意志,引导我们走进一条男女乱交的黑暗的途径——那么这就是不道德;相反地,抑制我们的性欲,战胜露骨的性的本能,用同志样的态度待你所爱的女人——这些便是在男女关系上的最高的共产主义的典型。"

这本书的作者这样明白的告诉我们新俄的两性的关系已经走到这个途径,这过渡期的苦恼将成为历史上的事实,而以爱意为基础的同志间的一夫一妻制将成为共产主义最高的两性间的关系!实在,正如本书所写的主人翁一样,他们是主张不要恋爱,只要单纯向任意一个女子解决性欲的,但是结果因为对方的不同意,而又惹起嫉妒心,而又因为乱交的结果生出花柳病,于是陷于自杀与杀人的途径,同时女子方面因为怕将花柳病遗传于胎中的儿女,因而堕胎以死——这是分明写出乱交的结果。

因为人类有嫉妒心及性的不洁病,这两种天性绝对不容许有乱交存在于社会,所以为了我们本身及对社会的工作,及对于将来的儿女打算计,我们决不能容许这种制度的存在。其实只有布尔乔亚才是乱交,他们夫妇之间没有真的平等的爱情,因之男的可以公开的娶姨太太,女的可以公开的有外遇,这是基于他们的社会制度的必然的结果,而为新社会努力的青年,则必须保持这共产主义的道德,要在同志间的恋爱的基础上发生两性间的关系!

看完这本书给了我很大的刺激,解决了数年来的疑问。由这本书的指示,我才敢坚决的批评号称革命女儿的冰莹女士的极端性的浪漫的行动,完全是小布尔乔亚的自私的行为,革命的罪人!

最后还看了《文学月报》第三期,内中一篇高尔基的《给几个美国人的回信》,给了我不少的新的知识。的确,布尔乔亚在摧毁文化与科学了!布尔乔亚文化的水平线一天比一天堕落了!

《现代月刊》,看过二卷一期及二期,这是一本杂货摊,内容完全是乱凑的,很少有力的作品!这几天继续写小说《罢课》,但还没有写完。

一九三三年

四月二日

时间的轮子,转的这样快,现在又已是大地回春的妙时候了。有四月之久又没有提笔在这日记上记一笔, 这样懒的程度也就很有可观了。

我记得是一月十八日,学校放了寒假,在那几天里,青岛突然下了一场大雪,岛上的雪景有一番特别的景象,我和小牛子冒雪往公园海滨踏雪,大海也被雪所朦胧,一片白粉世界,分不清山光水色,归来时满身厚雪,扫了还有。就在这天的第二天,大考完了,我就匆匆束装就道,登火车直往北平会我的姣姣了。车站那样挤,连彭送我去,在最后开车的一瞬间,才好容易上去。一路上冷得要命,经了两夜,才到了北平东站。在下站时就看见我的姣姣从人丛中姗姗而来——呵!半年久别,今日又重逢了!她告我说她昨天已冒着大风雪来车站,等了我半天,使她失望归去。呵,叫我说什么话表示我的感激呢!

一进京报馆大门,就看见弟弟小妹妹,以及邵夫人,分别了半年,猛相见,倒使我颇感扭泥〔忸怩〕呢!

我原以为还在南屋里下榻,却不到〔料〕老夫人却令我高居楼上了,自然我是感到不痛快的,但也无可如何呵!

寒假也有四周之多,但我只觉匆匆几天就完了。在那些时日里,总是上午我进里面所谓紫禁城内消磨半天,吃了午饭,就偕姣姣跑上外面楼上,尽情的消受爱的滋味。自然,我们之间也常有小生气的事,但我现在想来也都是我太任性所致,我的姣姣是太温柔了。我常常爱说些过去的伤心的事,使得她痛哭后悔——是的,这些事整整一年过去了!虽然已经过去一年了,但那痕迹却没有在心头上消去,记起来就会使姣姣痛悔而流涕,她说她常常想起这事,就暗自流泪。我呢,我自然也难堪的很,因为我总觉得我的小姣姣不像二年前所想像的纯洁了。真的,以前我们是那样纯洁两小无猜的相爱着,四年从来没有一丝裂痕——虽然现在这一年来,我的姣姣变得跟以前完全一样的纯真了, 但那一个创伤却总停在我们心上,总觉得——总觉得在我们的爱史上,不应有这个创伤呵!

在这寒假的消磨中,我曾读过一本 Swift 的《格里佛游记》,以及一套《明史演义》,也算成绩不坏了。

学校已经开学两周了,而我还无意想回青岛,实在这分离是太使人恐怖了,姣姣说她一想到我又要离她而去,就觉得满心恐慌,不知该如何是好。其实,我也正是那样呵!但是分别的一天终于要到了,我们又哭哭啼啼走往车站。海娜在车上坐着不敢说一句话,怕引起泪水下流,我也感觉无限恐慌,就先期领她下车,送她出站。在那长的月台上,她紧握着我的手,慢慢地走着,实在我们很愿意这月台长到无尽头,永远走不完呵!出了站台,我又送她到空场上,紧紧地握了又握的手终于分开了,海娜两眼通红,不敢回头的匆匆走了。我呢,我在这空场上徘徊了一会儿,望不见她的影子了,才咽了又咽泪珠,鼓起勇气走回车上。——汽笛一声,北平,北平又与我分别了!

与我同行的是高君钟湖,来时也是他与我相伴,一路上倒也不感寂寞,经过一天一夜又回到青岛了。

青岛依然,只是上课已两周,不得不匆忙的赶功课,除此以外,大家又成立起二名体育会与体育部对抗,但是想不到,体育部主任用了手腕,收买,破坏,而我们的领袖人物也就很容易的投降,出卖大家——这件不名誉的事,着实使我生气,唉,意志薄弱的大学生!

这一月里也看过些书,记有:《"创造社"论》、《新俄文学中的男女》、《大学杂景》、《Daughter of the Revolution》、《青鸟》。青鸟是梅特灵的名著,象征派的杰著,早就想看,到今日才看了。此外又看了梁教授翻的《潘彼得》,现在正看蒋光慈编的《俄罗斯文学》,以及Kingly 的名著《Water Lady》。还有可纪念的是我那篇隔了半年之久的小说《罢课》,也于昨日完成了。我校中外文学系,山东曹州府同学成立了"素丝文艺社",约我参加,我开了一次会,感到无限的失望,那只是个无聊的结合,谈不到文艺,虽然也有周刊,但那是幼稚与空虚了!

昨天看了电影《三个摩登女性》,使人感到无限的快悦,是的,这确是一个成功的片子!

八月十五日

匆匆四个月又过去了, 现在是坐在北平京报馆的南屋里追忆这已去的四月的生活。

在四月里可追忆的是春假崂山旅行。记得是一个大清早起,大队人马乘了汽车直抵柳树台,旋即步行。弯弯曲曲,青山绿水,花明柳暗,过了一村又一村,身携照相机,遇景即拍照,但是不期因了它却惹出淘〔滔〕天大祸来。因此时崂山湾正挖战壕,不许摄影,违者以奸细论,我却不知底细,任情瞎照起来,正在觅景的时候,突然一个丘八冲过来,抢了相机就要走,结果商量半天,始准由我去该司令部向该旅负责人放话。一路上如同囚犯似的,我与老魏在前面走着,后面丘八先生支着枪跟着,在毒热的阳光下走了好半天才到了一个乡村里,好笑的是,乡人皆以为我为西洋人,老魏为日本人,见他们长官的时候，费了许多唇舌，才把相机讨回。——呵，好一场不幸的巧遇呀！当晚宿于华严寺，此处幽雅绝妙，古刹深庙，内有奇花异草，寺立于半山中，前有大海，风景绝佳。第二日起程往上清宫，路径青山、黄山，而打尖于黄山。此处风俗奇特，妇女酷爱自由，风流不羁，遂〔随〕意招待游客宿食，而丈夫亦不在意焉。我等数十人食午餐于某一家，食物高于乡村味，颇足嚼赏。饭后又拔步而走，下午始抵上清宫，稍憩后偕子俊、世昌往游乱山之间。第二日清早再偕子骏、子玉爬山越岭，往游明霞洞。山路崎岖，而又无人领导，迷路于半山之中，后遇一贫僧，始为吾等指破迷津，费时三时始抵目的地。明霞洞位于高山之上，前有竹林，地位奇高，俯视群山，其风景之佳妙有不可言者。受老僧殷勤招待后而返身下山，得一捷径，路遇国府委员邵元冲氏，亦为游山而来者。甫抵上清宫，而全体同学早已于海边登船矣，原来海圻舰特载吾等归去耳。第一次乘船于大海之中，得意洋洋，是日天晴气朗，海波不兴，悠悠于大海之中，真不知人世间有烦恼事耳。在海程曾参观军舰内容，以鱼雷特别令人发生兴味。日落时乘小筏抵小港，于是一别三日的青岛又在怀抱中矣。

　　归青岛后，春游已尽，只坐待夏日之来。不久樱花盛开，流连数日，摄影甚多，以后又是排球赛，一直到放假后始止。每日下午练习，以备参加华北〔运动会〕，但到头我却没有参加竟至回北平了。现在已来平一月之久了，本月廿六日就是我的婚期，这几天邵家为了这个忙碌异常，我倒没有什么事，只是坐坐睡睡，以混时日。来平后已看过五回戏，以高庆奎之《三国志》最佳。这些时曾看了《南北极》、《桃花扇》、《她是一个弱女子》、《三国演义》以及萧伯纳的《卖花女》，哈代的《Alicia's Diary》。

　　我父亲不久就会来平，等着吧，等着他来给我们揭这个开幕礼,这个新生活的开幕礼!

十月二日

我父亲大约是八月廿来北平的, 现在他却离开北平已经三天了,热闹了一场,现在落得空闲自在,但是总觉得太空虚了,好像是失掉了什么似的。呵,现在是结了婚的人了,童年从此告终了!

记得父亲来平的那天,正在傍晚,庭前预备晚饭时,或来电话告我父亲到平了。一年来不见的父亲此时突然要见面了,心里总免不了有些冲动。坐在洋车上往粉子胡同去时,尽管想来想去,想怎样见父亲和那位素未谋面的小母亲。一进门就看见父亲和一位中年女子,父亲头发退了好多,顶上已快都脱落了,才卅九岁的人,就有这般老像,可见是父亲平日操劳过度了。

父亲来平惟一的任务是办理我们的结婚仪式。所以一到北平便忙碌着不可开交,自然我和乃贤也大忙特忙起来! 其实,在这演戏中的主人翁倒因为事实的实现,反觉不出什么来,倒真好像是演剧似的。事情才过去不久,但我倒觉得已经是很久远的似的,一切都依稀模糊了。这事前的准备只好略而不谈了, 只记得结婚前一日,一早起来,范花便来找我,他是想做伴郎的,自然他是喜欢在风头上站的人,于是老卡让他了。随后礼服送来了,这才打动我的心。不一会儿, 花园饭店打来电话说我叔父要我赶快去, 我真觉得诧异,我以为一定是茶房说错了,于是匆匆拿了礼帐等物赶到花园饭店来,进门却扑了个空。于是又到粉子胡同,那里只有姨娘在,又返回到花园饭店,却不想果然是我叔父来了,还有斌才,正在澡盆里大洗而特洗呢! 他们从千山万水的故乡特地而来,专为参加我的结婚典礼,这种"情"真打动人不浅! 午饭后,即偕叔父、斌才往天桥一趟,给叔父买了一件衣服,他很高兴呵! 归来又陪着乃贤往"中央"理发,待她烫完发后,俨然变了一付〔副〕模样了,那样娇媚可人,正适合于做新娘子呵！又往东城买了些东西，即分道各回其家。我回到花园饭店，洗了个澡，饭后又回到京报馆来。一进门却见乃贤坐在洞房的中央，四面包围着好些女宾，原来正在试试婚衣呢！她穿着那半洋半华的红礼服，只羞羞地回头看我一眼，我却被丈母请到外边去了，现在该装样子了，我却还什么都不懂呢！

　　拿了许多应用物品，深夜中归花园饭店。到了那里他们却都已睡着了。我另外搭了一床，刚睡下，便觉脚下万马奔腾，群蚁一拥而上，慌忙一看，原来臭虫纷纷，吓了我一跳，不想明天就是新郎的我，今夜却还须受这大罪呢。本来就睡不着，于是越发睡不着了，就这样矇眬着眼过了一夜。第二天一早就起来，这天就是八月廿六日。我先去理发馆理了发，回来时宾客已经来不少了，自己不知该忙什么了，一回儿，咪咪等也来了。咪咪今天真特别漂亮，替我打了几次电话呢！宾客都来齐了，女家一气的催着迎亲去，但是我们的伴郎却左等不来右候也不来，最后没法子，只好随便请了位男宾暂做代表。出得花园饭店，便登了花车，乐声大作，浩浩荡荡奔向京报馆来。这天天气很热，坐在这闷不透风的花车里，真真受罪，后来把前面的帘子掀开，才稍觉可耐。马车走了又走，约莫走了一个钟头，才到了京报馆。下车时也颇心跳，但是还有意想不到的事，却是大门紧闭，原来是听差索要上门钱。这时外面人山人海，把我挤在人堆里，娇〔骄〕阳又大施威风，这光景真有点难耐。我的那位伴郎再三向他们恳求，后来从介绍人手来〔里〕拿出一个红纸包，给了他们，门才算打开了。我们被迎接进小客厅，乐队就在院子里大吹特吹起来，这是催妆曲呵，这是〔时〕真不知新娘子的心里是什么滋味？催妆曲吹了又吹，但是还不见什么动静，新娘子真难打扮呵。我一人在房里等了又等，才听得一声喊声，要我拜见新娘。匆匆走进大客厅，只见小娇娇端坐正中，半低着头，好像有那么一会事儿似的,亏她也忍得住。两旁站的人要我向新娘三鞠躬,代替九叩首之礼,到了这地步,不由你不做。我先只一鞠躬,他们群呼不行,最后只好又补两个躬,心想你这时端坐中央,回头到晚上会和你算账的!

扭扭捏捏,从红绒上走出大门,新娘上了花车,我们却坐上汽车,风驰电掣,一阵就到了饭店。进得门来,才见范花,他于是匆匆打扮了,静候迎接新娘。这时从前附中同学都来了,大哄一场,尤其向伴郎大闹特闹。一会儿,外边传报新娘驾到,于是我怀了一肚子的说不出的心情,随了伴郎走了出去,果然花车已停在门前。新娘走出来,我俩各拿了一炷香火,慢慢地我倒迎着新娘,走进里面去。这时神秘的空气开始了,四面满围了观客,同学们各抓一把小米、大豆等等掷向我们来。从红毯上,经过了弯弯曲曲的长廊,不知不觉已到尽头。新娘休息了,我也回本宅休息,实在有点累呵!后又等了又等,快到四点了,这边的亲朋都焦急起来,派人向里面交涉了数次,我亲去了一次,遭了人家的拒绝扫兴而归。到第二次去时,才算迎了出来,又是大豆、小米洒了满头,终于走到礼堂,佩心权当司仪,高呼证婚人、主婚人——入席。婚礼开始了。婚书盖印了,交换饰物了,证婚人何柱国有一篇骈体的赞文,后来司仪直喊“报告恋爱经过”,但是静默了半天,我俩谁都没有开口,于是佩心不得不喊出“摄影”这个口号来,大家都跑向后面照相,将我俩摆在中央,实在有点难乎为情。

像照完了,该入席吃饭了。我们四个向各席进〔敬〕酒,吃了好几杯“难酒”才算了事。客散了,这天算过去了,婚礼也算举行完毕,圆满告终了。

忙碌了好久的结婚,现在算举行完毕了,等到客人分散以后,我与乃贤已累的不亦乐乎,躲在房里找寻一点休息的时光。乃贤一天没有发言了，静悄悄的恐怕丢了新娘子的身份，这时她躺在床上，越发显出她的柔美的可爱来，我向她亲亲地一吻，算是我们婚礼告成的纪念。

　　黄昏来了，京报馆邵夫人的电话来了好几次，催我俩回去。于是我俩不得不收拾一下，向父亲、叔父告辞，在满布鲜花的汽车里，抱着我的新娘，胜利地骄傲地穿过长街小巷，走向京报馆来。

　　我的同学们已经挤满了我们的洞房，在等候着我们。院子里也坐满了邵家的亲朋们，他们已在入席，满满地灌了我三杯黄酒。好容易才从他们的压迫下逃出来，于是屋里也摆好了酒席，该受同学们的虐待了。他们总想灌我以酒，所以闹得真个没趣。酒算完了，他们所计划的正式的该开始了。我和乃贤端坐在床中央，他们围了满地，好像是老贺、范花为正副司令，他们所提出的条件真有点苛刻，令人不好容易加以回答。其实在平时这也算不了什么，只是一到这时，便分外难了。闹的结果，他们有点不满意而退，其实夜已经到了子时以后了，我心里在盼着他们告辞，好容易走了以后，预备安息了，邵夫人把乃贤叫出去，付耳低言吩咐了好多的话。于是房门掩上了，神秘的空气开始了，在被里热烈的拥抱着，开始尝受这新婚第一夜的滋味，但不凑巧的是今天却是乃贤的禁日，新婚第一夜红潮高涨，必主大吉大利，哈哈！

　　新婚后的第一天，阳光满院，百花争艳。懒洋洋的起了床，父亲的电话就来了，于是赶忙收拾梳洗，乃贤穿了一件大红袍，真正是新娘子呵！去了花园饭店，陪父亲往各处拜答各处亲朋，整整忙了半天，刚刚回到报馆，又接父亲来电，约赴南海游泳池，去了只参观一遍，并未入水。

　　以后是第三天吧，父亲约我们往游颐和园，一个马车里堆满了一家人。马蹄停停不急的，在新雨之后走进万寿山。颐和园景物依然,记得我俩曾在某年一个春天,在这儿游玩了整整一天。再往前推,高一那年的清明节,此地曾是我俩恋情初放的时候。今日重临,有情人已成眷属了。

在龙王堂前,游泳了片刻,走到园门时已是日薄西山,又坐上马车,倦游归来。

在初见面的几天,"张女士"对我们的态度还算不错,但到后来却显出裂痕来了,勉强是不成的,乃贤与我以及叔父都有难言之愤,但也只好得过且过去。

又记得是上元节时,我做了人家的新女婿,便陪着全家往拜坟茔,归来时父亲约请往"吉祥"看《新艳秋》。后来又计划着全体往西山小住时,我父亲却突然决定行期了。于是在一天风雨凄凄之日,送父亲,以及叔父、三弟登车西去,我们悄然的分别了。父亲来平的使命告终了,我们的生活也就好像告了一个段落似的,心里好像空虚了些什么似的,也好像做完了一件什么大事似的。

父亲走后的第二礼拜,乃贤入学大考,这一礼拜就这样告终了。考试完了后,我与乃贤看了一场杨小楼、郝寿臣的《野猪林》,便决定往西山小住数日。

往西山去的汽车是早九点,而我们去时已是十点了,于是不得已顺便去清华,看看佩心。下午三点就从清华直往香山,下榻于香山饭店。香山饭店位于高处,新鲜,风景美丽,在此地小度蜜月已颇幸福了。头一天到这里时已届黄昏,所以没有外出一步,只与同住者管翼贤先生聊谈数句。第二天一早起来,便去双清别墅。红日高射之下,露点纷纷下降,颇富诗意。下得山来,在山下一小饭铺里大吃一顿,便骑驴往西山最高峰的"鬼见愁"去。山路不仅崎岖,而且上坡下坡极为困难,第一次骑驴的乃贤竟也没有摔下来呢!西山风景这部分我从未看过,想不到这样幽丽。小驴子走了半天,好容易到了"西山景绝"的石碑处便不走了,于是我们只得下来步行登山。山坡上野草丛生,牧者弯身刈草,时闻山歌和唱之声起于山谷,我俩怀着惊奇恐怖的心,一步一步的摆上这山峰来。乃贤走在半山一个小城下休息了,我一人独自奋斗,用最快的速度跑上这"鬼见愁"来。顶上有无字碑一块,下望山景有不可传言之妙,远望昆明湖好像一杯清水,玉泉山塔也不过一管笔架而已。匆匆摄的一影,便走下山来。碰着乃贤,又一同艰难的牵着手走到"西山景绝"处,由此地东望,只见烟雾茫茫处,有两白塔独出,知是北平城内的白塔两个。骑了驴再从原路回到饭店,这一天的旅行便算告终了。

第二天一早起来,匆匆走下山来,为了买旅行杖,于是便步行至碧云寺,登高塔参拜孙中山衣冠冢。休息后便往村外——"高家饭铺"内大吃一顿,旅行之后饭量突增,好不痛快煞人也。

饭后骑驴往游周家花园。一路上驴蹄的的,颇令人有入山休隐之感。周家花园树木甚夥,有泉水畅流不息,富于田林风景,在西山风景中另成一派。后又转路往游到卧寺,此地除有一卧佛外,别无留恋处。匆匆游毕,又骑驴而归,晚间又特地下山至一小饭馆吃烩饼。前天吃的是"万松轩"那家,颇有田家真挚之风,此家则颇具市侩气。

第三天下山来,又骑驴往八大处。八大处适在香山背后,故路较长。一路上柳树成荫,倒也自在,即后转爬山坡,山势斗〔陡〕然,步履艰苦,大有蜀道之难。转过山坡后即是"宝石洞",内有一和尚像,据说是肉胎外包以金者。往下乃"香界寺",古刹一座,再下便是"龙王堂",此处风景颇美。后又至"大悲寺",此处有高竹百数棵,颇具特色。后又经一古刹,也是八大处之一,仅有一庙,徒具虚名耳。最后至"灵光寺",此地为八大处之冠,内有荷池,为它处所无,此外长春寺及一处(已为外人据为私有)未去。八大处游毕,经西山饭店山下一"田家饭馆"内又大吃一顿,饱肚后又上驴背,大加其鞭,走向归路。乃贤在驴背上大叫大嚷,我亦不顾也!归饭店后天尚早,又下山至买卖街等处闲逛,然后至万松轩晚餐。

晚间决定下午归城,所以一早起来,便出北门经山谷小道,过鲍家花园,而至"冷风亭"。此亭位于山之中央,树木环绕,鸟声虫语不息于耳,宽衣闲卧亭栏之上,乃贤则采花寻虫忙煞了个小人儿。日将午,于是返归饭店,提了小箱,迳与此地告辞,下山在万松轩饱食一顿,苦候三点钟,车始开,捉得两个鸣虫作为归家送与小弟弟之礼。来园时始三点,即上汽车,又候半点钟,车始开,云腾雾架〔驾〕,费时仅一小时已又返平城。

由西山归来后,又已匆匆一周矣。本定昨日南返,后因高君要求改期同行,故又迟至中秋节后始能返校也。

昨夜月已将圆,光一人独上楼顶,徘徊于月色之下,颇多感慨,后下楼邀乃贤同上,坐于地下,饮酒赏月,乐也。

一九三四年

三月廿七日

半年的光阴，多么飞的快呀，今夜偶尔翻翻日记，却是去年八月里的笔迹，距今整整七月了，在这中间，我与乃贤中间的悲欢离合又已两次了！

去年暑假的分离，颇异于寻常。临行那一晚，不用说是谈不到睡觉，只暗暗地数着钟声，最后到五点了，忍了又忍，在枕头上洒了不少的热泪，也不知道从那里来了一股子劲才爬起来。我走时，我没有让乃贤送我，却让二弟弟去陪我上车站。出门时，乃贤穿着寝衣，勉强装出笑容来——我直到现在还记得她在门槛边那两只水晶晶的乌珠，那一个微笑。我回头看了她一眼，便匆匆走出大门了。关于这段离别，后来我还填了一首词，寄与乃贤。

来青后，我与乃贤预定隔日一封信，把这信订起来，就作为日记，名曰《人人集》。所以，半年没有在这里写一笔日记。

青岛的半年，好像是一梦，也好像是住了牢，就那样毫无声色地过去了，一点可追忆的材料也想不起来了，只记得的是大考来了，整整考了四五天，考完的那天晚上，我就坐了火车直往北平，一天一夜便到了悬念了半年之久的北平。初下车时，怎样也找不着乃贤，后在车站外等了半天，才见她走过我身边来，呵！半年一别的可人儿又在身旁了，乍见了，反而什么话也说不出来，颇为扭泥〔忸怩〕呢！只见她穿了一身黑猫皮，带着一副红手套——以后她先回去了，我一人去吃了饭，洗了澡，一直到十一点了才回到报馆。我们的那洞房里的人儿听见我脚步声，就赶快开了门，我一走进去，顿觉入了神仙府似的，小屋里那样清静，在灯光下显出一种醉人的景色来。屋里只有她与小妹妹，不久两个弟弟，一个大妹妹都来了，亲亲热热的说了半天，好容易他们都走了，我就在桌旁抱着了她，我kiss她时，她还害羞呢！越来越年轻了。少年夫妇，新婚别后第一次见面，这两颗心我该怎么形容呢？尤其是妻子的心，那直要难倒世界上的文豪了。我一边亲她，一边touch那个好东西——做了半年的梦想，今夜才实现了，没不还是个梦吧，真要"今宵剩把银缸照，犹恐相逢是梦中"了！

进了寝室，一张大被早已铺好了，多么迷人呵。我现在已经想不起怎样两人脱了衣服钻进被里，只记得一进被里，便紧紧的抱在一起，好像梦一样，那是太麻醉了，太使人兴奋了。第二天我在十一点才起了床。

这一次寒假，实在太甜蜜了，比暑假新婚后的光阴还要甜蜜。我差不多很少出门，每日的光阴一大半是消磨在被里，我常常跟乃贤笑谈说："我们一天要睡十二个钟头。"真的，在最初那几天，每天总得十一点才能起床，其实也不是不愿起，只是一到想起时便已十一点了！光阴好像特快了一样。我有好几次把乃贤剥光了，我给她洗身，这种生活像是图画，不会像是真事。

有一天，我从青云阁买回《金瓶梅》来，两人好像得了宝一样，在被里一气看完两回，以后她没再继续看，只我一人看。她睡觉，我看她，这种韵事，不知道天下人有几个曾尝过。

我还记得过除夕时，先跟弟妹们打了一圈牌，以后屋里就剩了我两人，我们就喝起酒来，她那样地坐在我怀里———一直到了半夜。人生还会有什么幸福呢？青春年少，无忧无虑，一对新婚夫妇，这样的生活,我和她都异口同声说:"已到幸福的顶端了!!!"

　　但是光阴快得很,寒假早过去两礼拜了,我又不得不走了。在临走的那一晚上,千种风情,万般恩爱,一直到了天明,等她穿了上衣起了床时,我还要求了最后的一次,她直嚷"整整闹了一宵!!!"

　　早没有哭,一到走时,却都来了,泪水如黄河之水万马奔腾而来,怎样也止不住。她倒还忍的住,直给我擦泪。最后我好容易走到大客厅,向前后告辞。她只问了我两句话,我忍也忍不住,便又流起泪来,没等她说完便走出来了。出门上洋车时,尚依然要流,半路才算完结,到了车站时,心里已雨过天晴,直到她从车上下来,握了手,我看她的背影消灭了,我也没有再流泪——以后,独自一个了,任火车轹轹地走去。一夜一天,对半夜,又到青岛了。

　　现在屈指算来,来青又廿几天过去了,乃贤来信,说她要春假里来青一行,如果能现实,那么再待三四天,我又可抱着她了,等着吧!

五月六日

　　连着两天阴云密布,毛毛其雨,令人愁烦而不可耐,心中郁郁之状难以形容,如在北平,此种天气正宜家居也!人生匆匆数年,而偏偏又有此许多不遂意事,其为人也亦无味之极矣!

　　乃贤果于四月一日下午十点半来青,当天我接她的信,信疑且半,至时犹豫而往车站时,距车抵站尚有半点钟之久,独自绕步于清凉之月台上,心中焦急之状,至今思之犹觉可笑也。车抵站时,好容易从人丛中找出她来,一块石头砰然落了下来,不但转快之至,却喜煞我也。步行至站旁,太平饭店借寓,此居面临大海,风景绝佳,(犹记常与乃贤并肩伸首于窗外,遥望海波荡漾,唉,时不我与矣!)其夜缠绵恩爱之逾常,余此时实不欲叙述,因思之徒令人感伤目前之凄苦也!

乃贤自定住此处后，我每天上午仍去学校上课，课后即归来共餐，下午出游。岁月匆匆，此种温柔的生活，不觉之间两星期过去了，乃贤提议要回去。我也觉得在上课期间，每天奔忙颇多不便，于是便在一天清晨送她独自一个上了火车，匆匆一段春假相会便这样结束了。乃贤来青后，朋友间颇多应酬，令人心感不尽。

到今乃贤走后，又三星期过去了。

乃贤走后的第二天，我便加入学校的崂山旅行团。晨起七点便乘汽车出发，至柳树台步行往游瀑布，又往崂顶。一日奔走一百廿里山路，头脑昏弦〔眩〕，几欲呕血。崂顶突出于群峰之上，一登其上，便觉晕眩而不能自持，四面海水环绕，海中小岛起伏。下车时，两腿已不能运转自如矣。

春假一周，在此假期中，除写完那篇小说《血的买卖》，并读完Prerost 的《Manon Lescant》，这部动人小说四五年前便闻名矣，我看完这部书后，重新感到"爱"的力量之奇大，因为近一二年心情老了好多，觉得"爱"也平凡的很了。莫泊桑有篇序，做的那样漂亮！美人，美人实在在历史占的地位不亚于英雄呢！有多少个死去的美人到现在还系着活人的心呢！

我还看了一本翻译的《迷娘》，到底是大家的手笔，组织那样的细密，许多不连环的 incidents 一直到最后才连贯起来，那连贯的是多么天衣无缝呵！

青岛樱花节，热烈了一礼拜，如今也过去了。上礼拜一个下午，独自一个跑到樱花路上，看了满地的樱花瓣，直有"泪眼问花花不语，乱红飞过秋千去"之感。我坐在树旁，沉思，深想，对面校花园里，桃色正在妖艳，我想它也许是许多在骄傲着残了的樱花，但是过一两天后，它不也就要跟樱花一样了吗？唉，花开花谢，锦瑟年华，无形中便过去了！我每每看到桃花，便要想起八九年前北平的先农坛来，那时自己才是十五六岁，在那年春天常与子栋、千子往先农坛桃杏红红白白里大游大玩，这种印象到现在还不减，想起来徒令人悲伤而已！

郭根日记注释及人名索引

一　师大附中时期（山西定襄人）

薄右丞，名毓相，字右丞，定襄城内人，一九〇五年生。早年读书于定襄中学、川至中学、北京师范大学，后在忻县中学、太原国民师范学校任教。一九三五年始为阎锡山"高干"之一，任"主张公道团"负责人即秘书主任，一九三八年为"民族革命同志会"高干之一，一九三九年为省府委员、省党部执委，一九四〇年为乡宁区中心县长，一九四三年为"兵农会议"办公室主任，一九四五年为"解救训练委员会"主委，"光复"后为省府委员兼教育厅长、地政局长要。一九四九年八月被镇压。

胡熙庵，又称胡西安、胡锡庵，蒋村人。一九二八年，同乡薄一波在天津进行兵运工作时，中共顺直省委将打入国民党机构的秘密中共党员组成一个特别支部，由薄一波任支书，成员有天津市公安局预审科主任科员张文昂、造币厂科长胡熙庵、市政府宣传科长张友渔等，当时胡熙庵的公开身份还是阎锡山的山西省政府经济统制处处长，也是中共北方特科系统中山西方面的负责人之一。当时还成立有"左翼作家联盟天津分会"。抗战时为二战区长官部参事。

智良俊，作者的挚友。早年于北平大学法学院（一说北京大学法政系）毕业，后为山西经济统制处科员，秘密从事中共地下活动，

曾积极参与营救薄一波出狱,此后在太原、晋察冀、石家庄、北京、
保定、徐州等地从事革命活动和工作,与彭雪枫、薄一波、邓拓等结
为深厚友谊。曾任中共河北正定县委书记、徐州市政协副秘书长、
徐州医学院图书馆馆长,离休前是全国政协文史办公室主任。

斋希仁(齐希仁),名志尚,北大学生。

郭春涛,不详。

郭家垣,薇仙,蒋村人,神山高小校长。

范子英,千子,神山人。

刘克正,直亭,芳兰人。

周隆高,子栋,南王村人,北京医生,后为天津市医院院长。

曲羡之,不详。

刘向之,不详。

早晨,不详。

六生,不详。

赵瑛,不详。

晋庵,不详。

俊卿,不详。

玉如,不详。

胡作砺,蒋村人。读书于武汉大学,毕业论文为《王莽社会政策
之研究》,知名一时,后为国民党山西省党部书记长。

能放,不详。

镇乡,不详。

王亮臣,不详。

向武,不详。

王伯唐,名继尧,以字行,王进村人,一九〇一年生。早年读书
于定襄第二高小、定襄中学、五台川至中学,后考入北平平民大学

新闻系，一九二六年加入共产党，曾任平民大学党支部宣传委员。组织山西旅京学生成立"新晋学社"，任常委兼组织部长，此外又在京郊创办平民学校，吸收附近的劳苦大众学习。一九二七年，中共北平市委西郊区委改组，任西郊区委宣传部长，并与王荷波等计划在北伐军到达时组织暴动，未成功，王荷波等遇难牺牲。一九二八年八月，调任中共顺直省委（即北方局）直属支部书记，与陈潭秋、彭真、胡锡奎等秘密开展活动，并与张友渔、胡熙庵等组建"北方书店"，又与上海"水磨书店"、北京"沙滩书店"合作出版《人言》、《初阳》等进步杂志，与武竞天、胡锡奎等创办"国民通讯社"，宣传进步思想。后由同乡、天津造纸总厂监督薄永济介绍，赴该厂任科员，以薪水资助出版杂志，并拟在工人中建立中共地下组织，后被天津宪兵司令部侦悉，幸免于难。一九三四年调回太原，时中共山西省委屡遭破坏，其在艰苦环境中坚持工作，短期内恢复了党组织，并担任中共山西省特委书记，不久因叛徒出卖被捕，狱中受尽酷刑，毫不屈服，后因生命垂危遂获释出狱，终因病情加重，于一九三五年十一月去世（一说死于狱中）。

樊继荣，华亭，北京美专学生。

师履谦，祥甫，师家湾人，作者弟弟郭斌才的老师。

智澄，镜如，忻州人。

陈光宇，北大学生。

张孟兰，忻州人，北大学生。

周连城，廷璧，薄右丞的妹夫，后被镇压。

周新民，官庄村人，曾为太原国民师范学校校长。

杨旭初，不详。

杨如圭，不详。

邢伯涵，不详。

郭隆昌,不详。

郭永垣,不详。

万银,不详。

能肇,不详。

崇喜,不详。

李海容,不详。

师乐千,不详。

梁尚明,不详。

梁绍级,不详。

海容,不详。

纪元,继元,不详。。

向武,不详。

张传龙,奇人,神山人。

齐之桢,不详。

刘象州,不详。

杜余庆,不详。

祥甫,不详。

阎志德,不详。

昌祺,不详。

云卿,不详。

焦宗孔,不详。

师履谦,不详。

万粮,不详。

斋芝德,不详。

一斋,不详。

师乐千,不详。

齐钟美,不详。

齐子敏,不详。

樊毓泗,洙亭,沙村人,作者弟弟郭斌才的老师。

薄成三,青石村人。

阎志德,河边人。

陈其五,世昌,五台人。

淼泉,不详。

郭克勤,乳名郭魁元,学名克勤,字洁民,又名觉民、郭晓村、陈学礼,别号拙斋,智村人,一九〇五年生。一九二〇年考入山西省立第一中学,受“五四”运动及俄国十月革命的影响,思想趋向进步,于翌年十月加入王振翼、贺昌等组织的“青年学会”。一九二四年考入北京中国大学,一九二六年参加共产党,即从事工运、学运、军运和情报等秘密活动。一九二七至一九二八年,与在中法大学和北平大学读书的孙晓村、郑侃、郑佩等中共地下党员秘密编辑出版《人言》刊物,发往各大学,颇具影响;在天津开展活动的张友渔、宋绍初等也参与了此项活动,并经常与之联系。一九二九年,协助山西同乡李舜琴、郝德青、雷任民等中共党员组织“鳌尔读书会”,出版《鳌尔》刊物。一九二八年,介绍在北平师范大学附中读书的作者加入共青团,并以“小知”的笔名为作者主编的《校友会会刊》(五月特刊)撰写纪念马克思诞辰的文章,为此作者受到校方的惩戒。后为北方局军委军运领导小组秘书长,一九三九年被晋察冀边区社会部公安局以“叛徒”、“托派”罪错误处决。其子何奇(前山西团委干部,后在新华社陕西分社、国家计委任职)曾致力于其父的历史调查,最终于一九九八年六月由中共中央组织部行文确实:郭洁民“属于错杀,应予平反昭雪,按因公牺牲对待”。郭洁民的妻子冯若舟(河北省大名女师学生)也是中共地下党员,曾奉命打入阎锡山的"同志会",任太原晋华卷烟厂"同志会"特派员的秘书,后因身份暴露,于一九四六年六月被阎锡山"特种警宪指挥处"逮捕,虽在狱中受尽严刑,仍坚贞不屈,终在一九四九年二月下旬(太原解放前夕)惨遭杀害,时年三十九岁。

牛巨川,忻州人,一九四〇年逝世。

杜隆昌,镇安寨人,富农,其子秀林。

杜能亮,镇安寨人,后被镇压,其大姐即作者叔父郭仁才的母亲。

郭贵才,作者的叔父。

玉常,作者的外祖母。

郭能亮,作者的叔叔。

郭斌才,作者的弟弟。

郭改梨,伯父长女,抗日战争时的地下党员。

郭改梅,伯父次女,后居五原。

胡仁奎(一九〇一~一九六六),字梅亭,蒋村人,小商业资本兼小地主家庭。早年毕业于县立中学,即任教于县立第二高小,是作者的老师,期间发起成立"共勉社",组织阅读进步书籍,作者深受其影响。一九二五年考入北京大学数学系,翌年加入中国共产党,曾任"五三中学"教务主任。据一九七九年二月三日《人民日报》刊登的悼词:"在第一次和第二次国内革命战争的艰苦岁月里,他利用自己的合法社会地位,大力掩护营救我党同志。在抗日战争和解放战争时期,党中央派他打入敌人营垒,先后在重庆、南京等地做地下工作。新中国成立后,曾任天津对外贸易管理局副局长、中央贸易部办公厅主任、外贸部对外贸易管理总局局长、外贸部海关总署副署长等职。"一九三一年"九·一八"事件后,胡仁奎曾参与北大学生"南下示威团",翌年毕业后,先后在山西、青岛、北平以教书为掩护从事地下活动,并曾在北京忻定试馆保释薄一波出狱,及接待"牺盟会"的平津流亡学生。一九三七年"七七"事变后返回故乡,经组织批准恢复党组织关系,期间曾任盂县县长及特派员、山西第一行政区指导员、晋察冀边区临时行政委员会副主委兼银行监督。一九三八年,为便于开展工作,奉命加入国民党,受任国民党河北省党部委员兼晋西党务指导员。一九四四年四月,曾以客人的身份访问延安,后又奉命赴重庆开展工作,即三次赴重庆述职,会见过蒋介石、陈立夫、朱家骅等,名义为国民党中央党部设计委员,并与山西人郭紫峻的国民党"中统"华北办事处有往来。期间曾向安子文提出要求恢复党籍、进入解放区,但受命进行"潜伏"。北平和平起义前,曾参与对傅作义进行工作。晚年任北京林学院院长。"文革"中,受到康生等制造的"彭真、薄一波、安子文——胡仁奎、李伦特务案"的陷害,含冤逝世,夫人李伦也身陷囹圄长达八年。

孟兰,梦兰,不详。

郭巨才(挺一),王进村人,作者的堂兄。早年读书太原国民师范,期间与同学薄一波先后加入共产党,在家乡等地开展革命活动,这在作者日记中有所反映。大革命时期,是山西共产党的重要人物之一。一九二八年,在赴霍州参加中共山西省委会议途中被捕,而霍州省委会议竟缺席将其开除出党。待其入狱后才得知已被党组织开除,遂情绪逐渐消沉,后被转入山西反省院,并于一九三五年七月按例履行手续,即刊登"反共启示"具保出狱。一九三六年,任职于阎锡山任会长的"山西自强救国会",为"工人委员会"主任委员以及山西训导院主任。当初被捕时,薄一波曾于一九三一年被中共北方特科系统从天津监狱营救出来后还特意回了一趟山西,试图营救其出狱,但未果。此后薄一波再次被捕,并被关押在北平草岚子监狱和北平反省院里。当时同是定襄老乡的胡熙庵、智良俊、牛佩琮等为营救之，曾劝说郭去活动阎锡山拿钱营救薄一波，而当时阎锡山为了"守土抗战"，正在筹备建立山西"牺盟会"，急需抗战领袖人才，表示愿意进行尝试，这时此事也为中共北方局刘少奇等所知，为了迎接即将到来的抗日战争，党组织需要大量的干部，遂经党中央批准，由北方局指示薄一波等狱中同志履行手续出狱，随即郭以山西代表身份赴北平面见宋哲元，由宋写信给监狱长，继之郭在监狱迎接薄一波返回山西。当年郭带五千大洋去北平监狱请薄一波"共商保晋"，事实证明是极具历史意义的。此后山西形成抗战局面，郭任山西"新军"工卫旅旅长兼政委，至一九三九年底阎锡山发动"晋西事变"，郭挺一于一九四〇年一月被错杀，迄未正式平反。

夷行，不详。

郑华登，不详。

王右章，山西清徐人。

沛然，不详。

体乾，不详。

松乡，不详。

赵希云，不详。

耀五，不详。

子敏，不详。

解瑛，不详。

果真，不详。

爱樵，不详。

施叔，不详。

培基，不详。

二　师大附中时期(其他学校人物)

卢自然,老师,余不详。

杨春和,不详。

刘廷街,不详。

陆光宇,不详。

凌鹏志,不详。

凌耀青,不详。

陈钦,不详。

赵天保,安徽人,余不详。

涂庄,江西人,余不详。

唐宜,不详。

柏木,不详。

吴葆三,不详。

朱承瀛,不详。

张葆明,广东人,余不详。

彭体乾,不详。

陆鼎祥,不详。

林励儒,广东人,师大附中校长,教育家。

"董先生",即董鲁安(一八九六~一九五三),蒙古族,又名于力,别号东峦,河北宛平人,附中语文老师,修辞学家。早年读书于北京高等师范学校,一九二〇年毕业后任附属中学教员,后为北京女子师范大学教授、北京师范大学国文系副教授、燕京大学国文系教授等。钱学森曾回忆说:"上世纪二十年代的北京师范大学附属中学有个特别优良的学习环境,我就是在那里度过了六年,这是我一辈子忘不了的六年。当年我们在附中上学，都感到民族、国家的存亡问题压在心头，老师们、同学们都在思考这个问题。在这样的气氛下，我们努力学习，为了振兴中华。我们班上，给同学们印象最深的是教语文的董鲁安老师。董老师实际上把这个课变成了思想政治教育课。我们就从那个时候懂得了许多道理，我们要感谢老师。"张维（两院院士、清华大学副校长）也曾回忆说："语文老师董鲁安先生是在二十世纪二十年代师大附中最为学生称道的老师之一。董先生给人们的印象是个乐观派、名士派，非常潇洒。他讲起书来慢条斯理，一板一眼。讲到精彩段落，时常忘我地坐在讲台椅子上自言自语。有时讲得出神，就给同学们讲述一些轶事甚至离题好远的趣闻。所以他的课深受学生们的欢迎。"一九三七年"七七"事变后，董鲁安因掩护进步青年的抗日活动，曾遭日伪软禁两个月，后在学生的声援下才得以脱险。"太平洋战争"爆发，日本军队占领并封闭了燕京大学，董鲁安拒不受聘于当时的所谓"国立大学"，他表面潜心研究佛学，实则等待时机潜往抗日根据地。一九四二年八月，在中共地下党组织的安排下，几经周折，抵达晋察冀解放区，受到聂荣臻将军的欢迎。不久，《晋察冀日报》和延安《解放日报》发表了他的长篇连载报告文学《人鬼杂居的北平市》，他以耳闻目睹的事实揭露了日本和汉奸在北平犯下的罪行，热情讴歌了人民的爱国主义的行为，因而荣获晋察冀边区"鲁迅文艺奖金"。董鲁安曾任华北联合大学教育学院院长、华北大学二部副主任、晋察冀边区参议会副议长。一九四九年九月，董鲁安以无党派民主人士的身份参加了中国人民政治协商会议第一届全体会议，并当选为政协第一届全国委员会委员。一九四九年后，董鲁安任中央人民政府政务院人民监察委员会委员、河北省人民政府委员兼人民监察委员会主任等。一九五三年八月二十日，董鲁安病逝，享年五十七岁。其子于浩成，著名法学家。

徐名鸿，字羽仪，一八九七年出生，广东人，附中老师。一九一九年毕业于北京高师国文系，期间曾组织"工学会"，参加"五四"爱国运动，此后又曾主办过"平民教育社"，出版社《平民教育》。毕业后在附中任教，并兼师大国文系助教。一九二六年，南下参加"北伐"，任国民革命军第四军第十师政治部主任。翌年参加南昌"八一"起义，任第十一军政治部主任。一九三二年，任十九路军秘书长，参加"一·二八"淞沪抗战，后随蔡廷锴将军参加"福建事变"，任十九路军政治部主任，并作为十九路军和福建人民政府的全权代表，赴江西瑞金与苏区的苏维埃政府及红军签订了《抗日作战协定》。于一九三四年二月被国民党杀害，时年仅三十七岁，当时蔡廷锴将军为其题遗言之墓碑为"中国社会主义者徐名鸿之墓"。

黄庐隐，女作家，教师。

石评梅，女作家，教师。

赵冠民，吉林人，余不详。

施权，云南人。

"韩先生"，附中女音乐老师。

王庸，浙江人，余不详。

卢方聿，广东人，余不详。

"小约翰"，不详。

汪伯烈，附中老师。据张岱年的回忆：当年哥哥张申府安排他入北京师范学校附小学习，后升入中学，即其自一九二三年考入北京师范大学附属中学试验班后，开始学习中学一年级第二学期的课程，五年后从师大附中毕业，报考清华大学被录取。其中原因，即"我在师大附中学习时，当时的一些国文老师思想很开明，其中曾担任过班主任的汪伯烈先生和我们同学联系较多。在高中一年级时,我写了一篇作文,题为《评韩》,内容是评论韩非反对文化教育的观点,汪老师颇为赏识,推荐到当时的师大附中校刊上发表,对我鼓励很大。——我上中学时就打下了一生的基础。"他还回忆:"我的性格是好静而不好动,少年时期就对哲学和历史产生浓厚的兴趣,读了许多中国的古书,也读了大量英文原著。博览群书使我学会了思考,于是,小小年纪的我就开始考虑宇宙和人生的一系列问题。"其中包括与班主任汪伯烈老师热心哲学研究,并在当时的权威刊物《认识周报》发表论文,大胆评述胡适、梁漱溟、朱谦之、张申府等的哲学思想云云。

卢伯玮,教师,余不详。

"范花",范继曾。

老卡,不详。

老贺,不详。

"马猴",不详。

明道,不详。

吴永珣,河北人。

陈士龙,浙江人。

汪德熙,江苏人,化学家;

闵嗣鹤,江西人,数学家;

张骏祥,江苏人,经济学家;

徐世荣,北京人,语言学家;

姚鉴,贵州人,文物鉴赏家;

熊大缜,江西人,清华大学学生,抗战中被错杀;

王光超,天津人,王光美的哥哥,著名医生。

夏承楣,江苏人,民国闻人夏仁虎(夏枝巢,北洋政府国务院秘书长)的公子,其兄夏承楹(何凡)也是师大附中毕业生,夏承楹后为作家林海音(即林含英,北京春明女中学生)的丈夫。夏氏兄弟好运动,当年在北海溜冰场以花式出名,号称北海"夏六"、"夏七"。

"雪友",作者的初恋对象。

海伦娜,茜,海伦,乃茜,海纳,贤,姣,皆为邵乃贤的爱称。

三　师大附中时期(恋爱期间人物)

乃士,又乃偲,邵乃贤的妹妹。

美成,邵家的成员之一。

冰莹,不详。

沉环,不详。

丹顿,不详。

冰川,不详。

"潘",疑为李续纲,当时北京一中的高年级学生,也是北京共青团的负责人之一,后曾任北京市政府副秘书长,"文革"期间含冤而逝。

"第三人",见诸于历史学家何兹全的回忆《爱国一书生:八十五自述》(新版名《大时代的小人物》,北京大学出版社二〇一〇年版),其云:当时有一北师大学生桑耀曙,其人"高高大大,一表人才,但一点也不彪悍、威武,是个学文学的,写小诗,演话剧,天真、憨直,一天乐哈哈。他爱上被奉系军阀张宗昌杀害的名记者邵飘萍的女儿邵乃贤女士,邵也爱他,但邵女士已有男友,当桑耀曙、邵乃贤刚刚进入爱网之时,她的男友知道了,立迫她和老桑断绝关系。"(第七十七页)

邵乃贤师大附中毕业后,考入国立北平师范大学外国语文系(一九三五年第二十三届),同班同学有桑耀曙(河北人,毕业后在北平私立成成中学任教）、林慰君（林白水之女，当年林白水与邵飘萍同时被害于天桥后，林慰君看到父亲的遗嘱："我绝命只在顷刻，家中事一时无从谈起，只好听之。爱女好读书，以后择婿格外慎重。"时年十二岁的林慰君悲愤之极，竟欲自杀，幸被人劝阻。后来，北伐结束，国民党军队开往北平，在报界同人为邵飘萍和林白水举行的追悼会上，林慰君以幼小的身躯，声泪俱下地致以答词，引起了人们的深切同情。师范大学毕业后，林慰君曾在北平新闻专科学校、北京女一中、女二中执教，抗战时期曾参加了各项爱国运动，一九四八年赴美，终成著名美籍华人女作家。著有《我的父亲林白水》一书，晚年的她还捐资给故乡福建闽侯，修建了一座"林白水纪念堂"，里面陈列着其父林白水生前创办的各种报纸、著作和其他纪念品）、吴富恒（后为山东大学校长，美国文学学者，曾是中国第一位获得哈佛大学荣誉法学博士称号的中国学者）等。同届同窗还有徐世荣（语言学家）、高崇信（高元白，语言学家）、张存恕（张念先，曾任山西大学党委书记）、杨殿珣（图书馆学家）、柴德赓（历史学家）、陈述（历史学家）、梁化之（山西定襄人，阎锡山亲信）、狄承青（狄景襄，山西崞县人，曾任山西抗战时的汾西县长兼游击支队长、汾西五县行政指导员、吉县县长、西北农民银行协理兼晋绥边区贸易总局副局长、陕甘宁边区财经委员会副秘书长，一九四九年后曾任轻工业部和食品工业部副部长、华东局计委主任、上海市革委会副主任、上海人大常委会副主任等）。又据何兹全回忆：桑耀曙后赴山东聊城省立中学教书，再后又返回北师大读书，此后下落不明。按：桑耀曙后曾在抗战时的湖南省会耒阳精忠中学、广西桂林女中教书，并是"青鸟剧艺社"导演。

　　"她 M"，"邵夫人"，即汤修慧。

　　"张女士"，郭增昌的姨太太。

管翼贤，湖北蕲春人，早年留学日本，早年任天津《益世报》驻京记者、神州通讯社记者，一九二八年十月在北京创办《实报》。一九三九年，出任日伪"华北政务委员会"情报局局长，恬然落水。一九四四年四月，主持天津《华北新报》，又先后充任"华北剿共委员会"事务主任、"中国新闻协会"副会长、"中华新闻通讯社"副社长、《华北新报》总社社长等。抗日战争胜利后，以汉奸罪被拘捕，一九四六年十一月被河北省高等法院判处死刑，因其上诉请求复判，致拖延数年未能执行，一九五一年被执行死刑。

韦素园（一九〇二——一九三二），又名漱国，安徽霍邱人，"未名社"成员，鲁迅的弟子，作家和翻译家，鲁迅曾题曰："宏才远志，厄于短年。文苑失英，明者永悼。"韦素园养病于北平西山时，作者曾拜访之，日记中有记载。

四　师大附中时期（绥远人）

"霍君"，"佩心"，"沁"，即霍世休（一九〇五——一九四五），字佩心，绥远托克托县人。早年读书归绥中学，后考入清华大学，1930年从清华大学中国文学系毕业后，考入该校研究院，为朱自清的学生，著有《王昭君的故事在中国文学上的演变》、《唐代传奇与印度故事》等。一九三四年七月到一九三七年七月，任归绥中学校长，时作者亦为该校教员。一九三五年，由该校教员的作者和胡燕丘、庞学文等师生编辑出版有《三家村》、《沙驼》等文艺副刊，加之一九三六年四月，由霍世休（校长）、胡燕丘（语文教师）、郭良才（英语教师）联合同道又创办有文艺半月刊《燕然》，这被时人称为是"绥远文艺界的大事"，以上诸刊是绥远新文学运动的最早刊物。一九三六年五月三十日，"绥远文艺界抗敌协会"成立，霍世休与郭良才等七人被推举为常务理事。至同年九月,日军侵入绥远,傅作义主力部队并绥远省政府撤出归绥市,至十月十四日,归绥沦陷,归绥中学遂告解散,作者撤往故乡山西。

五　青岛时期(青岛大学和山东大学人物)

贾性甫,不详。
赵宗汉,不详。
林哲夫,不详。
张国琛,不详。
连彭,不详。
高钟湖,不详。
以上皆大学同窗。又据徐中玉的回忆:当时,"中文、外语两系高班同学郭良才等办过一个大型不定期文艺性刊物《刁斗》,翻译、创作都有。"又据《青岛市志·体育志》:上世纪二十年代,排球运动传入青岛,时称"队球","青岛大学教工部郭良才、阎效政、任树棣、许振儒、徐连朋、牛星垣等成立了青大(山大)队。""一九三三年七月,华北第十七届运动会在青举行,青岛高级和中级两支男排、一支女排参赛。高级队是选自锡安、山大、胶济三队的郭良才等。"

六　日记中其他不详者

张德思。
杨定安。

图书在版编目（CIP）数据

郭根日记 / 散木编. — 太原：三晋出版社，2012.12

ISBN 978-7-5457-0688-8

Ⅰ. ①郭… Ⅱ. ①散… Ⅲ. ①新闻特写－作品集－中国－现代 Ⅳ. ① I266.5

中国版本图书馆 CIP 数据核字(2012)第320496号

郭根日记

编　　者：	散　木	
责任编辑：	张继红	
助理编辑：	董润泽	
责任印制：	李佳音	

出　版　者：山西出版传媒集团·三晋出版社（原山西古籍出版社）

地　　址：太原市建设南路21号

邮　　编：030012

电　　话：0351-4922268（发行中心）

　　　　　0351-4956036（综合办）

　　　　　0351-4922203（印制部）

E - mail：sj@sxpmg.com

网　　址：http://sjs.sxpmg.com

经　销　者：新华书店

承　印　者：晋中市万嘉兴印刷有限公司

开　　本：850mm×1168mm　1/32

印　　张：12.5

字　　数：250 千字

版　　次：2013 年 2 月　第 1 版

印　　次：2013 年 2 月　第 1 次印刷

书　　号：ISBN 978-7-5457-0688-8

定　　价：25.00元